無痛

久坂部　羊

幻冬舎文庫

無痛

＊本作はフィクションであり、実在の人物、団体、医薬品とはいっさい関係がありません。

＊作中には先天性無痛症、統合失調症、強度行動障害、尖頭症など、さまざまな障害を持った人物が登場しますが、その人格および行動は、登場人物に固有のものであり、それぞれの疾患や障害とはいっさい関係がありません。

無痛＊目次

序　章　9
第一章　通り魔　19
第二章　密告　155
第三章　全能感　329
第四章　眉間の「M」　473
終　章　611

解説　中条省平　627

序章

その家は、神戸港を一望できる坂道の上にあった。

模造レンガの門柱に、アラベスク調の白い門扉がつけられ、同じデザインの鉄柵が狭い庭を囲っている。家の壁はクリーム色で、絵付けをしたマジョルカタイルがはめこまれ、オレンジ色の丸瓦をのせた屋根は、いかにも南欧風だ。庭にはミニウッドデッキがあり、ムーミンの人形や寄せ植えのゴールドクレストなどでかわいらしく飾られている。玄関の横にはカラフルな三輪車が置かれ、砂場遊び用の小さなバケツやスコップもあった。

周囲は閑静な住宅街で、古い日本家屋も残っている。山側には自然林があり、早朝にはモズやホオジロが啼く。坂道を少し下ったところには教会があり、毎朝六時に鐘を鳴らすのも神戸らしい。七時を過ぎると、さらに下った市道山麓線を路線バスが行き来し、ローギアのエンジン音が空気を震わす。車で出勤する人、子どもを送り出す母親、家の前に落ちた葉を掃く老人もいる。そうやって、家々は一日の生活に目覚めていく。

しかし、この家だけは、深夜から十時間以上、完全な静寂に包まれていた。寒い季節だから、ハエの羽音さえしなかった。時間はただ無為に流れ、沈黙を破る者はなかった、今にも霙が降りだしそうな空模様の二月七日、午後二時四十分、第一発見者が、我を忘れて悲鳴をあげるまでは。

四人の被害者は、リビングルームの北側の壁に、足をのばしてもたれかかるように並べられていた。真ん中に妻、向かって右側に夫、左側に幼い二人の子ども。いずれも鈍器で撲殺されたのは明らかだった。妻が中心に見えるのは、彼女だけが比較的しっかりと壁にもたれていたからだ。

妻と夫の顔はガムテープでぐるぐる巻きにされ、一見してだれかわからないようになっていた。右側の夫は紺色のパジャマ姿で、首を前に垂れ、陥没した後頭部を正面に向けていた。ガムテープは顔全体を覆っているが、テープの上に血の流れた痕はない。すなわち、テープは被害者の死後、出血が止まってから巻かれたものだ。パジャマの上着はボタンが取れ、前がはだけた状態になっている。ズボンに乱れはないが、失禁のために濡れた痕があった。

妻は壁に頭をもたせかけ、わずかに顔を左に向けていた。傷害を受けたのは前頭部から左側にかけてで、頭の変形はガムテープの上からも見て取れた。テープは出血している状態で巻かれたらしく、剝がれたり襞になっているところもある。鼻と顎に粘液が垂れているのも、

生活反応があるうちに巻かれた証拠だ。

彼女は白いネグリジェを着ており、ボタンは上まできっちり掛けられていた。両手は腹部で組み合わされていて、犯人がわざとそのポーズをとらせた可能性が高い。足は自然に開いているが、乱暴された形跡はない。

妻の左側には、幼い娘と息子が母親に寄り添うように並べられていた。子どもの顔にはガムテープは巻かれていない。娘は頭頂部に強い一撃を受けたらしく、皮膚がめくれて骨が露出していた。その割れ目から、頭蓋骨の空間が見える。しかし、表情は安らかで、痛みも苦しみも感じずに眠っているようだ。

息子はまだ骨も薄く、殴打の衝撃で頭の一部が吹き飛ばされたように変形していた。骨の割れ目には白っぽい肉が付着しているが、出血は少ない。目は半開きで、口は「お」の発音の形に開いている。

犯人が殺害現場から遺体を移動させたのは明らかだった。リビングの絨毯に遺体を引きずった痕があり、二階の子ども部屋と廊下にも夥しい血痕があった。犯人はなぜそんなことをしたのか。狩猟家がするように、獲物を並べて狩りの成果を誇示したかったのか。

被害者はこの家の主人・石川昭次、三十七歳、妻・彰子、三十三歳、五歳の長女・舞と、三歳の長男・公平だった。石川は灘区西浜町の市立日野小学校の教諭である。

第一発見者は、近所に住む石川の妹・雅美で、いつも幼稚園の送迎バス乗り場で彰子と顔を合わせるのに、この日、彰子と舞が来なかったので、幼稚園の帰りにようすを見に来たのだった。舞が通う明應幼稚園は、地元では有名な「お受験幼稚園」である。雅美は石川家の静寂に異変を感じ、娘を外に待たせたまま、門からそっと庭にまわった。開けっ放しの掃き出し窓から遺体の一部を見て、半狂乱になりながらケータイから一一〇番通報したのである。

機捜隊のパトカーが到着したとき、雅美母子は隣接する青空駐車場の隅で、抱き合って震えていた。犯人がまだ近くにいるかもしれないという恐怖で、身動きができなかったのだ。機捜隊員が二人を保護し、周辺に立入禁止のテープを張って現場一帯を保全した。

石川家は東向きの二階建てで、築一年半。まだ新築の雰囲気が残る木造住宅である。家の西側には西郷川が流れ、北には六甲山の森がすぐそこまで迫っている。間取りは一階に十畳のリビング、六畳の和室とダイニングキッチン、洗面所と浴室があり、二階には夫婦の寝室と子ども部屋が二つあった。

室内を一巡した検証で、殺害現場はリビング手前の廊下で昭次、階段の上り口で彰子、二階の子ども部屋で二人の子どもの三カ所だと推定された。それぞれに多量の血溜まりと飛沫血痕があり、被害者を特定する遺物があった。すなわち、廊下には昭次のパジャマのボタン三個と眼鏡、階段の上り口に彰子のものと思われる金のネックレスと、マニキュアのついた

爪および頭皮の一部、二階の子ども部屋には幼児の脳組織と骨片である。

凶器は二本のハンマーで、一本は子ども部屋、もう一本はリビングの遺体のそばで発見された。子ども部屋で見つかったものは、両側が平たい両口玄能で、ヘッドの重さは三百七十五グラム。柄はグラスファイバーで、蛍光オレンジ色の派手なものである。リビングに残されていたのは、尾部の尖った先切りハンマーで、ヘッドは三百二十グラム。こちらもグラスファイバーの柄で、色は紫。どちらのハンマーも握りの部分は黒いゴム製で、付着血痕はあったが、指紋は検出されなかった。

遺留品はハンマーのほかにも、リュック、帽子、懐中電灯、ガムテープなど複数あった。また台所にはカップゼリーの食べかすが二つ転がっていた。いずれも指紋は検出できなかったが、靴痕跡は無造作に残されており、廊下や階段に残されたものはソールの模様からメーカーの割り出しが可能とみられた。

兵庫県警はただちに所轄の灘署に捜査本部を設置し、捜査一課の強行犯係二班、鑑識課を含む七十人態勢で捜査を開始した。

現場の状況から、まず念頭に置かれたのは怨恨による犯行である。残忍な殺害方法、子どもまで殺す手口は、恨みを持つ者の犯行を疑わせる。またガムテープで被害者の顔を隠していることは、犯人が顔見知りである可能性を示唆していた。

捜査員たちはただちに聞き込みを開始し、被害者の人間関係を中心に情報を集めた。これだけ激しい攻撃を加えているからには、恨みも相応に深いだろう。であれば事情が周囲に伝わっている可能性も高い。犯人に直結する遺留品も多く、事件は早期解決が期待された。

ところが翌日の捜査会議で、司法解剖の結果が報告されると、その空気は一変した。被害者の損傷があまりに凄惨だったからである。

昭次の致命傷は後頭部の脳挫傷で、分厚い後頭骨が一撃で粉砕され、挫傷は小脳から脳幹にまで及んでいた。殴打の衝撃で脳底動脈が破裂し、左右の眼球内にも出血があった。

彰子は前頭骨と左側頭骨を破壊され、攻撃に使われた先切りハンマーの先端は、脳室にまで達していた。顔面にも執拗な攻撃が加えられ、左眼球の脱転、両頬骨の複雑骨折、上顎骨の歯槽粉砕などが確認された。殴打のすべてが顔面に集中していることから、犯人はやみくもに凶器を振りまわしたのではなく、顔だけを狙って正確にハンマーを振り下ろしたことがわかる。

子どもの傷も壮絶なものだった。舞は頭頂部に径約六センチの陥没骨折があり、頭蓋内に大人の拳ほどの空洞ができていた。閉鎖腔である頭蓋骨に強い力が加わると、反動で脳実質が外部へ飛び散る。彼女の頭部にもこの現象が起きて、脳が弾けたのだろう。公平への攻撃はさらに激しく、骨が薄いことも相まって、頭の右半分がほとんど消失していた。その衝撃

の強さは、至近距離からショットガンで撃ち抜かれた傷にも匹敵する。

この攻撃の凄まじさは、何を物語るのか。

通常、人への攻撃は、よほど手慣れた者か、戦争のような極限状態でなければ、本能的な躊躇を伴う。ところが、この犯人は力任せに頭を叩き割っている。まるで段ボール箱でも踏みつぶすみたいに。

解剖を担当した法医学の教授は、この犯人には情性欠如の疑いが強いとコメントした。情性欠如とは、人間的な温かい感情を欠き、妄想、反社会的性格などを特徴とする人格障害の一種である。

捜査員のあいだに重苦しい空気が流れた。もし犯人がそうであれば、逮捕しても有罪にするのに大きな壁が立ちはだかるからだ。

刑法三十九条。

「心神喪失者の行為は、罰しない。心神耗弱者の行為は、その刑を減軽する」

精神の障害などで、善悪の判断がつかない状態で行われた犯罪は、無罪または微罪の扱いにするという法律である。もし起訴前の鑑定で犯人が心神喪失であったと認定されれば、罪

を償わせるどころか、裁判にさえかけられない。捜査員にとってこれほど士気をくじくものはない。

しかし、犯人が人格障害であるかどうかは、まず逮捕してからの話である。今からそんなことを考えていては、捕まるものも捕まらない。捜査本部を仕切る県警捜査一課の管理官は、会議の締めくくりに沈痛な面持ちで訓示した。

「捜査に当たってはいっさいの予断を排し、被疑者逮捕を第一に全力を尽くしてもらいたい」

捜査員たちは犯人の異常性を否定するため、なんとか現場に理性の痕跡を見出そうとした。もしなんらかの脈絡が認められれば、判断力があったと見なされ、心神喪失と判定される可能性が減るからである。

しかし、犯人の判断力を示す証拠は簡単には見つからなかった。それどころか、いずれの遺体の胃からもゼリーは検出されず、台所にあった食べかすは犯人が捨てたものと推定された。これだけの殺人を犯して、ゼリーを食べる人間がまともといえるだろうか。

新聞各紙は、事件の翌日から「灘区教師一家殺害事件」として大々的に取り上げた。捜査当局は凶器や遺留品、靴痕跡から割り出したスニーカーなどを公開し、積極的に情報を募った。しかし、有力な手がかりは得られなかった。

捜査はこれといった進展もなく、捜査本部に険悪な雰囲気が漂いはじめた十日目、彰子の鑑（人間関係）を追っていた灘署の主任・早瀬順一郎が、思いがけない情報をもたらした。事件の一カ月前、彰子が読日新聞の家庭欄に寄せた小文である。

小文のタイトルは、「パパは熱血先生」。写真入りの大きな扱いで、夫・昭次の活躍ぶりを紹介したものだった。

早瀬が着目したのはその内容ではなく、記事に添えられたカラー写真だった。石川家のリビングで四人が並んで写っている。彰子を中心に、右に夫、左に二人の子ども。殺害後に移動された遺体の並び方と同じだ。しかも、彰子は腹の前で両手を重ねている。

犯人はこの写真を見ている。そして一家の殺害後、この写真を再現したのだ。刑法三十九条に強いこだわりを持つ早瀬は、そう主張した。つまり、判断力があったということだ。

この情報に、捜査本部はにわかに活気づいた。捜査方針はふたたび怨恨の線に大きく傾き、石川一家の人間関係が改めて徹底的に調べられた。近所からの聞き込みで、事件の何日か前、周辺で中学生らしい不良グループが騒ぎ、石川家の庭に空き缶を投げ込んだりしていたことがわかった。しかし、それ以上の有力な情報は得られなかった。

連日、派手な報道をつづけていたマスコミは、時間がたつにつれて捜査の難航を報じ、迷宮入りの可能性を書き立てた。

さらにもうひとつ、公表はされなかったが、捜査本部を悩ませている事実があった。現場で見つかった犯人のものと思われる帽子である。ウォッシュ・ハットと呼ばれる安価なもので、色はオフホワイト。内側に髪の毛が残されており、有力な証拠と思われたが、帽子のサイズがSだった。センチにして五十二から五十四。弾力性のない綿製品で、とても大人がかぶれるものではない。逆に石川家の子どもたちには大きすぎる。小学校高学年から中学生のサイズだ。

一方、犯人が残した靴痕跡は、大柄な成人男性を思わせるLLサイズ。センチにして二十七から二十八である。この矛盾はどう解釈すればよいのか。

それ以後、懸命な捜査にもかかわらず、本部は具体的な犯人像を絞り込むことができなかった。

そして、八カ月の時間が無為のうちに過ぎた。

第一章　通り魔

1

阪急三宮駅の南側にある三宮センター交番は、港町神戸らしく、船室をイメージした造りになっている。丸窓があり、壁には錨と鎖をアレンジした飾りがつけられている。カウンターでは若い警官が一人の中年男に応対していた。遺失物の届け出である。

「これに必要事項を記入して」

警官はパイプ椅子に座ったまま、面倒そうに書類を差し出した。男はそれを受け取り、憂鬱そうに首を振った。ついてない、財布をなくした上に、こんな横柄な警官に当たるとは。

男は警官の喉元を見て、密かに思った。

この警官は、膀胱が弱っている……。

彼は自分の診断を確かめるために、さりげなく警官の足元を見た。革靴のつま先が内向きに減っている。慢性の腹圧がかかっている証拠だ。

男の名前は、為頼英介。東灘区の古アパートで診療所を営む開業医である。四十七歳で独

り暮らし。別に独身主義というわけではない。二年前に妻と死に別れたのだ。白髪まじりの髪をのばし、手櫛で大ざっぱに掻き上げているが、無精でうつむきがちのためにしょっちゅう前髪が目元を隠す。くたびれたジーパンに黒のコールテンシャツ、痩せた背中にはすでに初老の侘びしさが漂っていた。

　この日は土曜の午後に久しぶりに三宮に出て、北野町の異人館街を訪ねたのだった。その帰りにうっかり財布をなくし、交番に届けを出しに来たのである。警官の応対があまりにぞんざいだったので、ついよけいな観察力を発揮してしまった。

　膀胱尿管逆流症だな、と為頼はさらに細かい診断を下した。膀胱尿管逆流症とは、尿が膀胱から腎臓へ逆流する状態である。尿を我慢しすぎたり、尿管と膀胱のつなぎ目が緩いと起こる。感染がなければ症状はないが、腎盂炎が慢性化すると、やがては腎不全になる。警官は無意識に左の脇腹を押さえているが、それは左の逆流が強いせいだろう。

「タクシーのシートに財布を置いたのはたしかなんやな。どこのタクシー会社か覚えてない？」

「ええ。ちょっと急いでいたので」

　為頼は観察を中断し、両手を膝に置いた。

「タクシーを降りたのはそこの高架下か。あそこは駐停車禁止なんやけどなあ」

警官が窓からＪＲと阪急の高架に目線を向けた。

為頼が異人館街を訪ねたのは、たまたま新聞でウィーン・ハプスブルク館の紹介記事を見たからである。ウィーンには特別な思い出があった。妻の倫子（のりこ）の病気がわかってから、二カ月半をいっしょに過ごした街だからだ。

ウィーン・ハプスブルク館は、観光用に建てられた小規模なテーマ館だった。わかりにくい路地の奥にあり、為頼は坂道を何度か上り下りして、ようやくたどりついた。館内にはそれらしい楽器や衣装が展示されていたが、イメージだけのお粗末なしつらえで、実際のウィーンを知る者には興醒（きょうざ）めな内容だった。

ほろ苦い思いで帰りかけると、土産物売場におもしろい本が置いてあった。

『維納とウィーン――帝都の過去と現在』

二十世紀のはじめに撮影されたウィーンの街と、現代の同じ場所を比べた写真集である。表紙にはウィーンのシンボル、シュテファン大聖堂の写真が並べてある。ゴシック様式の尖塔は、百年前も今もほとんど変わらない。寺院の右手には、為頼と倫子が滞在した由緒正しきホテルロイヤルが同じ姿で写っていた。

為頼はその分厚い写真集を買って、急な坂道を下りて行った。風見鶏（かざみどり）の館の前まで来たとき、写真集が持ち重りして、つい通りかかったタクシーを止めた。三宮駅までと行き先を告

げると、中年の運転手は近距離に不満そうな返事をした。

駅の高架下でタクシーを降りるとき、信号が変わったので、為頼は支払いを急いだ。札入れをシートに置き、釣り銭をコインケースに入れて、念のために持って出た傘と写真集を抱えて降りたのだ。気づいたときには、タクシーはフラワーロードを南へ走り去ったあとだった。

為頼は駅のタクシー案内所に行き、財布を置き忘れたことを話した。そのつもりで見ていなかったので、ナンバーはもちろん、車体の色さえ覚えていない。案内係は無線で付近にいるタクシーに連絡してくれたが、それらしい返答はなかった。

為頼はあきらめ、カード会社に電話をしてクレジットカードの差し止めを依頼した。手続きはすぐに終わったが、警察に紛失届を出してほしいと言われた。「拾った人が届けてくれるかもしれませんから」と、カード会社の担当者はつけ加えたが、そんなうまい話があるはずないじゃないかと為頼は鼻白んだ。

横柄な警官が質問をつづける。

「財布の中身やけど、現金はいくら入ってたの」

「二万四、五千円だったと思いますが」

「はっきりしない、と。札の種類は？」

「一万円札が二枚、あとは千円札で」

為頼は写真集を買ったときに一万円札を出したことを思い出しながら答えた。

「ほかには？」

警官に訊ねられ、為頼は財布の中身を思い浮かべた。クレジットカードが二枚、買ったばかりの阪急電鉄のラガールカード、名刺、図書館の貸し出しカード、それに、ああ、保険証も入れてたんだと気づいて、彼は天井を仰いだ。

そのとき後ろの扉が開いて、無精髭の若者が入ってきた。十月というのに、汚れたTシャツと短パン姿だ。油染みてにおいのしそうなナップザックを提げている。

警官は調書の作成を中断して声をかけた。

「なんだ、どうした」

若者は人見知りするように為頼から少し離れたところに立った。カウンターの奥には中年の警官がいたが、応対する気配はない。若者はだれに言うともなく、低い声で言った。

「あの、交通費、貸してほしいんすけど」

「交通費？　そんな金、警察にはないよ」

若い警官は刺々しい声で応えた。

「そうなんすか……。困ったな」

若者はなおもだれかをさがすように視線を泳がせた。警官は為頼の前を離れ、苛立ったようすで若者の正面に立った。為頼は早く手続きを済ませたかったが、この闖入者が片づくまで警官は席にはもどらないだろう。

「交通費って、どこまで帰るんや」

「大阪ですけど」

「大阪に家があるんか」

「ええ、まあ」

「それやったら、JRに相談してみろ。支払い保証のできる人がおれば、切符は買えるから」

「はあ、けど、家にだれもおらんかも……」

そんなやり取りを聞きながら、為頼はため息をついた。

窓のほうに顔を向けると、ふいにケータイが鳴った。こんなときにだれだろう。ディスプレイを見ると、知らない番号だった。為頼はカウンターに背を向けて、通話のボタンを押した。

「もしもし」

相手は若い女性だった。

「あの、わたし、お財布を拾ったんですが、もしかして、タクシーに忘れませんでしたか」

「わたしの財布を拾って下さったんですか」

「ええ。タクシーに乗ったらシートの上にあったんです。お名前、何てお読みするのかしら。タメ……」

「タメヨリです」

為頼は思わず立ち上がり、窓際に行った。

「ありがとう。助かりました。それで今、あなたはどちらに」

「元町です」

「じゃあ、取りにうかがいます。どこに行けばいいですか。都合のいい場所をおっしゃって下さい」

相手は少し考えてから、南京町の長安門を提案した。神戸に住む人間ならだれでも知っているランドマークだ。

「わかりました。じゃすぐに行きます」

「いえ、二十分くらいしてから来ていただけますか。わたし、今から知人の家に子どもを迎えに行きますので」

為頼は壁の時計をちらと確認した。

「それから、わたしは紺色のジャケットにベージュのスラックスですが、あなたは……」

「ジーパンに黒いシャツです。それに、折りたたみ傘を持ってます」

「わかりました。じゃあ、二十分後に」

女性のてきぱきした応対に感心しながら、為頼はケータイを切った。胸に温かい喜びが広がる。電話の気配を察した警官が不機嫌そうにこちらを見ていた。

「財布、親切な方が拾ってくれたみたいで……」為頼は喜びを抑えて言った。

「まちがいありませんか」

「ええ、これから取りに行ってみます」

一礼して背を向けると、後ろで書類をやぶる気配がした。

三宮駅前から元町までは、センター街を抜けてゆっくり歩いても十分とはかからない。それでも為頼は買い物客を追い越しながら、指定の場所へ急いだ。

南京町は神戸の中華街で、東の入口に二層の屋根を掛けた楼門（ろうもん）が立っている。それが長安門で、雲龍を浮き彫りにした柱の素材は「漢白玉（ハンパイユー）」と呼ばれる中国河北省の白大理石である。

為頼は十分ほどで着き、門の下で相手を待った。広場には十二支を浮き彫りにした石の椅子が置かれ、等身大の布袋（ほてい）像が立っている。門の内側に目をやると、「紅星」「楽園酒家」など達筆の看板の店が見え、赤や金の装飾はまるで龍宮城のようだ。

まもなく電話で聞いた服装の女性が、海岸通のほうからやってきた。三歳くらいの男の子

を連れている。肩まで伸びた黒い髪、まっすぐな姿勢、知的で日本的な切れ長の目が美しい。

「お待たせしました。さきほどお電話した者です」

「これはどうも」

為頼は前髪を掻き上げながら、ぎこちない会釈をした。

「お財布、運転手さんに渡そうとしたんですけど、受け取ってくれなくて。無愛想な人だったでしょう」

為頼はタクシー運転手の赤黒い首筋を思い出した。

「念のために中身を確かめて下さい。連絡先をさがすのに、中を見せていただきましたから」

「名刺でケータイの番号がわかったんですね」

「ええ。何枚か手書きしてらしたから」

名刺にはケータイの番号を印刷していなかったが、知らせる必要のある相手に渡すために番号を書き加えていた。

「お医者さまなんですか」

「ええ、まあ。面目ない」

為頼はうつむきながら頭を掻いた。為頼がはにかむのを見て、女性はクスッと笑った。

「わたしだけ名刺を見て狡いですね。わたし、名刺は持ってませんけど、高島菜見子といいます」

お辞儀をすると艶やかな髪が流れた。屈託のない、明るい表情が印象的だ。

「ママ、これ、龍いるね」

退屈しかけていた男の子が、母親の手を引っ張った。

「そうよ。きれいな門でしょ。このキラキラ光る石、大理石っていうのよ」

菜見子は長安門をゆっくり見上げ、曇り空を鈍く反射する瑠璃瓦を見つめた。見慣れたものを愛おしむ末期の目のようだった。

「長安門がお好きなんですか」

「別に好きというわけじゃありませんけど、でも、きれいなものはしっかり見ておかないと」

為頼はふと我に返り、手に持ったままの財布を開いた。

「あの、これ、少ないですが、お礼に」

一万円札を抜き取って、菜見子の手に押しつけた。

「とんでもない。そんなつもりで連絡したんじゃありませんよ」

「でも、保険証の再発行とか、いろいろ面倒なことをせずにすみましたから」

為頼が無理に札を渡そうとすると、菜見子はさっと両手を後ろにまわした。

「子どもが見てますよ。教育に悪いですわ」

母親に似て切れ長の目の利発そうな男の子が、二人を見上げていた。為頼は意表をつかれ、きまり悪げに札をしまった。

「ほら、祐輔(ゆうすけ)、先生にご挨拶(あいさつ)なさい」

「こんにちは」

男の子が両手をそろえてお辞儀をしたので、為頼も慌てて頭を下げた。その困惑ぶりに、菜見子はまた小さく噴き出した。

「それじゃ、わたし、これで失礼しますから」

「でも、このままじゃ……、何かお礼をしたいんだけど」

「けっこうですよ。どうしてもとおっしゃるなら……、そうね、この子とわたしの幸運でも祈って下さい」

菜見子は軽く会釈をして、息子の手を引きながら元町アーケードのほうに歩きだした。為頼は深々と頭を下げ、二人の後ろ姿を見送った。土曜の午後の気怠(けだる)さが、街の雑踏を覆っている。

為頼はふと菜見子に妻の倫子の面影を重ねた。ショートカットで小柄だった倫子と、髪も

長く背もすらりとした菜見子に、見かけ上の共通点はない。年齢も声の調子もまるでちがう。ただ、長安門を見上げたときの菜見子のまなざしに、ふと切ないものを感じた。倫子もよくあんな目をしていた。目に映るすべてを慈しむような深い眼差し。あれは四十二年という短い命を予感してのものだったのか。

為頼は財布をズボンのポケットにしまい、三宮駅に向かって歩きだした。元町通一丁目のスクランブル交差点で、キリスト教の布教活動家たちがスピーカーで叫んでいた。

「救世主イエス・キリストに依る者は、永遠の命を授かります」

信号待ちをしていたオバサンが、「ウソこけ」とつぶやいた。

そのとき、交差点の向こう側に奇妙な男が立っているのが目に入った。髪を逆立て、米軍払い下げのだぶだぶのジャンパーを着ている。信号が変わると、男は操り人形のように膝を高く上げ、だれかれなしにぶつかりながら歩きはじめた。為頼はとっさに身を引き、男をやりすごした。すれちがいざま、男の眉間にうねるように盛り上がった皺が見えた。

まずい……。

為頼は交差点の中ほどで引き返し、男を追いかけた。男は鯉川筋を左に折れ、文房具屋の店先にある三文判のケースをいきなり蹴倒した。数百本の印鑑が乾いた音を立てて飛び散る。男は奇声を発し、両手を広げて車道に躍り出た。急ブレーキの音、けたたましいクラクショ

ン。男の発作はすでにはじまっていた。

為頼は男と目を合わせないようにして、菜見子たちをさがした。たしか元町アーケードに向かったはずだ。男がこちらに向き直り、あとを追ってくるのがちらと見えた。

菜見子と祐輔はおもちゃ屋の前で、ゼンマイ仕掛けのウサギを見ていた。

ピッピッピ、トントントン。

ウサギの人形が笛と太鼓を交互に鳴らす。

「ちょっとこちらへ」

為頼は有無を言わせず二人をとなりの古本屋に連れ込んだ。菜見子がおどろきの目で為頼を見つめる。

「どうしたんです」

「何でもないです。こっちに入って」

訝(いぶか)る菜見子を店の奥へ押しやり、為頼は素早く入口のガラス扉を閉めた。中から鍵をかける。

菜見子は祐輔を引き寄せながら、きつい口調で言った。

「ちょっと、わたし、本屋には用事はないんですけど」

「わかってます。ここならたぶん安全だから」

為頼は低く言い、扉の外を振り返った。

アーケードの入口で短い悲鳴があがった。さっきの男が、米軍のジャンパーの前をはだけ、コウモリの羽のように広げている。ジャンパーの内側には、数本の包丁と草刈り鎌がガムテープで貼りつけてあった。

「えっ……」

ガラス越しに刃物が閃くのを見て、菜見子は思わず絶句した。

「見ないほうがいい」

為頼は自分の身体で扉を遮るようにした。男はジャンパーの裏から鎌と包丁を剝がし、高々と頭上に振りかざした。

「おらぁーっ、畜生ーっ」

扉の向こうで異様な雄叫びが響いた。中学生くらいの少女が、声も立てずにうずくまる。首から鮮血が噴き出している。手で止めようとするが、押さえきれない。

男が振り向きざまに腕を振り下ろした。塾帰りの子どもがスローモーションのように尻餅をつく。鎌の切っ先が少年の顔を斜めに裂き、眼鏡に血がほとばしる。時間が歪み、音が消え、飛び散った血が空中に拡散するのが見えるようだった。

男はさらに身体の向きを変え、プレステポータブルを持った三人組の小学生に狙いをつけ

た。脇をしめ、黙って包丁を突き出す。刃が真ん中の少年の胸に吸い込まれる。少年は包丁の突き立った胸をゆっくりと見、きまり悪げに目を逸らし、ゆっくりとまばたきをした。両側の子どもは刺された少年から目を離せない。男が包丁を抜き取ると、少年は無音のまま崩れ落ちた。

「きゃーっ」

「逃げろ逃げろ」

「助けて!」

「警察、警察、警察」

音声がよみがえり、悲鳴と絶叫が響く。アーケードは逃げ惑う人で騒然となる。だれも目の前の現実が信じられない。それを実感しているのは、髪を逆立て凶器を振りまわす男だけのようだ。

菜見子が引きつった顔で何が起こっているのかを確認しようとした。

「見ないで」

為頼がふたたび自分の背中で通りを隠す。血を流して倒れている人がちらと見え、菜見子は祐輔を強く抱きかかえた。そのましゃがんで顔を伏せる。為頼は扉の鍵を気にしながら、通りのようすをうかがった。

男はおもちゃ屋の店先に突進し、憤怒の形相で次の犠牲者をさがした。空気を掻き分けるように手を伸ばし、ベビーカーの前で震えている母親を押しのけた。包丁を振り上げ、毛糸の帽子をかぶった赤ん坊の頬を刺す。刃は小さな唇を裂き、鮮血がほとばしる。母親が悲鳴をあげ、半狂乱になって男を突き飛ばした。男はジャンパーのポケットから五百ミリリットルのペットボトルを取り出し、母親の足元に投げつけた。透明な液体が飛び散る。男は腰を屈め、使い捨てライターで火をつけた。ボンッという破裂音が響き、母親は一瞬にして火柱になった。

男の袖にも小さな炎が燃え移ったが、男はまるで気にしない。ズボンの裾をめくり、ビニールテープでふくらはぎに固定したサバイバルナイフを抜き取り、壁ぎわで背を向けている女子高生の横顔を斬りつけた。マスカラで固めた睫毛が逆立ち、ファンデーションを塗った皮膚からレモンを絞ったような飛沫が上がった。噴き出た血が一気に傷を覆い流れ落ちる。

男は次々と被害者を追い詰め、やみくもに包丁を突き出した。男は刃の折れた包丁を捨てようとするが、指が開かないようすだ。無理やり壁に打ちつけて、ようやく包丁を放り出す。男は失禁し、股間から多量の尿を垂れ流していた。

男は粘液の海を泳ぐようにもがきながら、包丁とナイフを振るう。筋肉が凍りつき、見えない手に押さえつけられているようだ。横で立ちすくんでいた少女が、我に返って逃げよう

とすると、ふいに現実が顔を出す。ゼンマイ仕掛けのウサギの単調なリズム。

ピッピッピ、トントントントン……。

男は敏捷に動き、少女の背中を刺す。少女はナイフごと突き飛ばされ、まるでゴム人形のように敷石(しきいし)の上でバウンドした。

交差点にパトカーのサイレンが聞こえ、警棒を持った警官が駆けつけてきた。ジュラルミンの盾を持った機動隊も走っていく。甲高い笛が鳴り響き、鋲(びょう)を打った靴音が通り過ぎる。救急車を呼ぶ声、警察無線、警官隊を指揮する声が、必死に空気を現実に引きもどそうとする。

「抵抗するな。刃物を捨てろ」

「おい、そっちまわれ。包囲しろ」

「そこ、どいて。おい、君、落ち着きなさい。やめなさい」

警官隊が犯人を囲み、壁ぎわに追い詰める。男はふたたびペットボトルを取り出し、ガソリンをまき散らす。さらにもう一本取り出し、全身にガソリンを浴びる。包丁を警官隊に投げつけ、男は高々と右手を空中に差し上げた。手には使い捨てライター。一瞬の静止のあと、乾いた破裂音とともに、男は炎に包まれた。同時に地面にも炎が走り、警官隊の壁は大きく崩れる。

炎は生き物のように飛び跳ね、警官たちを寄せつけない。火はイタリア料理店の前に掲げられた旗に燃え移り、ペンキ塗りの壁を焦がした。熱でショーウィンドーのガラスが次々と割れる。

消火器を構えた機動隊が進み出て、白い泡を吹きかけた。男は踊るように左右にステップを踏み、やがて泡の海にもんどりうって転がった。

アーケード内にはビーコンをつけたままのパトカーや特殊車両が乗り入れ、ライトと赤色灯であたりを照らしている。ガソリンのにおい、皮膚の焦げるにおい、鼻を突く消火薬剤の化学臭。

「身柄、確保」

「こっちにも救急車っ」

警官隊は幾重にも男を取り巻き、まだくすぶっているジャンパーを脱がせた。救急車のサイレンが近づき、人だかりの手前でふいに鳴り止む。救急隊員が飛び出し、折りたたみ式のストレッチャーに犯人を乗せる。髪は焼け焦げ、顔も手も真っ黒だ。呼吸だけ確認して車内に運び入れ、救急車はふたたびサイレンを鳴らして走り去った。

扉の前でようすをうかがっていた為頼が、奥でうずくまる菜見子のそばへ来た。

「もう大丈夫です。終わりました」

「何があったんです」

「何でもないです。でも、危なかった。子どもに反応する奴だったから」

菜見子は思わず祐輔を抱きしめた。血の気が失せ、唇まで白くなっている。為頼は横に屈み込み、菜見子の肩にそっと手をのせた。

「もう心配ありません。犯人は捕まりました。でも、まだ外には出ないほうがいいでしょう。もう少し落ち着くまで、ここにいさせてもらったらいい」

為頼は立ち上がって、店員を目でさがした。女性店員はレジの後ろに身を潜め、店長らしい男性は書棚にしがみついていた。本が床に散乱しているが、拾う気力もないようだ。

為頼は外のようすを確かめてから、扉の鍵を開けた。警官が黄色いテープを張り、被害を受けていない通行人を誘導している。凶行の余韻があたりに張りつめ、異様な緊張は容易に緩みそうになかった。

「それじゃ、わたしは帰ります。どうぞ気をつけて」

古本屋を出て行く直前、為頼は菜見子を振り返り、かすかに頬を緩めた。

2

翌週の土曜日の午後、菜見子は祐輔を連れて為頼の診療所を訪ねた。

阪急電鉄の岡本駅で降り、折りたたみ式のベビーバギーを広げて、山手の坂道をのぼる。住所は名刺にあったのをだいたい覚えていた。このあたりは古くからの高級住宅地だから、診療所ならすぐわかるだろう。そう思ってさがしたが、なかなか見つからなかった。通りすがりの人に聞いてもはっきりしない。

「本山北町七丁目なんですが」

「それならこのあたりだね。その奥に何かあったような気もするけど」

散歩中らしい男性に教えられた場所は、邸宅街にまぎれ込んだ谷間のような路地だった。突き当たりに小さな広場があり、老朽化した二階建てのアパートが建っている。「わかば荘」と書かれたペンキ塗りの文字が、雨ざらしで消えかけていた。若葉というより朽ち葉の趣(おもむき)だなと思いながら近づくと、一階の右端に「為頼診療所」の看板が掛かっていた。

菜見子は半開きのドアからそっと中のようすをうかがった。手前に受付と待合室があり、奥が診察室らしい。入口には「診療中」の札が掛かっているが、だれもいない。

「ごめんください」

小さく声をかけて中に入ると、診察室に人の気配があった。午後二時を過ぎているのに、まだ患者がいるのだろうか。菜見子はできるだけ音を立てないように祐輔を連れて上がり、

待合室の長椅子に座った。

待合室は六畳ほどの広さで、板敷きの殺風景な部屋だった。壁に何枚か見慣れない地図が貼ってある。上下が逆の世界地図、日本列島がうつ伏せになったような地図、五大陸がシュールレアリスムの絵のようにねじれたものもあった。まったく奇妙な地図ばかりだ。

菜見子がぼんやり眺めていると、扉の向こうから診察中らしい声が聞こえた。

「大丈夫です。肝臓への転移は……ですから」

「……あのとき、抗がん剤をやめて……今ごろ副作用でどうなっていたか」

がんの患者を診察しているのか。菜見子は話を聞かないほうがいいと思い、祐輔を連れてそっと表に出た。出口はひとつだから、診察が終わればわかるだろう。

菜見子が診療所の前に立っていると、外づけの鉄階段をだれかが下りてくる気配がした。六十歳くらいの小太りの女性が、布巾をかけた盆を持って下りてくる。割烹着をつけ、男物のサンダルをはいている。女性は菜見子を怪訝そうに見て、診療所に入って行った。しばらくしてふたたび顔を出し、関東のアクセントで菜見子に訊ねた。

「あんた、診察を受けに来たのかい」

菜見子は緊張して女性のほうに向き直った。

「いえ、わたし、この前、為頼先生に危ないところを助けていただいたので、そのお礼にう

かがったんです。元町で事件があったとき」

「へえ……」

女性は不審そうにしていたが、ふと思い出したように表情を和らげた。「もしかして、あんた、先生に財布を届けてくれた人かい」

「はい、そうです。高島菜見子といいます」

「ああ、高島さんね。先生から聞いたよ。今どきの若い娘さんにしちゃ親切だって、先生、感心してたよ」

若い娘と言われ、二十七歳の菜見子はかすかに頬を赤らめた。

「あたしはここの診療所の看護師兼賄いの井上カツ。よろしくね」

カツはサンダルをつっかけて外に出てきた。看護師と聞いて戸惑っている菜見子を見て、いたずらっぽく笑う。

「ま、看護師といっても、出番はほとんどないけどね。うちの先生はなんでもひとりでやっちゃうから。賄い兼たまに看護師ってとこかね」

「為頼先生はお独りなんですか」

「今はね。奥さんが二年前に亡くなったから」

「そうですか……」

菜見子は顔を伏せ、小さく頭を下げた。「すみません、よけいなこと聞いて」

「いいんだよ。それよりかわいい坊やだね」

カツは菜見子に好感を持ったようすで、祐輔の横にしゃがみ込んだ。

「ぼく、お名前は？」

「タカシマユウスケ、三歳ですっ」

反射的にきっぱり答える祐輔に、カツは目を細めた。

「さっき言ってたのは、元町アーケードで男が包丁を振りまわした事件だね」

「はい。大勢の人が襲われて、ほんとうに怖かった」

「先生は何も言ってなかったけどね。それで先生はどうやって助けてくれたんだい」

「犯人が来る直前に、為頼先生がわたしとこの子を古本屋に避難させてくれたんです。もしあのままアーケードにいたら、きっと襲われてました」

菜見子は忌まわしい記憶に身震いした。カツも首を振りながら立ち上がる。

「あたしも新聞で読んだけど、ひどいことをする人間がいるもんだね。罪もない人を無差別に殺すなんて。犯人はその場で焼身自殺を図ったらしいけど、一命は取り留めたようだね」

「そうなんですか……」

菜見子は事件に関するニュースはいっさい見ないようにしていた。あのときの恐怖がよみ

がえるからだ。

あのとき、為頼は犯人が来る前に、自分たちを店の奥へ押しやった。まるでこれから起こることがわかっていたように。気配だけで察したのだろうか。それにしては強引だったし、扉の鍵までかけていた。やはり確信があったのではないだろうか。

菜見子はゆっくりと顔を上げ、ためらいがちにカツに訊ねた。

「あの、また変なことを聞いて怒られるかもしれませんが、為頼先生は、もしかして、危険を察知する勘というか、事件を予知するような、特別な能力をお持ちなんでしょうか」

「何だって」

カツは一瞬、菜見子の顔を見て笑った。菜見子が冗談を言ったと思ったからだ。しかし、そうでないと気づき、真面目な表情にもどった。

「どうしてだい」

「為頼先生がわたしたちを避難させてくれたとき、犯人はまだ刃物を出してなかったんです。だからほかの人は逃げ遅れたんです。でも、為頼先生は犯人のすることがあらかじめわかっていたみたいな感じで」

「それで犯罪を予知する能力があると思ったのかい。さあ、どうだろ。あたしは聞いたことないけどね。でも……」と、カツは唇の端をふっとすぼめた。「犯罪は知らないけど、為頼

先生には病気は見えるようだよ」

「えっ」

今度は菜見子が冗談かと思った。しかし、カツは真面目な顔でつづけた。

「先生は患者さんの外見だけで、診断をつけることができるんだよ。外見と言って悪けりゃ、徴候と言ってもいい。人間にはいろんな徴候が表れるからね。たとえばベテランの外科医なら、胃がんの患者を診たとき、助かるか手遅れか、最初の診察でだいたいわかるっていうよ。手遅れの患者には独特の雰囲気があるからね。為頼先生はそういう徴候を見抜く力が、ふつうの医者より優れてるのさ」

菜見子にはカツの言葉がにわかには信じられなかった。外見だけで病気がわかるなんて、それじゃまるで占い師だ。

怪訝そうな表情の菜見子に、カツは穏やかに言った。

「ま、信じられなくても無理ないけどね。でも、どんな医者だって、多かれ少なかれ患者の外見から何かを感じ取っているもんだよ」

「為頼先生のご専門は何科ですか」

「もともとは外科だよ。今は何科でも診るけどね」

診療所の看板には下のほうに「外科・内科一般」と書いてある。字も小さく、科など重視

していないという感じだ。

診療所の奥から人の気配がして、患者と為頼が出てきた。患者は五十代半ばの背筋のしゃんと伸びた女性だ。菜見子はじゃまにならないように扉から離れたところに身を引いた。

「先生、今日も長い時間、ほんとうにありがとうございました」

「いいんですよ」

「先生とお話ししてると、それだけで病気がよくなっていく気がします」

二人の挨拶を聞きながら、菜見子は同じく扉の後ろに移動したカツに小声で訊ねた。

「こんな時間まで午前の診察が延びるんですか」

「そうだよ。今の人は乳がんが肝臓に転移して、大学病院でもうだめだと言われてうちへ来たんだ。先生が抗がん剤をやめたら、だんだん食欲がもどってきてね。今は月一回の診察で元気にやってる。もう二年になるかな」

カツは両手を腰に当てて、ひとり納得するようにうなずいた。為頼が患者を送り出して中に引っ込むと、カツは祐輔の横にしゃがんで言った。

「この子、あたしが見ててあげるよ。あんたは先生と話しといで」

「ありがとうございます。でも、先生、お昼ごはんまだでしょう。さっき運んでらしたの、先生のお食事じゃないですか」

「いいよ。あとでまた温めるから。先生、お客を待たせて食事できるほど神経が太くないからね。さあ、坊や、おばちゃんと遊ぼう」

カツは割烹着のポケットから、個包装した生チョコを取り出した。菜見子はベビーバギーに掛けてあった紙袋を持って、診療所に入った。

「こんにちは」

「ああ、あなたはこの前の」

為頼は菜見子を見て、人なつこそうな笑顔を浮かべた。菜見子は青いフレアスカートの前に両手をそろえて、深くお辞儀をした。

「突然、おじゃまして申し訳ありません」

「いや、先日はわたしのほうこそお世話になって」

為頼は照れくさそうに白髪まじりの前髪を掻き上げて、菜見子を招き入れた。白衣は皺だらけで、その下はカッターシャツにすり切れたジーパンだ。

「ちょっと待ってもらえますか」

ふたたび頭を掻きながら、為頼は手洗いに入った。診察のあいだ我慢していたのだろう。菜見子は反対側を向き、壁に貼られた地図を眺めていた。薄い壁の後ろで、水を流す音と同時に二回、大きなくしゃみが聞こえた。

「お待たせしました」

「この地図、おもしろいですね」

上下が逆さの世界地図を指して、菜見子が言った。

「ああ、これはオーストラリアの友人が送ってくれた地図です。ダウンアンダーマップといってね。オーストラリア人は南がいつも下になっているのが気に入らないんですよ。それで南を上にした地図を作った。そしたら、今まで見慣れていた大陸や国がずいぶん新鮮な形に見えるでしょう」

たしかに上向きに尖ったインドや、地図の下に長く延びたロシアなどは、これまで見たこともない形だ。オーストラリアは地図のいちばんいい場所に収まっている。

為頼はその横に貼ってある日本列島がうつ伏せになったような地図を指して言った。

「これも同じ発想で作られたものです。富山県が作った地図で、環日本海諸国図といいます。日本海側の人たちは、自分たちが裏日本と言われるのが釈然としないんでしょう。もともと文化は中国から日本海を渡ってやってきたのですからね。それで日本海を中心にした地図を作ったら、富山が真ん中にきたというわけです。東京なんか日本海からいちばん遠くて、空白の太平洋に面した僻地ですよ。ははは」

為頼の乾いた笑いにつられて、菜見子も笑った。

「先生、こちらの大陸が歪んでいる地図は何ですの」

「これですか」

為頼は腕組みをして、わずかに得意げな表情を浮かべた。「友人のデザイナーに頼んでCGで作ってもらったんですが、一種のメルカトル図法です。円筒図法、すなわち地球に接する円筒を想定して、それを展開した地図ですね。ただし、この地図は地軸が南極と北極ではなく、東京を通るようにしています」

地図の中央にヨーロッパが垂れ下がり、その下でアフリカが横になっている。北米は右四十五度に傾き、南米は地図の下辺すれすれに長く延びている、南極大陸がオーストラリアの位置に描かれ、オーストラリアは北半球にあり、アジアは横から圧縮されて上辺に押し広げられた形だ。

「この地図で日本がどこにあるかわかりますか」

為頼に聞かれて、菜見子は地図の上をさがした。そういえば日本らしき島がない。インド、マレー半島、フィリピンと順にたどっていくと、地図の上辺に細い陸地らしい部分が延びていた。形をなさないギザギザの縁取りにしか見えない。

「そうです。メルカトル図法では、赤道に近い部分はほぼ実寸になりますが、極地に近づくほどいびつに広がります。ふつうの地図で、南極大陸が地図の下辺で横に広がっているのを

見たことがあるでしょう。東京に地軸を移すと、日本が極地になるから、地図の上辺に細く広がって、形がなくなってしまうのです。つまり日本を中心に地球をまわすと、日本が消えてしまうというわけです」

「へえ。それって皮肉ですね」

「その通り。でも、まあ、つまらないことですが」

菜見子が感心すると、為頼は逆に興味を失ったように地図から目を離した。感心されるのが嫌いなようだ。為頼はそそくさと菜見子を診察室に案内した。

診察室は八畳くらいの広さで、大きな窓があり、質素だが使い込んだ机が置いてあった。清潔な敷布のかかった診療台があり、処置用のワゴンもあるが、消毒液や薬品のにおいはしない。為頼は白衣を脱いでハンガーに掛け、菜見子に患者用の椅子を勧めた。

「どうぞ。むさ苦しいところですが」

「先生、この前は危ないところを助けていただいて、ほんとうにありがとうございました。先生がいらっしゃらなかったら、わたしたち、どうなっていたか」

菜見子は紙袋から靴箱ほどの大きさの包みを取り出した。「これ、お礼の代わりにお持ちしたのですが」

「いや、礼なんて」

そう言いながら、菜見子に促されて、為頼は包みを開いた。中から手のひらにのるくらいのガラスのピラミッドと、泳ぐ魚をイメージしたプロペラ型のステンレスの彫刻が二枚出てきた。

「これ、知り合いの造形作家が作った動く彫刻なんです。タイトルは『流線のプリズム』といいます」

菜見子はピラミッドの中心にT字型の軸を立て、魚の形のプロペラを両側に掛けた。軸にはほとんど摩擦がなく、プロペラが微妙に上下しながら回転する。

「ほう、これはおもしろい」

為頼は机の上に置いて興味深げに眺めた。プロペラはモビールのようにゆっくり動き、ステンレスの表面に室内の全景が映る。

「なんだか不思議な動きをしますね。目が離せなくなる」

抽象彫刻に見入る為頼の身体がどことなくいびつに見えた。わずかだが背骨が歪んでいる。病気なのか、生まれつきだろうか。

菜見子はカツの言葉を思い出して、遠慮がちに訊ねた。

「為頼先生、さっきここの看護師さんにお聞きしたんですが、先生は特殊な診断力をお持ちなんですか」

為頼は意味がわからないというように首を傾げた。

「先生には病気が見えるのだと」

菜見子が言うと、為頼は急に表情を硬くした。

「特殊な診断力などありませんよ。わたしはただの町医者ですから」

「でも……」

取りつく島のない為頼に、菜見子は困惑した。気分を害してしまったのだろうか。しかし、ここで引き下がるわけにはいかない。菜見子は顔を上げ、しっかりと為頼に向き合って言った。

「わたし、実は先生にご相談があって参ったのです」

「相談？」

「申し遅れましたけど、わたしは六甲サナトリウムという精神障害児童の施設で、臨床心理士をしています。自閉症や行動障害の子どもたちの世話をする施設です」

為頼は興味を惹かれたらしく、わずかに眉を動かした。

「施設にはさまざまな問題を抱えた子どもがいます。障害やつらい体験で子どもたちは押しつぶされそうになっています。その重荷を少しでも軽くするのが、わたしたち臨床心理士の仕事です。でも、その重荷が何なのか、簡単にはわからないんです。子どもたちは表現の仕

方さえ知りませんから」

「それで、わたしに何を」

正面から聞かれて、菜見子は戸惑った。相談する前に、ぜひとも確かめなければならないことがある。

「先生。先週、元町アーケードで事件があったとき、先生はあの男が通り魔だって、はじめからわかっていたのじゃありませんか」

為頼の目に警戒の色が浮かんだ。菜見子は急き込むようにつづけた。

「あのとき、先生はおっしゃいましたね、あの通り魔は子どもに反応する男だって。先生にはわかっていたのじゃありませんか、あの男があそこで人を殺すことが。もしそうなら、わたし、ぜひ先生に相談したいことがあるんです。それで、さっき外で待っているときに、看護師さんに聞いてみたら、先生は外見から病気を診断する力があるのだと」

為頼は疑わしそうな目で菜見子を見ながら、揶揄するように言った。

「あなたはそんなことを信じるんですか。今はいろいろハイテクの検査もあるのに、外見から診断をつけるなんて」

「でも、先生の診療所にはそんな検査の器械はありませんね。必要ないからじゃないですか」

「買うだけの金がないからですよ、はは」

為頼は自嘲するように嗤った。菜見子が目を離さずに見つめていると、その真剣さに気づいたのか、為頼は自分の軽口をごまかすように言った。

「ま、たしかにわたしはあまり検査をしませんがね。患者からの要請もないし。カツさんが何と言ったか知らないけれど、それはわたしの診療スタイルにすぎませんよ」

「先生は、患者さんの徴候を見抜く力が、ほかのお医者さまより優れているのだと聞きました」

「おしゃべりだな、カツさんは」

為頼は横を向いて小さく舌打ちした。そして観念したようにため息をついた。

「じゃあ、ひとつだけお話ししましょう。あなたが信じようが信じまいがそれは自由です。わたしは大学を卒業したあと、外科の研修医になりました。内分泌疾患のグループに配属され、最初に受け持ったのは四十代の甲状腺がんの女性でした。甲状腺はご存じですね」

為頼に聞かれて、菜見子はうなずく。

「そう、首の前にある蝶みたいな形の臓器です。その患者はなかなかの美人で、目に特徴がありました。くっきりした二重まぶたで、独特の潤いというか、艶やかさがあったんです。その次に受け持ったのも、甲状腺がんの患者でした。二番目の女性はそれほど美人ではなか

ったけれど、目だけは前の人と同じように潤んでいました。三番目は男性の甲状腺がんで、この人にもやはり同じ特徴があったのです。それでわたしは目の感じと甲状腺がんに何か関係があるのかと思い、指導医に聞いてみました。指導医はまったく相手にしてくれません。ほかの研修医に聞いても、彼らは目の徴候になど気づいてさえいませんでした。わたしも単なる偶然かと思い、しばらく気にしないようにしていました。ところが、外来で予診を担当していたら、また同じ徴候の女性が来たんです。何の病気かわからない人ですよ。もしやと思って予診を取ると、やっぱり首にしこりがあるという。助教授が診察して生検すると、一週間後に出た結果は、甲状腺がんでした。それでわたしは、甲状腺がんと目の特徴の関係に自信を持ったのです」

「二重まぶたの潤んだ目が甲状腺がんの徴候、ということですか」

菜見子が戸惑いの表情を浮かべると、為頼は冷ややかに言った。

「信じられないでしょう。別にいいです。わたしにはあなたを納得させる義務はないんだから」

「いえ、先生のお話を疑ってるわけじゃありません。でも、そんな明らかな徴候があるなら、どうしてほかの先生にわからないのかと思って」

「わたしだって、はじめからすべての徴候が見えたわけじゃない。甲状腺がんはたまたま見

えたんです。だまし絵でも3D画像でも、漫然と見ているだけでは見えないでしょう。甲状腺がんの徴候に気づいてから、ほかの病気にも徴候があるのじゃないかと意識して見るようになったんです。すると、少しずつ見えるようになってきた。白血病の人は皮膚にうっすらと光沢があるとか、脳動脈瘤の人は耳の軟骨が微妙に張り出しているとか。でも、徴候で病気を診断するのは、何も特殊なことではないのですよ」

「そうなんですか」

「診断学には、むかしから三徴候と呼ばれるものがありました。病気に特有な三つの徴候ですね。有名なのはメルゼブルクの三徴候。バセドウ病というのを聞いたことがあるでしょう」

為頼は菜見子の返事を待たずにつづけた。「甲状腺の機能亢進症です。この病気になると目が突び出して、首が腫れて、脈が速くなる。すなわち、眼球突出、甲状腺腫、頻脈が三徴候というわけです。ドイツのメルゼブルクに住むカール・フォン・バセドウという医者が、最初にこれに気づいたんです。それぞれの徴候には何の関連もありませんが、バセドウ医師には病気とのつながりが見えたんでしょう。甲状腺ホルモンが測定されるまでは、この三徴候がバセドウ病の診断基準になっていました。ほかにも胆のう炎に表れる黄疸、疝痛、悪寒戦慄は、シャルコーの三徴候と呼ばれます。糖尿病の三徴候は、口渇、多飲、多尿だし、膀

膀胱炎の三徴候は、残尿感、排尿時痛、尿意頻回です」

専門用語を早口に羅列され、菜見子は困惑した。いくら臨床心理士でもこれだけ耳慣れない言葉を並べられてはついていけない。

為頼は菜見子の反応に気づいて、言葉を切った。

「わたしの話、むずかしいですか」

「そうですね、ちょっと」

そう言われて、為頼は苦笑しながらまた前髪を掻き上げた。菜見子は浮かんだ疑問を率直に訊ねた。

「病気に徴候があることはわかりました。でも頻脈とか、残尿感は外見ではわからないんじゃありませんか」

「そうですね。じゃあ見てわかる例をあげましょう。老人に多いパーキンソン病には、仮面様顔貌、小刻み歩行、独特の前屈み姿勢が表れます。ステロイドホルモンが出すぎるクッシング症候群には、満月顔貌、水牛肩、皮膚線条が表れる。心臓の僧帽弁狭窄症では顔の毛細血管が拡張して、鼻や頬が赤く見えますし、染色体異常のターナー症候群では翼状頸といって、首の後ろが翼のように横に広がる特徴がある。ほかにも外見に表れる徴候はいくらでもあります。さらに言えば、頻脈や残尿感でも、長くつづくと徴候は外見に表れますよ。皮膚

かのちがいで」

「先生には、それが見えるというわけですね。どうして見えるのですか」

「それは……」

為頼は言葉に詰まった。「たぶん、それはわたしが一生懸命診るからでしょう。見えない医者は患者をしっかり診ていないんですよ。患者を診るというのは、目だけじゃない。耳、鼻、指、あらゆる感覚を使います。わたしが診察するときは、まず患者さんをじっと見ます。こうやって、神経を集中して……」

為頼の目がまぶしげに細まり、奥に水銀のような光が宿った。菜見子は身体の奥に熱いものが流れるのを感じて、小さく「あっ」と喘いだ。

「大丈夫です。あなたは健康ですよ。病気の徴候は見当たりません」

為頼は平然と言ったが、菜見子の動悸は収まらなかった。為頼は診察の表情を緩めて、椅子にもたれた。

「むかしの医者はみんなこうやって診断していたのです。レントゲンがなくても結核はわかったし、胃カメラをしなくても胃がんの診断はついていた。今はすぐ血液検査だ、エコーだ、CTだと検査に頼るでしょう。だから医者の五感がトレーニングされないんですよ」

「五感を研ぎ澄ませば、見えるのかしら」

菜見子が独り言のようにつぶやくと、為頼は肩をそびやかした。

「徴候が見えるかどうかは、さっきの地図と同じですよ」

「どういうことです」

「地図を見るとき、いつも北が上だと思っていると同じものしか見えない。無意識にこういうもんだと思い込んでいるでしょう。わたしが地図を好きな理由は、概念の自由を実感させてくれるからです。地球はひとつなのに、見方を変えるといろいろな地図ができる。東京が僻地になったり、日本そのものが消えてしまったりする。同じように、病気も新しい概念で捉えれば、これまでの医学では見えなかった面が表れてくるんです」

菜見子には為頼の言うことがよく理解できなかった。もし、外見の徴候だけで病気が診断できる医者がいたら、それは素晴らしい名医だろう。患者はつらい検査を受けることも、エックス線を浴びることもないのだから。しかし、実際にそんな能力が存在するのだろうか。いくら説明を聞いても、菜見子には半信半疑の気持を打ち消せなかった。

為頼は机に目を移し、菜見子が持ってきた動く彫刻を指で突いた。ステンレスのプロペラが荒波を受けたように揺れ、全体が不安定に回転する。

「ところで、あなたの相談は何ですか」

為頼に聞かれ、菜見子は迷った。いったん口に出せば、外部に洩れる恐れが生じる。しかし、黙っていては解決しない。これまでの印象では、為頼は少なくとも秘密を軽々しく口外するような人物ではないようだ。

菜見子は背筋を伸ばし、為頼を正面から見つめて言った。

「実は内密のご相談なんですが、先生に診察をお願いしたい患者がいるのです。六甲サナトリウムの入所者で、十四歳の女の子なんですが」

診察という言葉に、為頼は真面目な顔つきになった。菜見子は唇を引き締めてつづけた。

「今年の二月に、灘区で教師一家が全員殺された事件がありましたでしょう。覚えていらっしゃいますか」

「ええ、覚えてますよ。一時期、新聞がずいぶん派手に書いてましたね」

「実は、その十四歳の女の子が、あの事件に関わっていると言い出しまして……」

菜見子は緊張に声をうわずらせた。為頼も硬い表情になる。

「関わっているというのは？」

「わたしには信じられないのですが、その子が言うには、あの事件は、自分がやったと」

「まさか」

為頼は反射的に身を引いた。菜見子はすがるように訴える。

「わたしも何かのまちがいだと思います。その子はヒステリー性の神経症があって、いわゆる境界型人格障害なんです。自閉症の症状もあり、自傷衝動や追想欠損もあって」

今度は為頼が専門用語に戸惑う番だった。神経症や自閉症くらいはわかるが、ほかの心理学用語には馴染みがない。

「境界型人格障害、というのは？」

「ものの感じ方が極端に偏っていて、不安や怒りの衝動が抑えられない状態です。その子は何度もリストカットをしてますし、割った鏡で喉を突こうとしたこともあります。それなのに自分のやったことを覚えていないんです」

「そんな状態なら、本人の言葉は必ずしも信じられないでしょう」

「わたしもはじめはそう思っていました。でも、事件の具体的な状況をメールしてくるので」

「メール？」

「彼女、だれとも口をきかず、辛うじてわたしとケータイのメールでだけやり取りするんです」

ケータイメールをしたことのない為頼は、厄介そうに眉を寄せた。

「為頼先生。一度、彼女を診ていただけませんか。あの子の言うことが事実かどうか、先生

の目で確かめてほしいのです」

「しかし……」と為頼は言葉を濁した。「わたしは精神科医でもないし、診察したってわかるかどうか」

そう言いながら、彼は菜見子の意図を理解した。彼女はその少女に犯罪の徴候が表れているかどうかを診断させたいのだろう。

二人のあいだにわずかな沈黙が流れた。表に人の気配がし、だれかが待合室に入ってきた。

「為頼先生、ご在室ですか」

ノックと同時に診察室に入ってきたのは、高級そうな茶色の背広を着た中年男と、若い事務員だった。

中年男は菜見子を見て大仰にのけぞり、自分の額をひとつ叩いた。

「あれま、お客さんですか。これは失礼。先日、うかがったときに土曜の午後におじゃましますと申し上げていましたのに、重なってしもたんですな。すんません。わたし、こういう者でございます」

男が菜見子に名刺を差し出した。議員のような大振りな文字で、「白神(しらがみ)メディカルセンター事務長　横井清治(よこいせいじ)」とある。

横井は五十代半ばで、痩せており、上等な身なりのわりに貧相だった。髪が薄く、顔は土

気色で唇が黒ずんでいる。声には慇懃な押しつけがましさがあり、濁った目は抜け目なく光っていた。もう一人の事務員は、紺のリクルートスーツで横井の鞄持ちのようだ。

横井は為頼に向き直り、もみ手をしながら腰を屈めた。

「為頼先生、この前お話ししました件、ご検討いただけましたでしょうか」

「この前の件？」

「いやですよ、お忘れになっちゃ。サテライトクリニックの件でございますよ。わが白神メディカルセンターは、地域医療への貢献を目指して、開業医の先生方と密接な連携に励んでいるのでございます。当院のサテライトクリニックに登録していただきますと、外来患者さまの安定供給と、在宅患者さまの優先的紹介をさせていただきます。おかげさまで我が白神メディカルセンターは、日本医療認定機構にAAAの評価をいただいており、広域医療圏における特定中核病院の認定もいただいております。これもひとえに先生方のおかげでございまして」

横井は淀みなくしゃべり、若い事務員に命じて病院のパンフレットを差し出した。「この通り、サテライトクリニックは、東は京都から、西は岡山まで幅広く登録をいただいております。今後は関西一円にネットワークを拡大する予定です。この際、先生の診療所もぜひ我々のグループにお入り願って、ますますのご発展を」

「けっこうです」

為頼が応えると、横井は露骨に意外そうな表情を浮かべた。

「おや、どうしてでございましょう。先生の診療所からは、これまでも当院に何人かの患者さまをご紹介いただいておりますですね。サテライトクリニックにご登録いただきますと、ご紹介患者さまは優先的に予約を受け付けますし、診察券もシルバーカードを発行させていただきます。シルバーカードの特典は」

「登録しないと、紹介患者を受け付けてくれないんですか」

為頼は横井を遮って訊ねた。横井は眉を上げて狡そうな笑みを浮かべた。

「もちろんそんなことはございません。ただ、ご登録をいただければ、患者さまにもお得になりますし、先生にも」

「受け付けてくれるなら、けっこうです」

「そんなつれないことをおっしゃらずに。先生にとって決して悪い話じゃございませんよ。失礼ながら、先生のところは月当たりの外来数はいかほどですか。三百から五百というところでしょうか。わが白神メディカルセンターのサテライトクリニックに登録していただきますと、それだけで二千にはなりますよ。患者さまの安心感がちがいますから」

横井は自信たっぷりに言い、黄色い歯を剝き出した。為頼は声に怒気を含ませて言った。

「今、来客中なのがわかりませんか。いきなり入って来られて迷惑ですよ」

「これはこれは失礼いたしました。なんなら外で待たせていただきましょうか」

「その必要はありません。わたしは今から出かけますので」

為頼はさっと立ち上がり、ロッカーからコールテンのジャケットを取り出した。

「それは残念ですな。では、これをご挨拶代わりに」

横井が事務員に指示して、箱入りのブランデーらしい包みを診療台に置いた。為頼は素早くもどってきて、横井に突き返した。

「こんなもの受け取れませんよ。持って帰って下さい」

「ご遠慮なさらずに。せっかくお持ちしたものですから」

「いらないと言ったらいらない」

為頼が乱暴に横井の胸に押しつけると、横井は一瞬、為頼を鋭く見て、「へへへ」と卑屈な笑いを浮かべた。

「そうですか。ではまあ今日のところはこれで。でも、先生、これからの地域医療はネットワークの時代でございますよ。医療機関は互いに連携して利益を守りませんとね」

「帰ってくれ」

為頼が怒鳴ると、横井と若い事務員は理解できないというように、肩をすくめて出て行っ

た。

3

横井たちを追い立てるように帰したあと、為頼は菜見子に言った。

「サテライトだか何だか知りませんが、怪しげな話を持って来るんですよ。うちには関係ありませんがね。さ、出ましょうか」

菜見子は為頼に外出の予定があったのだと思い、慌てて立ち上がった。

「すみません。お忙しいのにお時間を取ってしまって」

「いいんですよ。どうせひまですから。で、どうやって行くんですか、六甲サナトリウムは」

思いがけない言葉に、菜見子はおどろきと戸惑いの色を浮かべた。

「今から来ていただけるんですか」

「早いほうがいいでしょう。ご心配のようすだし」

菜見子は為頼に感謝しながら、急いで出口に向かった。

外に出ると、二階の廊下の手すりから、カツと祐輔が並んで顔を出していた。恐い顔で路

地をにらんでいる。目線の先には、プレミアムシルバーのトヨタ・セルシオが後ろ向きに停まっていた。横井が未練がましくこちらを見ている。

「まだいるのか」

為頼が舌打ちをすると、横井はそそくさと車に乗り込み、大排気量のエンジン音を残して走り去った。

「祐輔、いい子にしてた？」

菜見子が二階を見て声をかけると、祐輔は大きくうなずいた。

「とってもいい子だったよ。まだ遊び足りないくらいだよ。またお出でよ」

カツは祐輔を連れて、急な階段をゆっくりと下りてきた。

「カツさん、ちょっとこの人と出かけてきます。昼食は晩に食べるから、悪いけど二階のわたしの部屋に下げておいてくれますか」

「また、お昼抜きですか。しょうがないね。はい、これ」

カツはポケットからチョコレートを取り出し、さっき祐輔にしたのと同じように為頼に渡した。為頼は照れくさそうに口に入れた。

菜見子は祐輔をベビーバギーに乗せ、為頼に申し訳なさそうに言った。

「うちの施設は名前は六甲ですが、ほんとうは裏六甲なんです。北区で遠いんですが」

「じゃあ、北神急行で谷上まで行けばいいですね」

「はい。ほんとうにすみません」

北神急行電鉄は、六甲山の北側に広がる北神地域と、神戸市の中心部をつなぐバイパスとして造られた鉄道である。全線の九十五パーセントが六甲山を貫くトンネルで、為頼はこれまで患者の相談で、北区の病院へ行くのに二度ほど乗ったことがあった。

阪急岡本駅で電車を待つあいだ、菜見子は診察を依頼した少女について説明した。

「その子の名前は南サトミといいます。現在中学二年生で、今年の四月に灘区の小児保健センターから紹介されてきました。いわゆる崩壊家庭の子どもで、両親は八年前に離婚しており、母親は今もシンナーの常習者です。六歳上の兄がいますが、高校を中退したあと自宅にひきこもっています。彼女は幼いころから情緒不安定で、自分の顔を叩いたりする自傷行為があり、目が離せなかったそうです。小学校四年生ごろから夜間徘徊がはじまり、喫煙や万引きで補導されたこともあります。六年生のときに、担任の教師と衝突し、奇声を発するなどの問題行動が著明になりました。早熟な女の子に多い男性教師への拒否反応だと思うのですが、彼女に追従する児童もいて、クラスは学級崩壊に陥ったそうです。担任は彼女やほかの問題児を自宅に呼んで、収拾に努めたようですが、ふとしたきっかけから彼女の症状を悪化させてしまったのです」

「どうしたんです」

「担任が彼女に手を焼き、『おまえみたいな奴は、分裂病になる』と言ったらしいのです。彼女はもともと頭のいい子で、自分で統合失調症（とうごうしっちょうしょう）について調べたようです。人格崩壊や廃人になる可能性があると知り、大きなショックを受けたようです」

分裂病という言葉は当時でも不適切な用語として、統合失調症と言い換える動きが強まっていた。それを子どもに投げつけたのだから、教師の不見識には弁明の余地はない。

菜見子は静かにつづけた。

「小児保健センターからの報告によると、彼女は統合失調症の発病を恐れ、幻覚や妄想に過敏になったようです。そして、不安のあまり、逆にこれらの症状を求める不条理反応を起こしました。わざと幻聴に耳を澄ましたり、自分を妄想に駆り立てたりするのです。さらに失神と記憶障害が加わり、発作を起こすと、前後の記憶をなくすようになりました。たとえば遠足の帰りに失神すると、遠足に行ったことを忘れてしまうのです。それで友だちに、あのときサトミはこうだったねなどと言われると、すごく怒るんです。記憶にないことを言われるのが怖いんでしょう。ふつうは自己防衛が働くのですが……」

「その子の場合は、不条理反応のほうが強かった、というわけですか」

「ええ」

「お話を聞いていると、その子には無意識に自分を攻撃する衝動があるようですね。何とか言いましたね、フロイトの説にある……」

為頼が精神医学の知識をたぐろうとすると、菜見子がすかさず応じた。

「自己処罰の衝動です」

「そう。もしそうだとしたら、事件の告白もその一部かもしれないですね。やってもいない罪を告白して、自分を罰しようとしているのじゃないですか。でも、子どものことだから、矛盾を見つけるのは簡単でしょう。たとえば、事件の当日、彼女は自宅にはいなかったのですか」

たしかに当日のアリバイが証明されれば、それだけで告白の前提は崩れる。

「わたしもお母さんに聞いてみたんですが、はっきりしないんです。お母さんはカラオケスナックに勤めていて、夜は留守がちだし、二月のあのころは彼女の夜遊びが激しくて、何日も家を空（あ）けることが珍しくなかったそうです。お兄さんは妹にまったく無関心だし」

「しかし、そもそも事件とその子に、何かつながりがあるんですか」

そう為頼が訊ねたとき、電車が到着した。菜見子はベビーバギーをたたみ、祐輔を歩かせて乗車した。空いた席に座ったあと、菜見子は為頼に小声で言った。

「事件とのつながりはあるんです。事件の被害者の石川という教師は、彼女が六年生のとき

の担任なんです」

「なんと」

車内に気を配りながらも、為頼はおどろいたようすだった。それまで神経症の少女の単なる妄想だと思っていたのが、にわかに現実味を帯びたからだろう。医者より警察の出番ではないかと疑うように、為頼は菜見子に聞いた。

「殺されたのは、そのサトミという女の子に、分裂病になると言った先生だったのですか。でも、あの事件はたしか一家殺人でしたよね。どうして家族まで巻き込む必要があったのでしょう。それに石川という教師が不用意な発言をしたのは、事件よりだいぶ前でしょう」

「ええ、二年前です。でも今年のはじめごろから、彼女には幻聴がはじまっていたのです。〈あの一家を皆殺しにしろ〉とか〈殺さなければ、分裂病になるぞ〉とかいう言葉が聞こえたそうです。事件の直後は彼女ももちろん黙っていて、まわりはだれも気づきませんでした。でも、そのころから彼女は精神状態が不安定になり、区の小児保健センターで専門の施設に入る必要があると判断されて、うちへ送られてきたんです。はじめはコミュニケーションが取れず、困りましたが、いろいろ試しているうちに、わたしとのケータイメールがいちばん通じやすいことがわかったのです」

「直接は話せないのですか」

「ええ、今は自閉症的な症状が前面に出てますので」

「彼女からのメール、見せてもらえますか」

菜見子はバッグからケータイを取り出し、画面にメールを呼び出した。

「事件のことを書いたメールはいくつもあるんですが、これは最初のほうにもらったものです」

小さな画面に記号まじりの文章が表示されている。老眼気味の為頼は、画面を遠ざけて見た。

＞ぁ～チャーミィは　心配せんでぃぃようぅッ！
＞やったのはトミィやからぁ(>&<)
＞けど　ブンレツビョーやったら　刑務所とか行かんでぇぇんやろ～
＞トミィはここにぉりたいわぁ♪

「チャーミィというのは？」

「あの子がわたしにつけたメールのあだ名です」

「トミィはサトミのトミですね」

それくらいは為頼にも想像がついた。日付を聞くと、九月十三日だった。菜見子は過去のメールをスクロールしながら言った。

「八月のはじめに、事件から半年ということで、テレビの特集番組があったんです。それを見た彼女が急に取り乱して、強い発作で動けなくなりました。そのとき、わたしがつきっきりで世話をしたんです。そしたら事件との関わりを少しずつメールに書きだして。これが最初の書き込みです」

菜見子はふたたび呼び出したメールを為頼に見せた。日付は八月九日。

＞ぜん②　怒ってへんよぅ
＞この前「見つけた！」って　声聞こぇてん
＞チャーミィ　西郷町で先生の一家死んだ事件知っとぉ??

「待って下さい。今、思い出しましたが、あの事件の被害者は、殺されたあとリビングかどこかに並べられていたんですよね。犯人が遺体を動かしたと新聞に書いてありました。そんなことができそうな体格なんですか、そのサトミという女の子は」

「いいえ。どちらかといえば華奢です。でも、発作のときにはすごい力を出すんです。前に

も発作で暴れだし、ピアノを引き倒したことがあります。アップライトのピアノですが」

「それなら大人の死体を移動させるくらいの力は出るということですね。幻聴があったと言いましたが、統合失調症の診断はついているのですか」

「いいえ。幻聴も作り話の可能性があって、今のところは境界型人格障害です」

「じゃあ、知能は保たれているのか」

為頼は困惑したように腕を組んだ。

電車は春日野道（かすがのみち）駅を過ぎ、阪急三宮駅に近づいた。北神急行電鉄には地下鉄が乗り入れており、そのまま谷上駅までつながっている。

菜見子は祐輔を促して、降りる準備をした。

「為頼先生、せっかく出てきていただきましたけど、彼女が診察を受けるかどうか、前もって確認しておいたほうがいいと思うんです。調子が悪いと、ご足労いただいても、興奮して診察に応じないかもしれませんから」

今ごろ気づいたことを申し訳なさそうに、菜見子は言った。駅に着いて改札を出たところで、彼女は六甲サナトリウムに電話を入れた。

「もしもし、高島です。たんぽぽ寮の助手さんだれかいますか。……ええ、そうです。ちょっとこれから……、はい、ええ、サトミちゃん、今どうしてます」

落ち着きのある透明な声が、てきぱきと用件を進める。為頼は所在なく雑踏を眺め、ベビーバギーに座っている祐輔に目をやった。子どもに縁のなかった彼には、特別な興味も湧かない。

「えっ、あら、ほんとう。どうしよう……。わかりました。ええ……。じゃあいいです。はい」

背中を向けた菜見子が、ケータイを切ってから申し訳なさそうに為頼を振り返った。

「すみません。先生、ちょっと困ったことに……」

為頼が不安げな表情をすると、菜見子は弁解するように言った。「サトミちゃん、生理になっちゃったらしいんです。午前中はそんな気配はなかったんですが、あの子、ちょっと不順で」

「生理だと診察しにくいですか」

「そうですね。ちょっとした刺激で狂暴になるし、異常に過敏になるので、今は近づかないほうが」

「わかりました。じゃあ診察はまたということにしましょう」

為頼は気持を切り替え、帰りの切符を買うために券売機に向かおうとした。そのままでは気が咎めた菜見子が、慌てて呼び止めた。

「あの、先生。わたし、もう少しお聞きしたいことがあるんですが。お茶でもいかがですか」

「聞きたいことって？」

「さっきおっしゃってた徴候から病気を診断するという話です。もう少し詳しくうかがいたいのですが」

それなら喫茶店より人通りがあるところのほうがいいと、為頼は駅ビルの外へ出た。

舗道に出ると、さわやかな秋風が吹きつけた。生田新道（いくたしんみち）とサンセット通りが合流する阪急北広場には、透明感のある光が降り注いでいる。ヨーロッパ風に敷石が敷き詰められ、高さ一メートルほどの小山が三カ所しつらえてある。

「下りたい、下りたい」

巨大な亀の甲羅のような小山を見て、祐輔がベビーバギーの上で足をばたつかせた。祐輔にとっては格好の山登りの場だ。菜見子は祐輔を下ろし、靴のマジックテープを締めなおしてから解放してやった。

「ここへ座りましょうか」

為頼は菜見子を促して四角い石の腰かけに座った。そこなら祐輔を目の届くところで遊ばせておけるから、菜見子も安心だ。

「徴候で病気が診断できるという話に、興味があるんですか」

為頼が皮肉っぽく聞くと、菜見子は真顔でうなずいた。

「はい。検査なしで病気がわかれば素晴らしいですもの。でも、だれにでもできることではないですよね」

「まあ、ある種の感性みたいなものはいるかな」

為頼は行き交う群衆に目線を移した。

「うちは代々医者の家系でね、わたしは医者と患者に囲まれて育ちました。祖父までは東京で病院を経営していましたが、父がちょっと変わり者で、次男だったこともあり、わたしが九歳のときに長野県南佐久郡の診療所に赴任したのです。母は元看護師で、長野では父の診療所を手伝っていました。田舎の診療所ですから、検査の器械なんか何もありません。父はそこでいわば腕一本で診療をしていたんです」

為頼は懐かしげに言い、ふっとため息をついた。「ところが二年後、わたしは大きな病気をしましてね。下半身が急に麻痺して歩けなくなったのです。診療所で診ていた結核患者から感染した脊椎カリエスでした」

「カリエス、ですか」

「ええ、古い病気で笑うでしょう。でもあのころ、地方にはまだまだ結核が残っていました。

脊椎カリエスは高熱や痛みを伴わないので、発見が遅れることが多いんです。父はわたしをすぐに東京の専門病院に入院させましたが、麻痺を治すためには手術は避けられませんでした。でも、わたしは怖くはなかった。これは治る病気だと、なんとなく感じていたからです」

「どうして、わかったのです」

「さあ、それは説明できません。わかるものはわかるとしか言えない。数学の問題がなぜわかるのかと聞かれても、答えられないでしょう」

菜見子は腑に落ちない顔をしたが、為頼はつづけた。

「手術の前に院長が来て、歩けるようになるかどうか、手術をしてみなければわからないと言いました。父も同じく深刻な顔をしていました。わたしはそれが不思議でした。院長も父も、わたしが歩けるようになることがわかっているのに、どうして心配するのだろうと」

「それで、手術は成功したんですね」

「ええ。背骨は少し歪みましたが、ほとんど後遺症なしに歩けるようになりました」

為頼の身体が微妙にずれて見えるのはそのせいかと、菜見子は納得した。為頼はつづけた。

「そのとき同じ病室に、脊髄腫瘍の子どもがいたんです。わたしより年上で、顔に赤い斑点が浮き出ていました。わたしはその子が重症であることをなんとなく知っており、その子も

わかっているようでした。手術の前日、やはり院長が来て、大丈夫、手術したらきっとよくなると励ましていました。その子の母親も、先生がまた歩けるようにしてくれると言っていました。二人の明るい声を聞いて、わたしは、大人はほんとうとは反対のことを言うのだと思いました。それが、大人なんだと」

為頼は片方の頬だけ歪め、虚無的な笑いを浮かべた。「その子は手術のあと、結局、一度もベッドから下りられず、半年後に死んだそうです」

「先生はその子の病気が治らないことも、わかっていたとおっしゃるんですね」

「なんとなくですが」

「でも、子どものころからわかるというのは、やっぱり才能じゃないですか」

「いや、特殊な才能ではありません。動物的な勘ですよ。本来はだれにでもあります。ただ、常識とか知識とかがそれを鈍らせてしまうんです」

「それなら、わたしにも見えるようになりますか」

「もちろん」と、為頼は即答した。「あなただって、見えるはずですよ。道行く人を見てごらんなさい。だれひとりとして同じ顔色の人はいないでしょう」

実際、よく見ると人の顔色は微妙にちがう。光沢やくすみ、濃淡にも変化がある。

「黄疸やチアノーゼはまず色で診るのです。いや、色だけではありません。皮膚の状態、肌(き)

理、皮脂、汗、毛穴の具合、まぶたの腫れ、唇の色、白目の充血、虹彩の収縮、毛細血管の分布など、顔の外見だけからでも多くの徴候が読みとれます」

「でも、毛細血管なんて、ふつうの人には見えないでしょう」

「見えますよ。疲れたときには目の下に隈ができるでしょう。あれは静脈系の毛細血管が拡張しているのです。酒飲みの顔が赤いのは動脈系の毛細血管です。恥ずかしくて赤面したり、恐怖で蒼白になるのも、すべて毛細血管の拡張と収縮による変化です。見えているのに、そう思わないから見えないのですよ」

「わたしにも見えているのかしら」

菜見子は自問するようにつぶやいた。為頼は重ねるようにつづけた。

「わたしは医者として患者を診ながら、徴候を読みとる努力をつづけたんです。はじめはなかなか見えなかった。けれど少しずつ見えるようになり、徐々に診断に結びつくようになったのです。そんなむずかしい話ではありません。その気になって見るかどうかです。簡単に見える徴候もありますよ。さがしてみましょうか」

為頼は診察室でしたようにすうっと目を細めた。通り過ぎる女性を目で追い、立ち止まる男性に一瞥を投げる。菜見子は半信半疑のまま、為頼を見ていた。

広場には待ち合わせの人、大学生、年老いた夫婦連れなど、さまざまな人々がいた。大事

そうにバッグを抱える人、サングラスをかけた老婆、指でリズムを取るホームレスの男性。

為頼が目の前にかぶさった前髪を苛立たしげに掻き上げた。

「こうして外を歩いている人は、基本的には健康ですからね。病気の人はなかなか見つけにくいな……。でも」為頼は目線を動かす。「いなくもない。ほら、そこの欅の横に立っている人」

「紺のジャンパーを着た男性ですか」

「そう」と、為頼は声をひそめた。「彼の右の耳を見て下さい。耳の縁に白い膨らみがあるでしょう。痛風ですよ。尿酸値は十を超えてるはず」

菜見子は目を凝らしたが、よく見えない。相手に聞こえないように小さく訊ねる。

「耳のどのあたりですか」

「耳の上の縁に白っぽい膨らみがあるでしょう。ほら、小豆ほどの」

相手の男は気配を感じ、不快そうな表情でその場を離れた。

「わたしにはよくわかりませんでしたが」

「そうですか。慣れるとわかるんですが。それじゃあ、左斜めに座っている人の手を見て下さい」

為頼はまたも声を低め、自分はそちらを見ないで言った。ハンチング帽をかぶった初老の

男性が、ベンチに座ってタバコをふかしている。

「指の先が丸くなって、爪が盛り上がっているでしょう。あれはバチ状指といって、慢性気管支炎の徴候です。ほら、息づかいも荒い」

菜見子はさりげなく男性の指先を見つめた。

「どの指ですか」

「全部ですよ。どの指も太鼓のバチみたいに先が丸くなっているでしょう」

為頼は焦れったそうに囁いた。そう言われれば、爪が丸く膨れているようにも見える。男性はタバコにむせ、苦しそうに咳き込んだ。

「肺気腫ですね。肺胞の壁はそうとう崩れてる」

「そんなことまでわかるんですか」

「別におどろくほどのことじゃありません。これくらいなら医学生でも見抜きますよ。それよりほら、前から来る女性、左目の下に黄色いシミがあるでしょう。薄い紙を貼ったような。コレステロール値が高いんですよ。遺伝性の高脂血症かもしれません。あ、クモ状血管腫もある」

市バス乗り場に向かって歩いてきた中年女性を見て、為頼は早口に言った。「あの人は肝硬変です。だから首のつけ根に血管腫がある」

「血管腫って？」

「米つぶくらいの赤い斑点ですよ。周囲の毛細血管が拡張して、クモが脚を広げたように見える。だからクモ状血管腫というんです。肝硬変の徴候です。手のひらも赤いはずですよ」

菜見子は女性を振り返り、その手を盗み見た。たしかに手の縁がしもやけのように赤くなっている。菜見子は無気味なものを感じた。

為頼はなおも通行人や周囲に佇（たたず）む人の観察をつづけた。見られている人々は、何も気づかずに通り過ぎる。

「ほう、これは珍しい」

為頼はまた病気の徴候を発見したらしく、菜見子に囁いた。「右の手すりにもたれてケータイをいじっている高校生。彼の唇を見て下さい」

菜見子が何気なさを装って言われたほうを見る。

「下唇に細かな色素沈着があるでしょう。ゴマを散らしたような。あれはポイツ・イエーガー症候群といって、小腸に多数のポリープができる病気です」

半開きになった分厚めの唇に、黒い斑点が見える。その意味はわからなくても、徴候はたしかに見えた。

「その病気、悪いものじゃないんですか」

「心配ありませんよ。下痢するくらいです。たまにポリープががん化する場合もありますが」

「ええっ」

がんと聞いて、菜見子は思わず声をあげた。為頼はもう一度目を細めて高校生を見つめる。

「大丈夫。彼のポリープにはがん化の徴候はありません」

「先生にはがんの徴候もわかるんですか」

「そういうこともありますね」

「じゃあ、がんの早期発見もできるんですね。検査もなしにがんがわかるとしたら、素晴らしいことだわ。患者さんにとっては最高の名医ですね」

菜見子は素直に感動したが、為頼の反応は冷ややかだった。

「そう思いますか。とんでもない。逆ですよ。病気が見える医者ほど役立たずはありません」

為頼は自嘲的に嗤った。

「どうしてですか。外見だけで診断がつくのなら、天才的な名医じゃないですか」

「診断がつくだけならいいですがね。病気が見えると、予後までわかってしまうんですよ。その病気が治る病気か、そうでないかね。早期のがんでも、治らないものもあります。治る

病気は放っておいても治るし、治らないものは何をしても治らない」

為頼は投げ遣りに言い、それを恥じるようにうなだれた。菜見子には為頼の真意が読めない。

「それはそうかもしれませんが、でも、やっぱり病気は見えたほうが」

「じゃあ、聞きますが、治らないとわかっているのに、治療に熱心になれますか。治療に一生懸命になるのは、病気が見えない医者なんです。治るかどうかわからないから、治療に希望が持てるし、患者を励ますこともできる。患者にとってよいのは、そういう医者でしょう。最後まで希望を捨てずに治療してくれる医者。しかし、病気が見えてしまえば、希望を持つことは自己欺瞞(ぎまん)です。嘘(うそ)の励ましをしたり、効かない薬を与えつづけるんですからね。だから、病気など見えないほうが、ほんとうはいいのです」

菜見子は為頼の言葉を聞きながら、胸苦しい思いに駆られた。医者ならだれでも、高い診断力を求めて努力するのではないのか。それが病気が見えないほうがいいだなんて。

為頼は自虐(じぎゃく)的な笑みを浮かべてつづけた。

「治る病気だって、見えないほうがいいんですよ。見えない医者は、自然に治った病気でも自分が治したつもりになれますからね。幸福な錯覚です。見えない医者はそうやって自信をつけ、威厳を持ち、貫禄をつける。患者から見れば、立派なお医者さまというわけです。わ

たしは患者が自力で治ったものを、自分の手柄になどとてもできない」

「でも、治療でよくなる病気もあるでしょう」

「たしかに」と、為頼は冷静に応えた。「近代医療のおかげで、治るようになった病気もあります。わたしのカリエスだって手術で治ったんですからね。しかし、治療のせいで命を縮めてしまう患者も多いのです。その危険性は、医療の進歩とともに増大しています。わたしにできることといえば、そういう害のある治療から患者を守ることくらいですかね」

菜見子は為頼の言葉に困惑し、黙り込んだ。為頼も黙って空を見上げる。

「ママ、見て。高いでしょ」

小山を上り下りしていた祐輔が、頂上の石台に登って菜見子を呼んだ。米軍の迷彩服を着た黒人の男の子がいっしょによじ登ろうとしている。

「気をつけてね。仲良くするのよ」

菜見子が腰を浮かして声をかける。祐輔たちが並んで座ると、安心したように腰をおろした。

祐輔を見つめながら、菜見子は放心したように訊ねた。

「為頼先生、病気が見えるなら、長生きする人と、早死にする人の見分けもつきますか」

為頼は不審げに菜見子の横顔を見た。

「寿命がわかるかということですか。どうかな。見るからに長生きしそうな人や短命な人はわかることもあるけれど」

「事故で死ぬ人もわかりますか」

「それは無理です。徴候は運命を示すものではありませんからね」

「ですよね……」

菜見子は淋しげに笑った。

祐輔たちのいる小山に、男の子の父親らしい大柄な黒人が近づいてきた。髪をクルーカットにして、年季の入った革ジャンを着ている。

「ハロー、キッズ。カム！」

父親は肌色の手のひらをぽんと叩き、両腕を広げた。走り下りてきた息子を片腕にぶら下がらせる。祐輔も同じように駆け寄り、反対側の腕にぶら下がる。

「先生、子どもにはやっぱり父親が必要なんでしょうか」

「さあ。でも、どうしてそんなことを」

「あの子の父親は、一昨年、交通事故で死んだんです」

祐輔を目で追いながら、菜見子は淋しげに言った。

「そうなんですか」

為頼が同情を込めてうなずくと、菜見子は自分にあきれるようにくすっと笑った。

「わたし、バカなんですよ。実は×二なんです。最初の夫が死んだあと、どうしてもあの子に父親が必要だと思って、友だちに誘われてお見合いイベントに参加したんです。いい人に巡り会えたと思って結婚したら、大まちがいで」

お見合いイベントと聞いて、為頼はやや意外そうな顔をした。

「わたし、どうかしてたんですね。新しい父親を迎えるなら、祐輔が物心つく前のほうがいいと思って、ほかのことが見えなくなってたんです。でも、焦ったらロクなことはありませんね」

「子どもに父親がぜったい必要ということはないでしょう。父親がいなくても立派に育つ子どもはいくらでもいますよ。それに世間には、いないほうがましという父親も多いようだし」

「そうですね。わたしがしっかりすればいいんですよね」

菜見子は為頼のさりげない言葉に優しさを感じた。

「オーケー、グッバイ」

黒人の父親が祐輔に手を振り、息子を連れて繁華街のほうへ歩いて行った。祐輔は菜見子の元へ飛び込んできた。

「お帰り。楽しかった？」

「ハロー、ハロー、オーケー？」

祐輔が聞き覚えた英語を繰り返すと、為頼は笑った。

「この坊やは大丈夫ですよ。亡くなったお父さんのことは、あなたがこれから話してあげればいい。写真を見せて、どんな人だったか、何を大切にする人だったか、しっかり説明すれば、坊やにもイメージが伝わるでしょう。父親のＤＮＡが伝わっているのはまちがいないのだから」

「ありがとうございます。わたし、なんだか元気が出てきました。先生にお話ししてよかった」

そう言われて、為頼ははにかんだように笑った。

「六甲サナトリウムの女の子の診察は、また都合のいいときに連絡して下さい。お役に立てるかどうかわかりませんが、診るくらい何でもありませんから」

為頼が立ち上がると、菜見子はベビーバギーを広げて祐輔を乗せた。興奮醒めやらぬ祐輔は、まだ足をばたつかせている。

「今日はほんとうに申し訳ありませんでした」

お辞儀をして顔を上げかけたとき、突然、菜見子は雷に打たれたように動きを止めた。顔

色が変わっている。視線の先に、タバコの煙で作られた輪が流れていた。インディアンの狼煙（のろし）のようにゆっくり送り出される煙の輪。それはバス停の案内板の陰から繰り出されてきた。

「どうかしましたか」

「いえ……」

菜見子はバス停で待つ人の群を見つめた。肩が小刻みに震えている。

「気のせいだったようです」

菜見子はぎこちなく笑ってみせたが、頬は青ざめたままだった。

4

「ここにいると、患者という気がしませんな」

モスグリーンの一人掛けソファにゆったりと座り、ロイヤルコペンハーゲンのカップでアールグレイを飲んでいた初老の紳士が、つぶやくように言った。同じテーブルでフィナンシャルタイムズを読んでいた同年輩の男性が、「まったく」と相づちを打った。

「この部屋はまるでヒースローかド・ゴールのファーストクラスラウンジの趣だ」

白神メディカルセンターのＶＩＰ待合室は、病院の二階にあり、全面ガラスの窓から明るい光が射し込んでいる。眼下には芦屋川が流れ、山手には六甲山の美しい稜線が眺められる。同じテーブルにもう一人、ツイードの茶色いジャケットを着たインテリ風の男性が座っていた。読日新聞大阪本社の論説委員、岡部亮二である。岡部は二カ月ほど前から胃の調子が悪く、近所の開業医で胃透視を受けたら詳しい検査が必要と言われて、この病院を紹介されたのだった。

白神メディカルセンターは、読日新聞でも取り上げたことのある関西有数の私立総合病院である。設備が充実しているだけでなく、独自の方式で一流ホテル並のサービスを提供している。岡部が診察を待っているこの部屋も、クレジット会社との提携により会員制のシステムで利用できるようになっていた。

「病院の待ち時間も、こういう場所があればストレスも少ないですな」

右の奥でアールグレイを飲んでいた男性が、香りに目を細めながら言った。互いに名乗ることはしないが、岡部はその男性に見覚えがあった。たしか近畿電力の常務取締役だ。先月の原子力発電所の自主点検委員会設置の記者会見で、雛壇に座っていた。

「おっしゃる通りですな。欧米の病院では、これくらい当たり前なんだが」

真ん中のやや横柄な男性は、丸縁に友の社章をつけているから、丸友商事、通称丸商の重

役だろう。海外勤務が長いのか、いかにも垢抜けしたダブルのスーツを着こなしている。彼は英字新聞を脇に置いてつづけた。

「日本の医療制度は平等だが、自由がないのが困りますな。いくら金を払っても、オプショナルなサービスを受けられんのだから。日本も早く混合診療を認可してもらわんとね」

「そう。やはり病院経営に株式会社を参入させるべきですな。構造改革といっても口ばかりで、なかなか認定されんらしい。だれが足を引っ張ってるんだろう」

「それは」と、二人の会話を聞いていた岡部が、思わず口をはさんだ。この話題は先日、社説で取り上げたばかりだ。「頭の固い厚労省の官僚ですよ。人の生命に関わる医療は、全国一律が望ましいというのが彼らの言い分なんです。株式会社が参入して、収益優先になると、僻地の医療や難病が敬遠される恐れがありますから」

「なるほど」

丸商の重役が語尾を上げてうなずく。

「でも、実際は」と、岡部は二人の紳士がある程度の社会的地位にあることを意識しつつ、声をひそめた。「ご多分に洩れず、既得権益の保護ですよ。株式会社参入で、利権を侵されるのが怖い日本医師会が、厚労族の議員に圧力をかけているのです」

近畿電力（略して近電）の常務は一瞬、真顔で眉をひそめた。岡部はそれに応えるように、

無言でテーブルのグラスを取った。この部屋を使うのが二回目で、まだ雰囲気に慣れない岡部が注文したのはオレンジジュースだ。

「しかし、その点、この病院は医師会にも入っていないらしいし、ダイレクター（院長）がやり手だから、株式会社参入など恐るるに足らんというところでしょうな」

丸商の重役が近電の常務を見た。

「そうですよ。ここの白神院長は、医者にしておくにはもったいないほどビジネス感覚に優れていますからね。この病院だって、ＩＴ関連のベンチャーと組んで莫大な資金を集めて建てたらしい。先代までの古い病院は西宮にあって、個人病院としては立派だったが、これほどの繁栄は想像できませんでしたからね」

岡部は、自社紙のウェブ版に出た白神メディカルセンターの紹介記事を思い出した。白神メディカルセンターは、五年前に竣工した先端医療の総合病院で、ベッド数三百五十、医師数八十四、診療科目二十二、教育施設、研究施設、国際情報部門まである斬新な形態の施設だった。情報公開にも熱心で、高度医療の施設基準はほぼ全科でクリアしている。

院長の白神陽児は、日本の医療制度を現場から改革するトップランナーとして紹介されていた。岡部は、写真に出ていた青年院長の顔を思い浮かべて、どちらにともなく訊ねた。

「ここの院長は、親の代からの病院を発展させたというわけですね。二世医者にはロクなの

がいないと聞きますが」

「たしかに」と、近電の常務は意味ありげに笑った。「二世くらいではそうでしょうな。しかし、ここの院長は四代目です。しかも、代々国立大学の医学部卒ですよ。わたしは西宮の出身なので、白神病院は子どものころからよく知っています。先代までは真面目で地味な先生でしたが、今の院長になって一気に花開いた感じですね」

「ああ、それであの独特の雰囲気があるのか。ぼくもあれは昨日や今日の医者ではないと思っとったが」と、丸商の重役は軽く膝を打った。

「独特の雰囲気といいますと？」

「いや、何と言うか、医者としての格がちがうんだな。最近の医者には胡散臭いのが多いでしょう。実力もないのにエリート面しているのやら、逆に患者に妙におもねるのやら。ドクター白神は、自然に優秀で誠実な医師という雰囲気を身につけとるんですよ」

「それに外科医としての腕も素晴らしいですからね」

近電の常務が補足するようにつづけた。「専門は消化器外科ですが、手術は天才肌らしいです。去年、京都の学会で、五百人の外科医を前に直腸がん手術のライブデモンストレーションをやったそうですが、ベテランでも舌を巻くほどのスピードだったと聞いています。神の手だと言った人もいるくらいで」

「だろうね。ぼくもおどろいたんだが、ドクター白神の手術実績は、年間二百を超えとるそうだ。ホームページに公開されているがね。それも高度な手術ばかりで、食道がんだけで去年は三十八例やっとる。厚労省の食道がんの認定施設基準は年間二十例ですよ。ひとりで倍近い症例をやっとるんだから、大したものだ」

丸商の重役は大げさに感心してみせた。白神のよい評判は、岡部の気持を楽にした。彼は今日、その白神の診察を受ける予定になっているからだ。

「お二方も白神院長の診察を受けておられるのですか」

「受けてますよ」「わたしも」と、両重役が交互に答え、丸商の重役が声をひそめてつけ加えた。「この病院で治療を受ける患者は、全員、ドクター白神の診察を受けるんですよ。内科も外科も関係なくね。我々も何カ月かごとに診てもらう。それが運命の分かれ道でね」

「それは噂でしょう。ははは」

近電の常務が困惑気味に笑った。岡部が怪訝な顔をすると、彼は改まった表情で説明した。

「いや、失礼。この病院では、初診の患者は検査のあと院長が診察して、引きつづきこの病院で診るかどうかを決めるんですよ。むずかしい病気は大学病院や県立病院へ紹介されます。難病や進行がんがすべて紹介されるのなら、変な噂は立たないんですが、そうともかぎらないので」

「どういうことです」

「わたしも詳しくは知りません。聞いた話ですが、進行がんでもこの病院で診る場合があるし、逆に早期なのにほかへ紹介されることもある。白神院長の手に負えない手術はないはずなんですが、簡単な胃がんや乳がんの患者が、ほかの病院へ紹介されたりする……」

近電の常務が口ごもると、丸商の重役が代わるようにあとを引き取った。

「それで、ほかの病院に紹介された患者は、たいてい半年から二年くらいで死ぬんですよ」

「まさか」

「だから、噂ですって」

近電の常務は低い声で打ち消した。岡部は背中にうそ寒いものを感じた。

「つまり、助かる患者はこの病院で診て、助からない患者はほかへまわすということですか。それを白神院長が診察で決めるから、運命の分かれ道だと？」

二人は、互いに顔を見合わせるだけで答えなかった。沈没しかけている船の上で、自分たちは救命胴衣を確保したが、あといくつ残っているかはわからないというような表情だ。

岡部は動揺を隠して、二人に訊ねた。

「でも、この病院で亡くなる患者さんもいらっしゃるでしょう」

「そりゃあね」と、丸商の重役が肩をすくめた。「しかし、ふつうの病院と比べると桁ちが

いに少ないんだ。ぼくはあるルートを使って、いろんな病院の年間の患者死亡数を調べたんだがね。白神メディカルセンターはなんと国立の大学病院より少なかった。ご存じかどうか、大学病院というところは、治療の余地がなくなった患者は、ベッドを空けるためにほかへ転院させられる。だから、もともと大学病院で死ぬ患者は少ない。それよりまだ少ないんだから、よほど安全ということでしょう。患者が集まってくるのも道理というものだね」

「白神院長は、外科以外の患者も診るのですか」

「そうです。わたしは悪性リンパ腫だけど、三カ月に一度診てもらってます。診るといっても、面接みたいなものですがね。聴診器ひとつ当てるわけでもないし」

「ぼくは前立腺（ぜんりつせん）がんなんだが、やっぱり三カ月ごとにドクター白神の診察を受けている。治療は泌尿器科の主治医がしてくれるが、その舵（かじ）取りをドクター白神がやってくれるんだ。それが重要なんでね」

岡部は二人の病気が悪性のものであると知り、わずかに気が楽になるのを感じた。自分も胃がんの可能性が高いが、同じ悪性の患者が多いとなんとなく心強い。

「でも、そんな簡単な診察で、病気がわかるんですか」

「それがドクター白神のすごいところだよ。彼には、圧倒的な診断力があるからね」

「圧倒的な診断力？」

「そう。あなたも診察を受ければわかるだろうが、彼には神懸(かみが)かり的な才能があるんだ」

「あなたもそう思われるのですか」

近電の常務に聞くと、相手は苦笑したが、否定はしなかった。患者同士の会話は、往々にしてとんでもない伝説を生むものだ。そうやってみんな安心したいのだろう。岡部は二人から少し距離を置くことで、自らの緊張を緩めた。

オレンジジュースに口をつけると、手元の診察券ホルダーから順番を告げる電子音が鳴った。

「あなたですよ」

丸商の重役に言われ、岡部は思わずむせた。診察順を示す壁の液晶パネルに岡部のＩＤが表示されている。岡部はゴールドの診察券を抜き取り、軽く会釈して席を立った。

待合室を出て、吹き抜けのホールを診察室へ向かう。ホールは近未来的なデザインで、ステンレスパイプと大理石でシンプルにまとめられている。長いエスカレーターに乗りながら、岡部はこれから告げられる診断について思いを巡らせた。がんと言われたら、自分はどうするだろう。慌てないつもりでも、いざとなったら動揺するかもしれない。いや、問題はその先だ。もし、ほかの病院へ紹介すると言われたらどうしよう。きっと冷や汗が噴き出すだろう。素直に紹介状を受け取るべきか、それとも、死んでもいいからこの病院でとすがりつく

べきか。

そう考えながら、岡部は三階の綜合診療科の受付に向かった。

受付は廊下の突き当たりにあり、フロントに女性が二人座っている。岡部が診察券を出すと、一人がカウンターから出てきて、にこやかに左手の診察室に案内してくれた。

「白神先生、岡部さまがお見えです」

「どうぞ」

促されて入ると、後ろで静かに扉が閉まる気配がした。

診察室は、先ほどの待合室に比べると飾り気がなく質素だった。エナメル塗りの両袖机と、手前に患者用の診療台が置かれているだけで、血圧計や処置用のワゴンなどもない。白神は襟のないブルーの手術衣の上に白衣をはおり、素足にサンダルばきだった。パソコンのモニターを確認すると、さっと椅子から立ち上がる。

「ようこそ、岡部さん。白神陽児といいます」

白神は白衣の胸ポケットから名刺を取り出した。診察で医者から名刺などもらったことのない岡部は、一瞬うろたえ、慌てて自分も名刺を出した。

「岡部亮二と申します。どうぞよろしくお願いいたします」

「へえ、読日新聞の論説委員ですか。わたしも読んでますよ、読日。どうぞお掛け下さい」

白神は気さくに椅子を勧め、自分も腰をおろした。白神はそれほど大柄ではないが、全体に知的なエネルギーにあふれている。記事によれば三十六歳のはずだが、早くも人生の盛りにいるような華やぎが感じられた。風貌は精悍というよりは愛嬌があり、刈り上げた髪と太めの首はいかにも活動的だ。ときに若さを恥じるように目をしばたくのも、謙虚さの表れのように見える。

「こんな格好で失礼します。朝から緊急手術がありましてね。午後からも二件の手術予定があるので、着替えるのが面倒なんです」

白神はてらいのない早口で言い、人なつこい笑顔を浮かべた。岡部は第一印象でこの若い院長に好感を持った。同時に、それも患者心理の故かと自分で疑問符をつけた。

「岡部さんを診察するのははじめてですので、少しお話を聞かせていただきます」

白神はモニターに電子カルテを開きながら、岡部のほうに顔を向けた。目線が鋭くなり、全身をスキャンするように二秒ほどかけてゆっくり上下に見る。

「まず既往歴ですが」と、画面に向き直り、カーソルで記録をなぞる。問診は外科の主治医がすでに入力しているので、白神はそれを確認するだけだ。

「これまで大きな病気はないのですね。お薬や食べ物にアレルギーはありませんか」

「ええ、ありません」

答えるあいだも、白神は岡部から目を離さない。

「では現病歴ですが、胃の症状が出はじめたのはいつからですか」

「二カ月ほど前です」

「その前後に味覚の変化や、好き嫌いが変わったようなことはありませんか」

「さあ、なかったと思いますが」

考えながら顔を上げて、岡部は白神の視線に慄然とした。さっきとは別人のような冷たい目で、こちらを見ている。目を細め、狙いすますような鋭い視線だ。

「あの、何か……」

「え、いや、何でもありません」

白神はすっと目を逸らし、検査データをチェックしてから、キイボードに何か打ち込んだ。

「経過はわかりました。病気の説明については、まだ何もお聞きになっていないですね」

いよいよがんの宣告か、と岡部は緊張した。白神は何度も目をしばたかせた。

「岡部さん、あなたの病気は、一般的にはちょっとむずかしいものです。でも、ご心配はありませんよ」

「むずかしいというのは、がんですか」

岡部は性急に訊ねた。白神は困ったように顎を引き、岡部を斜めに見た。自分ががんの告

知に耐えられるかどうか、見極めをつけているのだなと岡部は思った。無神経な告知をする医者が多い中で、白神の間の取り方には配慮が感じられた。岡部は深呼吸して、唇を引き締めた。

「率直におっしゃって下さい。覚悟はできていますから」

「そうですか。では申し上げます。岡部さんの病気は、お察しの通り胃がんです。でも、命に関わるものではありませんから」

「つまり、早期ということですか」

「いや、早期ではないですね。岡部さんのがんは、五センチくらいありますから」

そんなに大きいのか。岡部は論説委員の知識を総動員して、動揺を抑えながら質問した。

「がんというのは、大きさよりも、粘膜に食い込んでいる深さが問題だと聞きましたが」

「よくご存じですね。深達度（しんたつど）といいますが、岡部さんのがんは筋層（きんそう）を越えていますから、やはり早期とは言えませんね」

「では、進行がんなんですね。もう末期ですか」

岡部は口の中に砂を詰め込まれたような感じだった。がんでも慌てないという思いは、枯葉のように吹き飛んでしまった。

白神は邪気のない目で岡部を見つめていたが、やがて穏やかに言った。

「岡部さん、早合点しないで下さい。がんの診断にはまだまだ未解明の部分が多いのです。病理検査は細胞の見た目の判断にすぎませんからね。人相判断と大差ないんですよ。悪人顔でも、すべてが犯罪者になるわけではないでしょう」

「じゃあ、わたしのがんは人相は悪いが、善人だと？」

「まあ、そういうことですね」

白神は軽く肩をすくめる。岡部は必死に気を鎮め、白神の言葉を信じようとした。白神の態度に深刻さはない。むしろ温かいものが感じられる。岡部はこれ以上不安な思いを引き延ばすことに耐えきれず、思い切って訊ねた。

「白神先生、それで、あの、わたしはこの病院で、手術していただけるのでしょうか」

「もちろんですよ。そのためにいらっしゃったのでしょう」

助かった、と、岡部は全身から力が抜けるのを感じた。恐怖が泡のように流れ去る。彼は喜びに身を硬くして、深々と頭を下げた。

「ありがとうございます。どうぞ、よろしくお願いします」

「治療にはベストを尽くしますよ。大丈夫ですから、どうぞご心配なさらずに」

白神の言葉は決して強いものではなく、むしろ控えめだった。それでいて、自信たっぷりに保証されるよりはるかに安心感がある。不思議だ。これがさっき丸商の重役が言っていた

独特の雰囲気なのか。

「先生、わたしはこの病院に来て、ほんとうによかったと思います。先生とお話ししていると、とても気持が安らぎます。待合室のラウンジでも噂になっていますよ。ほかの病院へ紹介されたらだめだが、この病院で診てもらっているかぎり命は安全だと」

岡部は精いっぱいの感謝を込めて言った。白神の表情が一瞬、強張(こわば)った。しかし、すぐに元の顔にもどって笑った。

「そう言っていただくと、わたしもうれしいです。では手術に向けて入院の準備をしますので、受付でスケジュールを調整して下さい」

「わかりました。どうぞよろしくお願いします」

岡部は深々と礼をして、診察室を出た。

白神は患者を安心させる類(たぐい)まれな才能を備えている。下りのエスカレーターに乗りながら、岡部は丸商の重役以上に白神に心酔している自分に思わず苦笑した。胃がんはショックだったが、この病院で手術が受けられるなら不思議と恐怖はない。またＶＩＰ待合室で、近電の常務や丸商の重役と顔を合わせるのが楽しみだと思うほど、岡部の心は軽かった。

白神陽児は、岡部のあと数人の患者を診察し、午後の手術までのあいだ、事務部から上が

ってきた資料に目を通した。半年前から進めているサテライトクリニックの一覧表である。最近は開業医ばかりでなく、専門性の高い個人病院の登録が増えている。

「岸川マタニティも入ったか……」

新規のリストを見ながら、白神は口元を緩める。岸川マタニティクリニックは、西宮市で先進的な医療を実践する産科病院である。先日、三人のデザイナーベビー（生殖技術を用いて、特定の性質を持つように計画操作された子ども）を誕生させ、産婦人科学会から批判声明を出された。それでも院長は治療の継続を公言している。岸川マタニティがサテライトクリニックに登録したということは、院長が学会に見切りをつけたことを意味する。

ほかにも、セラミックの人工関節で有名な星村整形外科、男性不妊と勃起（ぼっき）障害の治療で注目を集める桐山メンズクリニック、めまいの救世主といわれるヴィーナス耳鼻科クリニックなどが、グループに登録されていた。いずれも大学の医局や医師会に属さない医師たちが運営する施設である。

「まあ、こういう流れなんだろうな」

白神は刈り上げた髪を撫（な）でながら、満足そうにうなずいた。空洞化した権威とプライドで身動きの取れない大病院は、これからどんどん患者に見放される。実力のある医師を組織して、優れた医療コングロマリットを創れば、全国から患者が集まるだろう。

そう考えていると、ノックの音がして、遠慮がちに扉が開いた。

「先生、入ってもいいですか」

手術エリアの滅菌服に白衣をはおった男が、肩をすぼめて入ってきた。マスクははずしているが、シャワーキャップのような滅菌帽はかぶったままだ。その下のつるんとした顔には、眉も睫毛もない。

「薬をもらいにきました」

男の声は小さな子どものように高く、舌足らずだった。わずかに右足を引きずりながら、白神の前に立つ。男は秘書を通さずに診察室へ来ることを許されていた。白神が特別に手をかけて治療している患者だからだ。

「ああ、イバラか。今日の手術はどの部屋も順調か」

「はい、先生。どの部屋も、順調です」

男は白神メディカルセンターの手術エリアの器材係でもあった。白神は引き出しから、青い透明のカプセルを十個ほど取り出し、一つずつビニールの小袋に分けた。

「先生、リンゴのにおいがしますね」

「ん？」

白神は小袋に封をしながら、男を見て苦笑した。「相変わらずにおいに敏感だな。歯磨き

を変えたんだ、アップルミントに。そら、今月分だ。少し余分に入れておく」

男は薬を白衣のポケットに入れ、首をすくめるように礼をして、出口に向かった。

「ちょっと待て」

白神が呼び止める。「前から聞こうと思ってたんだが、お前はどうして足を引きずる。お前は痛みを感じないはずだろう」

「はい。何ともありません……。足を引きずるのは、右と左の長さがちがうからじゃないですか」

男は無気味に笑うと、逃げるように診察室を出て行った。

おかしな奴だ……。

白神は男を見送ったあと、ふたたびサテライトクリニックの一覧表を見た。東灘区の施設がひとつ、＊印をつけておいたのに未登録になっている。

「為頼診療所　院長・為頼英介　診療科目・外科、内科一般」

あの診療所がグループへの参入を拒(こば)んでいるのか。その事実は白神に棘のような不快感を与えた。彼は机のインターホンで受付を呼び出した。

「横井事務長に来てもらって下さい」
＊印をつけてあるのは、白神がぜひともグループに入れたい施設だ。先の岸川マタニティ

をはじめ、先進的な病院や実力のあるクリニックを白神自身が選別した。為頼診療所に印をつけたのにも、理由はあった。

「お呼びでしょうか」

事務長の横井清治が急ぎ足で入ってきた。年齢は二十ほどもちがうが、横井は常に白神に対する忠誠を全身で表す。

「サテライトクリニックの一覧表を見ていたのですが、東灘区にひとつ＊印の施設が未登録になっていますね」

「どのクリニックでございますでしょうか」

「これです。為頼診療所」

白神が一覧表を横井に差し出した。横井は心当たりがありながら、わざとらしく老眼の眼鏡を下げて見た。

「ああ、これでございますか。本山北町の診療所」

「勧誘には行っていただきましたか」

「もちろんでございます。＊印がついておりますので、手土産を持って事務の若い者を連れて行って参りました。たまたま事情があるようで、いまだ登録手続きに至っておりませんが、先方も興味津々のようですので、次回には必ず登録していただけるかと」

上体を屈め、もみ手をしながら満面の笑みを浮かべる。白神は目をそむけた。横井の卑屈さには虫酸が走る。しかし、横井には狡猾な交渉力があり、税務署への応対や不動産の処理などを有利にまとめる能力があった。古いタイプの事務屋だが、白神には耐えられない時代遅れのつき合いを一手に引き受けてくれるので、重宝しているのだった。

「この為頼診療所は、どんな施設ですか」

白神の質問に、横井は濁った目を狡そうに細めた。

「わたしが申し上げるのも何ですが、この為頼診療所というのは我が白神メディカルセンターのサテライトクリニックとしては、いささか品格が落ちるかと存じます。診療所はぼろアパートの鉄階段の下でして、もぐり医者の隠れ家みたいなところでございます。レントゲンやエコーもありませんし、検査もほとんどしていないようです。看護師もおらず、とてもまともな医療施設とは思えませんので、はい」

横井は白神に遠慮しながらも、他人を誹謗する喜びを露わにしてしゃべった。白神は無表情のまま、横井の話が終わるのを待った。

「そんなわけで、わたしの見ましたところ、あの診療所はサテライトクリニックに加えましても、すぐ閉鎖に追い込まれるのではないかと」

「月当たり外来患者数はどれくらいです」

「三百から五百ぐらいかと」

「ほとんど検査をしないと言いましたね。血液検査も出さないのですか」

「検査の外注を受ける関西ラボに問い合わせましたが、為頼診療所から出る検体は、月二桁までだそうです」

　白神は考え込む。

「みすぼらしい診療所で、検査もろくにしないのに、どうして患者が切れないのでしょう。事務長の言う通りなら、ふつうは半年でつぶれますよ。院長はどんな人です？」

「うだつの上がらない中年男ですよ。陰気で、髪の毛がぼさぼさで」

「わかりました。この診療所はわたしが対応します」

　横井は意外そうな表情を浮かべたが、口の端を下げて「恐れ入ります」と引き下がった。

　白神はパソコンに向かい、病院のデータベースから施設別の紹介患者リストを呼び出した。為頼診療所を検索すると、九人の患者がヒットした。決して多い数ではない。多いところは月に十人以上紹介してくる。そこには助かる患者も、助からない患者もごちゃ混ぜになっている。当然だ。紹介してくる医者たちには、患者の予後が見えないのだから。

　しかし、為頼診療所から紹介されてきた九人は、全員、ほかの病院へ再紹介せざるを得なかった。この為頼英介という医者は、助からない患者ばかりを送ってくるのだ。偶然ではな

い。彼が紹介してきた患者には、早期発見の胃がんの患者にさえ、死の徴候が表れていた。為頼という医者は、それを見分けている。

それがこの診療所に＊印をつけた理由だった。

5

為頼の診療所に行ってから一週間後、菜見子はふたたび為頼を訪ねた。サトミの生理も終わり、精神的にも安定しているので、その日の朝に電話をかけて、急遽、診察に来てもらうことになったのだ。この日はうまい具合に保育園の都合もつき、祐輔を預けることができた。菜見子は鶴甲団地の自宅から、ベージュのニッサン・マーチで為頼の診療所に向かった。診療所までは十五分ほどの距離である。

為頼はデニムのシャツにくたびれたジーパンという相変わらずの格好で、菜見子を待っていた。

「すみません。急なお願いで」

「大丈夫ですよ。今日はもう昼食も済ませましたから」

為頼は助手席に乗り込み、シートベルトを締めた。

「裏六甲なら、新神戸トンネルですか」

「いいえ。六甲山トンネルのほうが便利なんです。唐櫃台で出ればすぐですから」

車を持たない為頼には、道路の位置関係がよくわからない。運転は菜見子に任せることにして、患者の状態を聞いた。

「今日はサトミという女の子の調子はいいんですか」

「ええ。わたしは午前出勤だったのですが、朝はよかったです。外見だけ見ると、どうしてこの子が施設に入っているのかわからないほどです」

「じゃあ、話もできるのかな。この前はあなたとケータイのメールでしか、意思の疎通ができないとおっしゃってたが」

「会話はむずかしいですね。面と向かうと殻に閉じこもっちゃいますから。わたしがメールで通訳しますよ」

為頼は軽く肩をそびやかした。これまでにも精神的な問題を抱えた患者は何人も診た。いや、がん患者はほとんどが精神面での支えを必要としているといっていい。彼らに対するアプローチは言葉がすべてだ。それも面と向かっての生の言葉。ケータイのメールでどこまで状況をつかめるだろうか。

車は菜見子の自宅へもどるコースで鶴甲団地を過ぎ、表六甲ドライブウェイに向かった。

六甲ケーブルの乗り場を過ぎると一気に標高は上がり、周囲は山景色になる。緑濃い林の中に、櫨や楓の紅葉が鮮やかな朱を添えている。

「あれから図書館へ行って、この前おっしゃってた事件の記事を調べてみたんですよ」

為頼が秋の陽射しに目を細めながら言った。「たしかに被害者は小学校の先生で、仕事熱心な人だと書いてあった。まあ、亡くなった方のことだから、悪くは書かないでしょうが」

菜見子はハンドルを握りながら、為頼の表情をちらと見た。為頼は前を見たままつづける。

「新聞の報道は、事件直後は連日出ていましたが、次第に記事も減って、一カ月くらいでほとんどなくなってました。それを見るかぎりでは、教え子とのトラブルを書いたものはありませんでしたね」

「ええ。警察もあまり疑っていないようですから」

「そのサトミという女の子は、警察の事情聴取を受けたんですか」

「受けていません。お母さんは刑事が聞き込みに来たとは言ってましたが、サトミちゃんは例によって家にいなかったようですから」

警察が子どもを重要参考人にしないのは当然だ、と為頼は思った。

「新聞に書いてあったのですが、犯人の靴のサイズはＬＬらしいですよ。足跡から靴の種類がわかり、同型のスニーカーが公開されていました。センチになおすと二十七から二十八だ

そうです。サトミという女の子の足は、そんなに大きいのですか」

この靴のサイズだけでも、子どもが犯人と考えるのには無理がある。しかし、菜見子はハンドルを握ったまま静かに答えた。

「サトミちゃんの靴のサイズは二十三センチです」

「それじゃあ、ぜんぜん……」

合わないと言いかけた為頼を遮るように、菜見子はつづけた。

「わたしも靴のことは知っていました。だから、サトミちゃんにそのことをメールで訊ねたんです。すると、あれはお兄さんの靴を自分の靴の上からはいたというのです」

「お兄さんの靴を？」

「ええ。わたしもはじめは信じられませんでした。でも、理由があるんです。サトミちゃんが言うには、まだ両親が離婚する前、神戸に珍しく大雪が降ったことがあったそうです。朝、外へ出て、サトミちゃんが足が冷たいと言うと、お父さんが自分の靴をサトミちゃんの靴の上にはかせてくれたそうです。大きな足跡がおもしろくて、そのままとなりの家まで歩いて行き、いたずらで牛乳を盗んだけれど、ばれなかったらしいです。それで、事件のときも足跡をごまかすために、家にあったお兄さんのスニーカーを自分の靴の上に重ねてはいて行ったというのです」

つまり、捜査を混乱させるために偽装したというわけか。そんなことがあり得るだろうか。

為頼は不審の気持を隠さず、菜見子に訊ねた。

「それで、事件のあと、その靴はどうしたんです」

「逃げるときに、裏の西郷川に捨てたと」

「被害者の家の裏手を流れている川ですね。警察は調べてるんじゃないのかな。発見されていれば、記事に出るでしょう」

新聞には被害者の石川昭次宅の見取り図が出ており、犯人は家の裏手から逃走した可能性が高いと書かれていた。当然、警察は周辺を徹底的に捜査しただろう。片方だけならまだしも、両方とも見つからないというのは、不自然ではないか。

「その子に作話(さくわ)はありませんか」

作話とは意図的な嘘や妄想ではなく、自分で意識せずに話を作る症状である。記憶障害の患者が、話のつじつまを合わせるためによく行う。

「たしかにその傾向はあります。虚言癖(きょげんへき)もあるかもしれません。不良行為を咎められるたびに、嘘をついてごまかすことが日常化していましたから」

菜見子は曲がりくねったドライブウェイを、器用なハンドルさばきで進みながら言った。

車はカーブしながら谷をまたぐ橋を渡って、六甲山トンネルに入った。

「図書館で読んだ週刊誌に出ていた記事ですが」と、為頼はトンネルの奥をにらみながら言った。「あの事件の犯人は、異常者の可能性が高いとありました。情性欠如者ですね。いわゆる人間的な温かい感情の欠如した者ということです。そのサトミという女の子は、ふだんからそういう冷酷な面があるのですか」

「いいえ。ただ、行動障害の発作を起こすと、手がつけられなくなりますが」

為頼が首を傾げると、菜見子は補足するように言った。「突然、情緒が不安定になり、奇声を発したり、手当たり次第にものを壊したりするんです。ひどいときには拘束衣が必要になります。発作のあいだは完全な興奮状態で、何を言っても説得することはむずかしいです」

「つまり、まともな判断力はなくなっているということですね」

「ええ。いわゆる心神喪失の状態です」

菜見子も為頼も、沈痛な面持ちで言葉を切った。

車はトンネルを抜け、唐櫃台から花山台のほうへ折れた。高速道路の高架下を走り、林道のような道を山手に入る。杉林を抜け、谷間の道を曲がると、浅いすり鉢状の敷地が見えた。手前に運動場があり、奥にいくつかの建物が散在している。

「六甲サナトリウムです」

菜見子は施設を見下ろしながら、外周を迂回するように走った。入口は敷地の右側にあり、錆の浮いた遮断機が上がったままになっている。施設内の道路を進むと、正面に総合管理棟があった。おとぎの国の城をイメージしたような赤い三角屋根がそびえ、左右に波形にカーブした外壁が広がっている。壁はクリーム色で、手すりは水色とグリーンの穏やかなパステル調だ。

菜見子は来客用の駐車場に車を停め、為頼を受付に案内した。玄関でスリッパにはき替え、ロビーを奥へ進む。土曜日のせいかあたりはがらんとして、ガラス張りの事務室にもだれもいない。

「ちょっとここでお待ちいただけますか」

窓から太陽が降り注ぐ吹き抜けのスペースに、いくつか応接セットが置かれていた。菜見子は看護助手の詰め所に声をかけてから、ケータイを取り出した。

「サトミちゃんに、メールします」

手早くメッセージを入力し、送信する。

「すぐに返事が来るんですか」

為頼が聞くとほぼ同時に電子音が鳴り、菜見子はすばやく返事を見る。

「あら……」

菜見子が困惑気味にメールの画面を為頼に見せた。

＞今　ムリ
＞ちょっチ待って(.。.;)

「診察を受けたくない、ということですか」

「いえ。単にちょっと待ってほしいという意味だと思います。この顔マークは拒否ではなく、申し訳ない、考え中というような意味ですから」

為頼は文末の記号をもう一度見た。そう言われれば、そんな気もする。彼女たちには言葉で伝えるより正確なのだろう。

「しばらくしてから、もう一度、メールしてみます」

詰め所から、えび茶色のジャージ姿の女性がお茶を運んできた。

「ご苦労さまです。どうぞ」

女性は為頼と菜見子の前に湯飲みを置き、遠慮がちに「サトミちゃん、オーケーですか」と菜見子に訊ねた。

「ちょっと待ったほうがいいみたい。朝は調子よかったんだけどね」

女性に応えてから、菜見子は為頼に彼女を紹介した。

「サトミちゃんがいるたんぽぽ寮の看護助手をしている熱田広江さんです。サトミちゃんとは仲良しなんです」

「熱田です。はじめまして」

女性はおかっぱの頭を丁寧に下げた。ファンデーションを厚く塗っているが、頬に十円玉ほどのシミがある。年齢は四十歳くらいだろうか。口元が突き出ているので、どことなくサルっぽい顔に見える。

「サトミちゃん、心配ですねぇ」

熱田が盆を胸に抱えたまま親身そうに言うと、菜見子も小さくため息をついた。

そのとき、ロビーに妙な音がして、ヘッドギアをつけた高校生くらいの男の子が、壁を叩きながら現れた。度の強い眼鏡をかけ、タオルを首に巻いている。カニ歩きする男の子の横にジャージ姿の看護助手がつき添い、腰のベルトを持っている。

「シンちゃん、また壁叩きが出たの」

菜見子が心配そうに男の子を見る。熱田も困ったようにうなずく。

「為頼先生、あの子も強度行動障害なんです。生活に無数のこだわりがあって、靴のはき方や着替えの順番など、納得するまで同じ動作を繰り返します。気に入らないことがあると、

大声で叫び、ああやって壁を叩いて歩くんです。途中でやめさせると激しい発作を起こし、職員に暴力を振るうんです」

「アタシも一度、首を絞められて、あざができました」

いつの間にか長椅子の端に座った熱田が言い、「ほほほ」と口だけで笑った。

為頼は男の子を見つめてから、菜見子に言った。

「鎮静剤は使わないのですか。職員がつきっきりになるのはたいへんでしょう」

「為頼先生、わたしは子どもたちには、できるだけ薬を使わないようにしているんです。鎮静剤は手軽ですが、問題の解決にはなりません。むしろ悪影響があります。愛護的な環境を整えるほうが、子どもたちを安定させるには効果的だと思うんです」

「おっしゃる通りですわ」

熱田が感動したように言う。「高島先生の方針は素晴らしいです。薬で眠らせるなんて非人間的ですよ。子どもたちには、人間らしい生活をしてもらわないと」

為頼はやや鼻白んで、ぼさぼさの髪を掻き上げた。熱田は菜見子にすり寄るように言った。

「アタシ、為頼先生にお目にかかれて光栄ですわ。やっぱりどこかちがいますね。名医っていう雰囲気がありますもの」

「そう？」

「そうですよ。高島先生もそうですけど、見るからに知的な感じがしますもん。あ、失礼なこと申し上げてすみません」

熱田は意外に純情そうに頬を赤らめ、身を縮めた。しかしすぐに首を伸ばし、菜見子を上目づかいに見て言った。

「あのぉ、アタシ、前からこういうドクターに診てもらいたいなと思ってたんですけど、ちょっとだけ診察をお願いしたらだめでしょうか。少しでいいんです。為頼先生は外見だけで病気を見抜きはるんでしょう」

「そんなこと、急に言っても」

菜見子は言葉に詰まった。為頼の診断力を熱田にしゃべったことがわかってしまう。困惑する菜見子を見て、為頼は助け船を出すように応えた。

「いいですよ。診るくらい簡単なことですから」

「うれしい。よろしくお願いします」

熱田ははしゃいだ声を出し、両手を膝の上にそろえた。為頼はわずかに顎を引き、目を細めて熱田の全身を見た。ゆっくり視線を動かす。赤い手のひら、鼻の皮膚の凹凸（おうとつ）、目頭の血管は白っぽく、腰は不安定……。

熱田は沈黙に耐えきれず、うわずった声を出した。

「なんかドキドキしますわぁ。悪いところがあったらどうしよう」

為頼はそれを無視して、徴候を凝視する。熱田は落ち着かないようすで黙っていられない。

「アタシ、ふだんは調子はいいんですけど。このままでわかります？　服、脱ぎましょか」

「けっこうです。だいたいのところはわかりましたから。でも、ほんとうのことを言っていいんですか」

「えー、怖いわぁ。何です、アタシ、何か悪い病気なんですか」

熱田は菜見子の後ろに半分身を隠した。

「いえ、悪い病気はないです。基本的には健康でいらっしゃる。ただ」

「ただ、何ですか」

「熱田さんはアルコールをかなり召し上がりますね。急性アルコール中毒になったこともある」

「あらー、そんなことまでわかるんですか」

「それから、サプリメントもお好きなようですね。かなり蓄積している。ああいうものにはあまり頼らないほうがいい。それに、内痔核(ないじかく)も大きいですね。出血がつづいているでしょう。早めに治療されたほうがいいです」

熱田は悪い病気を指摘されなかったことの安堵(あんど)と、アルコール依存症や痔(じ)を暴露された羞(しゅう)

恥で、表情を歪めた。ファンデーションの下に、汗がにじみ出ている。

「参りました。おっしゃる通りです。高島先生、このドクターの診断力は本物ですわ。すごいわ。アタシ、怖くなってきたわ」

必死で気持を落ち着かせると、熱田はそれまでの低姿勢を忘れて為頼に迫った。「でも、なんでそこまでわかるんですか。アタシの顔になんか出てます？ ちょっと見分け方教えてほしいわ」

「熱田さん」

菜見子にたしなめられ、熱田ははっと我に返ったように顔を伏せた。

「すみません。調子に乗りすぎました。アタシの悪いくせです。どうぞお許し下さい」

「いいですよ。気にしないで下さい」

為頼がなだめても、熱田はなかなか顔を上げなかった。

そのとき、菜見子のケータイにメールの着信音が鳴った。

「サトミちゃんからだ。今、何してるのって」

菜見子はすぐに返事を打ち、サトミの気持を訊ねた。折り返し返事が届く。

「気分いいそうです。今なら大丈夫です」

「じゃあ、行きましょう」

為頼は待ちかねたように立ち上がった。菜見子もケータイをバッグにしまい、席を立つ。熱田は為頼に追いすがるように声をかけた。

「あのー、サプリメントって、身体に溜まるんですか」

菜見子ににらまれ、熱田は「あ、またでけっこうです」と引き下がった。

菜見子は管理棟から廊下を通って、左側の棟へ為頼を案内した。食堂、調理室などがつづき、救護室の次に集会場のような部屋がある。

「サトミちゃんは、奥のプレイルームにいます。先生がお医者さんだということは言ってありますが、診察とは言ってません。いい人だから、会わせたいだけだと」

菜見子の先導で、為頼は廊下の端にあるやや広めの部屋に入った。床にはマットが敷いてあり、プラスチック製のジャングルジムや遊具が置かれている。二十人ほどの子どもがおり、半分以上が頭部打撲（だぼく）を防ぐためのヘッドギアをつけている。

目でサトミをさがしていた菜見子が、為頼に耳打ちした。

「あそこです。窓際で運動場のほうを向いて、お尻をぺたんとつけている子」

ショートカットの髪を金色に染めた少女が、足を両脇にずらして座っていた。深緑色のセーターに、ベージュのスカートをはいている。その後ろ姿には、すでに女性らしい丸みが備わっていた。早い性体験の影響は明らかだ。

「ちょっと、メール打ちますね」

菜見子はケータイを取り出し、為頼にわかるように文章を口に出しながら打った。

「今、プレイルームに来たよ。トミィに会わせたい人も、いっしょなんだけど」

送信すると、すぐに返事が来る。菜見子は画面を為頼に見せた。

＞どんな人だべ？

「今まで見たことないよーなお医者さんだヨ。トミィにぜったい合うと思う」

＞どーぉしょっかな～　んー　ま　ここはチャーミィの顔ば立てちゃるか

「ありがとう」

＞どぃたま～

「いいみたいです。お願いします」

菜見子に促され、為頼はプレイルームを奥へ進んだ。首を振りながら造花を舐めている子や、机の下で膝を抱えている子の横を抜け、窓際に近づく。サトミは背後の気配で、すでに何かを感じているようだった。

「サトミちゃん、為頼先生よ。すごくいい先生だから話してみたら」

菜見子は直接話しかけたが、サトミはうつむいたまま反応しない。為頼は黙ってサトミの前に屈み込んだ。

「こんにちは。為頼英介です」

サトミは一瞬、顔を上げかけたが、またすぐうつむいた。フルネームで名乗ることで、対等の関係をアピールしたつもりだが、それくらいでは心を開いてくれないだろう。

横にいた菜見子がメールを打った。

「顔を上げてくれない？　タメヨリ先生はトミィの顔が見たいって」

＞見んでぃぃでぇ

メールを見せられた為頼が、菜見子に小さく首を振った。

「いやがることはしなくていいです」

為頼はそのままサトミのうなじや指先を見た。マニキュアをした親指の爪に目をとめ、

「爪の先、割れたんだね。もったいない」と優しく言った。その指が素早く動いて、菜見子のケータイにメールが届く。

＼ そーぉなんす　ほんまぅっとぃ(T.T)

「外科医は爪がきれいなんだ。ほら、わたしの爪も」

為頼が爪を見せる仕草をした。それにつられて、サトミが顔を上げた。その瞬間を逃さず、為頼はサトミの目と眉間を見た。わずかに目尻の上がったアーモンド型の大きな目だ。

サトミは見られたことを悟り、反射的に顔を伏せた。菜見子が慌てて次のメールを打ったが、サトミはケータイの電源を切って画面を閉じた。

「どうしたの、サトミちゃん」

「今日はこれくらいにしておきましょう。無理しなくていいです」

為頼はそっと立ち上がり、さりげなく出口に向かった。菜見子もあとを追う。廊下へ出てから、どこか話のできるところはないかと為頼は訊ねた。さっきの場所だと、また熱田に話の腰を折られかねない。菜見子は自分の部屋に案内した。副施設長室のプレートが掛かっている。

「高島さん、副施設長ですか。えらいんですね」

「いえ、施設長がやる気がなくて、わたしに何でも押しつけるんですよ。部屋は使わせてもらってますが、副施設長のポストは空席です」

部屋は三畳ほどの広さだが、きちんと整頓されていた。机にキンモクセイの花が飾ってある。

為頼は机の手前に置かれた椅子に座り、菜見子に言った。

「あのサトミという子は、灘区の事件とは関係ありませんよ」

「ほんとうですか」

菜見子は思わず両手を握りしめた。為頼は穏やかにつづけた。

「あの子には人を殺すような凶悪な徴候はありません。基本的には強迫神経症でしょう。しかし、妄想や自閉を伴う複雑なタイプです」

「それが、外見に表れているのですか」

「まあ、そうですね。説明しろと言われてもむずかしいけれど、少なくとも彼女には意図的に人を傷つける徴候はありません。だから、いくら狂暴な発作を起こしても、実際に他人に危害を加えることはないでしょう？」

そう言われれば、サトミが激しい怒りの発作で、フォークを振りまわしたり、花瓶を投げつけたりしたときも、だれも怪我（けが）をしなかった。攻撃的なそぶりを見せながら、無意識に人を傷つけないようにしているのか。ヒステリーの患者がどんな危険な倒れ方をしても、決して怪我をしないのと似ている。

安心しかけた菜見子に、為頼は言った。

「ただ、彼女は十四歳にしては信じられないほど大きな怒りを溜め込んでいますね」

「怒り？」

「彼女は十分な愛情を受けられず、存在を否定されつづけてきたんじゃないですか」

「ああ、それはあるかも」

菜見子は棚からサトミのファイルを取り出した。

南サトミは、両親の仲がこじれだしたときに受胎（じゅたい）した子どもだった。だから、母親の胎内にいるときから愛情より不快感を向けられて成長した。父親はバーテンダーで、職場ではおとなしかったが、酔うと年上の妻に暴力を振るった。女癖も悪く、妻は常に疑心暗鬼に陥っていた。サトミは父親似で、睫毛の長い大きな目は特にそっくりだった。腫れぼったい目の母親はそれがおもしろくなく、夫への怒りを身代わりのようにサトミにぶつけた。「お前は狡い」「性格がいやらしい」「お前なんか産まなきゃよかった」そんな母親の言葉の暴力で、サトミは自分の存在に罪悪感を刷り込まれ、それが自己破壊衝動につながったというのが、菜見子の分析だった。

菜見子はサトミの成育歴を説明してから、為頼に言った。

「あの子は基本的には優しい性格なんです。それが虐待（ぎゃくたい）で抑圧され、歪められているのです。

そういう子どもに手を差し伸べて、なんとか本来のよい性格にもどってもらうことが、わたしたちの仕事なんです」

熱意あふれる菜見子に、為頼はまぶしい思いと、いくばくかの倦怠(けんたい)を感じた。

部屋を出ると、秋の太陽は早くも山陰に沈みかけていた。

「今日はほんとうにありがとうございました。これでわたしも安心しました」

「どういたしまして」

為頼は頭を掻きながら、苦笑した。

「お宅までお送りします」

菜見子に勧められるまま、為頼は駐車場へ向かった。菜見子は早めにライトをつけて、山道を走った。車は来たときよりも近い感じで六甲山トンネルに入った。

為頼はオレンジランプを目で追いながら、菜見子に言った。

「それにしても、高島さんのお仕事はたいへんですね。自閉症や行動障害は困難な病気だから」

「でも、やり甲斐(がい)のある仕事です。子どもたちに心の重荷の受け止め方を教え、抱えなくてもいい重荷を捨てる方法を教えることができれば、少しは救われるでしょうから」

菜見子はぐっと顎を引き、自分に言い聞かせるように言った。その生真面目な表情を見て、

為頼はふと皮肉な気分になった。

「おっしゃっているのは、心理学的な理屈ですね」

「理屈？」

為頼の意外な言葉に、菜見子は思わず聞き返した。

「いや、失礼。そういう心理学的なアプローチはたしかに有効でしょうが、根本的な解決にはならないんじゃないかな。たとえば、カウンセリングにしたって……」

菜見子は為頼の言葉を最後まで聞かずに反論した。

「わたしもカウンセリングで、子どもたちを救えるとは思っていません。アセスメント（課題分析）や心理教育も同じです。大事なことは、子どもたちの〝声なき悲鳴〟を聞き取ることです。認められたい、満たされたい、安心したい、子どもの心はさまざまな〝声なき悲鳴〟をあげています。それを理解して、少しでも生きやすい状況を目指すのが、臨床心理士の仕事だと思っています」

「そういう方法で、子どもたちが治るとお考えですか」

「治るかどうかはわかりません。でも、少しはよい状態になるでしょう」

為頼は菜見子の横顔を見た。凜（りん）とした美しい線が頬を縁取っている。為頼はふたたび亡き妻・倫子を思い出した。

彼は感情のない声で言った。

「高島さん、残念だけれど、自閉症や行動障害は治る病気ではありません。環境や経験によって病状はさまざまでしょうが、根本的には治らない病気です。それは認めたほうがいい。治そうと努力することは、無駄ですから」

「そんな……」

菜見子はハンドルを握りしめて唇を震わせた。為頼が静かにつづけた。

「あなたもほんとうはわかっているのではないですか、子どもたちが治らないことを。ただ、その事実から目をそむけている」

「そうかもしれません。でも、わたしはあの子たちを見捨てることができないんです。治らなくても、少しでもあの子たちが生きやすいように、人間として温かく接することがわたしの役目だと思っています」

「そうすれば、状況はよくなる？」

「もちろんです。怒鳴ったり、殴りつけたりするよりはいいに決まっているでしょう」

為頼は小さく首を振った。

「どうかな。実際はあまり変わらないんじゃないかな。それは病気の本質を理解しないアプローチだから」

い。

「病気の本質？」

菜見子がそう聞き返したところで、車はトンネルを抜けた。あたりはすっかり夕闇に包まれている。菜見子は黙ったまま運転をつづけた。横顔に不安と困惑が浮き出ている。行動障害や自閉症はたしかにむずかしい病気だ。その本質が何かと問われれば、だれも答えられまい。

沈黙のまま信号をいくつか越え、車はわかば荘の前の路地に入った。菜見子は車を停めてから、ようやく為頼に訊ねた。

「為頼先生は、わたしたちのアプローチがまちがっているとお考えなのですか」

「いいえ。まちがっているとは言いません。ただ、意味がないのです」

「意味がない？　どうして」

「誤解しないで下さい。わたしはあなたを批判するつもりはないのです。あなたは真面目だし、仕事への熱意もある。でも、病気は自然現象なのです。だから手強(てごわ)い。一生懸命やれば必ず解決するわけでもない。雨乞いでは、雨は降らないでしょう。じゃあ、わたしはこれで」

菜見子は車から降りる為頼を、呆然(ぼうぜん)と見送っていた。自分の努力を雨乞いと言われながら、反論したくてもできないもどかしさに、その瞳は喘いでいるようだった。

6

十一月に入って急に冬型の気圧配置になり、気温が下がった。空気は乾燥し、強い北風が吹きつけた。

よりによってこんな寒い日に働くことになるとは、と男は自分の不運を呪った。しかし、日銭を稼ぐためには仕方がない。

現場は阪急御影駅の北側で、金持ち連中の家が多いところである。下水工事のための交通誘導。赤と白の旗を持って、丸一日寒い中に立ち尽くさなければならない。男は饐えたにおいのするヘルメットの下から、不満と怨念のこびりついた目で、周囲の裕福そうな家々を眺めていた。

男の名前は佐田要造。身長百七十四センチ、体重七十六キロ。しかし、見た目にはもっと大柄に見える。それは彼の太々しい態度と、いつも人を見下すようにふんぞり返っている姿勢のせいだった。

佐田はアルバイトなので、装備は会社のロッカーにあるものを使っている。ヘルメット、ジャンパー、光を反射するベストと安全靴。バイトの共有品はいずれもひどいにおいがした。

身につけるたびに彼は思う。これは仮の姿だ、本来の俺はこんな下らない仕事をする人間じゃない。

この日、現場の警備員は四人だった。T字路の工事のため、誘導に三人、作業場の安全確保に一人である。佐田の担当はもっとも通行量の少ない北側だった。

いちばん寒いところに立たせやがって。

佐田は担当を決めたチーフが目に入るたびに、陰険な視線を向けた。あいつは俺を目の敵にしていやがる。俺がバイトで自由な身分なのがうらやましいのだろう。あんな奴、どうあがいたって一生下働きだ。悔しかったら、俺のようなインテリになってみろ。佐田はいつもの癖で、内心で悪態をつきつづけた。

午後から風が強くなってきて、旗が振りにくくなった。前から白のＢＭＷが来たので、佐田は進路を確認してから「進め」の合図をした。ところが車は通り過ぎない。何をやってるのか、早く行けと、佐田は苛つきながら激しく旗を振った。

「ちょっとぉ、行っていいのか悪いのか、どっちなのよ」

髪を赤く染めた中年女が車を止め、窓を開けて聞いた。

「行けって合図してるやろ」

佐田が言うと、女はすかさず言い返した。

「でもあなたの振ってる旗、赤よ」

「え」

佐田は慌てて白旗に持ち替えて、「進め」の合図をした。

「何やってるのよ、まったく。使えない人ね」

女の捨てゼリフに、佐田は横を向いて言う。

「黙れ、メスブタ」

「何ですって。あなた、何よ、その言いぐさは」

「けっ、聞こえたんかい」

佐田は女を無視し、できるだけ相手に不快感を与えるように、ゆっくりと背を向けた。女は乱暴にドアを開け、車から降りてきた。毛皮のコートに真っ赤なハイヒールをはいている。

「ちょっと、あなた、謝りなさいよ。合図をまちがえたのは自分でしょう。バカじゃないの」

「うるさい。クソババア。さっさと通れ」

佐田の暴言に女は蒼白になり、唇を小刻みに震わせた。作業場にいたチーフが走ってきた。

「何をもめとるねん。あかんやないか」

初老のチーフは駆けつけるなり、「すんません、すんません」と頭を下げた。女は興奮し

てことの顚末をまくしたて、チーフに名刺を要求した。今は時間がないから行くが、この件はぜったいに許さないと息巻いて車に乗り込んだ。

「おまえも、頭下げんかい」

走り去る車に向かってヘルメットを押さえられ、佐田はいやいやお辞儀をした。

「お前はアホか。わしらの仕事は頭を下げてナンボやぞ。けんかしてどないすんねん。何を言われても、すんませんて謝らんかい」

日焼けした顔に深い皺を刻んだチーフは、くどくどと説教をした。現場監督がチーフを呼ぶ声が聞こえた。

「おーい、警備、何やっとるんや。ここは通学路やから、作業場から離れるなて言うてるやろ」

「あ、はーい。すんませんです。すぐもどります」

チーフは監督のいる方向に頭を下げ、飛ぶように持ち場にもどった。

よくもあんなに卑屈になれるもんだ。所詮、あいつは一生人の顔色を見て、おどおど生きる以外にない。惨めなもんだ。

それにしても、今日は不愉快なことばかりがつづく。佐田は忌々しげに唾を吐いた。そもそもケチのつきはじめは、昨夜の電話からだった。

昨日の日曜日、アパートで寝ころんでいると、夜の九時ごろケータイが鳴った。六甲サナトリウムの熱田広江からだった。

「佐田くん、ビッグニュースやで」

三十四歳にもなって、あんなオバハンにくんづけで呼ばれたくないが、情報提供を頼んでいる手前、文句も言えない。佐田は黙って熱田の言葉を待った。

「あの女、サナトリウムに医者を連れて来よったで」

「医者？　何しにや」

「サトミの診察や。けど、何もしてへん。とんだヤブ医者や」

医者と聞いただけで、佐田は激しい嫉妬を感じた。医者などという連中は、大した仕事もせず、患者をだまして金を巻き上げ、贅沢な暮らしをしている許しがたい奴ばかりだ。佐田は憎悪を含んだ声で熱田に聞いた。

「その医者があいつのパトロンになったんかい。どんな奴や。助平ジジイか」

「なんやうだつの上がらん男やったで。半白髪のくせに、ジーパンをはいとったわ。金はなさそうやから、パトロンは無理やろ。それよりちょっと聞いてんか。アタシ、あの女にえらい恥をかかされたんや」

熱田が「あの女」と言うときは、ことさら憎々しげな響きが籠もる。熱田が佐田にしゃべ

ったのは、前々日の土曜日に受けた診察のことだった。

「なんや知らんけど、人のことじろじろ見て、あることないこと言うんや。人のことをアル中やとか、サプリメントが蓄積してるとか。こっちが何もよう言わんと思うて、個人的なことまで暴露するんや。プライバシーの侵害やわ」

熱田の声が耳に粘り着く。おまえにどんなプライバシーがあるんだと、佐田は内心でせせら笑った。

熱田の愚痴(ぐち)はさらにつづいた。

「取り澄ました顔で、病院に行けとか、入院せえとか、脅(おど)かすようなことばっかり言うのよ。あの女もいっしょになって、アタシを見下げたような目で見てんのよ。アタシのこと、人間としてバカにしてるんや。昨日も正義の味方みたいな顔して、発作を起こしてもガキには鎮静剤を使わへんとか、えらそうなことを言うてたわ。発作起こしたら薬で眠らせたらええのよ。起きてたって、ゴミを食べたり、オシッコまき散らしたり、ロクなことせえへんのやから」

「きれいごとが好きなあいつらしいな」

「そうよ。それで自分は副施設長の部屋を勝手に使って、女王さま気取りよ。いつか思い知らせてやるわ」

「そや。俺もそれを狙うとんのや」

佐田は熱田の怒りに調子を合わせた。

彼が熱田と知り合ったのは、二カ月ほど前だった。六甲サナトリウムの職員宿舎の入口で、声をかけたのである。佐田は本性を隠して善人を演じるのが得意だった。

「こんばんは。熱田広江さんですね。ボク、佐田要造といいます」

彼はパソコンで作った名刺を差し出した。

熱田のことは、これまでにサナトリウム内の道や駐車場に身を潜めて、だいたいのことを把握していた。四十歳で独身、職員宿舎暮らしで、サナトリウムには去年就職した。立場の強い者にはへつらうが、弱い者にはきつく当たる。そして、サナトリウムの臨床心理士、高島菜見子に並々ならぬ敵意を抱いている。

宿舎にもどる道すがら、若い職員に陰口を叩いているのを何度も聞いた。

――あの女、臨床心理士か何か知らんけど、お高くとまって、何さまのつもりや。

佐田にはもってこいの存在だった。

佐田が熱田に渡した名刺には、「神戸市役所広報課主任」の肩書がついていた。もちろん詐称である。

「実は、ボク、サナトリウムにいる高島菜見子の前の夫なんです」

「へえ、ほんなら祐輔ちゃんのお父さんですか」

菜見子は祐輔を何度か職場に連れてきており、熱田も知っていた。

「いや、祐輔はボクの子やありません。前の旦那の子です。あいつ、二回結婚してるんです」

佐田が下卑(げび)た笑いを浮かべると、熱田は好奇の色を浮かべた。

「それで、熱田さんに折り入ってお願いがあるんですけど」

熱田は警戒心より好奇心に負けて、佐田を自室に入れた。佐田はテーブルの前で畏(かしこ)まり、熱田に菜見子との結婚についてしゃべった。

「ボクと菜見子は、ある結婚情報会社のイベントで知り合ったんです。ところが、それが結婚詐欺でしてね。ボクは役所勤めの堅い仕事ですから、何も知らんかったんですが、あいつは業界では有名な女らしくてね。ちょっと美人なもんで、どこにでも顔を出してたそうです。医者とか、弁護士しか参加できんお見合いパーティに嘘の履歴書を出してね。ボクと知り合うたときも、未婚やというてたのに、子どもまでおったんです。ひどいでしょ。けど、それがわかったときは、ボクとの結婚話も進んでたし、まあ、聞いてみれば前の旦那は交通事故で死んだというし、ボクも人がいいから目をつぶったんです。ところが、結婚したらあいつはその恩も忘れて、ボクをないがしろにするんです。こっちは何の落ち度もないのに、家事

もしないし、妻としての当然の義務も果たさない。ボクの愛情にも応えてくれないんです」

佐田は巧妙に熱田を刺激し、反応があると見るやすかさずつづけた。「初対面の人にこんなことを言うのは恥ずかしいんですが、夜の生活もさっぱりですわ。ボクは極めてノーマルやのに、まともに受け入れてくれない。いや、あいつは基本的にはスキ者なんです。どうもほかに男がおったんやないかとにらんどるんですけどね。ボクも男ですからね、そんなことされたら腹が立つ」

熱田の頬が上気し、好奇心が膨れ上がるのが透けて見えた。「そのくせ、あいつはいつもえらそうにして、ボクをバカにするんです。そらあいつは資格を持ってるけど、たかだか臨床心理士でしょ。そんなもん、看護師以下ですやん」

熱田が身を乗り出してうなずいた。

「あいつは高慢で、上品ぶって、いつも人を見下すような目をしてますやろ。職場でもそうとちがいますか」

「なんでわかりますの」

「いっつもそうですねん。自分ほどえらい者はおらんと思うてるから」

「ほんまや。ほほほ」

熱田は意気投合し、うれしそうに笑った。そして辛抱しきれないように言った。

「前のご主人の前で言うのも何ですけど、あの人はアタシらのことをバカにして、すぐ専門用語でごまかすんですわ」

「それがあの女の手ですよ」

「年下のくせにえらそうにして、何でも命令口調で言うし、ちょっと美人や思うて、鼻にかけて。あんなんたいした顔とちがいますわ。耳の形なんか変ですもん。胸も大きいけど、あの形はすぐ垂れますわ」

いったん気を許すと、熱田の悪口は止めどがなかった。「それに自分の都合で子どもを職場に連れてきて、アタシらに世話させますねん。公私混同もええとこやわ。この前も施設の物品を買う通販で、私用のファイルを頼んでますねん。アタシも深海鮫エキスを頼んだら、それはちょっととかケチつけて。自分はええんかいと思うたら腹が立ちますよ」

「それで、ボクが熱田さんにお願いしたいのはね」と、佐田はころ合いを見計らって言った。「ボクはあいつが許せんのです。調停のときはちょっと事情があって、離婚届に判を押したんやけど、このままでは気がおさまらんのです。慰謝料をもらわんとね。それで訴訟するつもりなんやけど、裁判に勝つためにはあいつに不利な情報がいるんです。それを熱田さんに集めてもらいたいんですけど」

訴訟と聞いて、熱田は一瞬ひるんだ。その手のむずかしい話が苦手なようだ。

「不利な情報て、どんなことですのん」

「何でもええんですよ。さっきの公私混同の話とか、不祥事みたいなことですね。スキャンダルならもっとええんですが。いい情報が入ったら、お礼はさせてもらいますよ」

「それくらいやったら、協力できるかも」

菜見子を嫌っている熱田にすれば、趣味と実益を兼ねた話のはずだ。熱田が承諾すると、佐田は最後に念を押した。

「ボクは市役所にキャリア扱いで採用されてるから、やっかみも多くてね。仕事場に私用電話がかかるとうるさいんです。ケータイの番号を書いときますから、連絡はこっちに頼みます」

佐田はさっき渡した名刺に、赤ボールペンで自分のケータイ番号を大きく書いた。これで市役所に電話がかかることはあるまい。

それから熱田は何度か佐田に電話をかけてきた。たいていは下らないやっかみや中傷だったが、憂さ晴らしにはなった。打ち解けてくると、熱田は年下の佐田をくんづけで呼ぶようになった。佐田はおもしろくなかったが、さんづけで呼べとも言えない。市役所では何人も部下がいるとか、広報課はエリートの集まりだとか思わせぶりに言ったが、鈍感な熱田には伝わらなかった。

昨日の電話もどうせ重箱の隅をつつくような悪口だろうと思ったが、そうではなかった。菜見子が医者を連れてきたという報せは、即座に佐田の妄想を掻き立てた。その医者と菜見子はどんな快楽をむさぼったのか。菜見子が医者と淫らな関係を結んでいるところを想像して、佐田は嫉妬に身を焦がした。

「その医者のこと、もうちょっと調べてくれるか。住所とかわかったらありがたいねんけど」

佐田は声を押し殺して熱田に頼んだ。

そのあと、佐田は買い置きの焼酎をつづけざまに飲み、思いつくかぎりの悪態をついて酔いつぶれて寝た。今朝は二日酔いだったが、現金が尽きかけていたので、仕方なく交通誘導のバイトに来たのだった。

佐田は不愉快な思いをまぎらせるため、工事現場の周囲を眺めた。立ち位置が決まっているので、歩きまわることもできない。ふと工事中の立て看板に目がいった。ヘルメット姿の作業員が頭を下げている下手くそな絵が描いてある。

俺に描かせたら、百倍はうまいで。

佐田は立て看板さえバカにして嘲った。実際、佐田は子どものころから絵が得意で、小さいころは女の子の絵ばかり描いていた。早熟だった佐田は、幼稚園のころから女の子に強い

興味を持っており、それが露骨になりすぎて、親や保母に警戒されていた。佐田はなぜ自分が女の子から遠ざけられるのか理解できず、傷ついた。それで代わりに、密かに女の子を絵に描くようになったのだ。全身像を描き、ハサミで切り抜いて、秘密の箱に保存する。紙人形の少女はいつも笑顔で、佐田を拒否することもなければ、傷つけもしない。どこを触ってもいやがらないし、親や保母に言いつけることもなかった。

その趣味は小学校に上がってからもつづき、クラスで好きな女の子ができると、こっそり紙人形にした。紙人形は便利で、好きな格好をさせられるし、裸にすることもできる。現実の女の子が気に入らないことをしたら、家に帰って、手足をちぎったり、首を燃やしたりした。

「邪魔だよ。どいてくれる」

空想にふけっていると、後ろから声がかかった。上等そうなスポーツウェアを着た四十代の男が、ジョギングの足踏みをしている。いつの間にか歩行者通路をふさいでいたようだ。佐田が道を空けると、男はけっこうなスピードで走り去った。あとに気障(きざ)な香水のにおいが残った。

「けっ」

佐田は足元の小石を蹴った。

平日の午後にジョギングをしているなんて、まともな勤め人でないことはたしかだ。背も高く、顔もけったくそ悪いが二枚目だ。金とひまがあって、何から何まで恵まれている。どうせ不労所得者だろう。佐田にとって、不労所得者ほど腹立たしいものはなかった。自分がこんな寒風の中で働いているのに、あいつは人生を楽しんでいる。家はこの辺の豪邸で、帰ればべっぴんの妻がいて、シャワーのあとは豪勢な夕食を食べるのだろう。

佐田の胸に沼のガスのような嫉妬がわだかまった。思えば、自分の人生は不運の連続だった。過保護な母親に無理やり中学受験をさせられ、それに失敗して三流の私立中学に入り、高校も中退した。大検で福井の工業大学にもぐり込んだが、ゼミの教授に嫌われ、思わず殴って自分から退学した。旅行会社やＩＴ関連のベンチャーに勤めたが、どれも長つづきしなかった。女にだまされたり、ヤクザに金を取られたり、近所のオバハンの言いがかりで警察に捕まりかけたり、ロクなことはなかった。一年前、菜見子にうまく言い寄ってまんまと結婚し、これで人生が切り開けると思ったのに、半年で離婚された。

思い出せば腹が立つ。自分は才能もあるし、頭もいいのに、一向に人生が順調に回転しない。すべて不運のせいだ。それに引き替え、今のジョギング男はたまたま金持ちに生まれただけで、何もかもがうまくいっている。世の中はあまりに理不尽だ。この不公平はどこかで埋め合わせされなければならない。

佐田は腕組みのまま、ジョギング男が走り去った道をにらんだ。せいぜい今のうちにジョギングでもしてろ。幸せがいかに脆（もろ）いものか、身をもって体験させてやる。お前なんか不幸のどん底に墜としてやる。

佐田はヘルメットの下から澱（よど）んだ目で道をにらんでいた。男がもどってきたらあとをつけて、家を見つけてやる。そして、世の理不尽の責任を取らせてやる、想像を絶するような残酷な方法で。それが不運に苦しむ無数の人間の怨念だ。そう思って待っていたが、男は別の道から帰ったのか、ふたたび姿を現さなかった。

やがて日が暮れると、底冷えのする寒さがしのび寄ってきた。作業員はライトをつけてしばらく工事をつづけていたが、午後六時を過ぎると監督が片づけを命じた。やっと仕事が終わる。バリケードフェンスをたたみ、誘導路を仕切るクッションドラムやコーンバーを片づけていると、チーフが駐車場からオンボロの軽ワゴン車を持ってきた。道具を積み込み、四人の警備員が相乗りで会社にもどる。

会社は阪神魚崎（うおざき）駅に近い魚崎本町にあった。現場から海側に一キロあまり離れているだけだが、阪急御影駅界隈（かいわい）とは、空気さえちがって感じるほどごみごみした下町だ。事務所はスレート葺（ぶ）きの二階屋で、一階の半分が駐車場になっている。佐田はほかの誘導員といっしょに用具を片づけ、ロッカーに装備をもどして私服に着替えた。疲れているので、だれとも口

はきかない。

勤務簿を持って二階に上がり、経理にアルバイト料を受け取りに行った。佐田は経理の女性事務員が嫌いだった。ご苦労さんのひとことも言わず、いつも上目づかいで人のことを胡散臭そうに見る。しかし、機嫌を損ねるとなかなか金をくれないので、逆らわないようにしていた。

「佐田、あんた、また問題起こしたね」

勤務簿を出すと、経理の女はしゃがれた声を出した。佐田は何のことか考える気もせず、突っ立っていた。

「会社に苦情が来てるよ。社長が呼んでるから、坂下さんといっしょに行っといで」

「金は」

「そんなもん、あとや」

チーフの坂下は階段を上がってきて、佐田を見つけるなり、「ちょっと来い」と社長室へ連れて行った。

社長室は四畳半ほどの安っぽいベニヤ張りで、汚い事務机と、ボロボロの応接セットが置いてある。社長は六十代の太った男で、頭ははげ、鼻は夏みかんのようにぶつぶつだった。

「おい、お前、今日の現場で車ともめたやろ」

「すんまへん。こいつが相手を怒らすようなことを言うたみたいで」

坂下がごま塩頭を下げて謝った。佐田はふてくされて目を逸らしている。

「お前な、この仕事は信用が第一やねんぞ。苦情が来たら次の仕事がまわってこんようになるんや。今日の現場は役所やぞ。ただでさえうるさいのに、あんじょうやらんとあかんやないか」

社長は椅子にふんぞり返ったまま、説教をつづけた。佐田はそれを聞くふりをして、いつものように内心で悪態をついていた。オッサン、その醜い鼻をなんとかせえ。助平丸出しで、オッサンと経理のオバハンがデキてることは、みんな知ってるで。昼間、この薄汚いソファでブタみたいなセックスしてるんやろ。吐き気がするわ。

「佐田、お前なぁ、身体もでかいし、何も交通誘導なんかせんでええやろ。もっとお前に合うた仕事があるんとちゃうか」

社長の口調が急に冷淡になっていた。佐田は他人事のように聞いた。

「バイト、クビいうことでっか」

「そや。もう来んでええ」

「はん。ほな辞めさせてもらいまっさ。こんなとこ、二度と来るか」

佐田はすさんだ目で社長をねめつけ、床に置いてあった段ボール箱を蹴り飛ばした。坂下

が咎めようとすると、社長が放っておけというように首を振った。これくらいで辞めてもらえるなら、厄介払いができていいという顔だった。

経理へ行き、「今日で辞めるわ」とぶっきらぼうに言うと、経理の女は待っていたように日当の六千五百円を渡した。クビの話を聞いてあらかじめ用意していたのだろう。それがまた仕組まれていたようで、佐田には業腹だった。

「オバハン、世話になったな。最後やから言うけど、社長がオバハンのアソコ、臭うてかなわんて言うとったで」

女性の表情は見る見る強張り、怒りで赤黒くなった。熱田もそうだが、不細工な女ほど化粧が濃い。佐田はすさんだ優越感を抱いて、事務所を出た。

下の駐車場に停めた原付で、国道四十三号線を西へ帰る。作業ズボンにセーターだけの佐田は、寒風に凍えそうだった。それでも走るしかない。道路には乗用車やトラックなどのライトがあふれている。有象無象の車の群。自分がそこに埋没していることが、佐田にはたまらなく苦痛だった。俺は本来こんなところにいる人間ではない。その気になればとてつもないことがやれる。そこらの雑民とは、人間のできがちがうのだ。

灘区に入り、岩屋で二号線と合流したあと、佐田は寒さに耐えきれなくなって、中華料理屋の前に止まった。黄色い看板に「珍春」と赤文字で描いてある。看板に書いてある値段表

を見て、佐田は入ることに決めた。

「ビール」

佐田は奥のテーブルにつき、注文を取りに来た娘に言った。テーブルの上のメニューをしつこく眺め、天津飯と酢豚を頼んだ。

料理が運ばれてくると、佐田は週刊誌を読みながら食べはじめた。まずい。これが客に出す料理か。なんで俺はこんな中華料理屋にまで不快な思いをさせられなければならないんだ。佐田は憎々しげに調理場をのぞいた。太った料理人が口を半開きにして、中華鍋を振っている。白痴か魯鈍(ろどん)の顔つきだ。こんな料理人の店に入ったのが俺の不運だ。

佐田はビールで流し込むように料理を平らげた。不快さをまぎらせるために、タバコを吸った。ふたたび調理場に目をやると、料理人の腕にいくつも火傷(やけど)の痕があるのに気づいた。鈍くさい野郎だ。そう毒づきながら、佐田は祐輔のことを思い出した。女のようにひ弱でウジウジしたガキ。あのときは、タバコの煙でおびき寄せたのだったなと思い出し、佐田はくくくと笑った。

菜見子と知り合った当初は、佐田も祐輔をかわいがった。将を射んと欲すればまず馬を射よ、だ。佐田はタバコの煙でインディアンの狼煙のような輪をつくるのが得意で、それで祐輔を喜ばせた。しかし、菜見子との結婚生活がはじまると、とたんに祐輔が邪魔になった。

菜見子とセックスしようとしても、彼女の心はいつも祐輔に向いていた。祐輔が起きるから、祐輔がご飯を食べていないから、祐輔が熱を出しているからと拒絶された。

苛立ちが募り、佐田は祐輔を虐待するようになった。菜見子の目を盗んでは、眉を抜き、冬に冷水のシャワーをかけた。少しいじめるだけですぐ泣き叫ぶ祐輔が、癇に障って仕方なかった。

あるとき、何のきっかけもなく残忍な気持が湧き、久しぶりにタバコの煙の輪で祐輔をおびき寄せた。手の届くところまで来たとき、いきなりタバコを腕に押しつけてやった。祐輔は泣き叫び、菜見子が半狂乱になって祐輔を病院に連れて行った。

――一生、許さない。

菜見子はそう佐田に宣告した。それが離婚の引き金になった。些細なことを大げさに言いやがって。

「許さへんやと。それはこっちのセリフや」

佐田はほろ酔い気分で、思い出し笑いに背中を揺すった。そして、割り箸を四つに折ってドンブリに突っ込み、勘定を済ませて店を出た。

冷気に鳥肌が立つ。なぜ自分はこんなにいつも不愉快な目にあわなければならないのか。家族から通りすがりの奴まで、俺はあらゆる人間に不愉快にさせられた。だからだれかが

責任を取って当然なのだ。

ふと見ると、中華料理屋の横に大きなホームセンターがあった。佐田は看板を見上げ、原付を駐車場に停めなおして入って行った。

プラスチックのカゴを下げ、ゆっくりと店内をまわる。大工道具のコーナーに行き、ノコギリ、錐、ハンマーなどを見る。植木バサミ、鍬、草刈り鎌を手に取る。斧、鉈と見ていくうちに、胸が高鳴る。店内をぶらつきながら、佐田は台所用品の売場に来た。ずらりと包丁がならんでいる。肉切り包丁、菜切り包丁、出刃包丁、舟行、三得、刺身包丁。佐田は何本か見比べながら、厚口の中華包丁に目を留めた。鋼で打った幅広の包丁で、幅十一センチ、刃渡り二十二センチ。柄は白木のままで、棺桶を連想させる。磨き込まれた刃は、店内の明かりを反射して神々しいほどだ。これなら手首でも足首でも一発で叩き切れるだろう。値段は七千八百円。

佐田はしばらく見つめていたが、やがて無造作にカゴに入れた。さらに近くの棚から、フライ返し、菜箸、泡立て器などを手当たり次第カゴに放り込む。そして、はたと気づいたようにポケットをまさぐる。財布を忘れてきた買い物客を演じているのだ。嘘はまずストーリーから作らなければならない。困惑した表情で、カゴに入れた品物を元にもどしていく。これで店員に咎められても、挙動不審の言い訳は真実味を帯びるだろう。

品物を返す棚をさがすふりをして、店員の目も監視カメラもないことを確かめ、佐田はケースに入った中華包丁をセーターの下に隠した。何気ないふりで品物を全部返し、カゴを元にもどして、足早に店を出る。万引きをすれば、レジの記録からアシがつかないことはわかっていた。原付に乗り、後ろも振り向かず、走りだす。

「うははは、ざまあみやがれ」

腹に新品の中華包丁を入れ、佐田は疾走する。ふたたび寒風が身体を包む。しかし、包丁の入っているところだけは、風が通らない。寒さも不快さも、盾のように防いでくれる。そこだけ熱が籠もっているようで、妙に心地よかった。

第二章　密告

1

灘区水道筋にある灘警察署は、川沿いの坂道に面した巨大なサイコロのような六階建てのビルである。

その五階、大会議室の入口に、「西郷町教諭一家殺害事件捜査本部」の看板が掛けられてから、すでに九カ月がたつ。この間、投入された捜査員は延べ一万八千人。捜査本部に寄せられた情報は千五百件を超えたが、いまだ事件解決の糸口は見えなかった。

当初、恨みによる犯行か、異常者による通り魔的犯行かで揺れた捜査方針は、その後も二転三転し、いまだに具体的な犯人像はしぼられていない。捜査員の中には、暴力団がらみの報復殺人や、外国人による金銭目当ての犯行を疑う者もいたが、いずれも有力な手がかりのないまま、時間だけが過ぎていった。

十一月十四日、月曜日、午後九時五十分。その日は朝から冷たい雨が降り、時間の感覚が狂ってしまいそうなどんよりした一日だった。大会議室では、捜査を終えた捜査員たちが担

当の係長にその日の捜査結果を報告し、それぞれの道に散っていく。六階の道場で仮眠する者、茶碗酒を飲む者、連れだって近所の居酒屋へ繰り出す者、家族の顔を見るため律儀に帰宅する者などさまざまである。

刑事課の主任・早瀬順一郎は、報告のあとほかの捜査員たちと離れ、ひとり窓際の席に座っていた。海側の窓からは摩耶埠頭(まやふとう)の灯(あか)りが見える。

この日、早瀬は県警本部の捜査一課から来ている相方の市原武司(いちはらたけじ)と、ちょっとした言い合いをした。市原は階級は早瀬と同じ巡査部長だが、年齢は四つ若い二十八歳である。二十代で巡査部長になったのは優秀な証拠だが、ドライでやや忍耐に欠けるのが欠点だった。

「女子どものウラばかり取って、いったい何になるんですか」

市原はわざと挑発的な言い方をした。要は早瀬があまりに被害者の妻と子どもにこだわることに辟易(へきえき)していたのだろう。つき合わせて悪いとは思う。しかし長期に及ぶ捜査では、こだわりのない刑事が犯人(ホシ)を挙げることはないのだ。

早瀬は上着のポケットから手帳を取り出し、何度となく見返したページを開いた。そこには折り目が破れそうになった新聞のコピーがはさまれている。被害者石川昭次の妻・彰子が、読日新聞の家庭欄に寄せた小文である。

早瀬は記事に添えられた写真を見つめた。妻の彰子を中心に、右に夫の昭次、左に二人の

子どもが並んでいる。犯人が遺体を移動させたのと同じ並び方だ。これが偶然のはずがない。犯人は必ずこの写真を見ている。それが早瀬のこだわりだった。

このコピーを手に入れたのは、事件発生後十日目、彰子のケータイの発信履歴にあった大学時代の同級生からだった。彰子がゼミでいっしょだった四人グループの一人で、彰子からの連絡は久しぶりだったという。

「あのとき、アキちゃんから近代美術館でやっていたブリューゲル展に誘われたんです。ここ数年、会ってなかったので、急にどうしたんだろうと思ったら、展覧会のあと、喫茶店で新聞のコピーを渡されたんです。どちらかというと、展覧会よりもコピーを配るのが目的でみんなを集めたような感じでした」

彰子の小文が載ったのは一月四日。同級生がコピーを受け取ったのはその三日後で、一家が殺害された二月七日のちょうど一カ月前になる。

「彼女はすごくうれしそうでした。それまでにも何度か新聞に投稿していたらしいですが、採用になったのははじめてだったみたいですから。しかも内容がご主人のことでしょう。それがよけいにうれしかったみたい。アキちゃんはご主人とラブラブでしたから。写真のことも自慢してました。新聞社からわざわざカメラマンが来て撮ってくれたって。並び方ですか？　彼女が中心みたいに見えるのはたまたまじゃないですか。別にかかあ天下ということ

はなかったと思いますよ」

この証言の通り、彰子の小文は夫を手放しでほめていて、人によっては少々鼻につくだろう。「問題のある子ほど、救いを求めている。それが夫の持論だ」とか、「子どもたちが広い視野を持てば、それが人間的成長につながると夫は言う。私も同感」など、独善的な部分が目につく。そして、最後は次のように終わっていた。

「だから私は、幼い二人の我が子に言うのだ。『パパのクラスになった子は、その一年は幸せね。でもあなたたちは、一生パパが担任なのよ』」

展覧会のあと同じくコピーを渡されたほかの二人にも、早瀬は話を聞いた。反応はほぼ同じで、どちらかといえば冷淡だった。

「アキはご主人と家族が生き甲斐だったんでしょう。だから家庭を守ることにかけては、まわりがちょっと引くくらい熱心だったわね。それがこんな事件に巻き込まれて、お気の毒としか言いようがないけれど……」

「コピーをもらったときには、よかったねと祝福したんです。でも、あんまりはしゃがれると疲れるじゃないですか。彼女、悪い人じゃないんだけど、そのあたりがちょっと鈍感だったかもしれない」

早瀬は彰子が新聞のコピーを渡した可能性のある相手を、しらみつぶしに調べた。案の定、

彼女はそうとうの人数にコピーを配っていたようだ。掲載紙も二十部以上買っていて、近所や娘の通う幼稚園の父兄にはカラー写真のついたオリジナルを渡していた。そのことが一部で反感を買ったようだ。

明應幼稚園のある父兄はこう語った。

「あんな切り抜きをもらったって困るんですよ。そうでしょう。自分の作文が新聞に出たのと、夫がどれだけ素晴らしい教師であるかの両方をほめてほしいのがミエミエで、うっとうしいんですよね。要するに、彼女は自分と家族のことしか見えないタイプなんです。幼稚園でバーベキュー大会があったときも、園長先生が舞ちゃんに肉を焼かせたら、血相を変えて飛んできて、火傷したらどうするんだって園長先生にくってかかって、気まずい雰囲気になったこともあります」

石川家の近所の聞き込みでも、彰子の夫自慢にあきれる証言があった。

「真顔でご主人をほめるんですよね、夫は教師の鑑だみたいに。そりゃ悪い人じゃありませんが、視野が狭いというか、自分の世界に浸っている人でしたね。庭の飾りつけなんかも、何というか、幸せ自慢みたいなところがあって、わたしは好きじゃなかったですね」

早瀬は彰子の夫・昭次についても調べた。昭次はややスタンドプレイが目立つが、熱心な教師として保護者の評判は悪くなかった。しかし、同僚の中には厳しい見方をする者もいた。

「石川先生は真面目だけれど、頑固で融通が利かないところがあるんです。だから、人と衝突することも再々でした。職員室にコピー機を入れるとき、机をたった五センチ動かすのをいやがって、教務の先生とけんかになったこともあります。気に入らないことがあるとすぐムキになるし、相手が子どもでも手加減しないんです。校庭の一部に芝生を植えているんですが、子どもが一歩でも足を踏み入れると、職員室から飛んで行って怒ってました」

上司にあたる教頭も、苦い思い出を早瀬に語った。

「石川先生には二面性があって、明るいリーダー的な面と、強引で独善的な面が共存していました。PTAの活動にも積極的でしたが、その一方で年長の保護者にもかまわず注意したり、学校付近に保護者の車が駐車してあると、説教じみた文句を紙に書いて貼りつけたりして、軋轢を引き起こしていました。個性の強い人でしたから、自分で気づかないうちに敵を作っていた可能性があるんじゃないでしょうか」

警察の聞き込みで、被害者がこのように言われるのは珍しい。ふつうはもう少し同情的な意見が出るものだ。それだけ石川夫妻に問題があったということだろう。しかし、それが一家を惨殺するほどの恨みに結びつくだろうか。幼い子ども二人を含む殺害の動機としては、あまりに漠然としすぎている。

早瀬が彰子の記事を捜査会議に報告したとき、捜査の方針は大きく怨恨の線に傾いた。と

ころが、それにつづく手がかりが見つからなかった。人間関係は広い範囲で調べられたが、一家惨殺に結びつくような恨みの情報は得られなかった。捜査は振り出しにもどり、異常者、暴力団、外国人などの可能性が改めて検討された。

犯人に手が届かないのは、どこかで捜査が落とし穴にはまりこんでいるからだ。その穴はどこだ。早瀬はいつもの癖で、左の薬指にはめたフクロウをデザインした指輪をまわしながら自問した。その指輪に隙間ができている。指まで痩せるとは……。

「早瀬、課長がお呼びや。刑事官室」

幹部席で内線電話を取った遺留品担当の係長が、声を投げてきた。何の用件だろう。早瀬は一瞬、もの問いたげな表情を浮かべたが、そっけなく無視された。

早瀬は気怠い足取りで、三階の刑事官室へ向かった。築二十五年を超える灘署の建物は、お世辞にも近代的とはいえない。すり減った階段や天井のパイプは古い病院のようだ。灰色のペンキ塗りの扉をノックすると、「どうぞ」の声が聞こえた。

「早瀬です。入ります」

細長い刑事官室には、あばた面で眉の濃い刑事課長が応接椅子に座っており、奥の机に縁なし眼鏡をかけた知的な風貌の刑事官が座っていた。課長は腕組みをし、眉間に皺を寄せている。

「早瀬、お前、自己管理はできているのか」

課長はいかつい顔を早瀬のほうにねじ曲げて聞いた。「メシはちゃんと食っとるか」

「コンビニ弁当ですが、食べてます」

「一日何食だ」

「さあ、日によってちがいますが……」

「今日は？」

「……今日は、まだです」

早瀬は三十二歳の年齢に似合わない深い皺を頬に刻んで、目を伏せた。痩せて鼻が尖り、後頭部の張り出た早瀬は、鳥類のような印象を与える。吊り上がった目の動きもモズのように俊敏だ。

机の上に両手を組んだ刑事官が穏やかに言った。

「早瀬、あんまり思い詰めるな。身体も頭も適当に休めてやらないと判断が狂うぞ。お前に鑑取りを任せているのは、本部が怨恨の線を捨てていない証拠だろう。お前が彰子の新聞記事にこだわるのはわかるが、こだわりと思い込みはちがうぞ」

相方の市原が告げ口でもしたのだろうか。早瀬が身構えると、課長は頬を歪めて言った。

「苦情が来とる。西郷町の田中春代（たなかはるよ）という女だ。ガイ者の近所の住人らしいな」

田中という主婦は、彰子から新聞のコピーを受け取った一人で、子どもがいないために彰子に嫉妬していた。また、田中は出会い系サイトで知り合った暴力団関係者と不倫関係になっており、それを彰子にたしなめられたことを根に持っていた。裏を取るため、彼らの行きつけのカラオケバーに聞き込みに行ったことが、当人に伝わったようだ。

「田中春代の愛人は、六年前に借金の相手を鉄パイプで半殺しにした男です。金のためなら何でもする奴です」

早瀬は早口に言った。課長が腕組みのままため息をつく。

「田中が金で男を動かしたと言うんか。動機は？」

「嫉妬です」

「お前の報告書は読んでる。田中は常々彰子を嫌っており、ゴミの出し方でもめたこともあるというのやな。それで一家惨殺か。弱すぎるやろ」

「今は些細な動機でも、了解不能な事件がいくらでも起こる時代です」

早瀬は強弁したが、こじつけであることは自分でもわかっていた。課長は背もたれにのけぞり、荒い鼻息を吐いた。

「けどな、聞き込みが入って、警察にヒステリックな電話をかけてくるホシがどこにおる」

「しかし、課長」

早瀬が一歩前に踏み出たのを制するように、刑事官が口を開いた。

「早瀬、無理をするな。県警の仁川（にかわ）管理官が心配してる」

「仁川さんが……」

早瀬は冷水を浴びせられたように動きを止めた。

兵庫県警捜査一課の警視・仁川康男（やすお）は、西郷町教諭一家殺害事件の担当管理官で、早瀬が県警本部に勤務していたときの上司でもあった。草履（ぞうり）のように平たい顔に、白髪まじりの髪をオールバックにして、分厚い唇を斜めに結んでいる。早瀬が刑事になったのは、そもそもは仁川の推薦によるものだった。卒配で勤務した姫路署の交番で、当時、所轄の刑事課長だった仁川が、早瀬の動きのよさと勘の鋭さに目をつけ、署長に刑事任用を持ちかけたのである。

早瀬が肩を落としたのを見て、刑事官が低く言った。

「お前には俺も期待してるんだ。ただ、ときに暴走するのがな」

言われなくてもわかっている。だが、ほかの刑事はみんな自分をコントロールしているのか。

今でも思い出す。早瀬は子どものころから正義感の強い少年だった。特に嘘が嫌いで、些細なごまかしも許せなかった。中学生のとき、しょっちゅう出任せを言う級友がいて、アメ

リカのディズニーランドで買ったというボールペンを見せびらかした。早瀬はそのボールペンを取り上げ、真っ二つに叩き折った。「made in Japan」という文字が見えたからだ。相手の嘘を確信したとき、身体に激情が駆けめぐり、気がついたら手の中に折れたボールペンがあった。生徒たちは早瀬の剣幕に圧倒され、ボールペンの持ち主も何も言えなかった。

刑事に任用されてから、早瀬は須磨や宝塚の所轄署で実績をあげ、四年目には県警本部の捜査一課に配属された。そのまま順調にいけば、警部補、警部へと昇任するのは確実なはずだった。

応接椅子でずっと腕組みをしていた課長が、声のトーンを和らげて言った。

「早瀬、お前は今が大事なときなんや。捜査は慎重に、見込み捜査は慎むように。いいな。以上」

早瀬は黙って一礼し、刑事官室を出た。

課長の言いたいことはわかっている。県警の捜査一課で嘱望されていた自分が、今なぜ所轄署にいるのか。

早瀬は重い足取りで階段を上った。大会議室の扉を開けると、最後の捜査員たちが帰るところだった。二年目の刑事二人が、壁のスイッチを消そうとしている。

「あ、早瀬さん、ぼくらもう帰りますけど、電気どうします」

「つけといてくれ。もう少しいるから」

「じゃ、お先です」

二人の刑事は首をすくめるようにして出て行った。

何だ、こののんびりした空気は。ここは田舎の役場じゃないぞ。早瀬は目の前のパイプ椅子を腹立ちまぎれに蹴り飛ばした。窓ガラスにやつれた姿が映る。

犯人の理性を証明すること、それが今の早瀬には最大の課題だった。それができなければ、たとえ犯人を逮捕してもまともな裁きは期待できない。

刑法三十九条。

「心神喪失者の行為は、罰しない。心神耗弱者の行為は、その刑を減軽する」

この法律が立ちはだかるからだ。

早瀬は刑法三十九条に、口では言い表せない屈折した思いを抱いていた。

今から二年余り前、ＪＲ神戸線の舞子（まいこ）駅で一人の中学生が殺された。塾の帰りに、駅のホームから快速電車の前に突き落とされたのだ。中学生には殺される理由が見当たらず、県警は通り魔事件として捜査本部を設置した。

早瀬にとっては、県警に移って最初の殺人捜査だった。それ以上に、彼がこの事件に入れ込んだのは、殺された中学生の両親に深く同情したからだ。両親には息子が二人あったが、

長男は十歳のときに腎臓の小児がんで死亡していた。舞子駅で殺された次男は、両親にとって唯一の希望だったのである。

「あの子ほど、素直で優しい子はいませんでした。兄ちゃんの分まで親孝行するんやと言うて、勉強も頑張って、クラス委員にも選ばれて、テニス部でもキャプテンやったのに……」

母親は涙に暮れながら何度も繰り返した。

寡黙(かもく)な父親も、口を真一文字に結んで深々と頭を下げた。

「どうか、犯人を捕まえて下さい。でないと、息子が浮かばれん」

早瀬は両親の悲しみと怒りを目の当(ま)たりにし、かけがえのない息子を奪った犯人を心の底から憎んだ。

しかし、事件は簡単には解決しなかった。冬の夜で目撃者が少なく、駅の安全確認ビデオなどにも犯人は写っていなかった。早瀬は執念ともいえる聞き込みをつづけ、一人の主婦から、事件の直前、ある男が踏切の横に自転車を止めていたのを見たという証言を得た。主婦は自転車の特徴を覚えていた。カマキリ型のハンドルで、後輪のカバーがなかった。早瀬はそれを手がかりに、該当する自転車の盗難、放置の状況を執拗に調べ、半年後、ついに容疑者を割り出したのだ。

犯人は二十三歳の男で、高校を中退したあとヒモのような生活を送っていた。中学生を突

き落とした動機は、アルバイトをしていた弁当屋をクビになったことへの腹いせだった。

自分の鬱憤（うっぷん）を晴らすために、関係のない中学生を殺した罪は重い。極刑は無理でも、相応の重刑が科せられるだろうと早瀬は信じていた。ところが、裁判は思わぬ方向に進んだ。被告に精神科の通院歴があったことから、弁護士が精神鑑定を申請したのである。鑑定の結果は心神喪失。男は曲がりなりにも社会生活をしており、逃走用に自転車まで用意していたのに、責任能力なしと認定されたのだ。事件当日に精神科を受診していたことと、犯行時に奇声を発していたことが証明されたからだ。明らかな詐病（さびょう）だと早瀬には思えた。

早瀬は鑑定人尋問を傍聴したあと、廊下で鑑定医にくってかかった。

「あの男のどこが病気なんだ。精神科に行ったのも奇声を発したのも、罪を免れるための芝居に決まってるじゃないか。あいつは自分の不満を晴らすために、罪もない中学生を殺したんだぞ。息子を殺された親の気持が、あんたはわからんのか」

鑑定医は人権派で知られる精神医療センターの副院長だった。早瀬が刑事だと知ると、彼は冷ややかな笑みを浮かべて言った。

「鑑定医は被害者の代理人ではありませんので」

その言葉に逆上した早瀬は、鑑定医の胸ぐらにつかみかかった。そばにいた裁判所の職員が慌てて止めたが、鑑定医は即座に県警本部に抗議をした。早瀬は一週間の謹慎を命じられ、

次の人事異動で灘署への転勤を命じられた。地方の警察署へ飛ばされても当然なのに、神戸市内にとどまることができたのは、当時刑事部の調査官だった仁川のおかげだった。

鑑定医につかみかかったことは、刑事としてあるまじきことだと早瀬も素直に反省した。しかし、刑法三十九条に対する理不尽な思いは募る一方だった。エセ人権派の弁護士や、偏向した鑑定医が犯罪者を不当に擁護するのも、この法律あってのことだ。

謹慎中に早瀬は刑法三十九条について調べた。この法律で不起訴になった精神障害者は、二〇〇三年だけで六百四人。そのうち七十四人が殺人を犯していた。日本のどこかで毎月六人が精神障害者に殺されている計算だ。この数字はここ数年変わっていない。早瀬はそのあまりの多さに愕然(がくぜん)となった。

ある本には次のようにあった。

「刑法三十九条は、世界に類を見ない温情法である。日本の法曹界は、戦後、心神喪失を乱発し、三十九条を暴走させてきた」

この法律は、精神障害者だけでなく、泥酔者、覚醒剤使用者にも適応される。覚醒剤常用者の中には、弁護士や検事以上に三十九条を熟知し、意図的に傷害事件を繰り返している者もいると書かれていた。ある事件では、女性の首の骨を脱臼(だっきゅう)させたあと、強姦した犯人が無罪となり、テレビがうるさいと、幼児を含む隣家の五人を包丁でメッタ突きにした男が不起

訴になっていた。いずれも心神喪失と判断されたためである。

被害者は厳然として存在するのに、加害者が犯した罪を償わないですまされることが、早瀬にはどう考えても納得できない。理由もなく殺された者の怒りはどうなるのだ。遺族の悲嘆は、どう晴らせばいいのか。

舞子の捜査では、被害者の両親の悲しみが捜査員たちの原動力だった。息子を無惨に殺され、生きる望みも喜びも奪われた両親の悲痛を思えば、いくら捜査が困難でも音(ね)を上げるわけにはいかない。両親を極限の不幸に陥れた犯人が、どこかでのうのうと同じ空気を吸っていることが早瀬には許せなかった。だからこそ、犯人に逮捕状を突きつけたとき、彼は刑事冥利(みょうり)に身を震わせたのだ。

犯人は赤い髪をトサカ状に逆立て、眉にピアスをつけ、腕にタトゥーをしていた。逮捕のときも、女の部屋で裸でいた。何をしていてもいい。日本は自由の国だ。ただし、罪を犯したら償ってもらう。それだけの話だ。

ところが裁判では、罰を逃れるために、男はあらゆる異常を演じた。妄想、幻覚、何でもありだった。犯行の日にはあらかじめ精神科にもかかっていた。捕まったときの保険のつもりで。

そして、無罪。

判決のあと、被害者の両親が早瀬に会いに来た。犯人逮捕の礼を言いに来たのだが、理不尽な判決への思いは止めようがなかった。

母親は涙ながらに息子への思いを訴えた。

「あの子はお腹をすかして死んだんです。解剖で胃が空っぽやったと言われました。あの晩、わたしがオムライスを作ってやると言うたから、買い食いをせんと帰ってこようとしたんです。それをあの男に突き飛ばされた。なんであの子が殺されなあかんのです。犯人はせっかく早瀬さんが捕まえてくれたのに、刑務所にも入らんで、病院に行くだけやなんてひどすぎます。あの子があんまりかわいそうや。これではまったくの犬死にです。あの子は何も悪くないのに、むざむざ殺されて、犯人は無罪放免やなんて、そんな理不尽な話があるでしょうか」

父親も苦痛に顔を歪め、自嘲するようにつぶやいた。

「泣き寝入りしろということですな。裁判所が、国が、わたしらにそう言うとるんです。この殺人はなかったことにしろと」

早瀬は両親の前に頭（こうべ）を垂れ、やり場のない悔しさに歯を食いしばった。この憤りを、どこにぶつければいいのか。

厳罰主義しかない。罪を犯した者は、結果に見合うだけの罰を受けさせる。手を下した犯

人が善悪の判断を欠いていたからといって、殺人をなかったことにしてくれと言われて、納得できる遺族がどこにいるか。早瀬の胸に、その思いは確信となって湧き上がった。償いをさせることこそが、正義だ。いや、それだけでは不十分だ。善悪の判断がつかないのなら、そういう人間を自由にさせておくことが問題である。

「いったん罪を犯した異常者は、みんな隔離してしまえ。そうでないと、善良な市民は安心して暮らせない。いつ人を殺すかわからない人間を野放しにして、どうやって市民の安全を保てる。奴らは人を殺しても、病気さえ持ち出せば罰せられないことを計算に入れてるんだぞ」

謹慎が明けて灘署に移るまでのあいだ、早瀬は酔っては過激な発言を繰り返した。刑事仲間には、彼ほどでなくてもその意見に同調する者が少なくなかった。犯人逮捕を目指す捜査員にとって、刑法三十九条は犯罪者の使う卑怯（ひきょう）なジョーカーに等しかったからだ。

そんなとき、早瀬は仁川に呼ばれた。

酒の飲めない仁川が、早瀬を焼鳥屋に誘った。狭いカウンターで早瀬は酔い、仲間に洩らしたのと同じ過激な発言を仁川にもぶつけた。

「三十九条なんて法律があるから、悪い奴らが利用するんです。日本は加害者に甘すぎますよ。加害者の人権とか言って、加害者は法で守って、被害者はいつも置き去りです。精神障

害者はいつ牙を剝くかしれないのに、市民は身を守る手だてもない。そんなの、いつ嚙みつくかしれない狂犬を町に放っているのと同じじゃないですか」

仁川はウーロン茶を飲みながら、辛抱強く早瀬の話を聞いてくれた。二時間ほどしてから、仁川は早瀬に冷たい水をいっぱい飲ませた。

「早瀬、お前はわしが見込んで刑事にした男や。県警に必要な人間やと思うてる。そやからええ刑事になってほしい」

水で少しは酔いの醒めた早瀬は、きょとんとした顔で仁川を見た。

「身内の話で申し訳ないんやが」

仁川は目を逸らし、しゃがれた声を絞り出した。「実はな、わしの従妹(いとこ)の息子が、精神分裂病なんや。今は統合失調症と言うんかな」

酒の席での話だろうか。いや、仁川は飲んでいない。

「お前が刑法三十九条に憤(いきどお)る気持はわかる。けどな、わしは従妹の苦労を見とるからな」

「その方は重症なんですか」

早瀬はきまり悪げに聞いた。

「いや。おかげさんで入院はしてない。薬をのんで、ときどき病院に行くだけでええらしい」

「それだったら心配ないじゃないですか」

「いや、世間には精神科に通ってるだけで、危ないように見る人間も多いからな」

偏見と差別のことか。それなら話がちがう。早瀬はふたたび声を高めた。

「仁川さん、ぼくが言ってるのは罪を犯した異常者です。精神障害者がすべて危険だとは言ってません。殺人や傷害を犯した異常者が三十九条で無罪になることが、ぼくは許せないんです」

「わかってる」

仁川はウーロン茶を熱い日本茶に変えて、苦しげな顔ですすった。「従妹の息子は、今は介護施設で働いとる。けど、高校のときに幻聴のせいで、同級生に怪我をさせたことがあるんや。椅子を投げつけて、相手の顔の骨を折った。十年も前のことやがな、従妹はまた同じ発作が出はせんか、もっとひどい幻聴が聞こえはせんかと、この十年間、ずっと心配し通しなんや」

早瀬は胸に鉛のかたまりを呑み込んだような気分になった。身内に精神障害者を持った家族の不安はわかる。病気のせいで、まったく知らないうちに人を傷つけてしまうこともあるだろう。だから仁川は刑法三十九条が必要だと言いたいのか。しかし、それなら被害者はどうなる。取り返しのつかない怪我をさせられたり、殺された被害者は、泣き寝入りしろとい

いじゃないか。

うのか。刑法三十九条は、加害者の身の安全は保障するが、被害者には何の保障もしていないじゃないか。

早瀬の気持を読んだように、仁川はつづけた。

「むろん、従妹は自分の息子のことしか考えとらん。被害者の立場になったら、そんな危ない人間を世の中に出すなということになるわな。実際、怪我をさせとるんやから。従妹は事件のあと、息子を閉鎖病棟に入院させて、一年間外泊もさせんかった。けどちょっとずつ病気が落ち着いてきたら、従妹は息子にもう一回チャンスをやりとうなったんや。そら母親やからな。一度は生涯病院から出すまいと誓うたけれど、もしかしたらやり直せるんやないかと思うたんや。息子が退院してから自分もいっしょにヘルパーの資格を取って、今は同じ介護施設で働いてる。息子はけっこう年寄りには人気があるらしい。自分も病気があるから優しいのやろう。年寄りから喜ばれるたびに、従妹はあのまま病院に閉じ込めんでほんまによかったと思うそうや」

仁川は湯飲みを両手に包み込むようにして、ゆっくりと語った。早瀬は顔を上げることができなかった。

たしかに一度罪を犯した精神障害者を、一生入院させておくのはやりすぎかもしれない。しかしいつ発作が起きるかわからないのなら、どうやって安全を守ればいいのか。精神障害

者の人権と、市民の安全は両立できないのか。

早瀬は自分の足元さえ見えない濃い霧の中に立たされたような気分になった。発作を克服して、社会復帰を果たす精神障害者には頭が下がる。それを支える家族の苦労も並大抵ではないだろう。しかし、何かのはずみで発作が起こり、それで人が殺されても仕方がないとまでいえるのだろうか。刑法三十九条は、結局はそういっている。そんな馬鹿なことがあるか。

早瀬は反発する気持を打ち消せなかったが、カウンターに置かれた仁川の太い指を見ると、何も言えなかった。自分にできることは、とにかく、刑法三十九条に関わる犯罪が起こらないように努力することだ。異常者の犯罪には一生、関わりたくない。それが率直な気持だった。だから灘区の事件にも、なんとか犯人の理性の痕跡を求めようとしたのだ。


大会議室の後ろの扉が開いて、赤い顔の捜査員が顔をのぞかせた。

「やっぱりな。早瀬主任、まだいるんですか」

昼間、捜査のことで言い合いをした相方の市原だった。係長への報告のあと、さっさと部屋を出て行ったくせに、早瀬のことを気にしてもどってきたのだ。どこかで一杯引っかけてきたらしく、ネクタイが緩んでいる。

「考えてばかりだと、頭が煮詰まっちゃいますよ」

「それしか能がないんでな」

「そんな拗(す)ねないで下さいよ。昼間は言いすぎました。謝ります」

市原は素直に頭を下げた。早瀬は今は所轄にいるとはいえ、元は県警の先輩刑事である。早瀬も市原の優秀さは認めているから、決して相性の悪い二人ではない。

早瀬は白けた調子で市原に言った。

「課長と刑事官にしぼられたよ。苦情が来たそうだ」

「聞いてますよ」

「それで仁川さんが心配してるんだとよ」

「あの人らしいですね」

仁川は県警捜査一課で現在の市原の上司でもある。彼を早瀬と組ませたのも仁川で、ドライな市原に早瀬の執念深さを学ばせようという意図があることは、早瀬にもわかっていた。

市原は後ろのパイプ椅子に腰をおろし、アルコール臭のするため息をついた。

長期化した捜査の会議室には常に憂鬱な空気が澱んでいる。いがらっぽいタバコの煙、安物の整髪料、汗のにじんだ革ベルト、洗濯しそびれた靴下の饐えたにおい……。

そのとき、前の幹部席で内線電話が鳴った。早瀬が機敏に動いて受話器を取る。

「はい、捜査本部」

「受付です。情報提供の電話が入ってます。氏名、星野仙太郎、住所は兵庫区福原町。総合照会をかけてますが、ちょっと怪しい感じです。聞かれますか」

「まわしてくれ」

電話が切り替わると、くぐもった男の声が聞こえた。鼻を押さえ、唇をほとんど動かさずにしゃべっているような話し方だ。

「あのー、今年の二月に小学校の先生一家が殺された事件ありましたよね。あの事件について、えーと、重大な情報があるんですけど」

「ご協力感謝します。お話をうかがう前に、お名前と住所をおっしゃっていただけますか」

早瀬は型通りの質問をした。市原も気配を察してそばへ来る。

「名前？　今言うたで。なんでそんな面倒臭いこと何べんも言わなあかんの」

「ではけっこうです。お話を聞かせていただけますか」

「えっと、あの事件ですけど、自分が犯人やと言うてるのがね、おるんですけど」

早瀬は固唾を呑んで、相手の言葉を待った。

「ちょっとふつうとちがうんですが、施設に入ってる子どもなんで」

「子ども？」

早瀬は思わず聞き返した。受話器の向こうで笑う気配がした。

「そうなんです。信じられへんかもしれませんが、証拠もあるんです。あの、あんまり関わりたくないんで、一度しか言えへんから、メモとか大丈夫ですか。言いますよ。北区の六甲サナトリウム、そう、北区です。そこに南サトミという子がおりますので。東西南北の南。サトミはカタカナ。その子があの事件は自分がやったと言うて、ええ、そうです。まちがいありませんから」

早瀬は手帳に走り書きしながら、鋭い目を市原に向けた。

「証拠があるとおっしゃいましたね。どんな証拠です」

相手は答えない。荒い息づかいだけが受話器から洩れる。

「もしもし、証拠は何です」

受話器から、突然、怒号が響いた。

「それを調べるのがお前らの仕事やろ。この税金泥棒が。ネタもろただけでもありがたいと思え。ボケが。切るぞ」

「おい、ちょっと待て」

早瀬は受話器に叫んだが、電話は切れた。

すぐ受付から電話があり、発信は兵庫区内の公衆電話、男の名前と住所に該当する人物はないと報せてきた。偽名は予想されたことだ。

早瀬は手帳を繰りながら、市原に聞いた。

「北区の六甲サナトリウム。お前、知ってるか」

「ええ。有馬署の管内です。たしか、精神障害児の施設ですよ」

「精神障害児？」

そう聞いて、早瀬は目の前に分厚い灰色の幕が降りてくるのを感じた。

2

白神メディカルセンターの院長室は、病院の最上階、九階の東の端にある。南側が全面ガラス張りの明るい部屋で、手前に会議用のテーブル、真ん中に八人掛けの応接セット、奥に重厚な執務机がある。壁は明るい象牙色で、淡いブルーのフロアカーペットにはドイツ製の吸音素材が使われている。

白神陽児は、秘書に案内されてやってきた為頼英介を、小走りに扉まで出迎えた。

「これは為頼先生。お忙しいところをわざわざお出でいただき、恐縮です。今日は朝から救急患者の手術がありまして、こんな格好をしていますが、どうぞお許し下さい」

白神は丸首の手術衣に白衣をはおった姿で、照れるように頭を掻いた。いかにも現場の第

一線で活躍する青年院長という風貌である。

「格好なら、わたしだってこれですから」

為頼はすり切れたジーパンに黒シャツ、肘の抜けたコールテンのジャケットで、相変わらずの質素なスタイルだ。

「為頼先生はお若いですね。わたしも痩せなきゃだめだな。わたしはおいしいものが好きでね。うまいものは何でも食べる主義なんです。でも、太るのはいやだから、院内にフィットネスルームを作ったんですが、なかなか足を運べなくて。今週は二日しかトレーニングしていないのが祟ってますね」

白神は手術衣の下で張り出し気味の腹をぽんぽんと叩いた。

「さ、どうぞこちらへ」

白神は中央に置かれたソファに為頼を案内し、自分は執務机を背に浅く腰かけた。

「先日は、うちの事務の者が失礼なことを申し上げたようで、申し訳ありませんでした」

「サテライトクリニックの件ですか。それでしたら……」

「わかっています。どうぞお忘れになって下さい。それより、今日はお時間を取っていただき、ありがとうございました」

「いいえ。どうせひまですから」

為頼は挨拶を交わしながら、何気なく白神を観察した。栄養の行き届いた白い皮膚、代謝は旺盛で、血液検査はだいたい正常だが、中性脂肪とコレステロール値が高そうだ。そう思って白神の顔に視線を上げたとき、為頼は一瞬たじろいだ。白神もまた同じ目で、自分を観察していたからだ。

視線がぶつかると、白神はすっと目の力を抜き、屈託のない笑顔を見せた。

「今日、先生にお越し願ったのは、電話で申し上げた通り、先生からご紹介いただいた患者さんの報告をさせていただくためです」

白神はテーブルに置いたノート型パソコンを開き、手早くデータを呼び出した。「わたしどもの施設では、ご紹介を受けた患者さんは、責任をもって治療させていただいています。ところが、為頼先生からご紹介いただいた患者さんは、みなさん治療がむずかしい方ばかりで、大学病院や県立病院へ再紹介せざるを得なかったのです」

「そのことなら、主治医の先生から個別にご報告をいただいています」

「そうですね。ご紹介をいただいたら、必ず返事を出すように各ドクターには指導してますから。今日、ご報告しようと思ったのは、再紹介のあとの経過です」

たしかにこの病院からほかへ紹介されたあと、患者がどうなったかは聞いていない。ふつうはそこまで連絡してこないものだ。それを報告するというので、為頼も足を運んでみる気

になったのだ。

白神は患者の一覧表が表示されたパソコンの画面を為頼のほうに向けた。患者名の横に、病名、日付、紹介先、転帰などが記入されている。転帰は全員、「死亡」となっていた。

「当院にご紹介いただいた患者さんは、みなさんひと通り、わたしが診察させていただいています。もちろん、為頼先生の患者さんも診せていただきました」

「こちらに紹介したのは何人でしたかね」

「九人です。どうぞ個別の報告書をご覧下さい」

白神は別に用意したファイルから報告書を取り出し、為頼に手渡した。「最初の方は、早期で発見された胃がんです。ステージⅠでしたが、先生もご指摘の通り、転移の疑いがあったので、中央市民病院へ再紹介いたしました。向こうで手術を受け、半年後にがん性腹膜炎を起こして死亡されています。次は肺気腫と肺がんを合併された方ですが……」

白神はすべての患者のデータを記憶しているらしく、九例全員について淀みなく説明した。

為頼は報告書を見ながら、それぞれの患者を思い出した。ヘルペスの診察に来てがんが見つかった三十代の女性、手術がいやでなんとか切らずにと泣きついてきた老婆、人間ドックで大丈夫と言われながら、下咽頭(かいんとう)がんが隠れていた中年男性……。あの人たちはもういない。予想されたこととはいえ、為頼は殺伐(さつばつ)とした気分になった。

一例ずつ丁寧な説明を終えたあと、白神は沈痛な面持ちで頭を下げた。

「以上、先生からご紹介を受けた患者さんは、みなさんお亡くなりになっています。せっかくご紹介いただいたのに、お役に立てず申し訳ありませんでした」

白神は顔を伏せたまま、すまなそうに目をしばたいた。為頼はその真摯な態度に好感を持った。

「患者が亡くなったのは、あなたのせいではありませんよ、白神先生」為頼は穏やかに言った。

「でも、再紹介したのが悪かったのかなと気に病んでいるのです。うちの病院で診ればよかったのかなと」

「どこの病院で治療しても同じですよ」

為頼は何気なく言ったつもりだったが、白神はその言葉を聞き逃さなかった。目に鋭いものを浮かべ、わざと訝るように言った。

「どこの病院でも同じって、先生にははじめから治療の結果がわかっていたようなおっしゃり方ですね」

「そんなことはわかりませんよ」

為頼が警戒心を浮かべると、白神はもとの愛想のよい顔にもどった。

「いや、失礼しました。これに懲りずこれからもぜひご紹介をお願いします。ちなみにこの九人の方をうちへご紹介いただいた理由は、何かありますか」

「別に。患者の住所がこちら方面だったからじゃないですか。それに白神メディカルセンターは設備も整っているし、評判もよいですから」

「それはどうも。でも、ほかの病院に紹介されることもあるのですね。どんな場合に紹介されるのです」

「それは患者の希望と、わたしの判断です」

「早期がんでも死ぬ人もいれば、進行がんで助かる人もいますからね。それで、助かる患者さんは、為頼先生のところでご覧になっているのですね」

白神はさらりと言った。為頼はその真意をつかめず、言葉を選びながら言った。

「うちは小さな診療所ですからね。手に負えないときは、病院にお願いするしかありませんよ」

「でも、どこで治療しても同じだと」

白神が意味ありげに笑う。彼は何が言いたいのか。為頼が黙っていると、白神は沈黙を避けるように多弁につづけた。

「いや、実はわたしも同じ考えなんです。つまりどこの病院で治療しても、治る病気は治る

し、治らないものは治らない。さらに言えば、治る病気は放っておいても治るし、治らないものは何をやっても治らないということですよね。実は、つい先日、神戸市の開業医セミナーの講演に呼ばれましてね。そんな話をしたんですよ。医者はいつも自分が病気を治したつもりでいるけれど、案外、患者さんが自分の力で治った場合も多いとね。そしたら八十二歳で現役の消化器内科協会の会長という人が、懇親会のときにわたしに言うんです。君の考えは自分にはわかるが、若い医者には反発を招くだろうとね。医者も二十年目くらいまでは、病気を治すことに必死だから、医療の限界が見えない。三十年、四十年とやっているうちに、だんだん医療の無力さがわかってくるんだそうです。それを三十六歳のわたしが言ったものだから、その老先生が不思議がりましてね。なぜ君にはそんなことが見えるのかって」

「わたしは医者になって二十二年だけれど、医療の限界は早くからわかっているつもりです」

「先生ならそうでしょう」と、白神はうれしそうに言った。「そもそも病気は自然現象ですからね。人間の浅知恵で左右できる余地はそれほど多くない。とすれば、医療の役目って何ですかね。やはり患者さんの安心とか、精神面でのサポートじゃないでしょうか。為頼先生、わたしがこの病院を開いたのは、三十一歳のときです。その若さで勝負に出たのは、必ず成功する自信があったからです。今までの病院は、患者さんにいろいろなことを我慢させすぎ

でしたからね。病気を治すためには、痛い治療も我慢しろ、苦しい検査も我慢しろ、長い待ち時間も、殺風景な病室も、まずい病院食も、みんな我慢しろできたでしょう。だから、そういう我慢をしなくていい病院を作れば、必ず患者さんは来ると考えたわけです」

「なるほど」

「患者さんは、基本的に身勝手でわがままです。病気を治してほしい欲求と、待合室で時間を無駄にしたくない欲求を同じように持っている。おいしいものは食べたい、つらい検査はいや、看護師には優しくしてほしい、病室は快適なのがいい。それがトータルな患者さんのニーズです。これまで病院は治療ばかりを優先して、これらの欲求をことごとく無視してきました」

「かもしれませんね」

「でも、この病院はちがいます。たとえばここでは、胃カメラは全例、患者さんを麻酔で眠らせてやります。だって、苦しい検査ですもん。我慢する必要がどこにあります？　もちろん麻酔のリスクはあります。でも、それなら麻酔の安全性を高めればいいんです。日本人は我慢が好きだから、これまで忍の一文字できましたが、もう時代は変わっています。我慢が美徳だなんて思う患者さんはいませんよ」

「そうでしょうね」

「注射だってそうです。注射は痛いという発想を、どうしてだれも疑わないんでしょう。なぜ痛くない注射を考えないんです。もし痛くない注射ができれば、それだけで患者さんは殺到するでしょう？」

為頼は思わず笑った。白神が冗談を言ったと思ったからだ。しかし、白神は真面目な顔で返した。

「うちの病院では注射は痛くないんですよ」

「まさか、注射にも麻酔を？」

「そんな大げさなことはしません。痛覚麻痺のスプレーを使うんですよ。短時間だけ痛みを感じないようにするのです」

「しかし、それは保険診療にならないでしょう。実費を取ろうにも、混合診療は認められていないから、料金が取れんのじゃないですか」

「そこは制度の抜け道を使うんです。スプレーを医療行為と考えるから、保険の問題が出てくる。スプレーはあくまで治療と無関係のサービスです。病院内の売店で患者さんがヘアスプレーを買っても、混合診療にはならないでしょう。それと同じ形でスプレーの一吹きを別途、買ってもらうんです」

つまり、スプレーを医療保険と無関係の料金として請求するわけだ。もちろん診療報酬請

求にも記載しないのだろう。白神はさらにつづけた。

「ほかにもこの病院では、強力な鎮静剤のカクテルを調合しています。つらい検査や治療に不安の強い人に使うのです。このカクテルを薬局で調合すると医薬品になりますが、サプリメントラボでやるんです。それを自動販売機で売るドリンク剤と同じ扱いで料金をいただきます。そうすれば、やはり混合診療にはならない。もちろん制度的にはグレイゾーンです。しかし、制度そのものに問題があるのだから仕方ありません。患者さんが我慢せず、楽に医療を受けられるのですから、批判されるいわれはないでしょう」

白神は人なつこい笑顔を浮かべた。

「しかし、県の社会保険事務局が監査に来たら、ややこしいことになりませんか」

「そのへんはまあ、鼻薬を効かせてますから」

白神はいたずらが見つかった子どものように肩をそびやかした。そんな裏工作まで明かすところを見ると、この男は案外、正直なのかもしれない。為頼はわずかに警戒を緩めた。

「まだ若いあなたのような方が、新しい発想で医療を変えようとしていることには敬服します。医療界の体質は古すぎますからね。しかし、患者は治療を求めて来るのでしょう。快適さも必要だが、治療の実績についてはどうお考えです」

「もちろん、実績についてはわたしも重視しています」

白神は自信たっぷりに言い、手元のパソコンにデータを呼び出した。「今は情報公開の時代ですからね。病院の実力が数字で測られるようになって、アピールしやすくなりましたよ。ご覧下さい」

パソコンの画面に白神メディカルセンターの治療実績一覧が表示されていた。それぞれの疾患別に、症例数、病期、寛解率、五年生存率などがグラフで表されている。

「為頼先生、この病院が患者さんに評判がいいのは、さまざまな病気の治癒率が抜群だからです。進行がんでも重症の心疾患でも、ほかの施設より圧倒的に成績がいい。なぜだかわかりますか」

「さあ」

「はじめから治る見込みの高い患者さんを選んでお引き受けしているからですよ。つまり、重症でも助かる患者さんを選ぶわけです。逆に早期がんや軽症でも、治らない患者はほかへまわす」

「選ぶって、どうやって」

「わたしが診察して決めるんです。わたしには患者さんの予後が見えますのでね」

為頼は怪訝な表情で眉をひそめた。白神は唇に薄ら笑いを浮かべ黙っている。

「つまり、治る患者と治らない患者を、見分けられるということですか」

「そうです。ちょっと後ろをご覧下さい」

白神が目で指したほうを見ると、サイドボードに石の写真立てが置いてあった。写真には白神とどこか面影の重なる青年が、白衣を着てうつむき加減に写っていた。

「弟の怜児です。残念ながら、事故で六年前に亡くなりましたがね。わたしが患者さんを見分けるときは、弟の診断法を使うのです。弟には特殊な才能がありましてね」

「弟さんも医者だったのですか」

「ええ。彼はわたしより二歳下ですが、医学生のころから天才的なひらめきを持っていました。とりわけ視診に秀でていて、患者の外見から多くの情報を得ていました。弟は角膜の膨らみ具合を見分けることができましたし、舌の裏の血管から全身の循環状態がわかるとも言ってました。その彼が言うのです。病気にはさまざまな種類があるが、すべては二つに分けられる、治る病気と、治らない病気とにね、と。そして、弟はそれが見分けられたのです」

「どうやって」

「患者さんを見ることです。弟に言われてから、わたしも注意して見るようにしました。すると、治る患者さんと治らない患者は、やはりどこか微妙にちがう。口ではうまく言えませんが、身体の中で、病気が動いているのです。治るか、治らないか、その動きでわかるわけ

ですよ。わたしも兄弟だから、多少は同じ感性があるのでしょう。そのつもりで見ていると、徐々に見えるようになってきたんです」

為頼は無言で白神を見つめた。白神は早口につづけた。

「病気を見分けるのは、大事でしょう。治療は治る患者さんに施すべきです。治らない患者にあれこれしても、結局は時間の無駄ですからね。治療をやってみないとわからないというのは、現実から目を逸らした逃避でしかありません」

それはそうだ、と為頼は内心で同意する。しかし、なぜか素直には賛同できない。為頼は黙ったまま白神の話を聞いた。

「病気が見分けられるようになると、自然と治療成績も上がります。病院の評判も高まり、経営も楽になる。だから治療だけでなく、医療の快適さにも力を入れられるわけです。それは医療の質の向上にもなるでしょう。つまり、病気を見分ける能力は、医療の発展に大いに貢献するというわけです」

白神は自分の説明に満足するように言葉を切った。そして、ふいにじっと為頼を見据（みす）えた。

「為頼先生も、患者さんを、見分けていらっしゃいますよね」

「わたしが？　どうして」

「先生がうちに紹介されたのが、すべて治らない患者だからですよ」

白神の口調には、いっさいのごまかしを拒否するような響きがあった。為頼が黙っていると、白神はひとつ咳払いをして、改まった調子で言った。

「実は、先生に今日お出で願ったのには、折り入ってお願いしたいことがあったからです。我々は今も申し上げた通り、快適な医療を目指しています。この分野には大きな需要があります。東京の政財界からも強い要望がありまして、すでに港区の白金で工事がはじまっています。病院の名前は白神メディカルメトロといいます。為頼先生に、そこの院長をお願いしたいのです」

「わたしに？　どうしてそんな話を」

思いがけない申し出に、為頼は困惑した。

「先生の診断力が必要なのです。病院が引き受けるべき患者さんを見分けていただくためにね」

「病院の治療成績を上げるために、治る患者を集めろとおっしゃるのですか。お断りします」

「どうしてです。待遇は破格のものをご用意しますよ」

「白神先生、わたしは金にも名誉にも興味はないのです。それに治る患者というのは、あなたもおっしゃった通り、何もしなくても治ります。そんな放っておいても治る患者を集めて、

自分が治したような顔をすることはわたしにはできません」

「なぜです。患者さんはそれで喜ぶんですよ。あの病院にかかれば安心だと思えることが、患者さんには望ましいのです」

「病院が頼りになるように見せかけるのですか。それは幻想だ」

「その通り。でも、幻想のどこが悪いんです。幻想を信じていられるあいだが、みんな安心なんじゃないですか。平和幻想、繁栄幻想、平等幻想、人間愛幻想、どれも必要不可欠なものです」

「しかし、医療はちがうだろう。医療は科学だ。宗教じゃない」

「為頼先生、本気でおっしゃってるんですか。わたしは医療を科学だなんて思いませんね。かつて宗教はこの世の仕組みを説明する唯一の方法だった。ところが科学が登場して、宗教の不備を明かし、その地位に取って代わった。でも、今も科学で説明できないことはいくらでもあるでしょう。たとえば人間の感情や記憶。何百年か先にそれらを解明する新しい概念が出現すれば、科学の不備は一挙に露呈する。すると人々は宗教同様、科学も簡単に捨て去りますよ。科学なんて宗教と同じで、ただ信じていただけだとね」

白神は籠もった声でまくしたてた。為頼は不快げに目を逸らした。

「話が逸れましたが、為頼先生に院長になっていただければ、白神メディカルメトロは成功

まちがいなしです」

「お断りします。わたしは自分の診断力を、そんな患者集めの道具にしたくない」

「ということは、病気は見分けられるけど、商売には使いたくないということですね。ははは。つまり、その能力を認められたわけだ」

白神ははしゃいだ声を出した。為頼が語るに落ちたのが愉快でたまらないようすだ。

「為頼先生、その診断力は得がたいものです。天賦の才とでもいうべきものでしょう。与えられた能力は生かすべきですよ」

「治らない患者を見捨てるような生かし方はしたくない」

「先生だって、同じことをしてるじゃないですか。治らない患者ばかりをうちへ紹介なさって」

「それは患者が紹介を望んだからだ。治らない患者でも、わたしの診察を希望する人は最後まで診ている。わたしはいつも患者の希望を優先して、治療方針を決めてるんだ」

「わたしだってそうですよ。すべては患者さんのためです。患者さんにとっていちばん安心できる医療を目指しているんです。どうぞ誤解しないで下さい。わたしは金儲けのためにやっているんじゃない。わたしは妻も子もいないし、もちろん愛人もいません。金のかかる趣味もないし、贅沢な生活には興味ないんです。強いて言えばご馳走を食べるくらいですかね。

でも、そんなものは虚しいことです。母はすでに亡くなっていますし、父は引退して悠々自適の暮らしをしてます。わたしが病院を発展させるのは、ひとえに患者さんのためですよ。ほかに何の目的もない」

白神の言葉には、誤解されやすい人間特有のはにかみがあった。たしかにこの広い院長室にも、贅沢品は見当たらない。白神は洗いざらしの手術衣で、はいているサンダルも手術場の規格品だ。執務机の横には白神のものらしいウールのコートが掛けてあるが、決して高級品ではない。むしろよれよれで、長年着込まなければあんなふうにはならないだろう。

為頼の視線を注意深く追っていた白神は、両手を組んで熱っぽく語った。

「わたしは自分に与えられた能力を生かして、この病院を発展させようと努力しているのです。それが多くの患者さんにとって、福音になると信じているからです。特殊な診断力はだれもが得られるものではありません。であれば、それを与えられた者は、フルに生かして、少しでも患者さんに還元することが使命ではありませんか」

白神は立ち上がってサイドボードの前に行き、弟・怜児の写真を手に取った。「弟はわたしなどより、はるかに優れた能力を持っていた。わたしのささやかな診断力は、弟によってインスパイアされたものです。その弟がいない今、わたしは彼の分まで使命を果たさねばと思っています。自分の目指す医療がベストだと信じているからこそ、そこに全力を注ぎ、発

展させようと努めているのです」

為頼は白神の熱意あふれる言葉に、徐々に心を動かされた。そこまで信念を持って医療を考えている者は少ない。大半の医者は目の前の雑務に追われ、あとは自分の出世や趣味や家族サービスにかまけている者がほとんどだ。

しかし、為頼はまだ白神を全面的には信用できなかった。彼の口振りにはどこか演技のようないかがわしさが隠れている。熱意を込めてしゃべりながら、頭では別の計算をしているような。

写真に見入っている白神に、為頼は訊ねた。

「弟さんは事故だとおっしゃいましたが、交通事故ですか」

「いいえ。山の事故です。弟は学生時代から山が好きでしてね。慎重な性格だったのに、冬山で遭難したのです」

為頼は神妙な表情で写真に目をやった。白神怜児はどんな診断力を持っていたのだろう。白神より二歳下で、六年前に死んだのなら、医者として仕事をしたのは三、四年にすぎないはずだ。いや、白神は怜児が医学生のころから特殊な才能を発揮したと言っていた。学生時代から、病気を見分けていたというのか。そのわりには白神が言うほどには、個性的に見えなかった。

「この写真立ては、弟が遭難した鹿島槍の石で作らせたものです」

白神は愛おしむように写真を見つめ、執務机の端にそっと置いた。そして、為頼に向き直った。

「為頼先生、東京の院長の話は、今すぐご返事をいただかなくてもけっこうです。それより、この病院を見ていただけませんか。わたしが患者さんのために、どのような施設を作り、どんなサービスを提供しているかを、見ていただければありがたいのですが」

「それは、喜んで見せていただきますが」

「ありがとうございます。きっとお気に召すと思いますよ。さっそくご案内しましょう」

白神は弟のことなど忘れたように、勢いよく立ち上がり、為頼を出口に促した。

二人は秘書室の前を通り、人気のない廊下をエレベーターホールに向かった。一階まで降り、ロビーから外来エリアに向かう。木曜の午後なのに、それほど人はいない。

「今は診察時間じゃないんですか」

「診察はやっていますよ。なぜです」

「いや、あまり患者がいないようだから」

為頼が口ごもりながら言うと、白神は笑って内科外来に入った。長い廊下に診察室がずらりと並んでいる。看護師が忙しそうに出入りし、患者をエスコートする職員がにこやかに患

者や家族に応対している。どの部屋でも診察が行われているようだ。

「内科は十五診まであります。もちろん全室で診察しています。うちは患者さんをお待たせしないのがモットーですからね」

「そんなに多く」

為頼がおどろくのも無理はなかった。大学病院でも、ふつう診察室は一診から五診程度までだ。十五診もあれば、患者は待たずにすむだろう。しかし、それだけのスタッフをそろえるのはたいへんなことだ。

白神は当然のことのように言った。

「大学では一人の医者が一日に五十人も六十人も診察するでしょう。そんな状態で、丁寧な診療ができるわけがない。医者も疲れるから、見落としやミスのリスクも上がる。システムフェイラーですよ」

たしかに、為頼の同窓生でも、大学病院の連中は過酷な診察を強いられている。

「うちの病院では、患者さんだけでなく、スタッフの快適さも重視しています。快適な勤務環境で、気分よく働いてもらう。医者や看護師の機嫌が悪ければ、いい診療などできるはずないですからね」

「しかし、そんなゆったりした体制では、人件費が膨大になるでしょう」

「そうですね。しかも、うちのスタッフはほかの病院より高給ですからね」

「じゃあ、いったいどうやって経営を維持するんです」

「簡単なことですよ」

白神は血色のいい頬を緩め、横目で為頼を見た。「先ほども申し上げたように、特別料金をいただくのです。混合診療ではなく、医療保険とは別枠でサービスフィーを設定しています」

「しかし、それじゃ金持ちしか受診できないじゃないか」

為頼は憤然と白神を見返した。「白神先生、あなたは金儲けには興味がないと言いながら、結局は金持ち優遇の医療をしようとしてるのじゃないですか」

「とんでもない。為頼先生、人聞きが悪いな」

白神は茶目っ気さえ浮かべて、手を振った。「たしかに収益は上げていますが、それはスタッフの給料に還元しています。待遇がよくなれば、スタッフは気持よく働き、それは転じて患者さんへのサービス向上につながりますからね。それに、我々は金持ちを優遇しているんじゃありませんよ。医療にお金を支払う人を優遇しているのです」

「どうちがうんだ」

為頼は戸惑いの表情を見せた。

「為頼先生、口はばったいことを申し上げるようですが、快適さ、安全、高品質にはお金がかかるんです。医療だからといって、よいものを安くなんていうのは絵空事です。よい医療を受けたければ、それだけの対価を支払わなければならない。当たり前のことでしょう」

「それはそうかもしれんが」

「もちろん、最低限の医療は平等に保障されるべきです。それが保険診療でしょう。つまり保険診療はセイフティネットなんです。保険で最高の医療をカバーしようなんて、いきすぎです。そんなことを考えるから、国民の医療費が年間三十五兆円にもなるし、一方で国民は医療にお金がかかることを忘れてしまう。大した稼ぎもないのに、レジャーや子どもの塾代に金を使って、それで医療は国でお願いしますなんて、ムシがよすぎますよ。きちんと医療のために貯蓄をしたり、民間の保険に入って、お金の準備をしている人もいるんですからね。そういう患者さんが、質の高い医療を受けられるようにすべきです」

たしかにその言い分には一理ある。白神は身振りを加えてつづけた。

「これまでの医療には、快適さを選ぶ自由がありませんでした。医療は平等という概念が、重視されすぎていたからです。お金を払える人も払えない人と同じサービスで我慢させられていた。かつて無医村などがあったころは、医療の普及が先決ですから、それも仕方なかったでしょう。でも、もう十分行き渡ったのですから、これからは質を高める時代です。安く

て手軽な医療、高価だが快適で安全な医療、そういう選択肢を持つ時代になっています。日本の制度は遅れすぎです。たとえば胃カメラでも、細くてしなやかな最新式のものと、太くて飲みづらい旧式のものと、どちらを使っても、保険点数は同じなんですよ。こんなバカな料金システムがありますか。だから、我々は付加価値をつけて、サービスフィーをいただいているのです」

「しかし、法律的にはきわどいことでしょう」

「そうです。でも、だれかが風穴を開けないと状況は変わらないし、そもそも悪いことをしているのではないんです。ハイレベルなサービスを提供して、正当な報酬を得ているだけですからね。いずれ法律も変わらざるを得ないでしょう。この病院はそれを先取りしているだけです。さあ、どうぞ、次は病棟にご案内します」

白神は外来エリアからエレベーターで五階に上がった。ナースステーションに合図すると、若い看護師が素早く先導役についた。

「病室は五階から八階まで、東と西の八病棟に分かれています。各病棟はAB二つのセクションに分かれており、全部で三百五十床あります。当然のことですが、病室はすべて個室です。室料はスタンダードで一日五千円。保険会社のCMが脅かすほど高くはありませんよ。リーズナブルであることも我々のモットーですから」

病棟はホテルと病院の中間のような感じで、廊下はカーペット敷きだが、扉は緊急対応しやすいようにスライド式になっている。

「空いてる部屋を見せてもらえるかな」

白神が頼むと、看護師は部屋番号を確かめてスライド式の扉を開いた。部屋はシンプルだがゆとりがあり、ベッドも洗面台も清潔そうだ。

「病室のデザインは専門のデザイナーに依頼しました。備品の配置や窓の高さひとつでも、快適さがぜんぜんちがうんです。ちなみにこの部屋でスタンダードです。エグゼクティブには和室やガーデンテラスつきの部屋もあります。ご覧になりますか」

「いや、そこまではけっこう」

「じゃあ、手術エリアをご案内します。四階です」

白神は為頼をエレベーターに乗せ、暗証番号を押してから4のボタンを押した。扉が開くと、高圧除菌システムで風が吹きつける。為頼は更衣室で滅菌ガウンとディスポーザブルの帽子とマスクを手渡された。白神は手術衣を着ているので、白衣を脱いで帽子とマスクをつけるだけだ。クリーンエリアに入ると、手術部独特の静寂が感じられた。

「手術室はAからLまで十二あります。ここで年間、千二百例ほどの全麻手術をやっています。開心術、開頭術はもちろん、設備的には臓器移植も可能です」

手術中の部屋に入ると、執刀医が丁寧に目礼を送る。白神は無言でそのまま手術をつづけるように促す。手術機材、無影灯、麻酔器、すべて最新式の設備だ。麻酔医がモニターからデータを採っているのを見て、為頼が聞いた。

「治験もやっているのですか」

「ええ。この病院では独自の医療を研究開発していますからね。わたしは麻酔に注目しているのです。注射に使う痛覚麻痺のスプレーも、麻酔科の協力なしには作れませんからね。だよな」

白神が気さくに声をかけると、若い麻酔医は生き生きした表情でうなずいた。

「為頼先生、わたしが今いちばん興味を持っているのは痛みです。痛みは医療がまず取り除くべき対象でしょう。末期がんの患者も、延命できなくても痛みだけは取ってほしいと言いますからね。老人の腰痛や関節痛、頭痛、腹痛、排尿痛、さらには骨折や火傷の痛み、心筋梗塞からクモ膜下出血の激痛まで、患者さんを苦しめるすべての痛みを消し去ることができれば、そんな素晴らしいことはないでしょう」

「それは鎮痛剤のことですか。ひじょうに強力な麻薬か何か」

「いいえ。鎮痛剤は読んで字のごとく痛みを鎮めるだけです。わたしがイメージしているのは、もっと根本的なことです。いわば完全な無痛ですね」

「完全な無痛？」

為頼が怪訝な表情を浮かべると、白神は思いついたように、壁の時計を見上げた。

「三時半か。そろそろ検査がはじまるころだな。為頼先生、手術エリアはこれくらいにして、検査エリアに行きましょう。ちょうど見ていただきたいものがありますから」

白神は足早に更衣室にもどり、為頼からガウンと帽子を受け取ってクリーニングボックスに入れた。自分はハンガーにかけた白衣をはおる。

「検査エリアは三階です」

エレベーターで三階に下り、画像診断セクションに行くと、ＭＲＩ（磁気共鳴画像）の検査室にランプが灯っていた。白神は横の扉を開けてコントロールルームに入る。中は明かりが消えており、手元の照明だけで、二人の技師がパネルを操作している。

「もうはじまってる？」

「いえ、これからです。今、ポジショニングの調整をしてます」

ガラスの向こうにＭＲＩがあり、検査台に患者が横たわっていた。胸から上は巨大なドーナツ型の撮影機に隠され、こちらからは下半身しか見えない。

「ちょっと過去のデータを見せてもらうよ」

白神は技師に断って、ケースからＭＲＩのフィルムを何枚か取り出した。壁のシャウカス

テンを点灯し、フィルムを掛ける。

「患者は二十三歳の男性です。わたしが今、特別に手をかけて治療している患者でしてね。所見はいかがです」

フィルムには頭部の断層画像が十六分割されて写っている。

「脳のサイズがやや小さいようですね」

「よくお気づきですね。尖頭症（せんとうしょう）だからです」

尖頭症とは先天異常の一種で、頭蓋骨の癒合が早く起こるために、頭が銃弾のように尖ったものだ。

「わたしは先天異常に注目していましてね。異常といっても突然変異の一種ですからね。進化が突然変異によってもたらされることはご存じでしょう。ほかにＭＲＩの所見はありませんか」

白神は為頼を促したが、症状も聞かずに異常は見つけにくい。

「患者の主訴は何です」

「それはあとでお話しします。脳幹はいかがですか」

為頼は脳幹の写っているコマに注意を集中した。

「正中（せいちゅう）が肥大して、一部にスポンジ状の変化が見られる」

「そうです。実はこの患者はうちの職員でしてね。もともと軽い知的障害があるので、障害者雇用の枠で雇ったのです。今は手術エリアで器材係をしています」

白神がそう説明したとき、技師の一人がマイクに向かって患者に指示を出した。

「伊原(いはら)さん、頭をまっすぐにして下さい。少し右に傾いてます」

検査台の患者は動かない。技師が重ねて指示する。「伊原さん、頭を少し左に向けて」

それでも患者が動かないのを見て、技師はマイクが故障しているのかと指で叩いた。白神が気づいて技師に注意した。

「君は新しい技師だね。彼の名前はイハラじゃない。イバラだ。濁点をつけて呼ばないと彼は反応しないよ」

「そうなんですか。じゃあ、イバラさん、頭を左に向けて下さい」

患者は言われた通り頭を動かす。

「あの患者はたいへんな潔癖性でね。こだわりがいくつもあるんです。ちょっと声をかけておきましょう」

白神は技師に目くばせをして、検査室の中に入った。為頼もついていく。

「イバラ、わたしだ。検査を見に来た。お客さんを案内してきたよ」

ドーナツ型の器械の中で、患者がうなずく気配がした。

「このお客さんもドクターだからね」

患者がまたうなずいたあと、器械の中から二度ほど、犬がにおいを嗅ぐような音が聞こえた。その瞬間、為頼は落ち着かない気分になった。見えない相手に見つめられたかのようだった。

ふたたびコントロールルームにもどった白神に、為頼は訊ねた。

「それで、この患者の病気は何なんです」

白神はシャウカステンの蛍光灯を消し、薄暗がりの中で答えた。

「先天性無痛症です」

「無痛症？」

「そうです。彼は生まれてから、痛みを感じたことがないんです」

3

「両親殺害の被告『心神喪失』で無罪　神戸地裁」

佐田要造は、畳に広げた夕刊の記事に釘付けになった。両親を包丁で刺し殺した二十八歳の男が、精神鑑定の結果、責任能力なしと判定されて無罪になったという記事である。

佐田のアパートは、兵庫区の下町である新開地（しんかいち）の商店街を東へ入った住宅街のはずれにあった。築二十年の鉄筋五階建てで、間取りは２ＤＫ。独身者や水商売の女性が多いすさんだ印象の建物である。佐田の部屋は三階で、となりのビルが迫っているため、昼間でも薄暗い。洋室は物置代わりになっており、和室は衣服、食器、雑誌や紙袋など、生活に直結するものであふれていた。

佐田はあぐらの片膝を立て、新聞記事を読み直す。

「被告は五年前より幻聴や幻覚に悩まされており、精神科を受診していた。犯行の三カ月前には統合失調症（精神分裂病）の疑いで投薬も受けていた。（略）精神鑑定は二回行われ、起訴前には、物事の善悪を判断する能力は『完全には失われていなかった』とされたが、公判中の鑑定では『失われていた』とされ、最終的に『心神喪失』と判定された。被告はそばで大量の血を流して苦しんでいる母親を放置したまま、二時間以上も父親を攻撃しつづけており、その行動は極めて異常と言わざるを得ない」

心神喪失。

その言葉に佐田は心を奪われた。以前から何度となく頭に刻み込んだ言葉だ。どんな凶悪な罪を犯しても無罪を保証してくれる魔法の切り札。これさえ手に入れれば、もう何も恐れる必要はない。

佐田はもう一度記事を吟味する。なるほど、ふつうでは理解できないほど残酷な殺し方をすれば、心神喪失と判定されるのか。しかし、「物事の善悪を判断する能力が失われていた」というのは変だ。というか、当たり前のことだ。善悪の判断が失われているからこそ、酷い犯行をやるのじゃないか。佐田は混乱したが、要するに、悪いことを悪いと思わずにやれば心神喪失になるのだと、勝手な解釈をした。

この種の新聞記事を見るたびに、佐田はいつも奇妙な気分になる。日本には刑法三十九条という法律があり、心神喪失であれば殺人を犯しても無罪になるという。頭のおかしい人間なら、何をやっても許されるわけだ。俺だってしょっちゅう頭はおかしくなる。あとは精神科の通院歴を作っておけばいい。今からでも遅くないはずだ。そして統合失調症の診断をもらうためには、幻覚とか幻聴があるふりをして、電波が飛んでくるとか言えばいいのだろう。

佐田は部屋の炬燵に向きなおり、ノート型のパソコンを開いた。検索ソフトを起動して、「心神喪失」「殺人」「無罪」とキイワードを入力する。検索すると、なんと一万六千件ものヒットがあった。

・精神鑑定で心神喪失を装うには？
・殺人で大儲けをした心神喪失者

・大量飲酒で人を殺しても無罪になる……

ぞくぞくするようなサイトが目白押しだ。佐田は時間を忘れてページを開きつづけた。心神喪失の判定を受けて、今の状況をすべてリセットできればどれほどいいだろう。佐田の空想が水に垂らした黒インクのように広がる。

佐田の現実。それはあまりに悲惨で危機的だった。いちばん頭が痛いのは、三宮のフィリピンバーともめていることだ。女を店外に連れ出し、合意のもとにホテルに入ったのに、強姦されたとゴネられた。暴力団関係の店長から落とし前をつけろと言われ、二百万を請求されている。家賃も滞納しているし、借金は親戚、知人、以前の職場、サラ金など、あらゆるところからし尽くし、常に自己破産が目の前にちらついている。ピザ屋のバイトでは、宅配用のバイクを私用で乗りまわし、物損事故を起こしてそのまま逃げた。中山手(なかやまて)の住宅地では、女性の下着を盗み、逃げるときに原付のナンバーを見られた。本屋でエロ本を万引きしたとき、店のババァを突き飛ばしたら、「骨が折れた」と叫んでいたから、捕まれば窃盗罪に傷害罪もつくだろう。ほかにも不如意、不義理は山ほどあり、佐田の現実は八方ふさがりを通り越して、極限状態になりかけていた。

心神喪失なら、自己破産より一挙に問題を解決できるのではないか。面倒な手続きもいら

ないし、弁護士費用もかからない。ネットのサイトを見ながら、佐田は真剣に考えた。心神喪失者は殺人を犯しても無罪になるのだ。それも酷い殺し方をすればするほど、責任能力なしと見てくれる。あとは申し訳程度に入院して、ほとぼりの冷めたころに正常なところを見せれば退院できるだろう。そうやって人生をリセットすれば、今度は失敗しない。俺はもともと頭もいいし、才能もあるのだから。

そう思って薄暗い窓に目を向けたとき、ドアのチャイムが鳴った。

佐田は息をひそめて外のようすをうかがった。だれが来たのか。フィリピンバーの店長か、借金取りか、警察か、アパートの大家か。佐田の脳裏に招かざる客の顔がいくつも浮かぶ。しかし、もしかしたら女かもしれない。スナックで引っかけた女、援交した女子高生、アパートでひまにしている人妻、あるいはひょっとして、前妻の菜見子が、俺への仕打ちを反省して、よりをもどしに来たのかもしれない。

佐田は足音を忍ばせ、のぞき窓から外を見た。魚眼レンズに映っていたのは、同じ階に住む痩せぎすのホステスだった。これから出勤らしく、黒に金茶のごてごてしたスーツを着ている。真っ赤に塗った唇を尖らせているのを見ると、ロクな用件ではなさそうだ。しかし、佐田は女というだけで、チェーンを掛けたまま、ドアロックを解除した。

女は挨拶もせず、佐田の顔を見るなりけんか腰に怒鳴った。

「ちょっと、ウチの自転車を壊したの、あんたやろ。弁償してんか」

「いきなり何言うとんじゃ」

佐田はひるまず返したが、頭の隅で思い当たることがあった。一昨日、アパートの駐輪場に置いてあった女物の自転車を、原付で引っかけたのだ。自転車の車輪を踏み越え、スポークの折れるいやな感触があったが、そのままほったらかしにしてきた。

女はドアの隙間に口を突っ込むようにして言った。

「ここ開けえや。ウチの自転車壊したやろ。あれ、使いもんになれへんから、新しいの買うで。弁償しいや」

「知らんわい、ボケが。しょうもないこと言うてくな、カス女」

「何やて。あんた、トボける気か。証人がおるねんで。一階のお好み焼き屋のおばちゃんが、あんたが原チャで倒したの見てるんやで」

「そんなもん信用できるか。俺かて見たわ。近所のガキがお前の腐った自転車を壊しとったわ。わかったらさっさと去ね」

「何言うてんの。意味わからんわ。さっさとここ開けえや」

女がハイヒールでドアを蹴る。佐田はわざとドアをガチャガチャいわせ、女をせせら笑った。

「悔しかったら、入ってきてみぃ」

「ええかげんにしいや。アパートの郵便受け荒したんもあんたやろ。警察に言うで」

思いがけない反撃に、佐田はたじろいだ。動揺を抑えて言い返す。

「アホ、あれはな、お前、俺かて被害者なんじゃ。俺がやったて、どこに証拠がある。嘘ばっかり言うてたらシバくど。お前のほうこそ、警察に言われたら困ることあるんとちゃうんか」

当てずっぽうに言ったが、今度は女のほうに警戒する気配があった。佐田は勢いを得て言い募る。「どうせやばいウリやってんねやろ。外人相手か。病気もろてんのとちがうか。それにお前、この前、俺が風呂入ってるときのぞいたやろ」

「だれがのぞくか。そんな汚いもん」

「いいや。証拠があるんじゃ。その臭い香水や。俺が風呂に入ってたら、そのにおいがしてたわ。軽犯罪法違反や。こっちこそ警察に言うていたるど」

「あんたはアホか。相手になっとれんわ。自転車の請求書、ここへまわすからな。すぐ払えや。言うとくけどな、ウチの店にはヤーさんの客も来るねんで。金払わんかったら、ヤキ入れてもらうで」

「ヤクザがなんぼのもんじゃ。警察呼んだら終わりやんけ。さっさと店へ行って股広げてこ

い。このブス」

佐田は力任せにドアを閉めた。女は罵声を発し、ハイヒールでもう一度ドアを蹴って去って行った。

女の足音が消えるのを確かめてから、佐田は炬燵の前にもどった。気分が悪い。郵便受け荒しのことを言われたときには、思わず冷や汗が流れた。

佐田がアパートの郵便受けを荒したのは、都合三回。いずれも人の出入りの少ない昼間だった。理由は大家からの家賃の督促状が届いたからである。督促状だけでなく、契約書のコピーも同封してあった。これ以上家賃を滞納するなら、法的手段を取るという最後通牒だった。無視するつもりだったが、法的手段という言葉が気になった。裁判所とか警察が出てきたらまずい。そこで思いついたのが、郵便受け荒しである。アパートの住人宛の手紙が盗まれ、督促状もその中に紛れ込んでいた、だから自分はそれを見ていない。そういうことにすれば、無視していても取り敢えずの言い訳は立つ。

佐田は盗んだ手紙を自室へ持ち帰り、何通か開封した。おかしかったのは、自分に来たのと同じ督促状が、ほかにも配達されていたことだ。二〇二号室に住む老婆に宛てられたもので、彼女も佐田と同じく三カ月家賃を滞納しているらしかった。

自分が手紙を盗んだおかげで、この老婆も卑劣な督促状を見ずにすんだのだ。そう思うと、

佐田は恩着せがましい気持になり、ほかの手紙を盗んだ罪も帳消しだと独り決めした。

それにしても不愉快なホステスだ。あいつは俺の実力を知らんのだ。ブスのくせに怒鳴りやがって。俺はお前の考えてるような人間やないぞ。俺をあんまりアホにすな。俺がどれほど恐ろしい人間か、思い知らせてやる。俺はほんまはすごいんや。今に世間があっとおどろく。そのときお前らは奴隷（どれい）や。覚えておけ！

佐田は虚空をにらみながら、呪文（じゅもん）のような独白をつづけた。そしてふいに憂鬱な気分に襲われた。俺はどうしてこうも生きるのが下手なのか。

きっと母親のせいだ、と佐田は思い当たる。過保護で、身勝手な母・幸代（さちよ）。俺をペット代わりにし、溺愛（できあい）と拒絶を繰り返したあの女が悪い。

今でも思い出すと心が疼（うず）く。

「ごめんなさい、ごめんなさい、ごめんなさい」

朝、股間の濡れた感触に身の毛がよだった。あれは佐田が七歳のときだ。恐怖の夜尿症（やにょう）。

「ええんよ。ママがちゃんと治したげる」

「いやや。ぜったいにいやや。病院には行きとうない」

「あかん。約束したやろ。今度ちびったたら、やるって」

幸代は家庭の医学書で、夜尿症の原因に「包茎（ほうけい）」とあるのを見つけたのだ。近所の泌尿器

科に連れて行くと、いつでも手術すると言われた。

——ほんなら、あと一回失敗したら、次は手術よ。

約束ではなく宣告だった。白い部屋、消毒液のにおい、白ずくめの男、幸代もいっしょに上からのしかかり、泣き叫ぶ佐田を押さえつけた。そのときのひんやりした感触、頭の上の強烈なライト、鼓膜が破れたように籠もって聞こえる自分の泣き声。佐田は今でもはっきりと思い出す。暴れる佐田の口にガーゼのついたゴムマスクが当てられ、医者が上から甘い刺激臭のある薬を垂らした。そこで記憶が途切れた。

「要ちゃんのオチンチンは、皮のつなぎめが短かったんよ。そやからバイキンが入りやすいんやて。ふつうはなかなかここまで目が届かないものですって、ママ、お医者さんにほめられたんやから」

幸代は何度となく自慢した。

手術のあと、佐田は自分のペニスを見るのがいやだった。怖かったし、腹も立った。友だちに見られるのがいやさに、立小便もぜったいにしなかった。楽しみだった林間学校も、みんなで風呂に入ると聞いて、泣く泣く休んだ。そうやってひた隠しにしていたのに、小学校五年の三学期、後ろからいきなりパンツをおろされた。トレパンを下げるいたずらが流行っていて、そのはずみで全部下がったのだ。包茎手術をしたペニスが飛び出し、みんなに囃さ

れた。

「うわぁ、大人のチンチン！」

屈辱だった。今思い出しても、脂汗がにじみ出る。

手術を受けたペニスは、幸代への隷属の証だった。幸代には隠れたサディズムがあった。けんかで泣かされて帰ってくると、幸代は忌々しそうに佐田に言った。

「なんであんな子に負けるの。情けない。ほんまに要ちゃんは弱いな。将来、ロクな人間にならんわ」

小学校四年の秋、原因不明の頭痛がつづいたときも、不機嫌そうに言った。

「また頭が痛いて言うてるのか。癖の悪い子やな。そんな頭が痛いのは、脳腫瘍とちがうか」

「ノウシュヨウて？」

「脳のがんや」

がんが死ぬ病気であることを、マンガで知った直後だった。あれが死を真剣に恐れた最初だったかもしれない。

かと思えば、猫かわいがりもした。

「要ちゃん、あんたは頭がええのよ。優秀な家柄に生まれてるんやから。きっと立派な人間

になるわ。そうや、医学部にでも行ったらええねん。ママ、楽しみやわぁ」

そう言っていきなり頬擦(ほおず)りをする。幸代の頬は硬くて、いつも粉っぽい化粧のにおいがした。

中学受験に失敗して、結局三流の私立中学に決まったとき、幸代は目に毒気を浮かべて、佐田を不合格にした学校を罵(のの)った。

「あんな学校、だれが行くもんか。あそこは受験テクニックしか教えへんアホ学校よ。要ちゃんの入った学校はこれから有望なんよ。校長が言うてたもん。うちは兵庫県の新御三家ですって」

そして自分だけが佐田の味方のように、恩着せがましく振る舞った。仕事人間だった父親の啓吾(けいご)は、短気でよく佐田を殴った。すると幸代が決まって言うのだ。

「パパは頭が悪いのよ。そやからすぐ暴力を振るうのよ。ママはそんなことしないでしょ」

言葉の暴力でさんざん苛(さいな)んだくせに、その自覚も反省もない。だから、佐田が高校を中退して、はじめて幸代を蹴ったとき、幸代は気が狂ったように取り乱した。佐田は今までの怒りが爆発して、床に突っ伏した幸代を思い切り蹴り上げた。幸代は肋骨(ろっこつ)を折ったが、佐田は爽快だった。あれはゲーセンでひっかけた女と、はじめてのセックスをした直後だった。あのとき、何かが逆転したのだ。

佐田は炬燵から立ち上がり、安物の焼酎と、冷蔵庫に買い溜めてあるプリンを三つ取り出した。プラスチックケースに入ったプリンに、焼酎をかけてスプーンでぐちゃぐちゃに混ぜる。焼酎プリン。それが佐田の好物だった。

「バカにしやがって」

酒に弱い佐田は、すぐに酔いがまわりはじめる。あんなひどい親に育てられたら、まともな人間になるほうがおかしい。犯罪者になって当然や。俺はこのままでは終わらんぞ。俺が受けた不快さを、世間の奴らにも味わわせてやる。

佐田は二個目のプリンをかき混ぜ、たっぷりと焼酎を注ぐ。

十六歳で童貞を捨てたあと、佐田はあらゆる女とやりまくった。家出少女、酔っ払い、欲求不満の熟女、淫乱気味の飲み屋の女将(おかみ)。結婚も何度かした。どれも公衆便所みたいな女だった。自慰(じい)より虚しいセックス。そんな中でひとりだけ、飛び切り上等の相手があった。半年ほど前に別れた三番目の妻、菜見子だった。

焼酎の酔いが佐田の欲望を掻き立てる。佐田はパソコンのモニターに向き合い、マウスを操作する。〈マイドキュメント〉をクリックし、IDとパスワードを入力。動画ソフトを起動すると、画面いっぱいに菜見子の笑顔が現れた。

「あなた、こんばんは。今夜もヨ・ロ・シ・ク・ね」

人の声を合成できるヒューマノイド音源から作った声は、実物にそっくりだ。顔はいちばん気に入っていた菜見子の写真をスキャナーで取り込み、リアルにアニメ化したものだから実物よりきれいだ。表情も自由に動かせる。使っているソフトはDOLL。3Dのキャラクター作成ソフトで、思いのままのポーズを設定し、フォトリアリスティックな画像が作れる。子どものときに作った紙人形の少女より、はるかに現実的だ。

佐田はカーソルを動かして、コンテンツから菜見子の全身像を呼び出す。細身のジーンズにノースリーブの白いセーター。髪を背中に垂らし、両手に手錠をかけている。

さあて、今夜はどうしようか。

モニターの右端にメニューバーが表示されている。〈セリフ〉のフォルダを開くと、佐田が作成したセリフのファイルが一覧で出る。「どうして」「ひどい」「あんまりよ」「あ」「だめ」「いやーっ」「やめて」それぞれのセリフはアニメの動きと連動するように設定されている。

佐田は先頭のファイルを再生する。

「どうして」

モニターの菜見子が眉をひそめ、悲しげに首を傾げる。佐田は繰り返しアイコンをクリックする。

「どうして」

「どうして」

「どうして」

どうしてもだよ。お前は悪い女だからな。

ヴァーチャルの世界に入ると、佐田は無意識のうちに標準語になる。〈コスチューム〉のフォルダを開き、〈ランジェリー〉のアイコンをクリック。黒いキャミソールを着た菜見子が現れる。〈セリフ〉をクリック。

「やめて」

「お願い」

「やめて」

「お願い」

機械的な音声の反復が、次第に佐田を残虐な気持にさせる。

〈パフォーマンス〉のフォルダを開き、〈犬〉をクリックする。裸の菜見子が首輪をつけ、四つ這いになっている。小豆色がかった肌は、CG独特の質感だ。メニューバーの〈視点設定〉を〈任意角度〉にすると、カーソルが双眼鏡に変わる。佐田は視点を動かし、四つ這いの菜見子を後ろから見下ろす。右から、左から、舐めるように菜見子の尻を鑑賞する。尻と

背中の境目には、えくぼのような窪みも作ってある。さらに視点を動かし、腹の下から見上げる構図にする。腰のくびれ、縦長のヘソ、鳩尾(みぞおち)、わずかに外側に向いた乳房。佐田はじっくりと肌の表面を観察し、精魂込めて創り上げた造形を楽しむ。

視点を引いて、犬になった菜見子を正面から見る。〈命令〉のフォルダから〈鳴き声〉をクリック。

「ワン」

菜見子は顔を上げて犬の鳴き真似(まね)をする。乳房が揺れる。我ながらリアルだ。視点を乳房に接近させ、アップにする。かすかな息づかい、弾力、肌のぬくもりさえ感じられる。視点を少し引いて、もう一度鳴かせる。

「ワン」

佐田は次々と〈命令〉のフォルダをクリックする。〈おすわり〉〈伏せ〉〈チンチン〉

「あんまりよ」

画面の菜見子にチンチンのポーズを取らせたまま、〈セリフ〉のフォルダをクリックする。

「ワン」

「許して」

「ワン」

「ひどい」

「ワン」

はははは、ざまあ見ろ。佐田は上機嫌になって、プリンのカップで焼酎を飲む。

お次は踊りを見せてもらおうか。〈パフォーマンス〉↓〈ダンス〉↓〈中近東〉とクリック。脚の透ける薄いブルーの衣装を着け、口元をベールで隠した菜見子が、ヘソ出しスタイルでベリーダンスを踊りだす。BGMはレバノンのダンス曲「魅惑の王女」。

モニターの菜見子が片手を差し出し、指で誘う。

「イイ気持ニ、シテアゲル」

菜見子を踊らせたまま、マウスを動かして〈コスチューム〉↓〈ハダカ〉をクリック。全裸の菜見子がベリーダンスを踊りつづける。乳房を激しく揺らし、両手を持ち上げ、腰を振る。佐田は菜見子の顔をアップにし、セリフをはさみ込む。

「モウ許シテ」

「ドウシテ」

「ヒドイ」

菜見子は機械的な声で言う。佐田は頭の中で命じる。踊りつづけろ、笑顔を振りまけ、俺がいいと言うまで。佐田はアニメーションのスピードを上げる。菜見子はステップを速め、

腰を振り、せわしなく両手を上げ下げする。目がまわり、脚がもつれ、心臓が破裂しそうなほどのダンスになる。

バカか、お前は。

佐田は三個目のプリンに焼酎をかけ、赤い顔で上澄みをすする。さあ、いよいよ仕上げにかかるとするか。

新しく創ったコンテンツ、ファイル名は〈パラダイス〉。デジタル画像や音源を取り込み、ストーリー風に仕上げた幻想的なアニメーションだ。

モニターに海中の情景が映り、裸の菜見子が泳いでいく。イルカのようになめらかな泳ぎ。長い髪が水中になびき、口から洩れた泡が後ろへ流れ去る。

菜見子の正面にシャチが現れ、頑丈な顎を開く。恐怖に顔を引きつらせ、必死で逃げる菜見子。シャチは加速度的に近づいてくる。救いを求める菜見子の顔がアップになる。そのとき、菜見子の顔ががくんと下がる。目が表情を失っている。ふたたび同じ衝撃。菜見子の横に無表情なシャチの目が映る。シャチの牙が菜見子の太股(ふともも)に食い込み、水中に煙のような血が漂う。激しい泡の渦に巻き込まれる菜見子。

モニターに水面が映り、シャチが菜見子を空中に放り上げる。もう一頭のシャチがそれを口で受け、同じように放り上げる。菜見子は木偶(でく)人形のようにシャチにキャッチボールされ

るがままになっている。手足はばらけ、胸が反り返る。空にはまぶしい太陽が輝き、空中の菜見子が逆光のシルエットになる……。

菜見子は砂浜に打ち上げられている。濡れた髪。全裸の肌を伝う水滴。シャチに噛まれた傷は消えている。身体を起こし、砂浜でうなだれ、涙をこぼす菜見子。

密林に影が動く。生い繁った葉陰にいくつもの目が光る。菜見子は胸を隠し、横座りのままあとずさる。いきなり密林から原住民が躍り出る。鳥の羽根で身を飾った密林の戦士。菜見子は逃げる。戦士はみな小人だ。その太くて屈強な腕が菜見子を捕まえる。何本もの短い手が伸び、菜見子を丸太の木枠に縛りつける。菜見子は両脚を大きく開かれ、手足の自由を奪われる。開いた股を閉じようと身悶えるが、それが叶わない菜見子は、悔しそうに歯を食いしばる。小人の戦士たちは、木枠にくくりつけた菜見子を担いで密林の奥へ消える……。

暗闇を抜けると、そこは中世ドイツの教会前の広場になっている。ゴチック様式の尖塔から、カラスが見下ろしている。緋色のマントをはおった菜見子が、群衆の見守る中、壇上に引き出される。

「魔女を吊せ」

「茨の薪で焼き殺せ」

群衆が口々に叫ぶ。両手を縛られ、呆然とした表情を浮かべる菜見子。マントを剝ぎ取ら

れ、全裸で支柱に縛られる。無防備な菜見子。身をくねらせ、身体を隠そうとすればするだけ、群衆に裸身を晒してしまう。

覆面の刑吏が、菜見子を鞭で打つ。

「ヒィーッ」

胸に鮮やかなミミズ腫れができる。さらに二度、三度と鞭は高い音を立てて、菜見子の肌を打つ。片目のせむし男が現れ、ナイフで菜見子の太股を刺す。絶叫。せむし男は菜見子の脇腹に斬りつけ、乳房を刺し貫く。佐田はモニターから目を逸らさず、己の股間を刺激しはじめる。刑吏が菜見子の股を開かせ、せむし男が陰部を切り裂く。噴水のように尿がほとばしる。

佐田はペニスを取り出し、左手で激しく上下させた。モニターに菜見子の顔をアップにし、せわしなく〈セリフ〉のアイコンをクリックする。

「イヤーッ」「許シテ」「オ願イ」「アーッ」「ダメ」「アア、イイ気持ニナッテキタ」「モット」「アナタ」「イイワ」

佐田の息が荒くなり、股間に熱のかたまりが膨らむ。佐田は立ち上がり、右手にプリンを持って腰を落とす。左手の刺激をそのまま強める。快感のスイッチが入る。

「許シテ」「許シテ」「許シテ」「許シテ」

佐田はプリンの中にペニスを突っ込み、その中に激しく射精した。精液は六度ほど、快感とともにプリンの中に吐き出された。佐田はそのままの勢いで、精液入りのプリンを貪るように呑み込んだ。

佐田は虚脱して画面を閉じる。

俺の子ども……。

「許シテ」「許シテ」……

佐田は放心したようにつぶやく。

畳の上に仰向けになると、虚しい気怠さと動悸に襲われた。俺は血が濃い。欲情過多だ。俺には才能もあり、能力もあるのに、このザマは何だ。佐田は薄汚い天井を呆然と眺める。

この世を渡るには、特別な切符がいる。それさえあれば、俺ものし上がれる。今からでも遅くない。どこかの医学部にでも入り直そうか。どこかの三流私立医大くらいなら……。いや、私立はだめだ。金がかかる。国公立の医学部は、やはり無理か。それとも、ど田舎の大学なら入れるのではないか。

医者より弁護士がいいだろうか。俺は口が立つからいいかもしれない。俺なら辣腕弁護士になれる……。いや、法学部からやり直すのは面倒だ。

いっそのこと、警官になったらどうだろう。警察の試験くらい、簡単にパスするだろう。

俺は体格もいいし、腕力もある。拳銃と手錠を自由にできれば、逆らう奴はいないだろう。何といっても国家権力だ。令状を片手に、どんなところにも踏み込んでいける……。

いや、やっぱり警察は無理だ。素行調査でヤバイことがバレる。逮捕されたらシャレにならない。となると、やっぱり医者か……。

佐田はふと熱田の電話を思い出した。菜見子が六甲サナトリウムに医者を連れてきたこと。そいつはどんな男か。どれくらい金を持っているのか。貧相な中年男だと言っていたが、菜見子はそんな男に惹かれるのか。俺という男がいながら。

菜見子、菜見子、菜見子、菜見子。

俺は性欲さえ満たされればいい夫になれるのだ。毎晩セックスさえできれば、祐輔だってかわいがる。仕事もするし、貧しくても温かい家庭を作れるのだ。そして、菜見子に俺の子どもを産ませる。俺の子孫を残し、俺の遺伝子を繁栄させる。

いったい俺のどこが悪くて、菜見子は俺から去ったのか。わからない。佐田は酔った頭で考えた。菜見子は俺を焦らしているだけかもしれない。ムシの居所が悪くて、成り行きで離婚になったのかもしれない。あいつだって、ひとりで淋しい思いをしているはずだ。あいつは祐輔に父親が必要だと言っていた。その通りだ。俺が父親になってやる。俺ほど立派な父親はいない。そうだ。菜見子、お前は俺を必要としている。

佐田は自慰の虚脱から、新たなエネルギーが湧くのを感じた。

そうだ、菜見子に手紙を書こう。俺の文才で、菜見子に炎のような熱情を吐露しよう。そうすれば、菜見子も俺と巡り会った幸運に、少しは感謝するだろう。佐田は起き上がり、焼酎をラッパ飲みして、冷蔵庫から新しいプリンを取り出した。天井に向かって大口を開け、プリンの底の突起を折って一気に口の中に落とし込んだ。焼酎と精液に濡れた唇でプリンを呑み込む。アルコールの勢いを得た血液が全身にまわりはじめる。

佐田は不思議な高揚感にとらわれ、パソコンのワープロソフトを起動させた。そして、猛烈な勢いでキイを叩きはじめた。

4

十一月十五日、火曜日、午前九時三十分。神戸市中央区下山手通にある兵庫県警本部から、黒のホンダ・インテグラが道路に滑り出た。朝の渋滞を巧みに抜け、右折車と左折車がひしめく加納町の交差点を通過する。ハンドルを握っているのは県警捜査一課の巡査部長・市原。相方で灘署勤務の早瀬は、助手席でじっと前を見つめている。

「おい、そんなに飛ばさんでもいいぞ」

早瀬はせっかちに前の車をまくる市原に低く言った。

「早瀬主任、相変わらず暗いですね。仁川さんの言葉が気になるんですか」

わずかにスピードを落としながら、市原はちらと早瀬をうかがった。

今朝、早瀬は前夜の電話通報を捜査会議に報告した。六甲サナトリウムの南サトミという少女が事件に関わっているという匿名通報である。信憑性(しんぴょうせい)は高くはないが、取り敢えず聞き込みをかけるよう課長に指示された。現場へ向かう途中、県警本部に立ち寄り、管理官の仁川に報告すると、仁川は分厚い唇をへの字に曲げてこう言った。

「六甲サナトリウムか。障害児の施設やな。相手が十四歳未満やと、ちょっとややこしいことになるな」

二〇〇〇年に少年法が改正されて、刑事罰の対象年齢が十六歳から十四歳に引き下げられた。きっかけは県警のお膝元で起こった「酒鬼薔薇(さかきばら)事件」である。さらに〇五年には十四歳未満に対しても、少年院への送致や警察の調査を認める改正が行われた。それでも、未成年の捜査に対する世間の風当たりはまだまだ強い。下手に誘導的な供述調書を取ったり、証拠を押収したりすると、猛烈な抗議を受ける。

新神戸トンネルの入口をくぐりながら、市原はやや神経質そうに言った。

「電話の主は、参考人の年齢を言ってなかったんでしょう」

「ああ。ただ、子どもと言っただけだ」

「子どもにあの事件ができますかね」

「だから年齢が微妙なんだよ」

早瀬の苛立った声に、市原は肩をそびやかした。感情的になったのを取り繕うように、早瀬は短いため息をついた。

問題は年齢だけではない。六甲サナトリウムが精神障害児の施設であれば、参考人は何かの精神疾患の可能性が高い。はっきりした動機があればいいが、動機もなしに四人も惨殺したとなれば、とてもふつうの精神状態とは考えられない。捜査段階の精神鑑定で責任能力なしと判定されれば、不起訴になってしまうだろう。もし年齢が十四歳未満なら、参考人は刑法三十九条と、少年法の両方で守られることになる。

犯罪者を守る法律。

心から犯罪を憎む早瀬は、それがどうしても納得できない。まったく悪意のない過失でさえ、人を傷つけたり死なせたりすれば、相応の罪を償わなければならないのだ。それを精神病だとか子どもだとかいう理由で、能動的な殺人であるにもかかわらず、罰しないなんておかしい。監督する立場の者が代わりに責任を取るならまだしも、だれも罪に問われず、事件はなかったことにされる。被害者はまったくの殺され損だ。それで警察は市民の安全を守っ

ているといえるのか。

この疑問を、何度胸の内で反復したことだろう。しかし今の早瀬は、単純に刑法三十九条を敵視しているわけではなかった。その必要性を、釈然とはしないながらもある程度は認めている。きっかけを与えてくれたのは、もとの上司の仁川だった。

焼鳥屋で仁川の身内に統合失調症の青年がいると聞かされてから、早瀬は複雑な思いを持て余していた。以前のように、すべての精神障害者を危険視することはなくなったが、それでも罪を犯した精神障害者がこの法律で無罪や減刑になることには、相変わらず強い抵抗を持ちつづけていた。病気であれ何であれ、被害者がいるかぎり罪は償うべきではないのか。

そのころ、仁川が少し前に関わった事件の公判がはじまっており、転勤前で時間のある早瀬を仁川は傍聴に連れて行った。二十二歳の溶接工が十八歳のフリーターを刺殺した事件で、犯人には統合失調症の既往があった。

早瀬が傍聴したのは、犯人の母親と被害者の両親の意見陳述である。午前中にまず犯人の母親が証言台に立った。母親の後ろの長椅子には、刑務官にはさまれて犯人が座っていた。灰色のくたびれたスーツを着た母親は、か細い声で陳述書を読み上げた。

「息子は小さいときから真面目で、素直な子どもでした」

母親は白髪まじりのひっつめ髪で、痩せた背中に心労がにじみ出ていた。陳述書によると、

犯人は母ひとり子ひとりの家庭に育ち、小さいころから母親の期待を一身に背負っていたらしい。有名進学校に入学したが、十七歳の夏に統合失調症を発病し、高校を中退。以後、母子は二人三脚であらゆる治療に専念した。食事療法、生活療法、冷水まさつにアロマテラピー。わずかでも症状がましになると天にも昇る気持になり、逆に発作が出ると絶望のふちに立たされたという。

そのころを振り返り、母親は陳述の声を震わせた。

「家でアイロンをかけていても、病気のことを思うと、なんでうちの子がと涙がこぼれました」

しかし努力の甲斐があって、症状は徐々に落ち着き、近所の鉄工所に就職することもできた。それからの二年間は、発作に怯（おび）えながらも、人に迷惑をかけないようにと、無我夢中の毎日だった。雇い主や同僚にも病気のことを明かし、温かい協力を得ていた。巷（ちまた）で統合失調症患者の事件が報道されると、そのたびに母親は身の縮む思いがしたという。しかし、大きな発作は起こらず、これならもう大丈夫かと安心しかけた矢先に、事件は起こったのだ。

「その日、わたしは自治会の旅行に行く予定でしたが、うっかり息子の茶碗を割ってしまい、胸騒ぎがしていたのです。でも急にはキャンセルできないので、後ろ髪を引かれる思いで出かけました」

母親は取り返しのつかない一日をつらそうに語った。母親が出かけたあと、息子はいつも通り出勤するが、昼ごろから体調がおかしくなり、幻聴が聞こえはじめる。

〈お前は今夜、死ぬ〉

〈夜中の十一時に、殺し屋が来る〉

〈殺される前に、殺せ〉

そんな声に悩まされながらも、犯人の青年はなんとか仕事を終わらせ、午後七時過ぎに帰宅。身を守るために、台所にあった果物ナイフをポケットに入れた。そのまま家にいたが、空腹になり、午後十時過ぎ、近所のコンビニに食料を買いに出た。コンビニの前に不良がたむろしており、中の一人がふざけて青年の帽子を取った。青年の緊張と恐怖は極限に達しており、錯乱(さくらん)した彼は相手に体当たりを食らわせ、ナイフを胸に突き立てた。刃渡り十センチのナイフが根本まで埋まり、相手は肺動脈を切断されて死亡した。

「あの日、わたしが旅行に出たのが悪いんです。わたしさえ家にいれば事件は起こっていなかったでしょう。起こったとしても、殺されるのはわたしだったはずです。そのほうがどれだけよかったか」

母親は気持を殺して、録音テープのような声で陳述をつづけた。泣き崩れたら、最後まで言えない。退廷させられたら、息子を救うことができないと、その一心で感情を抑えている

のだ。声とは裏腹に、いつの間にか母親の両眼からは止めどなく涙があふれていた。雨だれのように手元に落ちる涙が、斜め後方の早瀬からもはっきり見えた。

陳述はやがてしめくくりに入った。母親は最後まで言い尽くそうと、懸命に感情を抑えてつづけた。

「息子は病気なのです。息子に悪気はありません。病気にそそのかされてやったのです。これまで一生懸命病気と闘い、やっとここまできたのです。なんとか今日まで生きてきたのです。息子は真面目でやさしくて、親孝行でした。それが病気のせいで、罪を犯してしまったのです。被害者の方には、ほんとうに申し訳ないことをしてしまいました。心よりお詫びを申し上げます。ご両親さまのお気持もお察しします。精いっぱいのお詫びをしたいです。でも、悪いのは病気なんです。息子は妄想に操られて、自分ではどうにもならない状態で、人を殺(あや)めてしまったのです。息子のやったことは取り返しがつきません。でも、どうか、どうか、息子をかわいそうだと思って下さい。憐(あわ)れんでやって下さい。お願いいたします」

最後は叫ぶような声だった。裁判官への一礼まで必死に持ちこたえ、ついにその場に泣き崩れた。その悲痛な響きに、早瀬も思わず涙がこみ上げた。

母親は廷吏(ていり)に抱きかかえられるようにして、傍聴席にもどった。早瀬は、長椅子にいる犯人の後ろ姿を見た。首の細い、色白の、頬のこけた青年だった。母親の陳述のあいだ、ずっ

とうなだれ、膝で拳を握りしめていた。自分でどうにもならない自分。それが犯した罪で、多くの人を不幸に巻き込んだことに、必死に耐えているようだった。

早瀬はとなりの仁川に、小声で訊ねた。

「精神鑑定はやったんでしょう」

「やったよ」

幻聴に惑わされての殺人なのだから、精神鑑定を受けて当然だ。統合失調症の既往もあるし、きっと責任能力なしと判定されるだろう。早瀬はそう思ったが、つづく仁川の言葉は意外なものだった。

「けど、この青年はな、鑑定のときに幻聴のことを言わんかったんや」

「どうしてです」

早瀬は思わず声をあげた。

「幻聴があったのは事実やが、人を殺めたのも事実やからな。彼はその罪を自ら償おうとしてるんや」

「そんな……」

早瀬は信じられない思いで青年を見た。偽の病気で罪を免れようとする人間がいるのはわかる。しかし、ほんとうの病気で犯した罪なのに、その罰を自分から進んで受けようとする

人間がいるとは。

午前中はこの陳述だけで終わり、午後からは被害者の両親が意見陳述に立った。父親はスカイブルーのスーツに派手なネクタイを締め、脂ぎった顔に口髭を生やしていた。母親は黒のシャネルのスーツに犬の鎖のような金のネックレスをつけ、指には一カラットほどのダイヤの指輪をはめていた。

父親がしゃがれた太い声で、陳述書を読み上げた。

「わたしたちの息子は、真面目で正義感が強く、非の打ちどころのない青年でした」

父親は被害者の幼少期から青年期までを、美辞麗句で飾った。しかし、それは仁川から聞いていたのとはずいぶんちがった。被害者は高校を転々とした落ちこぼれで、甘やかされて育ち、痴漢やシンナーで補導歴もあった。不良グループの中ではいわゆるパシリで、家の金を仲間に巻き上げられるような半端な存在だった。それでも父親は殺された息子を美化し、母親は香水のきついハンカチでこれ見よがしに涙を拭いていた。

「こうして息子は、まったく何の落ち度もないのに、凶悪な男のナイフによって、わずか十八歳の命を奪われたのです。わたしたちは犯人に対し、極刑を強く望みます。極刑以外にわたしたちの納得できるものはありません。いえ、ただの極刑では物足りません。考え得るかぎり残酷な刑にしてほしいと思います。今、わたしたちの最大の心配は、犯人が精神鑑定で

卑怯にも心神喪失を装い、罪を逃れようとすることです」

ちがう、と早瀬は内心で叫んだ。犯人はむしろ進んで罰を受けようとしているのだ。明らかに幻聴のせいなのに、鑑定でそれを主張せず、自らの責任を取ろうとしているのだ。

しかし、父親はそんなことは無視して太い声でつづけた。

「仮に病気があったとしても、尊い人間の命を奪った者が、罰せられないなどということがあってよいものでしょうか。考えてもいただきたい。いきなりナイフで他人の心臓を刺すような人間が、まともであるわけがない。そんな罪を犯すのは、異常者に決まっています。異常者なら危ないから、なおさら極刑にすべきです。それが市民の安全を守る道です」

早瀬ははっと胸を衝かれた。市民の安全を守る道。いつも自分が心に抱いている思いだ。なのにこの違和感は何だ。父親の言葉は、自分の思いとはまったくちがう。今まで繰り返してきた言葉なのに、素直にうなずけない。

「息子はもう永遠に、勉強することも、人の役に立つことも、結婚し、温かい家庭を作ることもできません。わたしたちは、犯人がこの世で同じ空気を吸っていることだけでも許せません。犯人がうまいものを食べ、楽しい思いをしていると考えるだけで、腸が捻れるほど腹が立ちます。どうか、厳しい裁きをお願いいたします。そうでないと、息子は浮かばれません」

父親は盛り上がった肩をすくめるように一礼して、陳述を終えた。早瀬が傍聴席を見ると、犯人の母親は、両手を合わせ、身を縮めるようにして頭を下げていた。被害者の両親がそれに目を留め、まず母親が怒りの言葉を浴びせかけた。

「うちの息子はな、あんたのとこの頭のおかしな人非人（にんぴにん）に殺されたんや」

「すみません」

犯人の母親は絞り出すような声で謝る。

「なんぼ謝ってもろたかて気がすまんわ。息子は生き返れへんのやから」

さらに父親が言い募った。

「自分が産んだ出来損ないの始末は、自分でつけぇ」

「申し訳ございません」

「人の息子を殺しといて、ようぬけぬけと出てきたな。ちょっとでも悪いと思うてんねやったら、あんたも息子といっしょに死ね！」

「そうや、死ね！　お前らキチガイは人類の敵じゃ。皆殺しにしたらええんじゃ」

「すみません。すみません」

「なんぼ謝っても許せるか。お前も息子を殺して、自分も死ね。自殺でもせぇ」

「静粛に。静粛に願います」

ようやく裁判官が割って入った。それでも気持の収まらないらしい父親は、荒々しく傍聴席に近寄り、口汚く罵った。

「キチガイやったら何しても許されると思うとんのか。ふざけるな。人殺しは死刑じゃ。これがわしらの気持じゃ。思い知れ」

廷吏が止める間もなく、父親は犯人の母親に唾を吐きかけた。早瀬はとっさに立ち上がりかけたが、仁川に強く肩を押さえられた。母親は髪にかかった唾を拭おうともせず、ただ身を折り曲げて頭を下げつづけていた。犯人も刑務官に脇を抱えられて前を向いたまま、激しく肩を震わせていた。

早瀬はいたたまれない思いだった。精神の病気を背負った家族の苦しみ。犯人の母親は、被害者に申し訳ないと思う気持と同時に、それ以上に激しく病気を憎んでいた。〈殺せ〉という幻聴さえなければ、息子は決して殺人などしない。たしかにそれはそうだろう。

一方で、被害者の両親には、犯人の病気に対する思いやりがみじんもなかった。突然、息子を殺された悲しみはわかる。しかし、あまりに一方的ではないか。精神障害者を皆殺しにしろとまで言うのは、明らかに言いすぎだ。

裁判の帰り、仁川は早瀬に静かに言った。

「被害者の遺族はな、みんな感情的になりよる。当然のことや。かけがえのない身内を失う

たんやからな。けど、犯人の側にも同情の余地はあるやろ」

早瀬は黙ってうなずいた。

「そこに配慮するために、刑法三十九条みたいな法律があるわけや」

頭が整理できない。何かが引っかかる。

仁川は低い声でつづけた。

「精神障害者を抱える家族はたいへんなんや。そういう人がおることを、あの金持ちの遺族らは一顧だにしてない。もちろん被害者は気の毒や。けど、病気や障害を抱える家族も、別の意味でまた大きな不幸を背負うてる。同情せいというのとちがうで。けど、三十九条は弱い立場の者を守るための法律なんや。それがなかったら、世の中、強い者や恵まれた人間にばっかり有利になってしまう。それではいかんやろ」

「はあ……」

早瀬は十分に納得できないままうなずいた。自分のわだかまりが見えない。

「仁川さん、三十九条が必要なことはわかりました。でも、それはいつも正しく行使されているんでしょうか。この法律を悪用して罪を免れようとする連中は、どうやって裁けばいいんです」

「そうやったな。お前は舞子の事件で、鑑定医の胸ぐらにつかみかかったんやな」

仁川が今さら思い出したように言い、コートの内ポケットからケータイを取り出した。だれかと打ち合わせをしているようだった。話がまとまると、タクシーを拾った。

「どこへ行くんです」

「県立加賀沢病院や。わしの知ってる精神科医に会わせるわ。立派な鑑定医や」

タクシーは下山手から再度筋を北上し、諏訪山へ向かった。展望台へ向かう途中に、三階建ての白いL字型の病院があった。仁川は正面玄関からロビーを素通りし、奥のエレベーターで医局のある三階に上がった。

「多田先生、いてはりますか」

受付で聞くと、四十過ぎの背の高い医者が現れた。仁川と早瀬は患者説明用の小部屋に通され、多田と向き合って座った。

「忙しいところをすんませんな。これがさっき電話で言いました早瀬刑事です」

仁川に紹介されて、早瀬は戸惑いながら頭を下げた。仁川が含み笑いでつづける。

「裁判所で鑑定医につかみかかるような、物騒な男には見えませんやろ」

「ああ、この人ですか。神戸地裁では有名ですね」

そう言われて、早瀬は苦々しく顔を伏せた。多田は屈託のない笑顔を浮かべ、精神科医にしては珍しく簡潔に話題に入った。

「精神鑑定の信頼性についてですね。刑法三十九条に関して、精神鑑定が常に正しい結果を出しているかどうかというご質問なら、答えは残念ながらノーですね」

「え、そんな」

早瀬は顔を上げ、思わず険しい表情を浮かべた。仁川は平然としている。

多田はけれんみなくつづけた。

「犯人が犯行時に心神喪失であったかどうか、それは神のみぞ知るです。我々は想像するしかありません。特に精神科の病気は、血液検査やレントゲンで診断がつくわけではありませんから」

「しかし、専門家の判断というものがあるでしょう」

「もちろんです。我々も医学的に正確な判断をしようと努力はしています」

多田は端整な顔にかすかな同情を浮かべ、早瀬を見た。「早瀬さんとトラブルになった鑑定医は、ちょっと加害者に配慮しすぎる人のようですね。我々のあいだでも必ずしも評判はよくありません。でも、話によると、早瀬さんはその医師が、鑑定医は被害者の代理人ではないと言ったことに激昂（げっこう）されたとのことですが」

「そうです。あんまり被害者を無視するようなことを言うから」

「でも、それは鑑定医としては必要なことなのですよ。被害者の心情を考えると、どうして

も犯人憎しの気持になりますからね。鑑定がその気持に左右されれば、純粋に医学的な判断とはいえないでしょう」

「それはそうかもしれませんが」

早瀬は不服げに多田に訊ねた。「じゃあ、被害者の感情抜きでも、正しい診断は下せるのですね。犯人の心理を解明できるわけですね」

多田は冷ややかな笑みを浮かべて、視線を落とした。

「不可解な犯罪が起きたとき、人々はだれかに謎を解いてもらいたいと思います。それが自然な市民感情でしょう。マスコミはときに精神鑑定を読心術のように扱いますが、精神科医は霊能者ではないのです。いったいだれに人の心がのぞけますか」

「しかし、精神科医が解明しなくて、だれがやるのです」

「早瀬さん、あなたは精神科医ならわかるはずだという前提に立っていませんか。それは都合のいい思い込みです。専門家に期待しすぎですよ」

「まあ、そのあたりが、鑑定医の先生の本音なんやろな」と、仁川が穏やかな声で割って入った。「早瀬よ、精神鑑定にも限界があるんや。そやから三十九条を悪用して、罰を逃れようとする奴も出てきよる。そいつらは許せんが、同時に心神喪失で罪を犯してしまった人間を守る必要もあるやろう」

裁判所で見た気の毒な被疑者親子を思えば、たしかにそうだ。それが仁川の言う「弱い立場の者を守るための法律」なのだろう。しかし、それでは被害者はどうなる。いきなり異常者に殺される被害者は、もっと弱い立場なのではないのか。

釈然としない思いで早瀬が押し黙っていると、仁川が諭すように言った。

「責任能力のない人間を罰することは、非人道的なことなんや。それは罪の償いやない。ただの報復や。それがどれだけ恐ろしい人権侵害につながるか、わかるやろ」

「しかしわたしは、三十九条を悪用する人間がどうしても許せないんです」

「わかってる。それはわしかて同じ気持や。けど、多田先生も言わはるように、精神鑑定とて完全ではない。わしらはその中でやっていかんと仕方がないんや」

早瀬は暗い表情で唇を結んだ。仁川が半ば自嘲気味に、半ば空想するようにつけ加えた。

「まあ、病気と犯罪を見分けられる天才みたいな医者でもおったら、話は別やが」

早瀬が追想にふけるあいだに、市原の運転するインテグラは新神戸トンネルを抜け、箕谷（みのたに）から花山台方面へ向かった。

「こっちですね」

市原が「六甲サナトリウム」と書いた標識を見つけ、林間の道を左折する。

「参考人が未成年なら、聴取には保護者の了承がいりますね」

「いや、今日は心証を得るだけでいい。シロだというウラが取れれば、保護者に連絡する必要はないだろう」

「じゃあ、簡単にすみそうですね」

市原ははじめから昨夜の通報がガセネタとわかっているかのように、気楽に言った。

車は曲がりくねった道を進み、やがて六甲サナトリウムの入口に着いた。錆びた鉄の遮断機が上がったままになっている。市原は細い通路を突き当たりまで進み、正面玄関の手前にある駐車場に車を停めた。

車を降りると、左手から十人ほどの子どもたちがアスファルトの通路を歩いてきた。一見して異常とわかる子どもたちだ。ヘッドギアをつけ、足を引きずり、首を揺らしている。

「やっぱり無理ですよ、ここの子どもにあのヤマは」

市原は囁くように言ったが、早瀬は子どもたちをやり過ごしてから、まっすぐ管理棟の玄関に向かった。

靴をスリッパにはき替え、左手の事務所に声をかける。

「失礼します。灘警察の早瀬といいますが、ちょっとうかがいたいことがあって来ました」

事務職員が怪訝な顔で出てきて、施設長に取り次いでくれた。案内された薄暗い廊下を進

むと、奥の扉が細く開き、初老の男性が怯えた表情でのぞいた。

「お忙しいところ、失礼します」

早瀬が近づきながら声をかけると、男性はいったん扉を閉じかけたが、観念したようにゆっくりと開いた。

「どうぞ、お入り下さい。施設長の山井です」

山井は不安げな顔つきで二人を招じ入れると、目を伏せたまま椅子を勧めた。立派な応接セットだが、どことなく寒々しい感じだ。山井は痩せて髪も薄く、顔色の黄色い貧相な男だった。早瀬が名刺を出すと、自分もあたふたと胸ポケットから名刺を取り出し、かすかに指を震わせて差し出した。

「今日はお聞きしたいことがあって参りました。今年の二月、灘区で小学校の先生一家が殺された事件がありましたが、ご存じですか」

「はあ、いや……、あの、新聞で読んだように思いますが」

「こちらに南サトミという女性がいますね」

早瀬が訊ね、射貫くような目で山井を見た。山井は自分が疑われているかのように身を引いた。

「はあ、女性というか、その、南という子はおります」

「何歳ですか」

「さあ、十六か、十七か……」

早瀬と市原は顔を見合わせた。市原が横から聞いた。

「はっきりしないのですか」

「いえ、調べればわかりますが、誕生日の関係もございますし……。あの、その南が何か」

山井は不安でたまらないようすで、弱々しく訊ねた。

「灘区の事件で、彼女が何らかの事実を知っている可能性があるという情報が寄せられまして」

「えっ、南が」

早瀬はふたたび市原と目を見交わした。この施設長は何も知らないと確認した目だ。

早瀬が改めて質問した。

「ここの施設に入っているのは、何らかの病気があるということですね。南さんがどういう病気かお聞かせ願えませんか」

「自閉症か何かだと思いますが。あの、そういうことは現場に任せておりますので、担当の者を呼んで参ります」

山井はそそくさと席を立ち、部屋から出て行った。早瀬と市原は、山井が施設長としてほ

とんど仕事をしておらず、情報の取れる相手でないことを暗黙のうちに了解した。

廊下で人の話す気配がして、それを断ち切るようにノックがした。入ってきたのは紺のパンツスーツに白いブラウスを着た姿勢のよい女性だった。山井はその後ろにつづく。

「はじめまして。臨床心理士の高島菜見子と申します」

挨拶をしながら、早瀬は女性の口元にある種の決意のようなものを感じた。対決姿勢というか、目に力が漲っている。

山井がもみ手をしながら弁解がましく言った。

「刑事さん、あの、やはり南は事件のことを知っているようで、そんな話もしていたようです。しかし、決して怪しいというのではございませんので……」

山井はこの臨床心理士に今、話を聞いたのだろう。

早瀬は菜見子にサトミの年齢と病名を訊ねた。

「南サトミは十四歳です。病名はちょっと複雑ですが、一応、神経症と境界型人格障害となっています」

「十四歳？　さっき施設長さんは十六か十七と」

早瀬が苛立った目で山井を見た。山井は面目なさそうにうつむいている。無能めと、早瀬は内心で悪態をついたが、サトミの誕生日を聞いてさらに暗い気分になった。五月生まれの

サトミは、事件当時まだ十三歳だとわかったからだ。

黙り込んだ早瀬に代わって、市原が菜見子に訊ねた。

「二月に灘区で先生の一家が殺害された事件があったのですが、それに関して、そのサトミという女の子は何か言ってませんか」

「何かって……」

菜見子の一瞬の戸惑いを、市原も早瀬も見逃さなかった。早瀬が主導権を取りもどして、菜見子に言った。

「灘署のほうに電話通報がありましてね。匿名でしたが」

「どんな通報ですか」

「それはまあ、おいおいお話ししますが」

だれが通報をしたのか、菜見子は思い巡らせているようだった。

「高島さんには心当たりがありますか」

「いいえ」

「南さんは、事件のことを何と言っているのですか」

菜見子が唇を引き締め、厳しい表情になった。市原が緊張を緩めるように、親しみのある声で言った。

「高島さん、どうぞ誤解しないで下さい。我々は南さんを疑っているわけではありません。通報があった以上、調べないわけにはいかないから来ましたが、どちらかといえば、南さんが事件と関係ないことを確かめに来たんですよ」

菜見子は市原をまっすぐ見て、納得したようにうなずいた。

「そうですね。変に隠し立てするより、すべてお話ししたほうが彼女の潔白も証明されやすいですね」

菜見子は早瀬と市原の両方に目を配りながら、サトミのことを話した。入所の経緯、保護者の連絡先、症状、発作の内容、ケータイのメールでしか話さないこと、灘区の事件が八月にテレビで報道されたのを見て取り乱したこと、そのあと自分へのメールで彼女がやったと告白したこと、しかし、それはサトミの自己処罰衝動による作話である可能性が高いこと。

市原は手早く菜見子の話を手帳にメモした。早瀬は情報を洩らさず頭に刻み込み、その場で分析する。菜見子が話し終えると、確認するように聞いた。

「彼女がここに入所したのは、今年の四月とおっしゃいましたね」

「ええ」

すなわち事件当時のアリバイは、ここでは取れないということだ。早瀬は改めて質問した。

「その彼女の靴のサイズは何センチです」

「二十三です……。でも」

菜見子は一瞬ためらってから、靴に関するサトミの説明を正直に伝えた。足跡をごまかすために、兄のスニーカーを重ねてはいたという告白である。進んでそこまで明らかにすることで、逆に潔白の印象を強めようとしているようだった。

「お兄さんの靴をねぇ。ほんとうかな」

早瀬が市原のほうを向いて首を傾げる。

「どうでしょう」

「その靴は犯行後に西郷川に捨てたというのか。しかし、裏の川は調べたよな」

「そりゃあ徹底的に」

菜見子は二人の会話を黙って聞いていた。早瀬がつづける。

「でも、事件の前は雪まじりの雨で、水かさが増えてたからな。いずれにせよ、再調査する必要があるな」

市原はメモを書きつけてから、菜見子に言った。

「今、南さんにちょっと会わせてもらえますか」

「お会いになっても、何も話しませんよ。いきなり行くと発作が起こるかもしれません。教室の窓越しに見るだけでもいいですか」

二人の刑事は顔を見合わせてうなずいた。

「施設長、よろしいですか」

菜見子が聞くと、それまで困惑顔でうつむいていた山井は、「お願いします」と頭を下げた。

菜見子は二人を促して廊下に出た。

「養護学級は今授業中ですから、後ろからそっと見て下さい。南は敏感だから、あまりじっと見ると気づきますので」

六甲サナトリウムの養護学級は、平屋の木造校舎だった。管理棟からはスリッパのまま通れる通路でつながっている。菜見子は静かに廊下を進んだ。

小学校低学年、高学年の教室のあと、三つ目が中学のクラスだった。授業といっても、教壇に教師はおらず、数人の教師兼看護助手が生徒たちの面倒を見ている。

早瀬は廊下側の窓から、慎重に教室の中を見た。菜見子が声をひそめて言う。

「真ん中の列のいちばん後ろが南です」

市原がサトミの濃い金色の髪を見て、早瀬に耳打ちする。

「主任、あの髪」

「ああ」

早瀬は厳しい表情でうなずき、菜見子に訊ねた。

「彼女の髪はもともとあの色ですか。それとも最近染めたんですか」

「髪の色は変わってません。あの子のお気に入りですから」

菜見子はそう答えてから、不安げに訊ねた。「それが何か」

「あとで説明しますが、現場の遺留品に帽子があったのです。内側に髪の毛が何本か残っていた。科捜研で調べたら若い女性の髪で、色見本と照合したら濃い金色だったんです」

「まさか」

早瀬の説明に、菜見子は信じられないというように目を瞠(みは)った。

そのとき、サトミが教室の後ろを振り返った。早瀬と市原の両方と目が合う。アーモンド型の目が吊り上がり、顔全体が見る見る険しい表情に歪んだ。

「いけない。サトミちゃんが気づいた」

菜見子は二人の刑事を後ろに下がらせる。サトミはすぐ前を向き、背中を丸めてせわしなく指を動かしはじめた。刑事たちを押しもどしていると、菜見子のケータイが鳴った。

「サトミちゃんからだ」

菜見子はメールボックスを開く。

＞チャーミィ　今のだれ？

＞刑事？

＞刑事やろ　わかっとうで（怒）

菜見子も慌てて返信を打つ。ごめんね、心配しないで。あとで説明するから、と書いて送信する前に、ふたたびメール受信の電子音が鳴った。

＞怒怒怒怒怒怒怒怒怒

＞怒怒怒怒怒怒怒怒怒

＞怒怒怒怒怒怒怒怒怒

菜見子が教室へ取って返そうとしたとき、ガタンと大きな音が鳴った。

「きゃー、サトミちゃん。やめて」

教室から看護助手の悲鳴が上がった。サトミが机の下にもぐりこみ、背中で持ち上げるように、机を後ろへ投げ飛ばした。椅子を振り上げ、黒板めがけて投げつける。

「危ない」

男性のヘルパーがサトミを後ろから抱きかかえた。サトミは歯を剝き、足をばたつかせてヘルパーの腕に嚙みつこうとする。

「看護師を呼んで。鎮静剤、鎮静剤」

ヘルパーの言葉にサトミはいっそう逆上する。

「サトミちゃん。お願い。落ち着いて。わたしが悪かった。ごめんなさい。謝るから許して」

菜見子が飛び込んでいって、サトミの前で両手を合わせる。嚙みつかれる、と早瀬が思った瞬間、サトミは大きく目を見開き、そのまま気を失ってしまった。

「鎮静剤はいらない。保健室に運んで」

菜見子が指示を出し、サトミはヘルパーに抱えられて教室を出て行った。ほかの子どもたちは、机の下やオルガンの陰に隠れて身体をすくめている。何ごともなかったように、髪の毛をよじっている子もいる。

市原が呆気(あっけ)に取られて言った。

「今のが発作ですか。強烈ですね」

「ああ」

早瀬が上の空で返事をすると、市原はさらに言った。

「次はスニーカーの捜索とあの子のＤＮＡ鑑定ですね。帽子の髪の毛と一致すれば、彼女は現場にいたことになる」

早瀬は目の当たりにした発作の凄まじさに、絶望的な気分になっていた。素人が見てもわかる。これ以上明らかな心神喪失が、どこにあるだろう。

5

白神メディカルセンターの手術エリアは、全体が高圧除菌システムになっている。

心臓のバイパス手術が行われているＦ室に、ステンレス製のワゴンを押して、一人の男が遠慮がちに入ってきた。男は滅菌服にディスポーザブルの紙マスクと帽子をつけ、わずかに右足を引きずっている。壁ぎわの器材棚をそっと開き、手術器具の在庫を調べて不足分をワゴンから補充していく。

男に気づいた麻酔科医が、麻酔器の薬品ケースを取り出し、中身をチェックした。

「こっちは、アトロピンとディプリバンを足してくれ」

男は静かに近づき、アンプルを一本ずつ、ラベルを正面に向けて薬品ケースに並べる。ワゴンのアンプルもすべて機械で並べたように真正面を向いている。

「相変わらず几帳面だな、イバラ」

麻酔科医が、男の手つきを見て言う。男はそっとワゴンの引き出しを閉め、睫毛のない目ではにかんだように笑った。

白神メディカルセンター手術エリアの器材係・伊原忠輝は、職員たちから親しみを込めて「イバラ」と呼ばれている。小さいころから発音障害で、「タダテル」という名前がうまく言えず、自分を「イバラ」と呼ぶ癖があったので、まわりもそれにならったのである。

イバラは生まれつきの無毛症で、髪の毛はおろか眉も睫毛もなかった。無毛症は先天異常の一種で、母親の胎内で毛包が作られないことによって起こる。だからイバラの皮膚には毛穴がなく、独特の滑らかさがあった。おまけに彼は尖頭症で、頭が弾丸のように尖っている。色白でつるんとした顔に、眉のない目が中央に寄った風貌は、まるでCGで合成した未来人のようだった。

イバラを器材係として雇ったのは、院長の白神である。二年前、イバラが二十一歳で伊丹市のあすなろ園という施設を卒業したあと、障害者雇用の枠で入れた。軽度の知的障害があったが、白神の治療が功を奏し、今では通常業務をこなせるようになった。真面目なことは健常者以上で、特に器材の整理には異様な几帳面さを発揮した。

イバラにはほかにもいくつか障害があったが、最大の特徴は、生まれつき痛みを感じる神

経がないことだった。いわゆる先天性無痛症である。

最初、それはなかなか気づかれなかった。転んでも叩かれても泣かない、辛抱強い子どもだと思われていた。イバラの生い立ちは複雑で、実母はイバラが二歳のときに病死し、父に養育力がなかったため、父方の祖父母に預けられた。しかし、無毛で尖頭症のためかわいがられず、子どものいない夫婦に養子に出された。ところが、イバラが四歳のときに養母が自殺し、まもなく養父が再婚すると、再婚相手とのあいだに子どもが生まれた。やがて、この夫婦は離婚し、それを機にイバラは施設に預けられたのである。イバラの養育者は、祖母、養母、養父の結婚相手と変わり、そのたびに血縁が薄まった。

イバラの無痛症を見つけたのは二番目の養母で、公園で遊具から落ちたとき、足が曲がっているのに走りまわっていたことがきっかけである。レントゲンを撮ると、右の脛骨(けいこつ)が複雑骨折していた。走りまわったために骨が歪み、今もその後遺症で右足を引きずっている。左足首には渦巻き状のケロイドがあるが、これは五歳のときに、寝ているあいだに蚊取り線香が倒れて、足の上で燃えたためにできた火傷の痕である。

無痛症と診断されると、養父母はイバラを気味悪がり、そのことを無視した。だからイバラは無痛症であることを意識せずに育った。彼に最初に痛みを教えたのは、小学校の特殊学級の女性教師だった。

「痛みは、あなたの身体を守るために、とても大切なのよ」

「何、それ」

「腕を叩いたり、つねったりしたら、痛いでしょ」

「何ともないよ」

イバラは自分の腕を激しく叩いた。女性教師は慌ててイバラを止め、考え込んだ。痛みを経験したことのないイバラに、痛みを教えるのはむずかしい。

彼女がイバラの無痛症を実感したのは、イバラが二年生のとき、教室の扉で指をはさんだときだった。指先は血にまみれ、爪が割れて半分以上浮き上がっていた。それでもイバラは泣きもせず、まるでイチゴのヘタでも取るみたいに肉のついた爪を自分で剝がした。

女性教師は先天性無痛症について調べ、この障害を持つ子どもの多くが、重度の関節障害で歩けないことを知った。痛みを感じないため、捻挫（ねんざ）や骨折をしても安静が保てず、関節が破壊されてしまうのだ。イバラにも骨折はあったが、一度でおさまったのは、彼の用心深い性格と、幸運のおかげだった。女性教師はイバラのその幸運を大事にしてやりたいと思い、さまざまな危険について根気よくイバラに教えた。

「高いところから、飛び降りたらだめよ」

「血が出たときは、必ず先生に言ってね」

「身体を何かにぶつけたり、頭を打たないようにね。それから、よく切れるものとか、尖ったものにも注意して。棘や深爪にも気をつけて。犬は咬むから、むやみに手を出さないで。ハチは刺すから、近寄らないで。ムカデとか、イラガの幼虫とか、指を刺す虫もいるのよ」

イバラは、身のまわりに危ないものがあまりに多いことを知り、怯えた。何が危険で何が安全かを、痛みなしに判断するのはむずかしい。骨折しても痛くないが、歩けなくなると教えられると軽い捻挫でも身がすくむ。カッターナイフが危険だと教えられると、定規も恐ろしく思える。ハチが刺すのなら、セミはもっと凶暴だろう。イバラは目にするもの、手に取るものを、触れたり使ったりする前に、じっと見るようになった。

女性教師が教えるべきことは、ほかにもまだ山ほどあった。無痛症の子どもは腹痛を感じないので、食中毒が手遅れになったり、虫垂炎が破裂して重症になることもある。火傷の痛みもわからないので、火のついたタバコを触ったり、煮えた鍋から手づかみでものを取ったりする。ストレスのために自分の腕を噛んだり、手の骨が折れるほど壁を殴ったりもする。

女性教師は、それらの危険をひとつずつ丁寧に教えた。

「痛みは、人間に危険を教えてくれる警報なの。あなたは、痛みを知らないから、ほかの人よりいろんな注意がいるの。危険を教えてくれるのは、痛みだけじゃないわ。においだってそうよ。あなたの左足首の火傷、皮膚が焦げるにおいに注意していたら、こんなにひどくな

らなかったでしょう」

女性教師は痛々しい渦巻き状のケロイドを見て、イバラに言った。

それ以来、イバラはにおいに敏感になり、意識を集中するうちに鋭い嗅覚を身につけるようになった。食中毒から身を守るため、彼は食べ物のにおいを常に吟味し、牛乳のにおいは一日ごとに嗅ぎ分けることができた。感染を避けるために、日に何度も手を洗い、毎回アルコールで消毒するような度を越した潔癖性となった。そんなイバラにとって、今の病院の手術室での仕事は、理想的な勤務環境といえた。

麻酔器のアンプルを補充したあと、イバラはそっと患者の顔をのぞき込んだ。まぶたをテープで閉じられ、口に人工呼吸のチューブが挿し込まれている。緑の滅菌布に仕切られた手術野を見ると、ステンレスの器具で胸が開かれ、心臓が露出している。人工心肺を使わないオフポンプ手術なので、心臓は動いたままだ。イバラはふたたび患者の顔を見る。胸を断ち割られ、心臓が剝き出しになっているのに、苦痛の表情はいっさいない。不思議だ。

睫毛のない目で心臓を見つめていると、手術の第一助手が気づいて声をかけた。

「イバラか。お前、手術を見るのが好きだな」

イバラは目を伏せ、くくっと笑って手術台から身を引く。マスク越しに、手術野のにおいを嗅ぐ。心臓外科の手術はいつも冷凍食品のにおいがするが、外科医たちは気づいているの

だろうか。

イバラはワゴンを押して、次の部屋へまわる。

となりのG室では、子宮筋腫（しきゅうきんしゅ）の摘出術がはじまりかけていた。婦人科の執刀医と手術助手が、手術ガウンにゴム手袋をはめてスタンバイしている。ところが麻酔の効きが十分でないらしい。

「どうです。冷たいの、わかりますか」

麻酔科医が、患者の腹をアルコール綿で触る。

「ええ、ちょっと」

子宮筋腫の手術は下半身だけの腰椎（ようつい）麻酔なので、患者は意識がある。麻酔が効いていれば温覚も麻痺するのに、アルコール綿で触って冷たさがわかるので、麻酔科医が焦っているのだ。

イバラは看護師の後ろを通り抜けて、器材棚に近づいた。尖頭症で撫で肩のイバラは、実際よりも小柄に見える。身長は百七十センチで体重は六十四キロだが、上半身を見るかぎりとてもそんな体格に見えない。

「先に消毒をはじめよう」

執刀医が看護師に指示して、患者の腹部を消毒しはじめた。まだ麻酔が効いていない患者

は、不安に顔を引きつらせた。感覚があるうちに手術がはじまったらどうなるのか。イバラはワゴンをチェックするふりをしながら、その表情を盗み見る。不安のせいで、患者の口からは腐ったレモンのようなにおいがした。

「そろそろいいんじゃない？」

「そうですね」

看護師が緑の滅菌布を掛ける。白い腹部が四角く露出される。患者の口臭がきつくなる。

執刀医と助手が手術台の両側に立った。

「気分悪くないですか。これ、どうです」

執刀医がコッヘル鉗子（かんし）で患者の腹をつまむ。

「触っているのはわかりますが……」

「大丈夫ですよ。もう効いてきます。痛かったら、鎮静剤を追加しますから」

麻酔科医が執刀医にゴーサインの目くばせをする。

「メス」

看護師からメスを渡された執刀医が、へその下を一気に真横に切り裂いた。ビキニの水着を着ても隠れるような切開ラインだ。麻酔は効いているらしく、患者はおとなしい。執刀医は手早く皮下組織と脂肪を切り、腹膜を切開する。小腸をのけると、ゴルフボールくらいの

筋腫を三つつけた子宮が迫(せ)り出してきた。子宮は半透明の膜に包まれて、真珠色に輝いている。

イバラは麻酔器の横に立ち、手術をのぞき込む。いつも思うことだが、無影灯に照らされた臓器はなんと美しいのだろう。これこそ生命の輝きだ。患者は滅菌布の向こうで腹を裂かれているのに、少しも痛みを感じていない。自分と同じだ、とイバラは思う。麻酔をかければだれでも自分と同じになるのだ。

執刀医が周囲の血管と結合組織を剝離(はくり)し、子宮を切り離す。

「ほいよ」

ステンレスの膿盆(のうぼん)を持って待ちかまえる看護師に、子宮が手渡された。手術の順調な経過に、だれもが微笑している。

麻酔科医が思い出したように、イバラに言った。

「午後は全身麻酔だから、マスブロックを補充しといてくれ」

マスブロックは筋弛緩剤(きんしかんざい)だ。麻酔薬で眠らせただけでは、筋肉が硬くて手術ができない。だから筋弛緩剤で筋肉を緩める。すると呼吸筋も麻痺するから、人工呼吸がいる。門前の小僧で、イバラもそれくらいの知識はあった。

イバラはついでに喉頭鏡のライトをチェックした。気管チューブを入れるとき、ライトが

つかなければ困るからだ。

「イバラに準備を任せてると安心だよ」

麻酔科医に言われ、イバラは無毛の頭を掻く。

次の部屋へ行こうとしたとき、廊下に外科医の声が響いた。

「白神院長を呼んでくれ。早く！」

看護師が壁のインターホンに飛びつき、甲高い声で言う。「D室です。大至急、院長先生をお願いします」

D室は膵臓（すいぞう）がんの手術のはずだ。イバラは器材室にもどり、緊急用のワゴンを押してD室に駆けつけた。看護師が走りまわり、麻酔科医も血相を変えている。手術台では三人の外科医が患者に覆い被さるようにして、懸命に手を動かしている。

「吸引、吸引！」

「その奥や。ガーゼ！」

「手、じゃま！　指をどけろ」

「出血量、二千超えました」

「コッヘル、いや、ペアン、ペアン貸せ。早く！」

器械出しの看護師は、必死に外科医に器具を手渡している。どうやら思わぬ大出血が起こ

ったようだ。そうなればイバラのすべきことは決まっている。輸血パックの補充だ。麻酔科医に言われる前に、カルテで血液型を確認し、保冷庫に輸血パックを取りに走った。

「先生、血圧がどんどん下がってます」

「輸血しろ。もっと急いで」

「奥から出てる。吸引じゃ間に合わん」

「院長はまだか」

イバラが輸血パックを持ってD室に駆け込むと、スタッフ用の自動扉から白神が現れた。

「どうした」

「あ、白神先生。申し訳ありません。トゥモール（腫瘍）を深追いしすぎて、下大静脈を傷つけてしまいました」

「見せてみろ」

白神が手術野をのぞき込む。手術ガウンを着ていない白神は、手出しができない。

「腎静脈の上だな。後腹膜（こうふくまく）を開く用意をしとけ。それまで大静脈の遠位を圧迫して。すぐ来る」

そう言い残して、白神は手の消毒と着替えのため、手洗い室に入った。緊張は切れていないが、スタッフ全員に目に見えない安堵感が広がっている。

ほどなく手術ガウンと透明ゴーグルをつけた白神がもどってきた。手術野に鋭い視線を注ぎ、「ケリー」と、看護師に先の曲がった鉗子を要求した。その落ち着いた声に、手術室の浮き足だった空気が一気に鎮まる。

「十二指腸をもう少し起こそう。モスキート」

看護師が素早く鉗子を渡す。すかさず白神は鉤(こう)(内臓を押さえるヘラ)を引く助手に指導する。

「鉤の向きはこっちに。先をえぐる感じで。そう、そのほうが奥が広がる」

言いながら白神は小気味よいリズムで、剝離を進める。湧き出るような出血がつづいているが、白神は意に介さない。さっきまで外科医たちがうろたえ、血液の吸引に追われていたのとは大ちがいだ。透明ゴーグルに血の飛沫が散っても、白神はまったく動じない。

「よし、後腹膜に到達した。圧迫の向きを変えて。そうじゃない。指の腹をあてがう感じで。もうそんなに力は入れなくていい」

助手が白神の指示通り押さえると、出血の勢いが収まる。吸引をかけると、見る見る血溜まりは引き、臓器の表面が現れた。

「洗浄しよう。圧迫は動かすなよ。ブルドック鉗子二本」

生理食塩水で腹腔(ふくくう)内が洗われる。白神が慎重に静脈の周囲を剝離し、損傷部位の上下に血

管鉗子をかけた。

「よし。これで出血はアンダーコントロールだ。血圧は維持できてるか。オーケー、輸血はつづけてくれ。では血管の縫合にかかる」

白神は大静脈の損傷部位を露出させ、髪の毛ほどの青いナイロン糸で連続縫合をはじめた。わずかでも手元が狂えば、大出血は免れない。周囲の者が息を詰めて、白神の針さばきを見守る。

イバラも外科医たちのあいだから、白神の動きを見ていた。白神は決して手術台の上に覆い被さらない。背筋を伸ばし、手術野全体を見下ろしながら、格式のあるディナーの席にいるかのような仕草でピンセットと持針器を動かす。荒れ狂う獣のようだった出血が、白神の前では家畜のように従順になる。白神は何も恐れない。すべてを支配する強靭さが全身から立ち上る。イバラはそのオーラに神々しさを感じ、恍惚感さえ抱いた。

「これで大丈夫だ。鉗子をはずすぞ」

縫合を終えた白神が、血管を遮断していた鉗子を静かにはずす。虚脱していた大静脈が一気に膨らむ。縫合部からの出血はない。

「ありがとうございます。さすがは白神先生です。患者さんもわたしも救われました」

執刀医が深々と頭を下げた。白神は取りかけの膵頭部のがんを調べる。

「でかい腫瘍だな。ほかの病院なら手術不能(インオペ)だろう。これだけのがんが取れれば、患者も手術を受けた値打ちがあるというもんだ」

「申し訳ありませんでした。今後は実力を考え、無理をしないようにします」

「いや、これからもチャレンジすればいい。そのほうが腕も上がる。責任はわたしが持つから」

白神は執刀医に場所を譲って、手術台の前を離れた。その場にいる全員が、白神の態度に心酔しきっているのがわかる。白神はそれが億劫(おっくう)なのか、足早に手術室を出て行きかけた。出口にイバラがいるのに気づくと、小声で言った。

「イバラ、あとでわたしの部屋に来てくれ」

イバラは悦びと同時に、不安に駆られた。白神の神業(かみわざ)のような手術には惚(ほ)れ惚(ぼ)れする。しかし、部屋に呼ばれれば、またいつものことをするのだろう。白神は知能を回復させてくれた恩人だから、逆らうことはできない。だが、怖い。

数時間後、イバラは白い敷布を掛けた診療台の上に横たわっていた。両手を身体に沿わせて、じっと天井を見ている。

レントゲン写真を掛けるシャウカステンから、白神はＭＲＩのフィルムをはずした。四日

前、白神が検査室に客を案内してきたときに撮影したものだ。

「お前の脳幹は、少しずつ肥大している」

説明を聞いても、イバラには理解できない。白神はフィルムをケースにしまいながら、イバラに訊ねた。

「どこか具合の悪いところはないか」

「ないです」

「気分は？」

「いいです。毎日、楽しいです。先生には、感謝してます」

「よけいなことは言わなくていい」

白神はフィルムケースを机に置き、診療台の前に立った。手術衣の上に白衣をはおったいつものスタイルだ。

手術エリアの仕事が終わった午後七時、イバラは滅菌服のまま白神の診察室に来た。看護師も秘書も帰ってだれもいない。

今夜はどんなふうになるのか。イバラは白神と目を合わせられない。

「イバラ、痛みの定義を知っているか」

白神の声に、かすかに笑いが籠もっている。イバラはいやなにおいを嗅ぐ。

「国際疼痛学会というのがあってな、そこではこう定義されている。『痛みとは、組織の実際の、または潜在的な損傷に結びつくか、あるいは、そのような損傷を表す言葉で表現される、不快な感覚的、情動的な経験』というんだ。わかるか」

「いいえ」

「おれにもわからん」

白神は壁ぎわに置いた一人掛けのソファに深くもたれた。「つまり、痛みは本人にしかわからんということだ。測ることも、伝えることもできない」

イバラは落ち着きなく天井を見まわす。

イバラの現在のＩＱは九十三。白神の治療を受ける前は六十だった。白神が行った治療は、甲状腺ホルモンの補充療法である。それまでの医者は、イバラの知能障害を尖頭症と無痛症に伴うものと決めつけていた。しかし、白神は甲状腺の機能低下によるものだと見抜いた。

ホルモン療法で知力が回復すると、白神はイバラを教育した。手術エリアの器材係として働けるよう、必要な知識を与え、器具の扱いも教えた。もともと真面目で潔癖だったので、手術室の勤務には向いていた。日常生活でも自立を進め、半年前には運転免許も取らせた。イバラは今、中央区北野町のアパートから、黄色いナンバーをつけたダイハツ・ムーヴで通勤している。

　白神は神経質そうに指を組み合わせながらつづけた。

「痛みは不思議だ。ほかの刺激は繰り返せば慣れが生じるのに、痛みだけは反復によって増幅される。痛みを経験した者は、痛みの予感を恐れる。記憶が痛みを倍加するからだ。お前にはそれがない」

　はじまったと、イバラは思う。先生が壊れていく。

「痛みを取り去ることは、命を延ばすのと同様、医療でもっとも重要なことだ。だから痛みを感じないお前は、貴重なサンプルだ。もしかすると、究極の医療のヒントになるかもしれない」

　イバラは白神のにおいを嗅ぐ。何のにおいか。生のピーナツのような、青くさい湿ったにおいだ。そこにかすかに便所の饐えたにおいが混じる。

　イバラはふたたびじっと天井を見つめた。

　この病院に就職したはじめのころ、白神はイバラからさまざまなデータを採った。ホルモン定量、蛋白（たんぱく）分析、神経の刺激伝導速度、脳波、筋電図、ＭＲＩ、気脳写（きのうしゃ）。身体にコードやチューブや電極をつけられ、痛みに関するさまざまな実験が繰り返された。

　刺す痛み、切る痛み、締めつける痛み、引っ張る痛み、熱による痛み、酸による痛み、あらゆる痛みを試され、そのたびにいくつものデータが採られた。

そのころ、白神は躁病に近いほど興奮していた。痛みを解明し、患者からあらゆる痛みを取り除くことを目的とし、研究に没頭していた。しかし、簡単には成果が出なかったようだ。白神は怒りっぽくなり、イライラして、突然止めどなくしゃべりだしたり、引き出しの中身を壁に投げつけたりした。そのたびに、イバラは恐れ、診療台の上で身を硬くした。

最近では盛んにＭＲＩを撮り、脳幹という場所を調べている。それにどんな意味があるのか、イバラにはわからない。

「医者は患者の痛みを取ることに、潜在的に不熱心だ。痛みは診断の手がかりだからだ。あまり早くに消すと、診断の方向性を見失ってしまう」

白神はソファに座ったまませわしなく指を動かす。

「イバラ、今夜も採血させてもらうよ」

白神は注射針と、血液を入れる五本のスピッツを用意した。駆血帯(くけつたい)でイバラの上腕を縛り、腕をアルコール綿で拭く。医療器具を手にすれば、白神はいつもの優秀な医師にもどる。

白神は血管に針を挿し入れ、次々と低圧スピッツを差し替えた。

「針を刺されるときの感じは？」

「細いものが、皮膚の下を通っていきます」

「平気というわけか。イバラ、薬はのんでいるか」

イバラは白神から二種類の薬を処方されている。ひとつは甲状腺のホルモン剤。もうひとつは、気分をよくする薬、白神がこの病院で作ったサラームという薬だ。その青い透明なカプセルはかすかに公衆便所のにおいがする。

「薬は忘れずのんでます。先生の命令だから。あのカプセルをのむと、気分が楽しくなるし」

「自分が自分でないような感じは？」

「ええっと、それは、少し……」

「イバラ、それは心配しなくていい」

白神は採血したスピッツを保冷庫にしまい、ふたたびソファに座った。

「イバラ、お前は身体の痛みを感じない。皮膚の痛みも内臓の痛みも。だが、心の痛みはどうだ」

「心の痛み、ですか」

白神は机に用意してあったビデオテープをデッキに入れた。モニターに映像が再生される。動物園で象が芸当を仕込まれている。日本ではない。タイの動物園だ。飼育係が、鉤（かぎ）のついた棍棒（こんぼう）で象の前足を打つ。鉤が刺さり、幾筋も血が流れる。象は何をすればいいのかわからず、ただ怯えて鼻を振るばかりだ。アップになると、象の目に涙が流れている。飼育係は苛

立ち、わざと鉤が深く刺さるように打ち込む。

「どうだ、イバラ。何も感じないか」

「男の人が怒ってます」

「そうだ。この象が芸を覚えないからな」

「頭が悪いんですね」

「いや、そうじゃなくて」白神が苛立たしく言う。「この飼育係のやり方を見て、何とも思わないか。象の脚から出血しているのは見えるな。涙も流しているだろう」

「はい」

「かわいそうだとは思わないのか」

「どうしてです」

少年のような声で戸惑うイバラを、白神はまぶしげに見た。痛みを感じないイバラは、他人の痛みにも共感しないのだ。この映像は少し前にニュースで流されて、視聴者の大方が心を痛めたものだ。しかし、イバラは何とも思わない。

白神はテープを止めて、イバラに言った。

「患者が死を恐れるのは、家族と別れ、この世から消えてしまうことを悲しむからだ。それは精神的な痛み、あるいは心の痛みといわれる。イバラ、お前は死ぬのが怖いか」

「いえ……。考えたことないです」

「考えてみろ」

白神の険しい声に、イバラは身をすくめる。言われた通り、懸命に考える。

「死ぬのは、怖くありません」

「なぜだ」

「だって、死ねば何もわからなくなりますから」

白神はぐっと口を結び、呻くように言う。「お前は強い」

イバラは白神の重苦しい視線を感じた。身体が熱くなり、喘ぐような息づかいになる。

「お前はどれくらいで壊れるんだろう」

「ぼくは死ぬんですか」

白神は答えない。

「身体は鍛えているか、イバラ」

「はい。言われた通りに」

「それはお前のためだ。筋肉を鍛えて、骨と内臓を守れば、お前は無敵だ」

白神の全身から、甘酸っぱいにおいが立ち上っていた。先生が変わる。イバラはどうしようもない不安におののく。

6

「ママ、今日、むらかちのブーブー、来たよ」

助手席のチャイルドシートで、祐輔がまわらない舌で言った。

「紫の車が来たの？　すごい色ね。だれかのママか、パパの車？」

「知やない」

祐輔が首を振る。「知らない」と言ったつもりだ。菜見子はその幼い言葉づかいに頬を緩める。仕事の帰りに保育園に寄り、祐輔をピックアップして、鶴甲団地のコープに向かういつもの道である。

「祐輔、晩ごはん、何にしようか」

「うーん、ハンビャーグ」

「またぁ？　昨日食べたでしょ。じゃあ、今日はお魚にしようか」

「わーい、オサカナ、オサカナ」

好き嫌いのない祐輔に、菜見子は目を細める。三歳の子どもにはしっかりと栄養のバランスを考えてやらなければならない。それもできるだけ自分の手料理で。それがせめてもの母

親の務めだと、菜見子は考えている。

コープの駐車場に車を入れ、菜見子は祐輔を店内用のカートに乗せた。歩かせたいのは山々だが、のんびり買い物をしていると、祐輔のお腹がもたない。煮付け用のカレイと大豆、ほうれん草、祐輔の好きな卵豆腐を今夜のおかずに買い、あとは牛乳やリンゴなど気づいたものを手早くカートに入れて、レジを済ませた。

菜見子の仕事は六時に終わる。六甲サナトリウムから車を飛ばし、高羽町のマーガレット保育園に祐輔を迎えに行く。そこから翌朝までが、菜見子にとって母子水入らずの時間である。とはいえ、仕事のことをすっかり忘れられるわけではない。今日も二人の子どもが発作を起こし、菜見子はつききりで世話をした。ひとりは肛門いじりから便こねをはじめた。もうひとりはタオルで自分の首を絞めるので、取り上げたらパニックになり、頭突きで壁に穴を開けた。夕方には発作はおさまったが、あの子たちは今夜、無事に夜を過ごせるだろうか。

先週、サナトリウムに二人の刑事が来てから、子どもたちは気持がざわついている。幸い、サトミの発作はその日のうちに落ち着いたが、機嫌は直らず、菜見子には一通のメールも来ない。刑事たちが帰る前、菜見子はサトミの告白が病的なものだと必死に説明したが、彼らは納得しただろうか。

そんなことを考えながら、菜見子は団地の前の駐車場に車を停め、ゆっくりと自宅に向か

った。一階の入口で郵便受けを確認する。チラシとダイレクトメールに混じって、白い封筒が目に入った。差出人を見ると、「為頼英介」とあった。

「ママ、おてまぎ？」

「そうよ。お手紙、来てるの。どんなお手紙かな」

菜見子は好奇心と同時に、ほのかなときめきを感じた。ふと買い物の荷物が軽くなる。菜見子は笑顔で祐輔といっしょに階段をのぼった。

二階の自室に着き、鉄扉を開ける。明かりをつけると、朝、家を出たときのままの部屋が目に入る。空気は外と同じくらい冷えている。

「寒いね。でも手を洗って、口ぐちゅぐちゅぱーもするのよ」

菜見子は暖房をつけて、手紙をテーブルの上に置いた。すぐ読みたかったが、ひとりで子育てをする母親にはすべきことが山ほどある。着替えて風呂をつけて、祐輔の手洗いとトイレの面倒を見て、あたふたとキッチンに立つ。

「今、ごはん作るから、待っててね」

エプロンをつけ、鍋を火にかけ、調味料を取り出す。冷蔵庫から出すもの、しまうもの、食器棚を開けては閉め、食材を洗って刻んで味つけをして、狭い台所に菜見子が三人いるような活躍ぶりだ。ごはんは昨日の残りを温め、みそ汁はカボチャとワカメで手早く作った。

「できましたよー」

「腹減った」

祐輔の口が尖りかけている。菜見子は祐輔の言葉づかいをたしなめるのを堪え、卵豆腐で機嫌を取りながら、食卓に料理を並べるまでの最後の一分を乗りきった。

「はい、じゃあ食べよう。いただきます」

みそ汁の湯気が祐輔の頬を撫でる。やれやれ、なんとか間に合った。ほっとした瞬間、空腹に任せてみそ汁に口をつけた祐輔が叫んだ。

「熱いっ！」

しまった、子どもには熱すぎたか。祐輔の口が溶けるように歪み、見る見る大粒の涙が目からあふれた。菜見子は素早く祐輔の口をチェックし、冷蔵庫から氷を取り出す。唇にあてがうと、涙と唾液と溶けた氷でべちゃべちゃになった。指先に触れる顎の皮膚が柔らかい。

「祐輔、おみそ汁はフーフーしなきゃだめでしょ」

「……はぁい」

泣きじゃくりながら返事をする。この子は素直だ。冷たいタオルで顔を拭いてやると、涙は止まり、ふたたび食卓に手を伸ばしかけた。

「待って。こっちから食べなさい。冷たくて気持ちいいから」

卵豆腐をスプーンで口に入れてやる。祐輔はおいしそうに口を動かす。水を飲ませ、水膨れができていないことを確かめてから、菜見子は祐輔が自分で食べるのに任せた。

「おみそ汁、もう大丈夫よ」

菜見子が勧めても、祐輔は疑わしそうに椀を取り、大げさにみそ汁を吹く。よほど熱さに懲りたのだろう。痛い目をしたのはかわいそうだけれど、こうやって子どもはひとつずつ身を守る方法を学んでいくのだ。

菜見子はふとサナトリウムの子どもたちを思った。自傷行為を繰り返す子どもたち。自分の手を嚙み、爪で皮膚を破り、壁に頭をぶつける。痛いはずなのに、そうせざるを得ない衝動があの子たちにはある。母親に自分の存在を気づいてもらおうと、顔を殴りつづけた子、服を着る順番をまちがえると、唇を食い破って口を血だらけにする子、コーヒーを何杯飲んでも満足せず、おかわりをあげないと髪の毛をむしり取る子。痛みはあの子たちの衝動を抑えるのに役立っていない。むしろ進んで痛みを求めているかのようだ。

「ママ、おかわり」

祐輔が頰にいくつもごはん粒をつけ、空の茶碗を差し出した。食べ散らかしているが、カレイもほとんどなくなっている。祐輔は今日も食欲旺盛だ。

「はい、どうぞ。ほうれん草も食べようね。ごはんにのっけたら、おいしいぞ」

菜見子は仕事から頭を切り換え、祐輔に集中する。この子が健康で、元気に育ってくれることが何よりうれしい。この子のためなら、どんな苦労も耐えられる。

食事を済ませ、食器をキッチンに下げてから、和室にふとんを敷いた。お待ちかねのプレイタイムだ。

「祐輔、バーンしようか」

菜見子は祐輔の手を引いて、居間から寝室めがけて走る。二人で「バーン」と声をかけてふとんにダイブするのだ。祐輔が甲高い笑い声をあげる。三回、四回と繰り返すうちに、菜見子の息もはずむ。倒れたままふとんに頬をつけ、祐輔を見つめる。黒目がきらきらしている。蛍光灯の明かり、冷たいふとん、古びた畳。そのほかに何もない。あるのは祐輔の笑顔だけ。それだけで十分だと菜見子は思う。

いや、今夜はもうひとつ楽しみがあった。菜見子は起き上がり、机に置いた手紙を取り上げた。差出人を確かめる。「為頼英介」とワープロの文字。住所も同じワープロ書きだ。はじめ、ゴム印でも押したのかと思ったが、そうではなかった。プリンターで印刷するくらいなら、手書きのほうが早いのにと、かすかな疑念が湧いた。

封を切ると、四枚の便せんが出てきた。コピー用紙にワープロの文字がびっしり並んでいる。時候の挨拶もなく、いきなり本文がはじまっていた。

「俺を止めたかったら、もう一度俺のもとにもどれ。もう乱暴はしない。俺は決して殴らない。お前を心から大切にする。祐輔もかわいがる。タバコもやめる。タバコを押しつけることもしない。酒もやめる。もう家で暴れない。家具も壊さない。祐輔を風呂に沈めることもしない。俺はお前とのセックスがすべてだ」

菜見子の顔から血の気が引いた。思わず手紙を投げ出す。手紙の主は為頼ではない。あの男だ。思い出したくもない前夫、要造。

菜見子は怒りとおぞましさを堪え、手紙を封筒に入れてゴミ箱に捨てた。この封筒にあの男が触れたと思うだけで身の毛がよだった。それにしても、どうして今ごろ要造は手紙など書いてきたのか。

不快な思いが一気に頭を占領した。それまで要造との結婚はなかったことにして、無理やり忘れていた分、よけいに記憶が膨らんだ。残忍で血走った目、鈍感そうな蓄膿症（ちくのう）の鼻、淫らでだらしない唇、盛り上がった肩、凶暴な拳、獣のような太股と大きな足、洞窟から響くようなうつろな声。菜見子は両耳を押さえて、激しく首を振った。

「ママ、ぼく、ゴロンチョできるよ」

祐輔がふとんの上で前まわりをする。菜見子は上の空でしか見られない。

「見ててよ。もう一回やるから」

「そう……」

菜見子の声が震える。この子にもつらい思いをさせた……。

要造と出会ったのは、今から一年前。神戸オリエンタルホテルで開かれたお見合いイベントの会場だった。菜見子は祐輔の父・孝一の一周忌を待って、友人の勧めでその催しに参加したのだ。主催は結婚情報サービス会社ホワイト・ハーモニー。

「こういうイベントはいろんなコースがあるのよ。セレブ系とか有資格者限定とか。ホワイト・ハーモニーは堅実系やから、菜見子にも合うのとちゃう？」

友人自身も、同じイベントで知り合った男性と交際中だった。

菜見子が再婚相手をさがそうと決意したのは、夫よりも祐輔の父親を求めたからだ。きっかけは、祐輔を王子動物園に連れて行ったことである。孝一が死んで十カ月が過ぎ、ようやく外出する気になり、連休の終わりに出かけたのだった。季節はいつの間にか変わり、あちこちで鯉のぼりがなびいていた。

動物園は家族連れで賑わい、太陽がまぶしすぎるくらいだった。その中にまぎれると、自分たちも親子であることが実感できた。アシカの飼育場の前に来ると、ちょうどショーの時

間だった。

菜見子は祐輔を抱っこして、アシカの芸を見せようとした。となりの男性が自分の子どもを肩車した。子どもは慣れているのか、待ってましたとばかりにはしゃぐ。祐輔はその子を見上げ、うらやましそうに指をくわえた。

「祐輔、ほら、アシカがボールをまわしてるよ」

菜見子は祐輔をアシカのほうに向かせようとしたが、祐輔は肩車の子から目を離さない。

「祐輔、祐輔、アシカがほら、ね、アシカさんが手を叩いているよ」

必死に言うと、祐輔の代わりにとなりの肩車の子が笑い、無邪気な声が金粉（きんぷん）のように菜見子に降りかかった。そのとき、菜見子は居ても立ってもいられない焦燥（しょうそう）感に囚（とら）われたのだ。やはり母親だけでは限界がある。祐輔には父親が必要だ。これから祐輔は成長する。キャッチボール、腕相撲、野球観戦、大人になれば恋の相談、仕事の相談、酒のつき合い、ああ、それはやっぱり父親の役目だ。

いったんそう思い込むと、ほかのことは考えられなくなった。父親をさがすなら、早いほうがいい。今なら祐輔も物心がつく前だし、新しい父親を受け入れやすいだろう。小さいころから真面目で努力家だった菜見子は、目標が決まると、それに全力を傾けずにはいられなかった。

職場や生活の中で男性と知り合う機会の少ない菜見子にとって、お見合いイベントはありがたかった。参加の手続きも簡単だ。子どものよき父親を求むと、申し込みカードに希望をはっきり書いた。ところが、当然のつもりで会場に祐輔を連れて行くと、主催者側が難色を示した。はじめから子連れの参加は例がないというのである。雰囲気を壊すとも言われた。それでも菜見子はあとに引かず、祐輔が泣いたら会場を出るという条件で、強引にエントリーカードをもらった。

イベントの会場では元お笑い芸人のタレントが司会をし、きっかけ作りの出し物のあと、フリートークになった。参加者は体面を取り繕いながらも、欲望と打算を漲らせて、パートナーさがしに血眼(ちまなこ)になっていた。菜見子はその雰囲気になじめず、ビュッフェ形式のテーブルの前で、会場に背を向けて祐輔と料理を楽しんでいた。そこへ要造が声をかけてきたのである。

「坊や、このプリンおいしいよ」

喉の奥に籠もった鼻づまりの声だった。自分にでなく、祐輔に先に声をかけてきたことに、菜見子は好感を持った。要造は太い指で不器用そうにプリンの皿を二つ持ち、「ボクもプリンが好きなんです」と照れくさそうに笑った。

「ありがとうございます」

菜見子は改めて相手を見た。覇気(はき)のない茫洋(ぼうよう)とした印象だった。太り気味なのは甘いものが好きなせいだろう。とすれば酒はあまり飲まないのか。胸の名札には「佐田要造」とあった。

「プロフィールとか、交換したほうがいいですか」

要造は面倒そうに小首を傾げた。交際を求めてきたというより、子ども好きの男性がベビーバギーの祐輔に声をかけてきたという感じだ。菜見子は祐輔の反応を見た。プリンをもらってご機嫌の祐輔は、笑いながら要造を見上げている。

「あの、すみません」

ピンクのスーツを着た女性が要造に声をかけてきた。要造は困ったような顔で、菜見子に軽く会釈をして離れていった。ほかの女性も何人か要造と話をしたがっているようだった。

菜見子は結局、カップリングのカードを出さずにイベントを終えた。会場を出たところに要造が待っていた。

「よかったら、お茶でも飲みませんか」

不思議な気がした。つき合いたければカップリングのカードを出せばいいのに、わざわざ出口で待つ要造が奇妙に思えた。ふつうの男性とどこかちがう。

要造はそこではじめて自己紹介をした。システムエンジニアで小さな会社を持っていると

言い、代表取締役の肩書のついた名刺を出した。仕事は順調で、いくつかの銀行から金を借りてほしいと申し込まれていること、ＩＴベンチャーと専属契約を結んでいること、自分のプログラミングした流通システムが、ネット上で急激に利用者を増やしていることなどを、ぼそぼそと語った。もちろんすべて出任せだったが、そのまま信じたのだから、あのときの自分はほんとうにどうかしていた。ただ祐輔に優しそうに見えたことで、目が曇ってしまったのだ。

菜見子が祐輔のよき父親を求めていると率直に言うと、要造はゆっくりと祐輔の頭を撫でた。

「ボクは、きっといい父親になれると思います」

不器用な手つきが、飾り気のない素朴さに見えた。

菜見子はそれとなく訊ねた。

「佐田さんは、お父さんに暴力を振るわれたことはありますか」

「いいえ」

「叩かれたこともないんですか」

「ええ、一度も」

菜見子は要造の答えに満足した。暴力を受けたことのない男性なら、手を上げることもな

いだろうと思ったからだ。だが、その思いははじめから要造に見透かされていた。暴力が再生産されることや、子どもを虐待する親は自分も虐待されて育ったなどという類の話は、今や巷にあふれている。よい父親を求める菜見子が、それを気にして質問したのを見抜くことくらい、狡猾な要造には朝飯前だったのだ。

菜見子の反応を横目で見ながら、要造はしんみりと言った。

「厳しい父でしたが、叩かれた覚えはありません。父にはいい思い出しかないんです。ボクが十歳のときにがんで死んだので」

「まあ……。悪いことをお聞きしましたね。ごめんなさい」

菜見子は神妙な顔で謝った。これも出任せだったが、菜見子に要造の言葉を怪しむ余裕はなかった。それほど祐輔の父親を求めており、それさえ叶えば、あとはどんなことでも辛抱する気になっていたのだ。

それから二カ月後、菜見子と要造は内輪だけの結婚式を済ませ、入籍した。いっしょに生活しはじめると、すぐに暴力が現れた。甘いものを食べながら酒を飲み、暴れ、食器を壊し、怒鳴り散らした。そして一日に何度もセックスを求める。性具を持ち出し、変態的な行為も要求した。祐輔を邪魔者扱いし、躾（しつけ）と称していじめ、ついにタバコの火を腕に押しつけた。

三カ月で別居。離婚調停を申請し、要造と別れたい一心で五十万円の慰謝料を払った。離婚

成立は今年の六月。たった五カ月だが悪夢のような結婚だった。

和室を見ると、いつの間にか祐輔がふとんの上で寝入っていた。今日はいっしょに風呂に入る楽しみを逃してしまった。しかし、菜見子もそんな気になれない。せめて夕食の洗い物だけはすまそうと、のろのろと立ち上がり、流しの前に立った。

「あっ」

手が滑ってコップが落ちた。耳障りな音がして、ガラスが飛び散る。不吉な思いが胸をかすめた。

ワープロ書きの差出人名と住所。要造はどうして為頼の名前と住所を知ったのだろう。菜見子は息を詰まらせたまま、割れたガラスを集めた。もしかして、要造は為頼のことを勘ぐっているのではないか。邪推、逆恨みはあの男の十八番だ。このまま放っておくと、為頼に迷惑がかかるかもしれない。そう思うと、菜見子は嫌悪感より不安に駆られて、ゴミ箱から封筒を拾い上げた。

おぞましさに身を強張らせて、菜見子は手紙を広げた。

「……お前がいないと俺は寒くて眠れない。生きている気がしない。俺はどうしていいかわからない。すべてを破壊して、関係のない人間を殺して、お前も殺して、祐輔も殺して、俺

も死ぬ。俺は俺の子どもがほしい。お前に産んでほしい。俺を救えるのはお前しかない。俺は弱い。赤ん坊のように弱い。赤ん坊には母親が必要だ。俺の母親はお前しかいない。美人で聡明なお前しかいない。俺を見捨てないでくれ。俺を立ち直らせてくれ。お前ならきっとできる。俺は運に見放され、不運ばかりつづき、努力も報われない。才能はあるのに、人に妨害されて力を発揮できない。俺は悪くないのに、世間の奴らが邪魔ばかりする。俺を誤解し、貶め、悪意で決めつける。俺は努力した。血の出るような努力をした。いつだって俺は一所懸命だ。俺ほど苦しみに耐えられる人間がいるか。俺ほどガマン強い人間がいるか。それなのに報われない。世間では才能のないヤツらが、運だけで得をしている。ズルくて卑怯な人間がでかい顔をしている。明らかに不合理だ。俺ほど真っ正直な人間はいない。なのに報われない。ちょっとくらい報われても当然じゃないか。俺にだって幸福になる権利はあるはずだ。俺はいつもガマンする側だ。いつも俺が損するパターンになる。ふざけるな」

菜見子はあまりの不快さに目を閉じた。吐き気を催すような文面だ。こんな卑劣な男をあのとき見抜けなかった自分が悔しい。しかし、今は嘆いているときではない。菜見子は気持を奮い立たせて手紙を読みつづけた。

「……俺はインテリだ。頭がよすぎる。だから苦しむ。繊細だから支えがいる。俺はお前のぬくもりが必要だ。お前の熱い身体が必要だ。俺にどれだけの情熱があるかわかっているか。イタリア人よりブラジル人より情熱的だ。宇宙で最高の愛だ。お前の身体を隅から隅まで愛撫してやる。お前のどんな汚いところでもナメてやる。俺はお前とひとつになりたい。俺の巨根をお前のアソコに突っ込むだけでなく、俺の全身をお前の中に入れたい。頭からお前のアソコへ突入したい。そしてお前に包まれたい。俺はお前の子どもになって、お前の中から生まれ変わり、もう一度人生をやり直す。今度は失敗しない。俺ならできる。お前を幸福にしてやる。お前は運がいい。俺みたいな男に出会えて最高にラッキーだ。俺はスゴイ。だれにもできないことをやる。俺を信じろ。俺はだれにも負けない。どんな苦労にでも立ち向かえる。すべてはお前次第だ。お前で決まる。お前の責任は重大だ。よく考えろ。

もしお前がもどらないなら、俺はお前を許さない。お前を拉致(らち)してお前を縛り、お前のアソコをグチャグチャにしてやる。二度とセックスできないようにしてやる。お前の身体をメチャクチャにしてやる。身体中に俺の名前を入れ墨して、耳なしホーイチみたいにしてやる。ビール瓶を割って、顔に突き刺してやる。道を歩くときは気をつけろ。いきなり飛び出して、硫酸をブッかけてやる。陸橋の上から頭にかけてやる。それでお前は丸坊主だ。一生髪の毛は生えてこない。お前が俺を助けないなら、俺もお前を苦しめてやる。俺をナメるな。俺は

今までの俺とはちがう。俺ほどスゴイ人間はいない。俺をさんざん不愉快にした世間や、通りすがりの奴らに、無差別に復讐してやる。俺は罪もない子どもを殺す。平和な家庭を破壊する。ぜったいに捕まらない方法で通り魔を繰り返す。お前の男も殺してやる。俺はあのスケベ医者を許さない。お前があの医者と何をしたか、全部知ってるぞ。俺の女に手を出したらどうなるか、思い知らせてやる。お前はだまされているんだ。あんなジジイのどこがいい」

やっぱり出てきた。要造は為頼のことを知っている。しかし、いつ、どうやって知ったのだろう。菜見子は焦ってコピー用紙をめくり、思わず息を呑んだ。

「俺は愛欲で頭がおかしくなりそうだ。働いてばかりで遊ばない邪悪は今に気が狂う。お前を抱きたい。セックスがしたい。お前とヤリたい。お前とヤリたい。お前とヤリたい。お前とヤリたい。お前とヤリたい。ヤリたい。ヤリたい。ヤリたい。ヤリたい。ヤリたい。ヤリたい。ヤリたい。ヤリたい。ヤリたい。ヤリたい。ヤリたい。ヤリたい。ヤリたい。

ヤリたい。ヤリたい。ヤリたい。ヤリたい。ヤリたい。ヤリたい。ヤリたい。ヤリたい。
ヤリたい。ヤリたい。ヤリたい。ヤリたい。ヤリたい。ヤリたい。ヤリたい。
ヤリたい。ヤリたい。ヤリたい。ヤリたい。ヤリたい。ヤリたい。ヤ
ヤリたい。ヤリたい。ヤリたい。ヤリたい。ヤリたい。ヤリ
ヤリたい。ヤリたい。ヤリたい。ヤリたい。ヤリた
ヤリたい。ヤリたい。ヤリたい。ヤリたい
ヤリたい。ヤリたい。ヤリたい。ヤ
ヤリたい。ヤリたい。ヤリ
ヤリたい。ヤリた
ヤリたい
ヤリ

犯す犯す犯す犯す犯す犯す犯す犯す　sexsexsexsexsexsexsexsexsexsexsexsexsexsex
犯す犯す犯す犯す犯す犯す犯す　sexsexsexsexsexsexsexsexsexsexsexsex
犯す犯す犯す犯す犯す犯す　sexsexsexsexsexsexsexsexsexsex
犯す犯す犯す犯す犯す　sexsexsexsexsexsexsexsexs

犯す犯す犯す犯す　sexsexsexsexsex
犯す犯す犯す　sexsexsexsex
犯す犯す　sexsexs
犯す　sex」

菜見子は身震いしてコピー用紙を封筒に押し込んだ。狂っている。要造は明らかに異常だ。一刻も早く目の届かないところに捨てたいが、為頼に危険を知らせなければ。菜見子は封筒を新聞紙に包み、ガムテープで封印した。為頼に見せなければと思い保管したのだ。

菜見子は鉄扉の施錠とチェーンを確かめ、それでも不安でのぞき穴から外のようすをうかがった。廊下に異変はなく、人の気配もなかった。ふと不安になり、和室にもどる。祐輔が横向きに眠っている。あどけない寝顔。よかった。この子だけは守らなければならない。もし、祐輔が誘拐されたら……。あり得ない。考えただけで息が止まりそうだ。

今夜はとてもこのまま眠れそうになかった。菜見子は引き出しからセルシンという安定剤を取り出してのんだ。明日も仕事がある。眠っておかなければ、サナトリウムの子どもたちに向き合えない。

祐輔に毛布とふとんを掛け、明かりを消して自分も横になった。薬は効いてくれるだろう

か。いつもなら疲れで泥のように眠れるのに。

どうしてこんなことになったのかと、菜見子は暗闇の中で唇を噛んだ。彼女は小学校のころから優等生で、努力もしたが運もよかった。神戸大学の発達科学部（教育学部）を卒業したあと、臨床心理士の資格も取ったし、幸せな結婚もした。二十五歳のあの日まで、挫折や不幸とは無縁の人生だった。夫の孝一が、突然、目の前からいなくなるまで。

孝一とは大学時代に西宮市のＢＢＳ会で知り合った。非行や悩みを抱える少年少女に、お兄さん、お姉さん役として相談相手になるボランティア活動である。孝一は大学の先輩で、リーダーシップのある頼もしいメンバーだった。一年半ほどつき合って、菜見子の卒業を待って結婚した。前年に大学を卒業していた孝一は、兵庫国際センター（ＪＩＣＡ兵庫）に就職し、途上国からの研修員の受け入れに忙しい毎日を送っていた。

その孝一が突然の事故に巻き込まれたのは、結婚三年目の七月だった。仕事を終え、帰宅しようと車を飛ばしていた孝一の前に、右折の大型トラックが突っ込んできた。運転手が直進可の矢印を右折可と見まちがえたのだ。車はトラックの側面に激突し、孝一は肝臓破裂で即死だった。数日前からよちよち歩きをはじめた祐輔の姿を、少しでも早く見ようと焦った結果だった。

菜見子は周囲が見ていられないほど悲しみ、ついには寝込んで母親と姉が一カ月つききり

で介抱した。急に四十度の熱が出たり、一時的な味覚麻痺が起こったりした。菜見子がなんとか命をつなぐことができたのは、祐輔がいたからだった。

あのとき、菜見子はあまりの不幸の大きさに、きちんとしたイモーショナル・プロセシング（感情処理）を行わなかった。臨床心理士でありながら、事実に向き合うことを避けたのだ。このままでは反応性うつ病か強迫神経症になりそうだった。専門知識のある分、菜見子は病気に敏感だった。もし自分が病気になったら、祐輔を育てることができない。その恐怖から、菜見子は孝一の死を単なる〈夫の欠落〉と無理やり記号化し、とにかくその埋め合わせをしようとした。孝一にはすまないが、祐輔に新しい父親を得ることが、人生を立て直す唯一の手段に思えたのだ。

今となれば、当時の精神状態を分析することもできる。要造と結婚し、別の大きな傷を負うことで、菜見子は逆のバランスを取ったのかもしれない。菜見子は強くなったし、今は孝一の死をしっかりと受け止めている。

眠れないまま、菜見子は寝返りを打つ。

「おいなり、ちょこら」

祐輔が寝言を言った。何だろう。好物のいなり寿司のことだろうか。

菜見子は暗さに慣れた目で、祐輔を見た。この子に新しい父親は必要ない。自分さえしっ

かりしていればいい。菜見子は為頼の言葉を思い出した。父親がどんな人間だったか、きちんと説明すればイメージは伝わる。孝一のＤＮＡはまちがいなく受け継がれているのだから。菜見子はその言葉に感謝した。

規則正しい祐輔の寝息が、いつしか菜見子を眠りに誘う。規則正しい安心のリズム。安定剤よりよほど効果的だった。

翌日の十一月二十五日、菜見子はいつも通り祐輔を保育園に預け、定時に出勤した。午前中は朝礼、プログラム指導とアセスメント（課題分析）をやり、午後は中等部のリラクセーションを担当した。手紙のことはサナトリウムの子どもたちには関係がない。不快感がよみがえりかけるたびに、菜見子はそう自分に言い聞かせて仕事に集中した。

午後三時、菜見子は施設長の山井に許可をもらって早退した。為頼に会って、手紙のことを話すためである。

診療所に着くと、井上カツが出迎えてくれた。

「久しぶりだね。今日は坊やはどうしたんだい」

「保育園に預けてます」

「そうかい。また連れておいでよね。いつでも面倒見てあげるから」

カツは気さくに言い、二階へ上がって行った。気を利かせて席を外してくれたのだろう。

待合室に入ると、為頼は白衣を脱いで奥の診察室に座っていた。

「お忙しいところ、すみません」

「いいえ。たまには忙しくなってみたいですよ」

為頼は皮肉っぽくおどけたが、菜見子は笑う気になれなかった。要造のことを話すのはひどいストレスだったし、いざ説明するとなると、今さらのように恥ずかしさがこみ上げた。それでも菜見子は事実を曖昧（あいまい）にせずに、簡潔に要造のことを話した。

「わたしは、為頼先生にたいへんなご迷惑をおかけするかもしれないんです」

菜見子はハンドバッグからビニール袋に入れた新聞の包みを取り出した。できるだけ触れたくなかったが、為頼に開かせるわけにはいかない。

「しばらく音沙汰（おとさた）がなかったのに、昨日、前の夫からこんな手紙が来たんです。先生の名前をかたって」

申し訳なさそうに封筒を差し出すと、為頼は手に取って裏を返した。そこに自分の名前と住所を見て眉をひそめた。

「中を見せてもらっていいですか」

「ええ、どうぞ。そのつもりで持ってきました」

菜見子は姿勢を正し、神妙に顎を引いた。為頼は手紙を取り出し、不快げな表情を浮かべながら文面を目で追った。最後の図形型に印字されたページには、思わず身をのけぞらせた。

「ひどいな。ここに書かれているのは、典型的なストーカーの心理ですよ。哀願と脅迫、身勝手な思い込みと露骨な性欲、それに小心さと図々しさが入り混じっている。手紙以外のいやがらせはありませんか」

「いいえ、今のところは」

菜見子は不安に身悶えするようにつづけた。「この人は先生のことを邪推しているようなんです。先生に危険が及ぶかもしれません。もしそうなったら、わたし、どうやってお詫びをすればいいのか」

「大丈夫ですよ。こんな手紙を書く人間は、得てして小心者ですから」

「でも、頭に血がのぼると何をするかわからない人なんです」

なおも心配そうな菜見子に、為頼は笑顔で言った。「わかりました。わたしも気をつけますよ。ご心配なく。医者には医者の身の護(まも)り方がありますから」

為頼が手紙を封筒に入れて返したとき、菜見子のケータイが鳴った。菜見子はびくっと身体を震わせ、着信の表示を見た。

「保育園からです」

為頼が目で促すと、菜見子は軽く会釈をして横を向いた。

「高島です。はい、いつもお世話になって……。え、いいえ。いつも通りです。ええ、六時半ごろに。え、だれがそんな。いいえ、ちがいます。電話なんかしてません。わたしは……」

菜見子の顔色が変わった。「それはわたしじゃありません、ぜったいに。それで祐輔は、祐輔はそこにいるんですか。もしもし」

為頼は不吉な予感に襲われて、菜見子を見た。菜見子がケータイを耳に押しつけたまま立ち上がる。心ここにあらずといったようすだ。

「すぐに行きます。待っていて下さい。わたしが行くまでぜったいに祐輔から目を離さないで。お願いします」

「どうしたんです」

電話を切った菜見子は、動転して為頼に答えた。

「さっき、保育園にわたしの名前で女性から電話があったそうです。今日は事情があって祐輔を迎えに行けないから、代わりに知り合いの男性が行くと。ナンバーディスプレイに公衆電話と出たので、保育園がおかしいと思って、わたしのケータイに確認の連絡をしてくれたんです」

「だれかが高島さんの名前でかけたということですか。声はどうだったんです」

「わたしに似せて声色を使っていたそうです。でも、電話を受けた保母さんが怪しいと思って、園長先生に報せてくれたんです。わたし、すぐ迎えに行ってきます。祐輔にもしものことが……」

言いかけて、菜見子は言葉を呑んだ。口には出せない。言葉にして、もしその通りになったら、生きてはいけない。

菜見子は靴をはくのももどかしげに、診療所を飛び出した。気配に気づいて、二階の廊下から井上カツも顔を出した。

「どうしたの。何かあったの」

「すみません。今日は失礼します」

ベージュのニッサン・マーチが、急発進で狭い路地を出て行った。

「あんなに慌てて、何があったんです」

カツが身体を手すりで支えながら階段を降りてくる。為頼は保育園からの電話を説明した。

「まあ。それは心配だね。でも、あの人、目が泳いでましたよ。悪いことが起こらなければいいけど」

為頼は同じ心配に、深いため息をついた。

7

ガラスのピラミッドが、台座の上でゆっくりと回転している。支柱の両側に掛けたステンレスの羽根には、診察室が斜めに映っている。泳ぐ魚をイメージした羽根は、ピラミッドとは別の動きで、ゆらゆらと無重力の世界にいるようだ。

為頼は、菜見子が持ってきた動く彫刻に、奇妙な時間の空白を感じていた。

四日前、菜見子が血相を変えて保育園に行ったあと、三十分ほどして為頼に連絡があった。祐輔が無事だったこと、男が迎えに来ると言いながら、結局はだれも現れなかったこと。菜見子はそうとう神経質になっていて、保育園から警察へ連絡してもらい、実際に警官も来たとのことだった。

電話はただのいたずらだったのだろうか。それにしては、あまりにもタイミングが合っている。まるで菜見子が前夫からストーカーまがいの手紙を受け取って、動揺しているのを見透かしたかのようだった。電話の主は女だと言っていたから、前夫が直接かけたわけではない。前夫がだれかと組んで、わざと菜見子の不安を煽(あお)っているのかもしれない。

動く彫刻は、風もないのに室内でかすかに揺れていた。為頼の体温や何気ない仕草で空気

が動くのだろう。どんより曇った空の寒々しい光が、窓から部屋に射し込んでいた。

「先生、お客さんですよ」

井上カツが診察室の扉を開け、後ろを顎で指すそぶりをした。カツの背後に、黒いスーツにノーネクタイの男が立っている。カツが手を口元に当てて囁いた。「警察の人ですって」

待合室で壁の地図を見ている男は、後頭部が張り出し、鼻が尖って鳥類を思わせる風貌だった。群から離れて羽がぼろぼろになったカラスのようだ。

「どうぞ、お入り下さい」

為頼が促すと、男は肩をすぼめて入ってきた。為頼は席を立って男を迎えた。

「灘警察の早瀬といいます」

男は名刺を差し出し、うつむいたまま早口に言った。「お忙しいところ、申し訳ありません。突然ですが、お話をうかがいたいことがあって参りました。必要でしたら、身分証も見せますが」

内ポケットに手をやりかけるのを目で制すると、男は動きを止めてカツを見た。人払いをしたいらしい。カツは大きな目を剝き、乱暴に扉を閉めて出て行った。

「先生のことは、六甲サナトリウムの高島さんからお聞きしました」

「そうですか。まあ、こんなところですが、どうぞお掛け下さい」

為頼は腑に落ちないようすで、患者用の椅子を勧めた。

「お医者さんを訪ねるのはどうも苦手です。いつおじゃましていいかわからないし、患者さんがいたら帰らなければならないし。今は診察時間ではないですね」

早瀬はハンガーに掛けた白衣に目をやり、遠慮がちに確認した。午後の休診時間で、為頼はリラックスした格好をしている。

「本来は相方と二人で来るのが筋なのですが、ちょっと個人的に聞きたいことがあって、それでひとりで寄せてもらいました。わたしは、今年の二月に灘区の西郷町で起きた教師一家殺害事件を捜査しています。その件で、先日、六甲サナトリウムに話をうかがいに行ったのですが、そのことはお聞きでしょうか」

「ええ。高島さんから」

「では、あの施設にいる南サトミという少女のこともご存じですね」

サトミの名前を出しながら、早瀬は為頼を鋭く見た。反応を見ているのだろう。為頼が変化を見せずにいると、すっと目を逸らす。為頼は相手の視線にお返しをするように、じっと早瀬を見た。もともとは頑強な体質だが、そうとう無理をしている。目のまわりが黒ずんで、肌理が粗くなっているのは、膵臓の機能が低下している証拠だ。

早瀬は為頼の視線を意識しながら、感情を抑えて言った。

「実は、その南サトミが、事件に関わりがあるという通報がありまして、それで話を聞きに行ったんです。本人とは話せませんでしたが、代わりに高島さんが応対してくれました。彼女は南サトミの関与を強く否定していました。そのとき先生の話が出て、ちょっと気になることを聞きましたので」

「気になること？」

「ええ。つまり、その、高島さんが言うには、南サトミには殺人者のしるしというか、サインみたいなものがないと、先生が診断されたと……」

早瀬はわざとらしく言いよどんだ。菜見子はそんなことを刑事に話したのかと、為頼はあきれた。黙っていると、早瀬がつけ加えた。

「高島さんは、徴候と言ってました。いっしょにいた相方は、頭から信じませんでしたが」

それがこの刑事がひとりで来た理由かと、為頼は思った。膝を組み直して応える。

「別にわたしは診断を下したわけじゃありません」

「しかし、高島さんは先生の見立てに絶対的な信頼を置いていましたよ。先生には犯罪者の徴候が見えるのだと。あの人は臨床心理士ですよね。その彼女が言うのだから、わたしとしても聞き捨てにするわけにいきませんでね」

早瀬は弁解口調で言い、改まって訊ねた。「そういう徴候というのは、確かなものなんで

すか。もし確実なら、わたしらにとっても重宝なんですが」

早瀬が菜見子の言葉に疑いを抱いているのは明らかだった。なのにわざと迎合するようなことを言う。為頼は持ち前の皮肉さで相手を挑発した。

「犯人の顔に犯罪者の徴候が表れていれば、それは警察にも便利でしょうね」

早瀬は顔を上げ、一瞬、凄(すご)みを秘めた目で為頼を見た。

「先生、わたしらもお医者さんには世話になってるんです。診断を必要とする被疑者は多いんでね。つまり、精神鑑定です。以前、わたしはある鑑定医の先生に言われたんです。鑑定にも限界がある、だれにも人の心はのぞけないってね」

「それはそうでしょう」

「それでは困るんですよ。犯人を捕まえる側からすれば、むやみに病気だと判定されてはたまらない。罪を償うべき人間が、どんどん無罪になりますからね」

早瀬はいったん言葉を切り、感情をコントロールするように自分の手元を見た。左の薬指にフクロウをかたどった指輪がはまっている。

「変わった指輪ですね」

「これですか」と、早瀬は癖を見抜かれたように顔を赤らめた。「忘れ物予防ですよ。何かあるとき、この指輪を右手にはめ替えると、違和感があって忘れませんから」

話の腰を折られたのを立て直すように、早瀬は改まって言った。

「わたしも精神鑑定の必要性は承知しています。問題は、鑑定を悪用して罪を逃れようとする者がいることです。先生が犯罪の徴候を診断できるのであれば、それを見極めることができるのではありませんか」

「わたしは精神鑑定をするわけじゃない」

「しかし、犯罪者を見分けることができるのでしょう。だからこそ、南サトミはシロだと」

為頼は早瀬のもの言いに、切羽詰まった焦りと期待のようなものを感じた。サトミのことを調べるだけなら、こんな聞き方はしないはずだ。

為頼は冷ややかに言った。

「たしかに、あの少女は人を殺してはいません」

「なぜわかるんです」

「彼女には、殺人の犯因症（はんいんしょう）がないからですよ」

「犯因症？」

早瀬は刺すような目のまま、不審げに眉を寄せた。

「そう。それがつまり、さっきからあなたが言っている犯罪の徴候ですよ」

為頼は相手の反応を見ながら、ゆっくり話した。「当たり前のことですが、人を殺すには

大きなエネルギーがいります。たいていの人間は、殺したいと思っても実際には殺さない。相手の首を絞めるとか、刺すとか、実際に手を下す行為には大きな壁があるからです。逆に言うと、殺人を犯す人間にはそれを乗り越えるエネルギーが過剰にあるということです。過剰というのは病気ですからね。そこに徴候が表れるわけです」

「病気？　殺人がですか」

「殺人というより、エネルギーの過剰がですね」

「エネルギーが過剰になれば、外から見てわかるんですか」

「そうですね。たとえば成長ホルモンでも過剰になると外見でわかります。末端肥大症というのをご存じですか」

早瀬は首を傾げる。

「プロレスラーのジャイアント馬場やアンドレ・ザ・ジャイアントがいい例ですが、成長ホルモンが過剰になると、高身長と手足の肥大に加えて、特徴的な容貌になります。顎が大きく、鼻が横に広がり、眉の上が盛り上がる。だからそんな容貌の人を見ると、医者は脳の下垂体（すいたい）の腺腫（せんしゅ）を疑います。成長ホルモンは下垂体から分泌されますからね。これは素人にもわかる徴候ですが、専門家でないと見分けにくいものもある。たとえば、結合組織にアミロイドというタンパクが過剰になると、皮膚が飴（あめ）色っぽくなって、独特の光沢を帯びます。代謝

病の専門家なら、そういう皮膚を見るとアミロイドーシスという病気を疑うでしょう。これらの徴候は、はじめから病気と結びつけられていたわけではない。鋭い観察力を持つ先駆者によって、はじめて医学的に認められたのです」

早瀬は戸惑いながらも、為頼の説明についてきていた。その証拠に、為頼のいわんとするところを正確に突いてきた。

「つまり、殺人者の徴候は、ふつうの医者にはわかりにくいけれど、先生の観察力では見えたということですか」

ものわかりのいい患者だというように、為頼は好意的に笑った。しかし、早瀬は納得できないようすで質問を重ねた。

「どうしてそんなものが見えるんです。先生には天才的な能力があるのですか」

「だれもそんなことは言ってません。ただ、わたしは一時期、ちょっと特殊な職場にいたのです。それで見えるようになったのかもしれない」

「特殊な職場？」

「大阪の拘置所です。都島区（みやこじま）にある。拘置所の医務部にいたのです」

「法務技官だったのですか。どうしてまたそんなところに」

早瀬が訝るのも無理はなかった。刑事なら拘置所の医者がどんな仕事か、およそ見当がつ

くのだろう。病院らしい設備もないところで、錯乱する者や覚醒剤中毒者の診察をさせられる。場合によっては身の危険もある。とてもまともな医者が働く場所とはいえなかった。

為頼は自分が拘置所の医者になった理由を、早瀬に説明すべきかどうか迷った。それは気の重いことだった。彼はひとことで済ますことにした。

「大学病院というところに、嫌気がさしましてね」

そう言ったものの、為頼の胸には重苦しい澱のような感情がよみがえった。今でも思い出す、拘置所に行きたいと申し出たときの、医局長のうれしそうな顔。扱いにくい医局員が、だれも行き手のないポストに自ら志願したのだ。ポストを埋めろという教授命令に頭を悩ませていた医局長にすれば、願ったり叶ったりだったろう。今から十二年前、為頼が三十五歳のときだった。

当時、為頼は消化器外科の中堅医局員として、研修医の指導や外来診察を担当していた。病気が見えるようになってくると、患者の予後もわかってくる。医者であれば当然の能力だと為頼は思っていた。治らない患者に無駄な治療をすることもあるが、それはわかった上でやっている、ほかに方法がないので仕方なくやっているのだと思っていた。

ところがあるとき、彼は肝臓がん患者の治療方針をめぐって、四年先輩の講師と対立した。手術か内科的治療かで、意見が分かれたのだ。為頼の診断では患者は明らかに手遅れだった。

しかし、講師は強引に手術を主張した。

カンファレンス（症例検討会）の席上で、講師は自信たっぷりに言った。

「転移も血管浸潤もないのに、引き下がる理由はどこにもない」

講師の本音は、新しいレーザーメスで肝臓を切ってみたいということだった。しかし、この患者は明らかに手術しないほうが長生きできる。しかも、本人が手術を望んでいなかった。だから為頼は手術不能を主張した。

「インオペの根拠は何だね。やりもせずにあきらめるのは、敗北主義じゃないか」

自分が新しい器具を試したいために、そこまで言うかと、為頼は講師を軽蔑した。しかし、カンファレンスの空気は全体に講師寄りだった。最後は教授の判断が仰がれ、結局、手術の方針が決まった。

「為頼くん、外科医は常に前向きでなければいかんよ。手術の結果は、やってみないとわからんだろう」

白髪をオールバックにした教授が、穏やかに言った。教授は大腸がんの権威で、外科学会の会長も務めた人物である。なのに見えていない。講師や医局員ばかりか、教授までがこの患者の予後をわかっていないのだ。

大学病院では医学の発展のために、ときに不可避の犠牲を払う。治らない患者に手術をす

るのもその一環だと、為頼は重く受け止めていた。新しい手術法を試したり、若い外科医のトレーニングのために手術をする場合もある。決して公にはできないが、よりよい手術法を開発したり、腕のいい外科医を養成するには不可欠のことだ。だからこそ、メスを執るときは厳粛な気持でなければならない。しかし、そんなふうに思っていたのは自分だけだった。ほかの医者たちは、手術すれば治るかもしれないと本気で信じて、善意に酔いながら無駄な手術をやっていたのだ。見えない医者たちのなんと幸せなことか。治らない手術の重荷に耐えていたのは、医局の中で自分ひとりだったのだ。

その虚しさは、為頼を深く失望させた。手術の腕を自慢する外科医、しなくてもいい手術をして有頂天になっている外科医たちに、懐疑と嫌悪を覚えた。彼は医局を離れることを決意し、拘置所への転勤を申し出た。拘置所なら手術も大した治療もしなくていい。医者として世捨て人になれる。

「ご存じと思いますが、拘置所では新入りの収容者に、全員、健康診断をするんですよ」

為頼はかつての職場を懐かしむように、早瀬に言った。暗くて、冷たくて、清潔な拘置所。壁は白く、鉄格子も白塗りだった。窓は入所者が簡単に破れないように、強化ガラスが使われていた。予算の都合ですべてではない。どれがふつうのガラスでどれが強化ガラスかは、収容者には見分けがつかなかったはずだ。

「患者の診察も同じですが、たくさんの犯罪者を診ていると、共通した特徴に気がつくんです。たとえば口角に特徴のある女性がいて、何の罪を犯したのか聞くと、万引きだという。口角というのは唇の両端で、万引きをする者はたいていそこが奇妙に切れ上がっている。だからそういう唇の新入りを見ると、容疑を見なくても万引きだとわかる。あるいは、手の甲が妙にへこんでいる入所者がいて、容疑を確認するとみんな放火魔です。万引きも放火も、犯罪の中でも病的な要素が強いものでしょう。だから、徴候が表れやすいのです」

「たしかにどちらも常習性はありますが……」

「それに、便利なことに拘置所のカルテには、名前と病名のほかに罪名も書いてありましてね。殺人とか強姦とか。それを見ながら診察をしていると、自然に特徴が見えてくるのですよ」

「しかし、犯罪に共通の特徴があるなんて、聞いたことがない」

早瀬が半信半疑でつぶやくと、為頼は立ち上がり、書棚から古びた専門書を抜き出した。

「犯罪者を外見の特徴で分類するのは、わたしが考えついたことではありません。むかしから言われていることです。これをご覧下さい」

為頼の開いたページには、外国人の古い写真が十数枚並べられていた。女性も四人ほど混ざっている。いずれもどこかいびつで、禍々（まがまが）しい印象の顔ばかりだ。

「これは十九世紀にイタリアで活躍した犯罪学者、チェザーレ・ロンブローゾがまとめた犯罪者の特徴です。彼は犯罪は環境や偶然によって起こるのではなく、生まれつき犯罪を起こすべき人間が起こすという説を唱えました。いわゆる生来犯罪者説です。ロンブローゾによれば、犯罪者は遺伝子のエラーによって、先祖返りを起こした野蛮な人間というわけです。彼らは教育や境遇に関係なく、所詮、罪を犯すように生まれついているのです」

「それではまるで人種差別じゃないですか」

早瀬は不快げに本から目を上げた。

「そう。ロンブローゾの説は人権的な発想を待つまでもなく、早くに否定されています。根拠のない擬似科学ですからね。しかし、いくつか興味深い点もある。たとえば、犯罪者の外見的特徴ですが、彼の分類では、犯罪者は額が後ろに反っており、耳を動かすことができるという。つまり動物的な要素を備えているわけですね。さらに両手を伸ばした長さが、身長より長いとされています。この意味はおわかりですか」

「いえ」

「類人猿ですよ。ゴリラとか猿は腕が長いでしょう。そういう身体的な特徴が、類人猿の粗暴さもそのまま受け継いでいるというわけです。内面的には、鈍感で知能が低く、軽率、残忍、怠惰などの特徴が指摘されています」

　早瀬は本の写真にふたたび熱心に見入った。

「早瀬さんも多くの犯罪者に接していれば、いろんな特徴に気づくのではありませんか」

「いや、わたしは別に……」

　早瀬は気のない返事をした。為頼はかまわずつづける。

「拘置所の収容者は、よく仮病を使いました。待遇をよくしてもらおうと企んだり、あわよくば外の病院に出してもらおうとしたりしてね。ヒステリーで虫垂炎のふりをすると、ほんとうに腹がカチカチになって、腹膜炎のようになります。しかし、わたしの目はごまかせない。虫垂炎の徴候がありませんからね。放っておくと治るんです。そうやって犯罪者を注意深く見ていると、ロンブローゾの説がある程度の事実に基づいていることがわかってくるのです」

「生まれついての犯罪者がいるということですか」

「人によって犯罪の種類がちがうということですよ」

　早瀬は不審げに首をひねった。

「たとえば性犯罪者、とくに幼児性愛者は、再犯を繰り返すと言われますね。しかし、その同じ人間が放火魔になることはない。万引きの常習者も、通り魔にはならない。病気の種類がちがうからです」

「やはり犯罪は病気なんですか」

「いや、病気といっても広い意味なのですが」と、為頼は間を置き、適当な例をさがすように目を泳がせた。「たとえば、極端な女好きの男を、『あいつはビョーキだ』と言ったりするでしょう。度が過ぎるケチも病気のように言われる。部屋を片づけられない女性とか、授業に集中できない子どもたちもそうです。そんなふうに病気の概念を広げれば、犯罪も病気に含まれるのです。要するに言葉の問題ですよ。今は病気という言葉しかないから、それを使っているだけで」

早瀬がわかりにくそうにするのを見て、為頼は話を進めた。

「犯罪にはエネルギーの過剰に加えて、もともとの資質が必要です。わかりやすく言えば、人殺しのできる人間と、できない人間ははじめから別なのです」

「そんなバカな」

「いえ、それは決まっています。人殺しができない人間は、どんなに激情に駆られても、実際に殺すことはしません。殺すという行為が、もともとプログラムされていないからです。逆にプログラムされている人間は、いくらおとなしそうに見えても、些細なきっかけで殺人を犯す。もちろん、交通事故で人を死なせるとかは別ですよ。それは偶然ですから。意図して人を殺すのには、ある種のソフトみたいなものが必要なんです。それがないと殺せない。

早瀬さん、あなたはどうです。人を殺せますか」

いきなり聞かれて、早瀬は戸惑った。彼は苦し紛れに答えた。

「それは、殺すかもしれません、状況によっては……」

「どうかな。一般論としてそう思っているだけでしょう。リアルに想像してみて下さい。生身の人間を殺すときの心理的な壁を越えられますか。あなたは刑事だから、銃を撃つこともあるでしょう。しかし、発砲するときでも、殺さずにおこうと思って撃つのではありませんか」

「それは、もちろんそうですよ」

「人殺しをする人間なら、そういうとき、明確に相手を殺そうと思って撃つんですよ。たとえ殺してはいけないとわかっていても、自分を止められない。山や海で遭難した人のニュースを聞いても、無意識に死んでいればいいと思ってしまう。それは自分ではどうにもならない感情です。もちろん人殺しがプログラムされているからといって、必ず殺人を犯すわけではない。それは状況によります。ただ、それができる人間には、明らかな徴候が表れているということです。それが殺人の犯因症です」

為頼は拘置所で見た多くの殺人犯を思い出した。見るからに凶悪そうな人間は、むしろ少なかった。ひ弱な青年、小柄な女性、目立たない中年男、殺人容疑で収容されていた者に共

通していたのは、ある種の身体的な偏りと眉間の特徴だった。

「先生にはその徴候がわかるんですか。どんなふうに見えるんです」

「それは口では説明しにくいですね」

「つまり、ふつうの人間には見えないと」

「いや、そうともかぎらない。見える人には見えるでしょう」

早瀬は両手を膝に突っ張り、凄みを込めた目で為頼を見た。

「わたしらが追っている灘区の事件の犯人には、きっと強烈な犯因症が表れているんでしょうね。四人も惨殺してるんだから」

「さあ、それはどうかな。四人も殺すことをたいへんだと思うのは、ふつうの人間の感覚ですよ。犯因症を持った人間は、それほどに思わない。だからこそ、四人も殺せるのです」

「徴候がはっきりしないということですか」

「本人を見てみないと、何とも言えませんね」

「あれだけはっきりおっしゃったのに？」

「何を」

「殺人犯の徴候ですよ。先生には見えるとおっしゃったじゃないですか」

早瀬は失望と挑発の混ざった複雑な表情で為頼を見た。そして、天井を仰ぐように身体を

のけぞらせ、ふたたび感情を抑えた声で話しだした。

「為頼先生は、刑法三十九条という法律をご存じですか。心神喪失者の行為は罰しない、心神耗弱者の行為はその刑を減軽するという法律です。お聞きになったことはあるでしょう。わたしはこの法律にどうしようもない矛盾を感じていましてね。心神喪失だから無罪というのでは、被害者が浮かばれんでしょう。以前、ある通り魔事件で捕まえた犯人が、この法律で無罪になったことがありましてね。そのときは、心底許せないと思った。でも、また別の意味で、この法律が必要なこともわかっているのです」

早瀬の拳に力が入る。「精神障害に悩む人が、ほんとうに幻聴や妄想にそそのかされて事件を起こす場合があります。この法律はそういう人々を守るためのものだと、わたしはある先輩に教えられた。だから三十九条の必要性は認めます。ただ、許せないのは、この法律を悪用する連中です。精神障害を装って、罪を逃れようとする奴らです。高島さんから先生が犯罪者を見分けられると聞いたとき、先生ならそういう連中の嘘を見抜けるのではと思ったんです。悪意の犯罪者と、ほんとうの心神喪失者を見極められるとね。しかし、それは必ずしもできないんですね」

そういうことかと、為頼は納得した。この男の悩みは理解できる。しかし、残念ながら、徴候は法律とはまったく無関係に存在するのだ。為頼は憂鬱そうに言った。

「悪意であれ、心神喪失であれ、罪を犯す者は犯します。それが犯因症というものです。徴候はそういう人間に、自然現象として表れるのです」

「大量殺人犯だから、徴候が強いというわけではないんですね」

「それは内圧の問題ですから」

「それじゃ無意味だ」

早瀬は吐き捨てるように言ったが、為頼は肩をそびやかしただけだった。

重苦しい沈黙が流れた。早瀬は何かを思案し、気持の整理をつけているようだった。やがてポケットからメモ帳を取り出し、険しい表情でページを繰った。

「先生が六甲サナトリウムで南サトミを診察したのは、十一月五日ですね」

「日付まで覚えていませんが、それくらいでしたね」

「それで南サトミにはその犯因症がなかったから、犯人ではないというわけですね」

「そうです」

「先生は、南サトミをきちんと診察されましたか」

思いがけない質問に、為頼は言葉を詰まらせた。考えようによっては失礼な質問だ。しかし、たしかにあのときサトミをじっくり診察したとはいえない。

黙っていると早瀬は口調を変え、職務質問のように聞いた。

「南サトミが灘区の事件を自分がやったと、高島さんにメールで告白したことはご存じですね」

「ええ」

「高島さんは、そのことをサナトリウム内でだれにも話していなかったそうです。彼女は南サトミを守る立場でしたからね。外部で、それを打ち明けたのは先生だけです」

為頼は身構えたが、聞かれて困ることは何もない。

「灘署に通報があったとき、通報者はサトミの告白の内容を知っていましてね」

「わたしが密告したというのですか」

「いえ、そうは言いません。通報の電話を受けたのはわたしですから、先生の声でないことはわかっています。ただ、心当たりがないかと」

「だれにも話していませんよ」

為頼は憮然と答えた。早瀬はさらにメモ帳のページを繰った。何かをさがしているのではない。明らかにもったいをつけているのだ。

「被害者の石川昭次が、南サトミの小学校の担任であったことは聞いておられますね。そのとき、学級崩壊があって、サトミは問題児の中心人物であったことも」

「ええ」

「石川は熱心な教師だったらしく、彼女を自宅に呼んでまで指導したようです」

「それも聞いていますよ」

「そのとき、石川が家でサトミにどんな指導をしたかご存じですか」

早瀬が意味ありげに為頼を見た。為頼は首を振る。そんなことを知っているわけがない。

「こちらでもまだ把握してはいないのですが、いずれにせよ、南サトミが被害者の家に入ったことがあるのはまちがいがない」

「何が言いたいのです。あなたはサトミという少女を本気で疑っているのですか」

為頼が詰め寄ると、今度は早瀬が肩をそびやかした。

「わたしは見落としをしたくないだけです。わたし個人としては、彼女の容疑は強くないと思っています」

為頼はじっと相手を見つめた。早瀬の言葉に嘘はないようだった。気を抜きかけた瞬間、早瀬は早口につづけた。

「もうひとつ、現場に残されていた靴痕跡のことがあります。高島さんから任意で提出してもらったケータイメールによると、南サトミは自分の足跡をカムフラージュするために、兄のスニーカーをはいて行ったと書いてあった。そして、犯行後にそれを裏の西郷川に捨てたと」

「ちょっと待って下さい」

為頼は苛立たしげに白髪まじりの前髪を搔き上げた。「警察はそんな話を信じているのですか。馬鹿馬鹿しい。あれは作話といって、統合失調症や記憶障害の患者に多く見られる症状ですよ。作話は一見つじつまは合っているが、たいていは荒唐無稽なものです。靴の上から靴をはくなんて、あり得ないじゃないですか」

「不可能ではありません」

「あきれたな。推理小説じゃあるまいし、彼女には妄想もあるんですよ。高島さんから聞いていませんか。サトミという少女には自己処罰欲求といって、やってもいない罪を告白して、自分を罰しようとする衝動もあるんです」

「ええ、その話は聞いています。ただ、我々は門外漢ですから、専門的な説明をすべてを納得できるわけではありませんので」

奥歯にものがはさまったような言い方だった。為頼は苛立ちを募らせた。

「警察はサトミを疑っているのですか」

「いいえ」

「じゃあ、どうして彼女の作話など問題にしたりするんです」

為頼の剣幕に早瀬はいったんは譲歩するように目線を下げた。ふたたび顔を上げ、奇妙な

笑みを浮かべて訊ねた。

「その告白の内容を知っているのは、先生と高島さんと、サトミ本人だけですね」

まだしつこく聞くのかと、為頼は大仰にため息をついた。早瀬はその表情を何ひとつ見落とすまいとしながら、言葉を切って言った。

「為頼先生。実は昨日、西郷川の下流で、靴が片方、見つかったのです。西郷川がＪＲの暗渠に流れ込んだ先で。事件直後は、そこまで調べなかったのです」

為頼は自分の耳を疑った。そんなはずはない。いくらサトミを診た時間が短かったとはいえ、自分が徴候を見落とすなんて。

信じられない思いで、為頼は呻くように訊ねた。

「その靴は、まさか……」

「そうです。犯行現場に残されていたのと、同じ靴底のスニーカーでした」

第三章　全能感

1

六甲サナトリウムの通用口には、錆びた鉄製の遮断機がついている。精神障害児の施設ということで、外部との交通を制限するために設置されたものだが、実際には必要ないことがすぐにわかり、数年前から上がったままになっている。南サトミがこの遮断機の下を通り抜けたのは、午前二時半過ぎだった。

裏六甲のこのあたりは、空気が澄んでいる。空には無数の星が輝いていたが、サトミにわかるのはオリオン座だけだ。それが今まで見たことのない西の空に掛かっている。吐く息があまり白いので、サトミはそれが足跡のように残りはしないかと、思わず後ろを振り返った。

いちばん近いバス停から四キロ、幹線道路からも三キロ半も離れている六甲サナトリウムは、夜は陸の孤島も同然となる。だから脱走に対する備えはそれほど厳重ではない。寮の扉は消灯後に外から施錠されるが、窓の鍵は内側から開けることができる。小学生のころから夜間徘徊の常習者だったサトミは、そのことに早くから気づいていた。四月の入所以来、今

までおとなしくしていたのは、いつでも逃げ出せるという安心感があったからかもしれない。

十二月に入ってすぐに寒波が来て、気温は一時的に零下になった。もともとサトミは、寒さや空腹にあまり苦痛を感じない。小さいころから被虐待と放任が積み重なって、苦痛に対する感覚を自分で鈍らせてしまったせいだろう。だから真冬の夜道でも、パジャマ代わりのピンクのジャージに紺色のスクールセーターだけで平気で歩きつづけることができた。

夜はいつも寝るときに、当直の職員にハルシオンという睡眠剤をもらう。一錠で眠れそうにないときは、頓服（とんぷく）でもう一錠もらう。薬の追加は一時間以上あけるのが決まりだが、はじめから二錠頼んでも、たいていの職員はくれる。サトミが早く眠ったほうが、職員たちも楽だからだ。この日、サトミはハルシオンを二錠もらい、職員の目の前で口に入れ、歯茎（はぐき）と頬のあいだに隠してのみ下すふりをした。だから当直の職員たちは、今夜もサトミが熟睡すると思ったはずだ。薬は部屋にもどってから吐き出した。

アキエからもらったショッピングバッグには、服と下着と化粧品が入っている。アキエはサトミと同い年で、けいれん発作のある自閉症児だ。おかっぱ頭で、目が細く、親指の爪くらいの前歯が二本飛び出ている。サトミとは同じ寮で、散歩も同じ長距離のグループだ。

ショッピングバッグはアキエが入所したときに持ってきたもので、海辺に立つ真っ赤な鳥居（とりい）の写真が印刷してある。それをもらうために、サトミは今日、アキエに特別のサービスを

してやった。頭のにおいを十分間、嗅いでやったのだ。アキエがどうしてそんなことを喜ぶのかはわからない。十分でもまだ足りなそうにしていたが、約束だからショッピングバッグはもらった。

もうひとつ、今夜の脱走のために、ヨッシからスニーカーを物々交換でもらった。ヨッシは伊丹のあすなろ園という施設から移ってきた四十歳くらいのオジサンだ。脳性麻痺で、精神年齢は十歳くらい。額が禿げて、頬に深い皺がある。伊丹の施設でいじめにあい、泣いてばかりいたので、チャーミィが特別に連れてきたのだ。チャーミィは六甲サナトリウムに来る前、その伊丹の施設で働いていたらしい。

ヨッシは水遊びが好きで、冬でも水洗トイレに顔を突っ込んで遊ぶ。昨日は水を一気に三リットルも飲み、食堂で吐いて床を水浸しにした。ヨッシはオジサンだが背が低く、足の大きさもサトミと変わらない。サトミの靴は上履き以外はヒールのあるものばかりなので、ヨッシのスニーカーと、彼が前からほしがっていた生理用のタンポンを交換したのだ。

サトミが北神急行電鉄の谷上駅に着いたのは、午前四時半を少し過ぎたころだった。駅前のロータリーからようすをうかがうと、人の気配はなく、常夜灯があたりを小さく照らしていた。サトミは時刻表で始発の時間を確かめ、自動改札の下をくぐって構内に入った。ホームは二階にあり、一階は広々としたホールになっている。奥にプレミアというケーキ屋があ

って、シャッターは下りているが、甘い香りがほんのり漂っていた。クリスマスが近いせいだろう。しかし、サトミには無縁のことだ。

サトミはホールを横切り、階段の横のトイレに入った。明かりは消えているが、暗さに慣れた目に不自由はない。いちばん奥の洋式の個室に入り、便器の蓋をおろして座った。抱えた膝に顎をのせると、長く歩いて夜気をいっぱいに吸ったジャージから、新鮮な草のにおいがした。

サトミはケータイを取り出して、時間を確かめた。四時四十八分。サナトリウムの職員が自分がいないことに気づくのは、たぶん六時半の起床のあとだ。部屋を抜け出すとき、ふとんの下に枕と毛布を丸めて入れておいたから、当直が見まわりに来ても、頭からふとんをかぶって寝ていると思うだろう。

ケータイのサブ画面に、「未読あり」のメッセージが出ている。チャーミィからのメールだろう。気がつかなかったけれど、着信は昨夜の八時五十五分。たぶんおやすみメールだ。速攻、削除する。おはようメールが来るとウザイので、サトミはケータイの電源を切った。

先々週、六甲サナトリウムに刑事が来てから、チャーミィは何度もメールを送ってきた。言い訳メールばかりだった。チャーミィはぜったいに警察には言ってない、なぜ刑事が来たのかわからない、チャーミィはトミィの潔白を信じている、だから、許して。お願い。

だれが許すか。裏切り者。

メールは途中から読まずに削除した。チャーミィが部屋に来たら逃げ、それでも近づこうとしたら、窓ガラスが割れるほどの叫び声をあげた。サトミの発作はほかの子どもに連鎖反応を起こし、職員に嚙みついたり、走りながら放尿する子どもが相次いだ。チャーミィとほかの職員たちはその世話に追われ、施設内を走りまわっていた。忙しくなれば自分のことは忘れるにちがいない。サトミは部屋の隅から、チャーミィをじっと見ていた。

先週の金曜日、チャーミィの髪が静電気で膨らんでいるように見えた。顔が真っ白で、スリッパの足音も高かった。その日、チャーミィは昼の三時に帰ってしまった。そして週明けの月曜日はサナトリウムに来なかった。どうやら、ユースケが誘拐未遂にあったらしい。チャーミィが男のところに行っているあいだに、保育園に怪しい電話がかかってきたのだと、広ちゃんが話していた。広ちゃんは職員の中でいちばんおしゃべりだ。チャーミィとは仲が悪く、陰でよく悪口を言っている。サプリメントに凝っている変なオバサンだが、サトミにはなぜか親切だ。ケータイの特別な充電器を持っていて、ときどき充電してくれる。

チャーミィがつづけて休んだ一昨日、広ちゃんがサトミを呼びに来た。施設長の山井ジジイが呼んでるという。サトミはあんな禿げジジイの顔は見たくなかったが、広ちゃんが「行ったほうがいい」と言うので、仕方なく行った。部屋に行くと、山井ジジイはソファに座っ

て、困ったような顔で眉を下げていた。相変わらず顔色が悪く、おどおどしている。

「ご苦労さん。熱田さんはもういいから」

山井ジジイが言うと、広ちゃんは何度もお辞儀をして出て行った。

「南さん、ここに座ってごらん」

山井ジジイはサトミを上目づかいに見て、気味の悪い声を出した。笑顔を作ったつもりのようだが、口元が卑屈に歪んだだけだ。サトミはできるだけ離れてソファに座った。

「君とここで話すのははじめてだね。ホッホッホ」

山井ジジイは内股になり、両手を股のあいだにはさんで笑った。頭頂部に撫でつけたバーコードヘアから、脂のにおいがする。

「この前、刑事さんが来たよ。君ね、ここにいるかぎり、ボクに隠しごとをしちゃだめだよ。ボクがここの責任者なんだからね。いちばんえらいんだからね。みんなボクの言うことを聞く。そうでないと、ここにおれなくなるからね」

サトミは目を逸らしたまま、返事をしなかった。山井ジジイは目に奇妙な光を浮かべ、尻を動かしてサトミににじり寄った。

「君は何もしゃべらないんだってねぇ。高島さんとメールで話すんだって。ボクもメールしようかな。グフッ」

年寄りじみた喉元から妙な音が出た。このジジイの顔をハンマーで殴りつけたら、どれほど気持がいいだろう。派手に鼻血が噴き出すにちがいない。サトミはそう思ったが、山井ジジイはサトミの敵意には気づかず、ひとつ咳払いをした。

「そういえば、君にはまだ身体検査をしていなかったね。ここに入ってきた子は、全員、ボクが検査をしているんだよ。ボクはみんなの健康に責任があるからねぇ。病気があったらいけないし、身体が不潔になっていたら困るだろう。ちょっと変わった検査だけど、君の身体が、まともかどうか調べなければならないから……」

山井ジジイの目が血走っていた。

そのあと施設長室で何が起こったのか、サトミははっきり覚えていない。空気が分厚くなり、頭の奥で酸っぱい味がした。腕と脚がバネ仕掛けのように動き、何か硬いものにぶつかった。赤いものが目の前に飛び散った。叫び声をあげたようにも思うが、それは頭の中だけで、実際には声が出なかったのかもしれない。

気がついたら保健室のベッドで横になっていた。いつもの発作と同じく、全身が脱力して重かった。夕食は一口も食べなかった。就寝時間を待ってハルシオンを二錠もらい、のんだらすぐ眠り込んでしまった。発作のあとはいつも朦朧(もうろう)として、睡眠剤なしでも眠れるから、薬をのめば熟睡するのは当然だ。

翌朝、つまり昨日の金曜日は、チャーミィが久しぶりに出勤してきた。ユースケもいっしょだった。これまで土日の出勤のときに連れてくることはあったが、平日に連れてきたのははじめてだ。チャーミィはユースケを自分の部屋に入れ、あちこちで職員に頭を下げて、勤務中に何度もようすを見に行った。

「昨日、サトミちゃんは施設長室でたいへんだったんですよ」

広ちゃんがチャーミィに報告していた。山井ジジイは休んでいた。怪我をしたということだったが、詳しいことはわからない。サトミはチャーミィに昨日のことをメールしようかと思ったが、チャーミィはそれどころではないようだった。しばらく見ないあいだにずいぶんやつれ、目も血走っていた。広ちゃんだけが、元気に見えた。

チャーミィは、結局、午前中いただけで、昼食前にユースケを連れて帰ってしまった。それでサトミはアキエからショッピングバッグをもらい、ヨッシにスニーカーとタンポンを交換してもらったのだ。

ケータイの電源を切ったままにしていると、かえって落ち着かない。サトミはふたたび電源をオンにし、サイレントモードにして振動も消した。

やがて駅構内の明かりがつき、空調と券売機のスイッチが入った。宿直の駅員がホールを歩く足音が聞こえる。最初の乗客が来て、自動改札の開く音がした。ケータイで時間を見る

と、五時十分。始発まであと八分だ。サトミはショッピングバッグに入れてきたジーパンにはきかえ、白いマフラーを口元が隠れるように巻き、毛糸の帽子を目深にかぶった。自動改札の音が何度か聞こえるのを待ってから、サトミはトイレを出た。

二階のホームには十人ほどの乗客が始発電車を待っていた。車庫から無人の電車が入ってきて、サトミは二両目に乗り込んだ。電車は時間通りに出発し、すぐトンネルに入った。乗客はみんな座ったまま眠っており、サトミに注意を向ける者はなかった。

十分ほどで三宮駅に着き、サトミは地下三階から長いエスカレーターで地下一階まで上がった。さすがに大きな駅で、出口には十五ほど自動改札が並んでいる。切符がないので、改札は通れない。右端には「団体専用出口」と書いたステンレスの柵があったので、サトミは足音を立てずに近づき、猫のように柵を飛び越えた。そのまま地上連絡口へダッシュする。後ろから追ってくる気配はなかった。

外はまだ真夜中と同じ暗さだった。まばらなヘッドライト、消え残ったネオン、道ばたに積まれたゴミとビニール袋。サトミの胸に懐かしい空気が満ちる。だれにもじゃまされない自由な空間。ここまでくればもう捕まらない。

サトミはサンセット通りを北に折れ、オールナイトのゲーセンに入った。以前、ここのＵＦＯキャッチャーにはまり、夢中で通った店だ。アクリルケースの台に吸い寄せられる。お

どろいたことに景品にはアンパンマンもピンクパンサーもない。代わりにガンダムやフィギュアの箱物が増えている。八カ月サナトリウムにいたあいだに、世の中が変わってしまったみたいだ。去年の今ごろ、サトミはここでミニーの縫いぐるみを取った。あのときの「落とし」のテクニックには、我ながらエクスタシーを感じた。ミニーのぎりぎりにアームをおろし、開く動作でミニーをずらしたのだ。同じ動作を四回つづけて、見事にミニーを落とした。

サトミは胸が熱くなるのを感じながら、まわりを見渡した。店内には高校生くらいの二人連れと、タバコをくわえたリーマン風の男がいた。高校生たちはＵＦＯキャッチャーの上級者だった。景品の少ない台で、箱物の「輪掛け」を狙っている。

リーマンのほうは完全な初心者で、三、四回やってはすぐに台を変えていた。アームの強さも確認しないし、箱と景品口の向きも計算していない。あ、またミスった。それを狙うなら縦つかみやろ、バーカ。サトミは横目で見ながら内心で罵倒した。リーマンは三十五歳くらいで、太っていて、黒っぽい背広の上にダウンジャケットを着ていた。弱い、汚い、頭が悪いと、三拍子そろっている。サトミは無性にムカついた。

高校生のひとりが赤のカラープラズマをゲットした。箱を横倒しにして、箱とフタの隙間にアームの爪を差し入れて引っかけたのだ。すごい。自分もやりたい。でも、お金がない。このまま見ていると頭が変になりそうなので、サトミは台から目をそむけて店を出た。

東の空がうっすらと明るみ、さっきより人通りが増えていた。バス停に乗客が並び、ゴミ収集車が通り過ぎる。サトミは暖簾(のれん)を下ろした居酒屋の前に座り、ショッピングバッグから化粧品を取り出した。アイラインを引きマスカラを塗って、ホワイトペンシルでハイライトを入れる。唇は真ん中にグロスを置いてのばす。鏡で前髪を確認し、準備は完了。

待っていると、さっきの店から、リーマンが出てきた。当然のことながら景品は持っていない。近づいてくるのを目の端で確かめながら、サトミは座ったまま唇を舐めた。

「オッチャン、今、何時」

言葉は八カ月ぶりだったが自然に出た。きっと街の空気のせいだ。男はびくっと身体を震わせて立ち止まった。

「え、……六時二十五分やけど」

「ありがちょ。アタシ、ケータイあるんやけど、時間は消してるねん。なんかキモいやろ。ウザイっていうか、学校とか思い出すし。今はもう行ってへんけど、遅刻とかうるさいやん。人に迷惑かけるなとか、規則がどうとか、わけわからんし。すぐ、親呼び出しとか言われるし。親いうてもオカンしかおらんけど。オトンは収監されてるから。刑務所やねん。そやから呼び出しは無理やねんけど。オトンとオカンはだいぶ前に離婚してるし。オカンひとりでアタシを育ててくれてるねん。そやから呼び出しは困るねん。ケータイ代とか払うてもらえ

んようになったら困るから。遅刻いうたかて、だれにも迷惑かけてへんやんなぁ。だれも気にしてへんやんなぁ。先生だけがヒステリー起こして、アホやんなぁ。こんな朝早ように起きてたら、頭働けへんやろ。オッチャン、今日は会社、休み？　この近くやったらエリートちゃうん？　てか、大きい会社やろ。営業とかちゃうん？　よう知らんけど、景気ええんやんなぁ。もうじきボーナス出るんやんなぁ。アタシも早よ大人になって働いて、お金貯めて、ホンコンとか行きたいわ。オッチャン、ホンコンとか行ったことあるん？　ホンコンて暑いんやんなぁ。冬でも半袖でええんやんなぁ。けど、インフルエンザとか流行ってるんやろ。けど、言葉は日本語で通じるんやんなぁ。アタシ、アホやから英語とかでけへんし。マフィアとかヘロインやったら知ってるけど。シンナーも英語やんなぁ。ピーマンはフランス語やんなぁ。ホンコンはほんまはホングコングて書くんやんなぁ」

サトミは相手を見上げてしゃべりつづけた。言葉はあとからあとから出た。自閉的な症状の反動で、サトミはときどき口が勝手に動くようにしゃべりまくる。

男はポケットに手を突っ込み、背中を丸めてサトミを見下ろしていた。昏のだらしない、頬のむくんだ男だ。サトミは完璧（かんぺき）な化粧の目で男を見つめた。反応あり。サトミは両手を後ろについて、「よいしょっ」と立ち上がった。腕を引っ張ると、男はよたよたとついてきた。

「アタシ、ラッキーやわ。オッチャン、カッコええもん。母性本能くすぐるわ。母ひとり子

ひとりやからわかるねん。友だちにもそんな子おるねん。小学校四年のときオカンが弟連れて家を出て行って、それからオカンを求めて放浪しとんねん。オトンがほかの女連れ込んでるから、家には帰られへんねん。その子、友だちの家を順番にまわって、四国の愛媛県まで行って、この前帰ってきてん。ランコムのデフィニシル持ってんねん。一本五千円もすんねんで。オトコに買うてもろたんやて。めっちゃかわいいねん。その子、美人やねん。エッチ大好きやねん。気持ええこと大好きやねん。そんで、アタシ、今、困ってることあるねんけど」

甘えた声で言い、身体をすり寄せる。男はにやけた顔でサトミを見る。

「何、困ってんねん」

「その子、妊娠してるねん」

男が警戒心を表す。

「どないすんねん」

「そやから困ってんねん。ぜったいに産まれへんねん。まだ十四やで。その子、叔父さんおって、二年前に家が火事なって、叔父さん大火傷して、耳が溶けてしもうたんや。それで植皮とかして、顔がつぎはぎだらけやねん。長いこと病院におったけど、今は家に帰って、だれも世話してくれる人おらんから、その子が面倒見てるねん。その子が親に捨てられたとき、

親戚が集まって、みんなが施設に入れようて言うたとき、その叔父さんだけが反対して、わしが面倒見るて言うてくれたんやて。そやから恩があるねん。叔父さん、浜甲子園の団地に住んどって、その子が毎晩ご飯を作りに行ったるねん。神戸まつりの晩に、親子丼作って、台所の後片づけもして、『キスイヤ』いっしょに見て、そんでコンビニにタバコを買いに行ったんや。そしたら、公園のとこで変な男おって、逃げようと思うたら後ろから口を押さえられて、暗がりへ連れ込まれたんや。その子、必死で抵抗したけど、男は力が強いから、突っ込みされたんや。中出しされて、ほんで妊娠や。そんなん産まれへんやろ。その子、アタシの親友やねん。そんで、早よ手術せなあかんねん。お金ないて言うから、何とかしてやりたいねん。けど、アタシもそんなお金ないねん。けど、頼られてるから何とかしてやりたいねん。親友として」

「なんぼほどいるねん」

アーモンド型のサトミの目が、地震計の針のように揺れた。

「オッチャン出してくれるのん？　ほんまか。すごいわぁ。感激やわぁ」

「ただとちゃうで」

「わかってる」

「ホテル行ってもええのんか」

「うん」

サトミの喉に、ひっつき虫のような嫌悪感が生まれる。男は卑猥さをにじませ、くぐもった声でさらに聞いた。

「ちゃんとやることやるのやろな」

「……うん」

「抵抗せえへんやろな。ちょっと聞くけど、お前、年いくつや」

サトミの口が強張った。口の中にウジ虫があふれるような気がした。男は鈍感そうなふくれ面で答えを待っている。

「年、聞いてるんや。いくつやねん。学校やめたて言うてたけど、高校か。こんな朝早ようからうろうろして、お前、家出してんのか？」

ウザイ。怒りで胸が裂けそうになる。お前なんか死ね。お前なんか死ね。死ね。死ね。死ね。

サトミの頭にまた酸っぱい味が広がりかけた。まずい。発作が起こったら、サナトリウムに連れもどされる。サトミは焦った。とにかく金をもらわなければ。

先にお金を払って。そう言おうとしたが、言葉が出なかった。顎が鉄になったみたいだ。サトミは仕方なく、ショッピングバッグを開いて、身振りでここへ金を入れろと要求した。

男がバッグをのぞき込む。

「何や。はっきり言えや。あっ、パンティ入ってるな。それ売ってくれや」

サトミは激しく首を振る。

「お前、急にだんまりになって、どないしたんや。先に金が欲しいんか。バッグに入れてほしいんやな」

そう言って男は財布から一万円札を出した。サトミがショッピングバッグを突き出すと、男は奥へ手を差し入れ、中をまさぐった。抜き出した手に、サトミの下着と一万円札がそのまま握られていた。

「へへへ。冗談やがな」

そこでサトミの記憶が途切れた。


気がつくと、サトミは巨大な木の根本で、ショッピングバッグを抱えるようにして身体を丸めていた。ケータイで時間を見ると、午後八時二十二分。発作と徹夜のせいで、十二時間以上寝込んだようだ。背中が痛い。頬が冷えきって、感覚がなくなっていた。手で撫でると、ベニヤ板のようだった。

サトミが寄りかかっていた木は、屋根の高さくらいで切断されており、注連縄が張られて

いた。横に赤い鳥居が立っている。それでサトミは、そこが生田神社だとわかった。発作を起こしながら、無意識に神社の御神木の陰に隠れたようだ。サトミはショッピングバッグの鳥居を見て、これが導いてくれたんやなと思った。

バッグの中を見ると、下着は無事だったが一万円札はなかった。爪と指に血がこびりついている。額を押さえると、コブができていた。きっとあの男に頭突きを食らわせたのだ。サトミはショッピングバッグの中身をもう一度確かめた。ほかに血のついているものはない。よかった。

サトミは起き上がって、手を洗うために手水舎のほうへ行った。境内にはほろ酔い気分の人も歩いている。すぐそばの盛り場、東門街で飲んで、気晴らしに神社を抜けて駅へ行くのだろう。冷たい水で手と顔を洗うと、少し気分がましになった。

サトミはふと思い出して、ショッピングバッグからジャージのズボンを取り出した。ポケットをさがすと、青い錠剤が二個出てきた。昨夜、歯茎の裏に隠して吐き出したハルシオンだ。手洗いの水で洗うときれいになった。表面の文字も消えていない。これなら新品に見えるだろう。

ハルシオンは一錠千六百円や。三宮の夜を徘徊していたころ、だれかが教えてくれた。元町の高架下へ行ってみ、買うてくれる店あるから。サトミは横に落ちていたカラオケルーム

のチラシにハルシオンを丁寧に包み、ＪＲ元町駅へ向かって歩きだした。

元町高架下の商店街は、狭い通路をはさんで古着屋、刃物商、ジャンク屋などが並ぶむかしの闇市みたいな通りだ。ハルシオンはどこで買ってくれるのか。サトミは店の気配をうかがいながら歩き、三番街にある大人のおもちゃの店に入ってみた。割烹着をつけた太ったオバサンが、ガラスケースの向こうに座っていた。客はだれもいない。

「あんた、何や」

オバサンが怪訝そうに聞いたが、声に険悪な響きはなかった。サトミはチラシに包んだハルシオンを取り出し、ガラスケースの上に置いた。

「あんた、これどないするつもりや。薬か」

黙ってうつむいていると、オバサンはため息をついて「ここではちょっとなあ」と時計を見上げた。「まだ九時前やな。もうちょっと西へ行ってみ。五番街に瑠璃色なんたらて書いた垂れ幕出してる占い屋があるわ。そこやったら扱うてくれるかもしれん」

サトミはハルシオンを包み直し、黙って頭を下げて店を出た。

早めの忘年会の帰りか、酔った男や女たちがふらふらと歩いてくる。西へ向かうのはサトミひとりだ。シャッターを閉める店、陳列台を片づける店など、店じまいの慌ただしさの中を、サトミは急いだ。

四番街を素通りし、五番街に入る。オバサンの言った占いの店はすぐにわかった。青い垂れ幕に「瑠璃色エスタシオン守護霊鑑定」と書いてある。その下に、天使と十四ほどの黄色いカエルが描いてある。幕をくぐって入ると、水路が作ってあり、蓮やパピルスのような植物が植えてあった。センサーが働くのか、オルゴールの音色がして、竹細工のランプにぼんやりと明かりが灯った。

「ようこそ、こんばんは」

ビロードのカーテンの奥から、奇妙な格好の占い師が出てきた。中国風の白い長衣で、両裾が腰まで割れている。生地には瑠璃色の光沢があり、胸から腰にかけて孔雀の刺繍がしてあった。どこかで見たことのある衣装だと思っていると、占い師が「アオザイよ。ベトナムの民族衣装」と言った。

占い師は中国の少女みたいに髪を二つに丸めて頭にのせていたが、明らかにゲイだった。顔を白く塗り、ラメ入りのシャドーとマスカラで人形のような化粧をしている。

「どういうご用かしら」

占い師が微笑みながら小首を傾げた。アジア系のエスニックな香りが漂う。サトミは恐る恐るポケットからハルシオンを取り出した。

「まあ、これは何かしら。あーあ、あれね。あなた、これ売りに来たの？」

サトミは占い師の顔を見ないようにしてうなずく。

「ちょっと待ってね」

占い師はハルシオンを受け取り、カーテンの奥へ入った。サトミは不思議そうにまわりを見渡した。壁はエンジ色の重いカーテンで覆われ、毛筆で書かれた白木の板が掛けてある。「守護霊さまからの開運メッセージをお伝えします」「心霊占い、九星気学（きゅうせいきがく）、未来鑑定、呪い、花占い、各種承ります」「恋愛、浮気封じ、ストーカー除（よ）け、ダイエット、末期ガンでも大丈夫」サトミはそれらを見ながら、自分も占いで救ってもらえるだろうかと、ぼんやりと思った。

カーテンの向こうでは、占い師がだれかに電話をかけているようだった。入口に札が掛かっていて、「本日の担当は、白美龍先生（龍神系）です」と書かれていた。あの占い師は白美龍というのか。しかし、何と読むのかわからない。

「お待たせ」

カーテンの奥からふたたび白美龍が出てきた。サトミにハルシオンを返しながら言う。

「ごめんね。これ、うちじゃ扱えないの。でも、あなた行くとこないんでしょ。あなたかわいいから、あたしが面倒見てあげるよ。もうお店閉める時間だから、ちょうどいいわ」

白美龍は名前の札をはずして、カーテンの向こうに放り投げた。

「さ、表に出て」

サトミは素直に店の外に出た。白美龍は店の電気を消し、垂れ幕をはずして手早く巻いた。床に置いた竹製のカゴには、羽根のついた扇子と蝶の刺繍をしたハンカチが入っていた。

白美龍は高架下を出て山側の坂道を上った。このあたりは花隈と呼ばれ、もともとは料亭やお茶屋で賑わった花柳街である。一方通行の道を逆に上って狭い道を左に折れると、まるでカンボジアの宮殿を、間口五メートルだけ切り取ってきたような三階建ての店があった。唐草模様を透かし彫りにした欄干があり、その奥に黄色いタイルを張った壁がつづいている。円形の飾り窓から、朱くて弱い光が漏れていた。

「うふふ。ここはわたしの秘密クラブ。ここでお食事しましょ」

中庭の奥に入口があり、「Vietnam……」という看板が上がっていたが、読むひまもなく白美龍は中へ入った。

店内は薄暗く、独特の香りが漂っていた。白いクロスを掛けたテーブルが並べられ、壁ぎわにベンチシートの席がある。長い顎鬚を生やした老人がキセルを吸っていたり、サングラスをかけたフランス人みたいな女がファッション雑誌を読んでいたりしている。白美龍はいちばん奥の席に座り、サトミが向かいに座ろうとすると、「あんたはこっち」と自分のとなりを指さした。

黒い巻きエプロンをつけたボーイがメニューを持ってくる。白美龍が「食べられないもの、ある？」と聞いたので、サトミは首を振った。

「じゃ、バン・クォン二つと、ネム・ヌン、ブン・ボー・フエ。それからネプ・モイ二杯」

ボーイが引き下がり、ビワの実ほどのグラスに入れた透明な酒を二つ運んできた。白美龍がグラスを取って、サトミのグラスに当てる。

「今夜の出会いに乾杯。これ、ベトナムのウォッカよ。餅米から作るの。ちょっと甘いのにしたから」

口をつけると、消毒用のアルコールを舐めたように口が火照（ほて）った。それでもかすかな甘みはある。サトミは薬をのむ要領で、一気に飲んだ。

「すごい。あんた、いい感じよ」

やがて注文した料理が運ばれてきた。蒸し春巻きが二人前、炭火で焼いた豚の肉団子、牛肉のぴり辛麵にはブーゲンビリアの花が添えてあった。サトミは白美龍に勧められるままに食べた。

「あんた、さっきから一言もしゃべらないね。別にかまわないけど、何て呼べばいい？」

白美龍に聞かれ、サトミはコースターの裏に爪で「サトミ」と書こうとした。白美龍が竹の柄がついたボールペンを貸してくれたので、名前とケータイのメルアドを書いて渡した。

「ふーん。サトミちゃんていうの。で、お話はメールでするんだ」

さっそく白美龍は自分のケータイでサトミにメールを送った。洞窟に水滴が落ちるような着信音が鳴り、サトミがケータイを見る。

＞シン・チャオ　サトミ♥

「それ、ベトナム語で、こんにちはね」

白美龍が両肘をついて顎を組んだ指の上にのせて笑う。サトミはネプ・モイで酔い、目の前がぐるぐるまわった。

いつの間にか客はいなくなり、残っているのはサトミと白美龍だけになった。白美龍はあとで注文した料理も平らげ、ココナツミルクを入れたチェーというベトナム風ぜんざいを食べながら、ネプ・モイをお代わりした。

「サトミちゃん、かわいいね」

白美龍がサトミの肩に手をまわし、指先で胸を弄(もてあそ)んだ。ネプ・モイの酔いと不思議なお香で、サトミは意識が朦朧となった。しかし、頭の中で酸っぱい味はせず、楽しい気分だった。

扉の両側に、黒い服を着た男が背中で手を組んで立っていた。突然、扉が開いて、スキン

ヘッドにサングラスをかけたでっぷり太った男が入ってきた。こめかみに老人斑が浮いている。妖怪みたいなオヤジだなと思っていると、男はせかせかと近づいてきて、白美龍の向かいに座った。ああ、さっき前の席を空けさせられたのは、この男が来るからだったのだとサトミは納得した。

「遅うなったな。悪い。ほで、この娘かいな」

「そうよ。いい子でしょ」

「ふーん」

サトミはスキンヘッドの妖怪オヤジを見て、笑顔を浮かべた。山井ジジイやＵＦＯキャッチャーのリーマンよりましだと思った。白美龍も笑っている。

「サトミちゃん、この人、わたしがお世話になってる会長さん。見た目はこんなんだけど、怖くないのよ。あんたがしっかり稼いだら、ちゃんとバックしてくれるから」

「そや。風俗かて立派な仕事やで。セックス労働者や。あんたはまだ若いから、無茶なことはさせせん。安心しぃ。名刺渡しといたげるわ」

妖怪オヤジは内ポケットから金張りの名刺入れを取り出し、太い指を舐めながら一枚取り出した。名刺をもらうなんてはじめてだ。いくつも肩書がついているが、字が踊って読めない。盛り上がったインクで書かれた名前だけが、ぼんやり見えた。「小村虎夫」

サトミはその名刺をお守りのようにポケットに入れた。

2

「イバラくん、その水槽、もう使えないのよ」

手術エリアの看護師長がイバラに言った。

イバラは苔がこびりついた水槽を、一時間も前から外科用のブラシで熱心に洗っていた。水槽は熱帯魚好きの検査技師が去年の秋までグッピーを飼っていたものだが、技師がやめてから一年以上物置に入れっぱなしになっていた。

「その水槽、下のほうから水が漏るんだから」

看護師長が近づくと、イバラはそれを拒むように背を向け、ますます水槽洗いに没頭した。

テーブルでお茶を飲んでいた主任看護師が、見かねたように言う。

「師長さん、あの子、適当に休憩するっていうのができないんですよ。今日みたいに手術が早く終わっても、何か仕事をみつけて、働いていないと気が済まないんです」

「相変わらず真面目ねぇ。でも、手が真っ赤じゃない。ほどほどにしとかないと」

そう言われても、イバラは休むことができない。彼には型にはまった真面目さがあり、仕

事にはいつも過剰な熱心さで取り組む。身体が勝手に動いて、自分で止められないのだ。

「さあ、みんな、五時だよ。今日はもう帰ろうね」

看護師長に言われ、控え室にいた職員たちが立ち上がった。イバラも洗い終えた水槽を丁寧に拭いて、物置にしまった。

この日、白神メディカルセンターの手術エリアでは、珍しく緊急手術も延長もなく、予定手術はすべて午後四時半までに終了した。こんな日ばかりだといいのにねと、看護師たちは談笑しながら更衣室へ入って行った。しかし、イバラの心は重かった。

今日の白神先生は、いったいどうしたのだろう。

白神が今日執刀したのは、S字結腸（けっちょう）がんの切除術だった。患者は四十二歳の女性。がん患者にしてはまだ若い。早期がんで、白神にすれば楽勝の手術のはずだった。それが手術の後半で急に調子をくずし、途中でリタイアしたのだ。

あれはがんを摘出して、まわりのリンパ節を処理しているときだった。白神の額から汗が噴き出し、息苦しそうに肩で息をはじめた。手術のスピードが落ち、途中で何度か手が止まった。白神の手術ではあり得ないことだった。

「白神先生、ご気分でも悪いのですか」

第一助手が思わず聞いた。

「いや……何でもない」

白神は顔を上げ、無影灯をまともに浴びて目をしかめた。

手術のはじまりは順調だった。透明ゴーグルとゴム手袋をはめた白神が、執刀医の位置に立ち、いつものように患者名と術式を確認して、厳かに手術の開始を告げた。

「それでは、はじめます。メス」

看護師が白神の手に打ちつけるようにメスを渡す。剃毛され、消毒され、無影灯の光で輝くような腹部に、白神のメスが走る。黄色い脂肪が露出し、鮮血がほとばしる。手早い止血と結紮。イバラは切開の瞬間を見るのが何よりも好きだった。白神が全能の神のように見えるからだ。

今日の切開はそれほど大きくはなかった。へその下を十センチほど切っただけだ。ほかの外科医なら十五センチは切るだろう。小さい切開で手術ができるのは、白神が秀でた外科医である証拠だ。しかし、イバラはやはり大きい切開が好きだった。この前の後腹膜腫瘍のときは、鳩尾から下腹部まで一気に切り下げた。開いた傷は、黄金色に輝く大地の割れ目のようだった。先週の肝臓がんの手術では、右脇腹から左まで、肋骨に沿ってためらいもなく切り裂いた。そのまま胴が真っ二つになるのではないかと思うほど、鮮やかな切り口だった。

イバラが足台に乗って手術に見入っていると、麻酔科医に揶揄するように言われた。

「お前はほんとうに手術を見るのが好きだな」

外まわりの看護師も笑いながら言った。

「あなたもすっかり手術エリアのスタッフね。血を見ても全然平気そうだもん」

イバラははにかむように目を逸らした。この連中には白神先生の手術のすごさがわからないのか。イバラはもどかしさに歯噛みする思いだった。

手術はいつも通りに進んでいた。出血は最小限で、組織の剥離も流れるようだった。がんが取り除かれる瞬間、白神のクーパー（外科バサミ）は無影灯を反射して、一閃の輝きを宿した。

なのに突然、白神の手の動きが鈍ったのだ。

がんの手術では病巣切除のあと、転移の可能性のある周囲のリンパ節を取り除いていく。思いがけない転移があったところで、白神が動揺するわけがない。第一助手が異変に気づき、何度か白神のほうを見た。白神は何かを振り払うように一瞬、きつく目を閉じた。

「おい、白神先生の汗」

麻酔科医が指示して、外まわりの看護師がガーゼで白神の汗を拭いた。白神はなんとかリンパ節の処理を終えると、うわずった声で助手に言った。

「あとは縫合だから、頼む」

白神が手術台の前を離れると、イバラは手術ガウンを脱ぐのを手伝うために近寄った。

「来るな」

白神が苦しげにイバラを遠ざけた。透明ゴーグルに汗が溜まっている。下腹部から腐ったアスパラガスのようなにおいがして、イバラは赤面した。このにおいは……。

「今日はもう帰る」

白神はイバラを押しのけるようにして、手術室から出て行った。

水槽を片づけてイバラが更衣室に行くと、二人の男性看護師が帰るところだった。イバラを見ると、一人がお愛想のように言った。

「今日の白神先生、どないしたんやろな」

真剣に心配もしてないくせに。そう思ったが、イバラは顔を伏せて表情を隠した。

イバラは隅のロッカーの前で滅菌服を脱ぎ、私服に着替えた。だぶだぶの作業ズボンに緑色のトレーナー、その上にジャンパーを着て、分厚い毛糸の帽子をかぶる。

イバラは病院地下の駐車場へ行き、黒いダイハツ・ムーヴのドアを開けた。この車は三カ月前、白神の勧めで買ったものだ。色も白神が選んでくれた。三十六回払いのローンで買ったこの車を、イバラはいつもぴかぴかに磨いている。自分が車を運転できるようになるなんて、施設にいたころには想像もつかないことだった。それが変わったのは、白神の治療を受

けてからだ。

あすなろ園ではじめて診察を受けたとき、白神はイバラをじっと見て、意外そうに訊ねた。

「君はほんとうに今まで甲状腺の治療を受けてなかったの？」

イバラには何のことかわからなかった。しかし、白神の言葉には大きな幸運が扉を叩いたような響きがあった。今から五年前のことだ。イバラは十八歳で、ＩＱは六十、精神年齢は九歳程度だった。当時、白神はいろいろな施設をまわって、自分が治療できる患者をさがしていたようだ。

「大丈夫。わたしが治療したら、君はきっとよくなる」

それから三年間、施設で白神の治療を受けた。徐々に頭がすっきりして、教えられたことを理解できるようになった。施設を出たあとこの病院に就職し、仕事も覚えたし、独り暮らしもできるようになった。すべては白神のおかげだ。治療は今もつづいている。イバラにとって白神は、雇い主であるだけでなく、主治医で、恩人で、憧れという絶対的な存在だった。

イバラは病院を出て西へ走り、春日野道駅に近い路地を左折した。古びたアパートや文化住宅が並ぶ一角に、「みやす食堂」という赤いプラスチックの看板が出ている。イバラは歩道に半分乗り上げる形で車を停め、店の扉を開いた。

「あ、いらっしゃい」

割烹着を着た五十代の主婦が、調理場から声をかけた。この店には先月から仕事の帰りに寄るようになった。油染みた小さな定食屋だが、客が少ないので落ち着くのだ。

イバラが壁ぎわの席に座ると、主婦がコップの水を持ってきた。

「今日は早いね。いつものでいい？」

イバラは小さくうなずく。帽子の縁を下げていても、睫毛のない目と毛穴のない滑らかな皮膚は隠しようがない。しかし、主婦は何も言わない。彼がいつも食べるのは、牛の形の鉄板に焼き肉をのせたスタミナ定食だ。

料理が来るまで、イバラは壁に貼られた魚拓を眺めていた。主人の趣味が釣りらしく、壁の棚に年季の入ったロッドやリールが置いてある。反対側のテーブルの下に、店の飼い猫がうずくまっていた。

「はい、お待ちどお。鉄板、熱いからね、気をつけて。下の台は熱くないからね」

肉が爆ぜるように焼けている鉄板を置きながら、主婦は愛想よく言った。

盆を持って調理場にもどる主婦に、カウンターの客が聞いた。

「今、けったいなこと言うたな。下の台は熱うないて、当たり前やんか」

「けどな、あの子、鉄板が熱かったら、木の台まで熱いと思うみたいなんや。そやから毎回言うてやらんと、手ぇつけへんねん。ごっつい臆病なんや」

「ふーん。変わってるな」

カウンターの男は箸を持ったまま、イバラを見た。

臆病。それは病院でもよく言われることだった。無痛症のイバラは、何が危険で何が安全かを痛みで判断することができない。だから、あらゆることに慎重になってしまう。他人の足を踏んでも、大げさに謝る。どれくらい痛いかわからないからだ。何かに触るときも用心するし、歩くときも、だれかにぶつからないように壁ぎわをそっと通る。それが極端な撫で肩とあいまって、臆病に見えるのだ。

イバラはゴマのかかった焼き肉を頬張った。イバラはにおいで肉の鮮度がわかる。今日の肉は新鮮だ。しかし、頭の上からきついニスのにおいがしていた。席のすぐ上に頑丈な棚があり、それを塗り直したらしい。棚には飲み物の見本として、ファンタやコーラの瓶が並べてあった。イバラはできるだけ顔を下に向けて、短冊切りの肉を平らげていった。

「こっち、ビール頼むわ」

奥の席に座っていた地下足袋（じかたび）の男が、手を上げて主婦を呼んだ。主婦が大瓶ビールの栓を抜き、盆にのせて運んでくる。テーブルの下にいた猫が、主婦の足元に飛び出した。

「あっ」

ビール瓶がイバラに向かって倒れ、中身が噴き出した。イバラはとっさに立ち上がって逃

げた。そのとき頭が棚の角に当たり、鈍い音がした。陳列してあったコーラの瓶が転げ落ちた。ビール瓶も割れ、あたりを泡だらけにした。

「……あらー、ごめん」

主婦は反対側のテーブルに手をついて、身体を支えながら謝った。声が遅れたのは、撫で肩のイバラの上半身が、一瞬、倍ほどに膨れたように見えたからだ。体勢を立て直してもう一度確かめると、イバラはもとの撫で肩にもどっていた。

「あんた、大丈夫。頭、打ったんとちゃう？」

主婦はイバラを見ながら聞いた。ビールをこぼしたショックと、目の錯覚のような残像で、声がうわずっていた。

「大丈夫です」

イバラが舌足らずな少年のような声で言うと、主婦は割れたガラスを掃除しはじめた。ガラスのこすれる音と、ビールのにおいがあたりに広がる。

「ごめんねぇ。ほんまに、しゃあない猫やで。シッシ」

主婦はすでに姿をくらました猫に悪態をつき、奥の客に新しいビールを運んでいった。

痛みはないが、そうとう強く打ったことはイバラにもわかっていた。それとなく帽子に手をやったが、幸いコブはなかった。

イバラは食事を終え、椀と小皿を重ねて席を立った。レジへ行くと、主婦がまた「ごめんねぇ」と謝った。

「はい、四百八十円」

顔を上げてイバラを見た主婦が、頬を引きつらせた。イバラの右耳から、黒っぽい血が滴り落ちていたからだ。

「あんた、血が出てるよ」

「え」

イバラは自分の耳に手を当てた。指先に粘っこい血がついた。さっき棚の角にぶつけたのは、頭ではなく耳だったらしい。壁に掛けてある鏡で見ると、耳の縁が七ミリほど楔状(くさびじょう)に裂け、白い軟骨が見えていた。

「えらい怪我してるやん。あんた、痛うないんか」

主婦が眉をひそめて声を震わせた。「病院へ行かんとあかんわ」

「大丈夫ですよ」

「大丈夫なことないよ。救急車や。だれか救急車を呼んで、早よ」

主婦が取り乱しかけたので、イバラは五百円玉をレジに置き、釣り銭をもらわずに店を出た。車まで走り、急いで発進した。もうこの店には来られない。自分は何ともないのに、ど

うしてこれくらいの怪我で大騒ぎするのか。自分に理解できない何かが起こって、まわりが過剰に反応する。それがイバラを不安にさせる。イバラはハンドルを握ったまま、マネキンのように身体を強張らせて車を飛ばした。

イバラの住む部屋は、北野坂の異人館街からつづく天神坂の奥にあった。風見鶏の館として有名な旧トーマス邸の裏手に、黒い壁の三階建てのアパートがある。空き部屋の目立つ老朽化したそのアパートの一〇六号室がイバラの住居だった。

車を駐車場に入れると、イバラは右足を引きずりながら自分の部屋に帰った。ペンキ塗りの扉を開けると、手前に台所のついた八畳の洋間があり、右奥に三畳の和室がある。

イバラは部屋に入ると、洗面台で手と顔を洗い、歯を磨いた。耳の傷は血が固まっていたが、流水できれいに洗いなおした。痛みを感じないイバラは、露出した軟骨の断面も躊躇なく洗い、ふたたび出血したが意に介さなかった。

イバラは服を脱ぎ、トランクス一枚になって洋間にもどった。左側の壁に全身が映る鏡が掛けてある。ビニールのような無毛の肌が映る。撫で肩の頼りない上半身、頂の尖ったスキンヘッド、こめかみにうっすらと静脈が浮き出ている。

暖房はないから、部屋は冷えきっているはずだ。しかし、イバラは寒さを感じない。目を閉じ、ゆっくりと首をまわす。腱や筋がパキパキと音を立てる。両手を開き、静かに呼吸を

整える。

筋肉を鍛えろと白神は言った、そうすれば無敵になれると。白神の命令は絶対だ。手術エリアでだれもトレーニングの効果に気づかないのは、だぶだぶの滅菌服と、極端な撫で肩のせいだった。しかし、いざというときには変わる。

イバラは大きく空気を吸い込み、上半身に力を込めた。肩甲骨が外側に開き、鎖骨が持ち上がる。大胸筋が膨れ、広背筋が翼のように広がり、三角筋と僧帽筋が倍の厚さに盛り上がった。撫で肩のイバラの背中が、一挙に逆三角形に膨れ上がる。肩幅が広がると、咽喉部に音響効果が出て、呼吸音がスキューバダイバーのように増幅される。

イバラはまず腕立て伏せからはじめる。五十回して、指立て伏せに変える。腕全体が強靭な鋼のようにたわみ、筋線維の一本一本に力が漲る。耳の奥で血管の拍動が、汽車の轟音のようにこだまする。

身体が暖まると、イバラは壁ぎわに置いたマルチトレーニングラックを引き出した。鉄パイプのラックを組み合わせた中国製のトレーニング用具で、さまざまな運動ができる。イバラはラックバーを逆手につかんで、ゆっくりと懸垂をはじめる。上腕二頭筋が弾性プラスチックのように屈曲する。十八、十九、二十……。筋肉に負荷がかかり、言いようのない快感が湧き上がる。イバラはさらに身体を持ち上げる。二十七、二十八……二十九。腕が硬く膨

れ、動かなくなる。

無理はするな、と白神は言った。お前は限度がわからないから、筋肉が断裂するまで力を入れてしまう。身体が持ち上がらなくなったら、そこまでで中断しろ。

イバラはバーから手を放し、うつ伏せになって上半身を持ち上げる。背筋のトレーニングだ。身体が板バネのようにしなり、やがて動かなくなる。奇妙なだるさに襲われる。これが苦痛なのか。こんなものは何でもない。子どものころのあの吐きそうな屈辱と、失禁してしまいそうな悔しさに比べれば。

「宇宙人、やーい、宇宙人」

「放射能ハゲ」

「バケモノ。デキソコナイ」

つぶてのような罵声が、耳によみがえる。イバラはトレーニングをつづけながら、思い出す。特殊学級に入っていた小学校の六年間は地獄だった。

イバラは知能障害が比較的軽かったので、養護学校ではなく公立小学校の特殊学級に入った。教育の荒れた地域で、学年を超えたいじめが横行していた。イバラは無毛の頭を隠すために、いつも野球帽をかぶっていたが、すぐ脱げるのでゴムの顎紐をつけていた。それが格好のいじめの道具になった。後ろから帽子を引っ張り、ゴムを延ばして手を放す。帽子はお

もしろいように頭に吸いつく。頭に入ってもはずれても、周囲のガキどもは大笑いした。ガキどもは前からも帽子を引っ張り、帽子のつばをおろして目隠しにした。ゴムを掛けたまま帽子を捻って首を絞めたり、帽子ひとつでよくもこれだけ多彩ないじめができるものだと感心するほどだった。

帽子を取られたこともあった。イバラが取り返しに行くと、ガキどもは帽子をパスして、イバラを翻弄（ほんろう）した。

「返して」

「ほれ、こっちや」

「返して、返して」

「そら、あっちや。おっと、失敗、水たまりに落ちてしもた」

「わっと、しまった、帽子、踏んでしもた」

泥だらけになり、ゴムも切れ、つばのへしゃげた帽子を何度かぶって帰ったことか。帽子の代わりに、だれかが拾ってきた汚れたブラジャーをかぶせられたこともあった。ランドセルを取られ、サッカーボールの代わりに蹴られたこともある。

「おまえ、あそこもツルツルか」

そう言って、パンツを脱がされ、棒の先につけた毛虫を下腹部にのせられ、「毛虫の毛、

もらえ」と言われた。毒のある毛に刺され、皮膚が真っ赤にただれた。

それでもイバラは泣かなかった。いや、泣けないのだ。涙腺(るいせん)が未発達で、十分な涙が出ないのだ。するとガキがわざとのように言う。

「泣いたら許したる」

イバラは泣きたい。けれど、どうしても涙が出ない。それでイバラは泣きまねをする。許してもらおうと、必死に両手で目をこすり、泣く演技をする。しかし、ガキどもは容赦しない。

「お前、涙、出てへんやんけ」

「嘘泣きや、嘘泣きや」

イバラはどうしていいかわからず、土下座して悲鳴のような泣き真似を繰り返す。

「ほんまに泣かしたろか」

ガキどもは図に乗って、ますます残酷になる。運動場の砂を拾い、イバラの目にこすりつけ、身体を押さえつけて目にペットボトルの水をかけた。

「ははは、泣いた、泣いた。やっと涙、出たやんけ」

囃したてられ、ようやく解放される。目を真っ赤に充血させ、偽の涙を拭いながら、イバラは悔しさと屈辱で胸が張り裂けそうだった。しかしそのときは、どう恨みを晴らしてよいのかさえわからなかったのだ。

中学からは養護学校へ行ったので、健常児との接触はなくなった。養護学校にはイバラより障害の重い者もいたが、イバラはいじめる側にはならなかった。小学校で徹底したいじめにあったイバラは、自信の芽を根こそぎ奪われ、いじめる側に立てなかったのだ。子どものころはそれでよかったが、思春期に近づくと、イバラの中で変化が起こった。精神年齢は低いままでも、肉体は成長し、陰部は無毛でも睾丸(こうがん)は増大した。通常より遅いとはいえ、得体の知れないエネルギーが、徐々にイバラの内部に溜まりつつあった。イバラが白神の診察を受けたのは、そんなときだった。

「君の成育歴を見たよ。君は多くの障害を抱えている。だがわたしの治療を受ければ、少なくとも知能は回復するだろう。君の特質をうまく伸ばすことができれば、君は人類に大きな貢献ができるかもしれない」

白神の言うことはむずかしかったが、悪い話でないことだけはイバラにもわかった。悪いどころか、とてつもない希望が感じられた。

治療はそれほど複雑ではなかった。甲状腺ホルモンの錠剤を服用し、週に二回筋肉注射を受ける。定期的に血液検査とホルモン測定を行い、知能検査を受ける。治療の開始後、ＩＱは徐々に向上し、二年後には七十五、三年後には九十を超えた。

「もう少しで百になれますね」とイバラが言うと、白神は笑って首を振った。

「そんなにならなくていい。テレビのタレントでも、九十以下の奴はいっぱいいるから」

白神のＩＱが百四十二だと聞くと、イバラは信じられないというような表情になった。

施設を出て、白神メディカルセンターで働きだしてから、白神はイバラにさまざまな指示と暗示を与えた。新しいカプセルをイバラに服用させるようにもなった。サラームという名の新薬で、白神が開発したものだ。サラームとはアラビア語の「平安」という意味らしい。これを飲むと、自分が自分でなくなるような感じはあったが、心の底から安心できる気もした。

「おまえはもっと身体を鍛えろ。そうすれば素晴らしい力が宿る」

白神の言葉には、不思議な説得力があった。

腹筋を鍛えるシットアップを繰り返していると、頭がぼうっとして、小指がしびれはじめる。過呼吸の危険信号だ。このままつづけると、過換気症候群（かかんきしょうこうぐん）になってしまう。

イバラはトレーニングラックから下り、十センチほど窓を開けた。十二月の寒気が筋肉を冷やす。呼吸を整えながら、イバラは盛り上がった左右の肩を見る。むかし、ガキどもがこの肩に手を掛け、わざと滑ったふりをして、撫で肩をからかったものだ。今、その肩は触れれば火傷しそうなほど熱くたぎっている。

イバラはもう一度、鏡の前に立った。素晴らしい肉体だ。肩幅が広がると、無毛の尖った

頭はそのアンバランスさが強調され、CGアニメのキャラクターのように見える。無敵の戦士か修行僧のようだ。イバラはこの身体をほめてほしいと思った。白神にではなく、自分の成長を心から喜んでくれる優しいあーちゃんに。

あーちゃん。

その呼び名をつぶやいただけで、イバラの胸は熱くなる。彼女はイバラがあすなろ園を出る少し前にやってきた職員で、みんなからは「先生」と呼ばれていた。あーちゃんというのは、イバラが勝手に決めた呼び名だ。イバラがあーちゃんといっしょだったのはほんの三カ月ほどだったが、それでも強烈な思い出があった。

それは五月のある晴れた日のことだった。夏のように暑い日で、運動場でなわとびをしたあと、みんな汗をかいて職員に着替えさせてもらっていた。イバラは自分で着替えられる。脱いだシャツを水道で洗い、裏庭の木陰に干しに行った。裏庭にはだれもおらず、さわやかな風が吹いていた。

ふと振り返ると、当直室のすりガラスの窓が少しだけ開いていた。わざとのぞいたのではない。たまたま窓の隙間とイバラの視線が一致したのだ。その先にあったものが、稲妻のようにイバラの目を射た。あーちゃんが着替えていた。Tシャツを脱いで、下着をはずした瞬間だった。両腕のあいだに、白い胸が百合のように揺れていた。豊かでやわらかそうな双の

乳房。窓の隙間から、レモンとイチジクが混じったようなさわやかなにおいが漂っていた。

イバラは思わず目を閉じ、その場を走り去った。

見てはいけないものを見た罪悪感と、官能。ほんの一瞬のことだったのに、その残像は鮮烈に脳裏に焼きついた。その夜、イバラははじめて夢精をした。これまで経験したことのない快感だった。イバラは彼女の胸をできるだけ思い出さないようにしたが、ときどきはどうしようもなく想像してしまう。そのたびに胸の中で心臓が痛いほど躍った。

それからもうひとつ忘れられないことがあった。イバラが園を出る直前のことだ。近くの医大の学生のグループが十人ほどやって来て、施設を見学した。精神科の訪問実習らしい。そのとき、イバラは年長児のプログラムで粘土細工をしていた。課題はペン立て作りで、教壇に作品の見本が置いてあった。四角いペン立てに、カッパの人形がついている。カッパは単純化されていて、星型の髪の上に皿をのせ、背中に楕円形の甲羅がつけてあった。

工作室にいたのは五人の年長障害児だった。医学生たちは入口に近いところに座っていたショウジという青年のまわりに集まった。ショウジはダウン症で、来客にも愛想がよかった。

「この子の作品、おもしろいねぇ」

医学生の一人が言った。女子学生も感心するようにショウジの作品をのぞき込んだ。

「独特の感性があるわよ、これ」

ショウジが作っていたのは、カッパとは似ても似つかないグロテスクな代物だった。しかし、医学生たちにはそのデフォルメが逆に新鮮だったようだ。

別の医学生がとなりのヒサエという少女の作品に目を留めた。

「これもかなり芸術的やん」

ヒサエがこしらえていたのは、ほおかむりをしたメガネザルのようなものだった。なのに医学生たちは、ショウジとヒサエの作品をおもしろがり、二人をもてはやした。

イバラはできるだけ見本に忠実に作ろうと、カッパの髪の毛を星型にするのに苦心していた。彼は工作が得意だったし、いつも自分の作品がいちばんだと思っていた。実際、職員たちもそうほめてくれた。ところがこの医学生たちは、イバラの作品には見向きもしない。ほかにも無視されている子どももはいたが、彼らは自閉症で、無視されているほうが楽そうだった。

イバラはカッパの人形を作りながら、自分がこの部屋に存在していないような気持になった。自分なしで空気が流れていくような孤独。

そのとき、イバラの背後でよく通る明るい声がしたのだ。

「みなさん、ここにも上手な子がいますよ」

あーちゃんだった。彼女は見学の案内役で付き添っていたのだ。医学生がぞろぞろとイバ

ラのまわりに来た。

「すごい。見本とそっくりに作ってるわ」

「ほんまや。この子、うまいな」

医学生たちが単純に感心した。うれしかった。それだけで心が溶けてしまいそうだった。イバラはうつむき、黙って粘土をこねつづけたが、目が潤んで何も見えなかった。

それ以来、彼女はイバラにとって心の母親のような存在になった。あーちゃんはまだ二十代の半ばだったが、精神年齢の低いイバラには何の違和感もなかった。その年の六月末日、イバラはあすなろ園を卒業し、白神メディカルセンターで働くようになったのである。

窓からの寒気でクールダウンすると、イバラは全身の力を抜いた。血流が静まり、筋肉が常態にもどりだす。カブトムシが羽を納めるように肩甲骨が内転し、鎖骨も下がった。

イバラは眠る準備をするため、和室にパジャマ代わりのTシャツを取りに行った。和室にはパイプベッドが置いてある。高さが七十二センチのハイタイプで、白神メディカルセンターの手術台と同じ高さのものだ。

イバラは眠る前に洋間にもどり、カラーボックスの上に置いた写真立てを手に取った。あすなろ園を出るときに職員たちと写した記念写真だ。右端にあーちゃんが写っている。ほんとうは横に来てほしかったのだが、あーちゃんは年少児の受け持ちなので、無理は言えなか

った。写真のあーちゃんは、少し顔を傾け、白い歯を見せて笑っている。

それを見ているうちに、イバラはふと思った。一度、あすなろ園に行ってみようか。車の運転にも慣れたし、地図を見れば行けるだろう。会えなくてもいい。こっそり顔を見るだけで満足だ。イバラは十五分ほども写真を見つめてから、写真立てを元にもどした。

ベッドに横になろうとして、イバラははっと止まった。今日はサラームをのむ日だ。サラームは毎週月曜と木曜にのむように白神から指示されていた。そして、金曜に診察がある。あれをのむと、ときどき意識や記憶が曖昧になる。夜に何をしたかを忘れたり、気がつくと病院の駐車場にいたりした。だから、イバラはサラームをあまりのみたくなかった。しかし、白神の命令は絶対だ。

イバラはビニールの小袋を開いて、青い透明なカプセルを取り出した。水なしでカプセルをのみ下す。手術台と同じ高さのベッドに寝ころぶと、徐々に気持が楽になる。何ともいえない心地よさだが、逆に怖い。それがサラームの効果だ。

3

十二月九日、金曜日、午前十時。佐田要造は炬燵で寝ころび、両手を頭の後ろに組んで口

笛を吹いていた。菜見子の出勤時間はとっくに過ぎている。彼女は無事に仕事に行っただろうか。

今朝、菜見子はアパートの扉を開けた瞬間に、悲鳴をあげたはずだ。目の前にいきなり精液入りのコンドームがぶら下がったのだから。それは深夜に佐田が仕掛けたものだ。釣り針に引っかけたコンドームを、戸口の上にセロハンテープで留めておいた。扉を開くとちょうど目の高さにぶら下がる仕掛けだ。

出勤用の服を着て、化粧もし、祐輔の手を引いて扉を開けたときの菜見子を想像すると、佐田は思わず笑いがこみ上げた。菜見子のさわやかな朝が一変する。いくら気丈な菜見子でも、叫ばずにはいられないだろう。

昨夜、佐田はいつものようにコンピュータ画面で菜見子をいたぶり、ピンク色のコンドームに射精した。佐田の精液の量は多い。底から二センチほども溜まる。それを持って、彼は夜中の三時に原付で菜見子の住む団地に行ったのだ。住所は熱田広江から聞いていた。

出かける前、佐田はふと思いついて、灰皿から吸い殻を十本ほど取り出した。それを菜見子の部屋の前の踊り場にばらまいた。菜見子ならそれが佐田の吸い殻であるとすぐにわかるだろう。扉の前でタバコを吸う俺の姿を想像して、菜見子は震え上がるにちがいないと、佐田はひとりほくそ笑んだ。

帰ってから炬燵でひと眠りし、目が覚めたら十時前だった。菜見子の反応を想像すると、それだけで楽しくなる。コンドームははずみで顔に触れたかもしれない。吊すときに口をほどいたから、飛沫がかかったかもしれない。菜見子はどう反応しただろう。勝ち気な女だから、とっさに引きちぎったかもしれない。そうすれば釣り針で指を刺す可能性もある。針には当然、精液が付着している。つまり、菜見子の血に俺の精液が混じるわけだ。

そんな空想にふけっていると、いくらでも時間は過ぎる。菜見子はあれをどこに捨てるだろう。家のゴミ箱には捨てないはずだ。几帳面な菜見子は、トイレに流すこともしないだろう。公徳心が高いから団地のゴミ捨て場にも捨てられない。困るぞ、きっと。うひひひひ。吸い殻を見れば、祐輔の腕の火傷を思い出すだろう。くっくっく。離婚する前、祐輔の腕にタバコを押しつけてやった。あのときは気分がよかった。火がついたように泣くとはあのことだと、佐田はひとり思い出し笑いをした。

だいたい菜見子は祐輔を溺愛しすぎていた。あんなひ弱なガキのどこがかわいいのか。今度、いっしょに暮らすようになったら、俺が徹底的に鍛えてやる。酒と女を覚えさせ、セックスも教えてやる。幼稚園児でも勃起するから、祐輔もきっとできるだろう。言うことを聞かなければ、太股をペンチでつねってやる。それがいちばん痛いはずだ。俺もよくやられた、あの女に。愛情のかけらもなかったあのヒステリー女に。

佐田はうっかり絶縁状態の母親を思い出しかけ、不愉快そうに起きあがった。睡眠不足で全身がだるい。この慢性的なだるさは、もしかしてほんとうの病気ではないだろうか。

昨日、佐田は兵庫区荒田町にある心療クリニック越智という精神科を受診した。院長の越智一は、神戸大学付属病院の元精神科医らしい。神大の医者なら優秀だろうと思って行ったら、長い顎鬚をはやし、白衣は片袖だけまくり、ズボンは黄色で、見るからに異様だった。精神科にはおかしな医者が多いと聞くが、越智はその典型だった。

受付で渡された問診票に、佐田は「幻聴が聞こえる」「妄想がある」「死にたいと思うことがある」などの症状を書き込んだ。それを見た越智が、顎鬚をひねりながら甲高い声で聞いた。

「幻聴って、どんなことが聞こえる？」

「悪口です。聞こえよがしに俺をけなしたり、悪い噂を広めたりします。頭から足の先まで批判されます」

佐田は眉間に皺を寄せ、わざと聞き取りにくい言い方をした。統合失調症の患者は、しかめ面や口を尖らせることが多いとインターネットに書いてあったからだ。

「妄想は？」

「それはズーハ機ですよ。頭に電波を通ずるズーハ装置。あるいは御仏の鬼が地獄の気持に

なじむということがあるでしょ。コスモポリタンとナポリタンの問題ですよ」

佐田はインターネットの「統合失調症患者とその仲間たちのスレ」に出ていた妄想を、適当にアレンジしてしゃべった。あまり重症だと判断されるとまずいので、佐田はふつうのしゃべり方でつけ加えた。

「というような、わけのわからないことが頭に浮かぶんです」

「ふむ。それで、不眠もあるわけね」

「ええ。まあ、それは日によるんですが。眠れないときは一日の睡眠時間が二時間くらいで」

「死にたいと思うのはどんなとき？」

「それはしょっちゅうですね。死んですべてを清算したらせいせいするやろとか、世の中の大勢の人を殺して自分も死にたいとか思いますね。死ねとか、殺せとか、お前は生きる価値がないとか言う声も壁から聞こえますし。はははははは」

佐田は統合失調症に多いとされる空笑（くうしょう）を演じた。越智がカルテに何か書きつけるのを確認して、佐田はぴたりと笑うのをやめた。

「先生、どうでしょう。治るでしょうか、俺の病気」

「大丈夫だよ。家族の人はいないの。結婚はしてる？　独身か。じゃあ、ご両親は？」

「離れて暮らしてます。北海道におるんです」

「兄弟とか親戚は？」

「いません」

「そうか。それはちょっとあれだね。うん。まあでも今日は初診だから、うん。取り敢えず薬でようすを見ようかね」

越智は楽観的な表情で処方箋を切った。佐田は受付で薬をもらい、一週間後の再診を予約して帰った。

うははは。うまくいった。

帰り道で佐田は、人が見ればほんとうの空笑かと思うような顔で笑った。

彼が昨日、精神科を受診したのは、深夜に菜見子のアパートに精液入りのコンドームをぶら下げに行くためのお膳立てである。これでもし警察沙汰になっても、精神の異常による発作的な行為と言い訳ができる。

親殺しの犯人が心神喪失で無罪になった記事を読んでから、佐田はインターネットで統合失調症を調べ、主な症状や妄想を覚え込んだ。独特の表情やしゃべり方なども頭に入れた。それだけの準備をして、先月、佐田は近所の心療内科のクリニックを受診したのだ。

「本を読んでいると、頭の中の声が先に読んでしまうんです」

そう言うと、心療内科の女医は深刻な表情になり、精神科を受診したほうがいいと紹介状を書いてくれた。紹介先の精神科病院でも、佐田はうまく統合失調症の初期を演じ、まんまと投薬治療を申し渡された。あまり本格的な演技をして、入院しろと言われても困るので適度にまともな会話をはさんだ。それでいて統合失調症にはまちがいないと思わせるのがコツだ。必要な情報はすべてインターネットにあった。

昨日行ったのは、また別のクリニックである。一カ所に長く通うと仮病がばれるかもしれないし、あちこちでカルテを作っておくほうが病気の信憑性も高まると思ったからだ。

これで、俺はどんな罪を犯しても法律で守られる身分になったわけだ。そう思うと、自然に笑いがこみ上げた。

佐田は炬燵の前にあぐらをかき、苛立った手つきでタバコに火をつけた。かったるい。何かおもしろいことはないものか。そう考えて、佐田は逆に不愉快なことを思い出してしまった。今夜、六甲サナトリウムの熱田に会って、食事を奢らなければならないのだ。

熱田から電話があったのは、四日前の夜だった。

「もしもし、佐田くん。また耳寄りな情報があるねんけど」

「何やねん」

佐田が聞くと、熱田はわざと言葉を途切らせた。「どないしたんや」と重ねて聞くと、「ち

ょっと電話では言いにくいことなんやけど」と拗ねたような声を出した。

「何や。はっきり言えや」

佐田の言葉づかいは、だいぶ前からぞんざいになっていた。市役所の職員というふれ込みは熱田にはどうでもいいようで、それらしさを演じる必要がなくなったからだ。

熱田は改まった調子で言った。

「佐田くんと知り合って、もう三カ月になるな。そのあいだ、いろいろ情報教えたで。はじめうちへ来たとき、お礼もするいう話やったけど、あれ、どないなってんの」

ちっ、と思わず舌打ちが出た。そんなもん言葉のあやに決まってるやろと思ったが、正面から言われるとごまかしにくい。しかも、耳寄りな情報があるという。狡い女だ。現金を要求されたらどうしようと思いながら、佐田は強気を装って言った。

「ほんなら、今度、メシでも連れてったるわ」

「ほんま。うれしい」

どう反応するか不安だったが、熱田はあっさり食事の誘いを受け入れた。

「けど、俺も忙しいからな。そやな、今度の金曜やったらまあ空いてるけど」

「ええよ。ほんなら情報はそのとき言うわ。なかなかのネタやで。ふふふ」

熱田は思わせぶりな言い方で電話を切った。

金に余裕のない佐田は、待ち合わせをJR神戸駅にして、新開地の飲み屋にでも連れて行こうと決めた。神戸駅の東側は元町からハーバーランドにつづく洒落（しゃれ）た街だが、西側は住宅の建て込む下町だ。佐田のアパートにも近い。

夕方六時に中央口の改札で待っていた佐田は、毛皮のハーフコートに赤いスカートをはいて現れた熱田を見て、うんざりした。朱色に塗った口紅がサル顔をさらに強調している。佐田は普段着の替えズボンに、肘の抜けたセーターとジャンパーという出で立ちだ。

「あら、お待たせしたぁ？」

おかっぱ頭を振りながらよそ行き言葉をつかう熱田を、佐田は思わず殴りつけたくなった。しかし、情報のことがあるので、無理に愛想のいい声を出した。

「今日はええとこへ案内するわ。ハーバーランドみたいなションベン臭いガキどもが喜ぶ店とちゃうで。大人のスポットや」

佐田はできるだけ熱田の顔を見ないようにして、西へ歩きだした。有馬街道を越えると、奇妙なアートオブジェのある新開地本通りに出る。その先を海側に曲がると、安っぽい看板を出した鬼丸（おにまる）という居酒屋があった。

「ここや。この店はただの居酒屋とちゃうで。創作料理の店や。ここの主人はむかし京都の嵐山で修業した板前で、コンテストでも優勝したこともあるらしい。魯山人（ろさんじん）メニューて知っ

てるか。知らん？　陶芸家のごっついグルメが作ったメニューでな。ここのドテ焼き（牛筋肉の味噌煮込み）はそれに負けんちゅうくらいの味で……」

佐田は少しでもありがたがらせるよう、出任せの説明をした。目の端で熱田の反応をうかがうと、場末の居酒屋にもそれほど失望したようすはない。魯山人が効いたのかもしれないと、佐田は勢いよく暖簾を跳ね上げた。

「へい、いらっしゃい」

金曜のせいか店は予想外に混んでいた。佐田は焦った。ここしか安い店の当てがなかったからだ。しかし、うまい具合にカウンター席が空いていて、佐田はそそくさと赤いビニール張りの椅子に座った。

「今日はお礼やさかい、豪勢にいこ。飲み放題にするで。あんたも飲めるんやろ」

「そんなぁ、嗜む程度よ。一回だけ急性アルコール中毒になったことはあるけど」

なんや、飲めるんやないか。佐田は下品に笑いながら、店員を呼んだ。

「飲み放題で二人。まずは生ビールや」

佐田は威勢よく注文し、店員にこっそり紙切れを渡した。店のホームページから印刷した「飲み放題！　二時間　一、一八〇円」のクーポン券だ。

「ほんならまず、魯山人のドテ焼きからいこか。それから嵐山の湯葉はないから、代わりに

タコわさび」

佐田は一皿百五十円のドテ焼きと二百円のタコわさびを注文した。そして、運ばれてきたビールを一気に半分ほど飲み、待ちかねたように訊ねた。

「ところで、耳寄りな話て、何やねん」

「先週の土曜日、サトミがおらんようになってん。脱走したんや。そしたら刑事が来てな。この前来た二人組や。えらい慌ててんねん。廊下で立ち聞きしてたら、どうやら警察はサトミのスニーカーを発見したらしいで」

「何やて」

佐田は急に不安げな表情になった。「警察があのスニーカーを見つけたてか。ほんでどない言うてんねん」

「さあ」

「さあて、お前、警察はサトミの靴やと思うてるんやろな」

「大丈夫やて。ちゃんと新聞に出てたのと同じのを調べたんやから。サイズもまちがいないし。川に流されとったんやから指紋も出えへんやろ」

熱田は狡賢（ずるがしこ）そうな目で佐田を見た。

菜見子を困らせるいい手があると熱田から聞いたのは、情報提供を頼んで一カ月くらいし

てからだった。六甲サナトリウムにサトミという少女がいて、菜見子とケータイメールでやり取りをしている。熱田はサトミに近づき、バッテリーの劣化しない特別な充電器があると言って、うまくケータイを取り上げた。メールを見ると、二月に灘区で起きた教師一家殺害事件のことが書いてあり、自分が犯人だと告白していた。菜見子はそれを信じていないようで、靴痕のこともメールでしつこく聞いていた。サトミの足は二十三センチで、現場に残されていた大きな靴痕にはとても合わないからだ。ところがしばらくすると、サトミは兄のスニーカーを自分の靴の上にはいて行ったとメールに書いていた。ほんとうだろうか。熱田は信じられない思いだったが、それを読んだとき、ある悪だくみを思いついたのだ。

＞ほんで　そのスニーカーは　逃げるとき　裏の西郷川に捨てたんや

熱田はサトミのケータイから菜見子に偽のメールを送信して、すぐ送信記録から削除した。サトミに知られないようにして、偽の告白を追加したのだ。そして熱田はインターネットで事件を検索し、公開されていたのと同じスニーカーを佐田に買わせて、西郷川の下流へ捨てに行かせた。佐田ははじめ喜んで計画に参加したが、靴を捨ててから徐々に不安になってきた。万一、靴を捨てたことが知れたら、自分に捜査の目が向いてしまうかもしれない。

「あの靴、俺が捨てたこと、バレへんやろな」

「バレるわけないやろ。もしバレたらこう言うたらええねん。捨てたのは認めるけど、事件とは関係ない。あのスニーカーは靴擦れしたから、腹が立って捨てたんやって」

とっさにそんな言い訳を思いつく熱田を見て、佐田は狡い以上に怖い女だと思った。

熱田は壁のメニューを見ながら、勝手に料理を注文した。飲み物も途中からチューハイに変え、水のように飲む。顔が赤らむと濃いファンデーションが暗黒舞踏家の化粧のようになり、やがて汗ばんで流れ出した。頬のシミが蜘蛛（くも）のように浮き上がる。

「ほんで、佐田くん、あの女に脅迫状出したんやろ。あれ、だいぶ効いたみたいやで」

「脅迫状やて、人聞きの悪いこと言うな。ラブレターや」

「けど、ビール瓶割って顔を突くとか、硫酸をぶっかけるとか書いたんやろ。立派な脅しやで。それからアタシが保育園にかけた電話、あれも効いたでぇ」

熱田は無気味な顔で笑った。「あの女、あれから勤務態度がめちゃくちゃや。欠勤はするわ、職場に子どもを連れてくるわ、ほんま身勝手な女や。今度えらそうにしたら言うたるねん。けどな、精神的にだいぶ参ってるで。もうじきバテるわ。そうなったらチャンスや。そろそろだれかに頼りとなるからな。相談に乗ったろかて言うてみ、いっぽつで落ちるわ」

「ほうか。へへっ。あとは仕上げをご覧（ろう）じろやな」

佐田もまんざらでないふうに唇を下げた。飲み放題なので、佐田はビールの中ジョッキを五杯ほど空けた。不摂生のために三十四歳の実年齢より老けた頬が、水死人のようにむくんでくる。

「けどな、佐田くん」

酔った熱田が佐田の大きな肩に馴れ馴れしく手を掛ける。「ひとつ言うとくけど、あの貧乏医者、あいつに油揚げさらわれんようにせなあかんで」

「何やと」

「そんな大きな声出しなや。あの女、あれから何べんもあの貧乏医者のとこへ行ってるみたいやで。保育園に電話したときもそうや。刑事にもあの医者のこと話してたみたいやし。ひょっとしたら、もうデキてるのかも」

佐田はメザシを乱暴に喰いちぎり、悔しそうに歯ぎしりした。熱田はその反応を楽しむように、さらに煽る。「そやから、早よせなあかんで。あの女、わたしは真面目ですみたいな顔してるけど、けっこうスキ者ちゃうか。尻軽女やろ。オッパイを強調するような服も着て来るし」

酔いに怒りが混じると性欲が高まると思い込んでいるのか、熱田は佐田に身体をすり寄せた。太股に手をやる。安物の香水が、佐田の気分を悪くさせる。

「ちょっと待て。あ……、今、だれか俺のことパープーて言うたやろ。前から来た奴か。青い服の奴。俺を馬鹿にしてるのか」

「何、どないしたん」

「俺の頭に犬の脳味噌を入れるて言うてる。できるもんやったらやってみい。けけけけけけ」

佐田は壁の一点をじっと見据え、手首を猫のように曲げて正面に突き出した。熱田は佐田の奇矯な行動に、気味悪そうに身を引いた。佐田は蠟人形のように固まり、動かなくなった。統合失調症に見られるカタレプシー（蠟屈症）を演じているのである。

「佐田くん、どないしたん。あんた、酔うてるんか」

「うっ」

佐田はふと我に返ったように、熱田のほうを見た。「俺、今、何してた？」

「あんた、わかってへんのかいな。急に目が据わって、犬の脳味噌がどうとか言うてたで」

「そうか。すまん。俺、ちょっと今こんな薬のんでるねん」

ポケットから精神科でもらった薬を出し、熱田に見せた。そしてわざとらしく薬の名前を読む。

「えっと、ゾテピン、ピモジド、ハロペリドール。板前さん、これ何の薬か知ってる？」

佐田はこれ見よがしに店員に薬を見せ、念を押す。「ちょっときつい安定剤やねん」

すべては精神発作のアリバイ作りである。

「俺、どれくらいおかしかった」

「大したことないよ。二分くらいかな」

もう少し長くやればよかった。佐田は悔やんだが、すぐ気を取り直して言った。

「そうか。ほんなら最短記録やな。いつもはもっと長い発作が出るんや。睡眠不足がつづいたら、夜に何したかまったく記憶のないときもあるから」

熱田が気味悪がりかけたので、佐田はできるだけまともな状態を装った。「けど、もう大丈夫や。発作は一回出たら、その日はもう出えへんから」

そう言うと、熱田は安心したようだった。

ちらと腕時計を見ると、そろそろ入店して二時間になりかけていた。

「ビール、もう一杯」

「アタシもチューハイ、巨峰で」

二人は駆け込みで最後の一杯を注文し、肴もなしに半ばやけくそのように飲んだ。すでに酔いは十分にまわっている。

「くそぉ、俺はいっつもババばっかりつかんでる。なんで俺だけうまいことといかへんのや。

ちょっとぐらいええ目せんと、頑張られへんやろ」

「アタシかて人の悪口なんか言いとうない。人に好かれて生きたい。あの女みたいに美人に生まれてたら、アタシかてもっとええ性格になってるわ」

二人はふらふらに酔い、勝手なことをしゃべりつづけた。佐田がビールのおかわりをしようとして、飲み放題は終了だと言われ、二人はようやく席を立った。四千円あまりの勘定は、約束通り佐田が払った。

店の外へ出ると、火照った頬に夜気が心地よかった。冴え冴えとした上弦の月が出ている。熱田が佐田の腕にぶら下がるようにして言った。

「ちょっと、アタシ、あかんわ。歩かれへん。どっかで休ませて」

「お前、何言うてんねん。俺、ホテル代なんか持ってへんぞ。お前、出すんか」

「いややわぁ、何でアタシが払わなあかんの。ちょっと、あんたの家、ここから遠いんか。え、近い？　ほんならそこでもええわ」

佐田は迷ったが、たまにはゲテモノもいいかと思い、熱田をアパートに連れて行った。酒の上での戯れだ。部屋に上がり込むなり、佐田は熱田の衣服を剝ぎ取った。もう若くない貧弱な身体が露出する。佐田は熱田の飛び出た腰骨を見て、げんなりした。それでもここまで来たらやりおおさなければならない。勃（た）ちませんでしたでは、いくら熱田でもプライドが傷

つくだろう。不十分な勃起でも、入れてしまえばなんとかなるだろうと見切り発車で挿入すると、熱田のほうは十分に受け入れ準備ができていた。それがまた気色悪い。佐田はできるだけ熱田から気を逸らせて、イメージを膨らませた。金髪美女、白い巨乳、ロリコン、コスプレ、淫乱スチュワーデス。佐田が狂ったように身体を動かすと、熱田が喘ぎはじめた。

「あ、あ、ああ」

黙れ！　佐田は胸のうちで怒鳴った。

「す、すごい、気持、いい」

うるさい、しゃべるな。

「んもっと、あ、あ、あ、いい」

頼むから声を出さんといてくれ。佐田は必死に気持を掻き立てて、身体を動かす。なんとか射精だけはしなければ。そう思うとよけいに性器は無反応になり、体力ばかりを消耗した。

佐田はさらに想像力を駆使した。俺は生まれてはじめてセックスをしている。待ちこがれた瞬間だ。いや、俺は強姦している。野原で女を押し倒した。早くしないと夫が来る。いや、ここは戦場だ。民家で女を手ごめにしている。いや、こいつは修道女だ、黒い服を着た。いや女医だ、いや家出娘だ。あかん。よけいに気が散って集中できない。こんな苦しいセックスははじめてだ。

佐田はとっさに菜見子のことを思い浮かべた。

菜見子、助けてくれ。

空想の中で、菜見子が微笑む。菜見子、ヤラせてくれるのか。そう思った瞬間、かすかに快感の火種がついた。佐田はそれを炎にすべく、必死に気持を集中させた。頼む、菜見子、見捨てんといてくれ、俺を男にしてくれ。

鈍い興奮が一瞬の火花を散らした。射精というより、排泄。それでもとにかく、熱田の痩せた腹の上にわずかな液は出た。

熱田は満足げに身体を起こし、熱い息を吐いた。

「佐田くんて、けっこう野獣やね。ふふ」

目を潤ませ、頬を上気させている。佐田に背を向け、服を着ながら言った。「アタシの身体、まんざらでもないでしょ。ちょっとは自信あるのよ」

はぁ？　いったい何を根拠に……。しかし佐田には反論する気力さえなかった。熱田は勝手に台所に立ち、蛇口をひねってごくごくと口飲みして、帰って行った。

翌日、佐田は二日酔いと不快な余韻で、午後まで起き上がることができなかった。朦朧状態から回復すると、熱田の言葉がよみがえった。

——あの女、あれから何べんもあの貧乏医者のとこへ行ってるみたいやで。

熱田の情報では、その為頼とかいう医者は、妻に死に別れて独り身らしい。佐田の中でどす黒い妄想が渦巻きだす。結婚歴のある独身の男女に、何もないはずがない。佐田の嫉妬心に火がつき、怒りが煮え立ちはじめる。むつみ合う二人の姿が思い浮かび、増幅される。菜見子の身体を味わい尽くそうとする淫らな手、それを嬉々として受け入れる菜見子。俺のことは拒絶したくせに、許さん。

佐田は起き上がって、パソコンを起動させた。検索サイトに、「為頼英介　医者」と打ち込む。検索するとヒットは三件だった。「兵庫県末期がん対策協力医療機関一覧」「News Letter 情報広場＝青山わたるの東灘区探訪」「スペイン料理ドン・ホセのオーナー日記」

三件目の「オーナー日記」に次のようにあった。

「……珍しいお客さまがいらっしゃいました。去年、父が胃がんで亡くなったとき、お世話になったお医者さまの為頼英介先生です。先生は父を在宅で診て下さり、最後まで父の意志を尊重して下さいました。父が亡くなる二日前に、最後に口にしたのは、私の作ったガスパッチョでした。よいお医者さまに巡り会えると、こんなに安らかな臨終を迎えられるのかと、今でも感謝しています。

為頼先生は午後から休診になる木曜日の夜に、毎週、三宮や元町界隈をぶらつかれるそうです。どこかでおいしい料理を食べ、お気に入りのバーで飲んで、十一時ごろ帰宅するのが習慣だとおっしゃっていました」

毎週木曜日、午後十一時ごろの帰宅。佐田はそれをしっかりと記憶した。

佐田はさらに、為頼診療所の場所を、地図情報のサイトで調べた。住所は熱田から聞いたが、検索サイトの「末期がん対策協力医療機関一覧」にも出ていた。モニターに東灘区本山北町の地図が表示される。縮尺は三千分の一。これくらいだと道幅さえ正確にわかる。

行き止まりの路地の奥か。

佐田は周囲の建物をイメージしながら、地図をプリントアウトする。

どうやって復讐しようか。二度と菜見子に近づかないよう、きっちりケジメを取らねばならない。俺が菜見子の愛人だということを、はっきりさせてやる。俺への恐怖で菜見子に近づけないようにしてやる。

佐田は炬燵から出て、物置代わりの洋室に行った。たしかここに放り込んだはずだ。ホームセンターから万引きしてきた中華包丁。あった。プラスチックのカバーを取ると、刃渡り二十二センチ、幅十一センチのチョッパー型の包丁が出てきた。ずしりと重い。これを振り

まわせば、たいていの奴はびびるだろう。ひ弱なインテリなら腰を抜かすにちがいない。

心神喪失で何もわからない俺がやるのだ。怒りで頭がおかしくなって、精神科の通院歴もあって、薬ものんでいて、居酒屋でも発作を起こした俺がやるのだ。何をやっても、無罪は確実だ。

佐田は鈍く光る刃を見ながら、こみ上げる笑いに身を任せた。

4

夜診のない木曜日は、いつも夕方から三宮か元町に出る。エスニック料理の店やむかしながらの洋食屋で夕食を摂(と)り、バーで飲んだり、当てもなく南京町や旧居留地界隈をぶらついたりする。それが為頼英介の、毎週恒例の気晴らしだった。

十二月十五日、この日、為頼は北野坂を上り、水を一滴も使わないカレーを作るシャミアナというインド料理店に行った。カレーを選んだのは、単品で食事を終えることができるからだ。あれこれ料理を注文する気にはなれなかった。菜見子が異常な男につきまとわれ、その上サトミが失踪(しっそう)したことを聞かされたからである。

先週の金曜日、菜見子は憔悴(しょうすい)しきった顔で診療所に現れた。祐輔を連れ、寒さと緊張のせ

いで小刻みに震えていた。

「為頼先生、わたし、もう耐えられない」

待合室に入るなり、彼女はそう言って両手で顔を覆った。午後の休診時間で患者はおらず、井上カツも買い物に行って留守だった。為頼は二人を診察室に入れ、菜見子に落ち着くように言った。

「どうしたんです」

為頼が聞くと、菜見子は乱れた髪を耳に掛け、思い詰めたように話しだした。今朝、ゴミ出しをしようと扉を開けたら、目の前に異様なものがぶら下がった。ピンク色の「避妊具」で、中には「体液」らしきものも入っていた。前夫、佐田のいやがらせにちがいない。菜見子はパニックになるのを必死に抑えながら、スーパーの袋を持ってきて下からかぶせた。戸口にぶら下がったそれは、釣り針に引っかけて、糸をセロハンテープで留めてあった。菜見子は嫌悪感を堪え、慎重にテープを剝がして袋の中に落とし込んだ。踊り場にはタバコの吸い殻が散乱していたので、それも集めて袋に入れた。家のゴミとはいっしょにしたくなかったので、菜見子は祐輔を部屋に残したまま、扉に鍵を掛け、近くのコンビニのゴミ箱に捨てに行った。コンビニを選んだのは、そこならゴミ収集の回数が多いだろうと思ったからだ。

「それはあまりにひどい。明らかに犯罪ですよ。警察には連絡しましたか」

「いいえ、それどころじゃなかったんです。わたし、気が動転して、とにかくそれを遠ざけたい一心で。今、思い出しただけでも気分が悪くなり……」

菜見子は言い終わらないうちに、吐きそうになった。顔は真っ青で、唇もまったく血の気がなかった。

袋を捨てたあと、菜見子は祐輔を連れて出勤したが、不快な動揺は収まらなかった。捨てた袋の中に釣り針があったことを思い出し、もしゴミ収集の人が怪我をしたらたいへんだと思って、菜見子は昼休みにわざわざ取りにもどった。もちろん祐輔もいっしょだ。コンビニのゴミ箱をさがしたが、スーパーの袋は見つからなかった。店員に聞くと、午前のゴミ収集は終わったと言われた。もし要造が肝炎ウイルスやＨＩＶのキャリアだったらどうしよう。だれかが怪我をしたら、病気がうつってしまう。菜見子の考えは悪いほうにばかり向かい、とても仕事どころでなくなって、午後から早退してきたのだった。

「この前の保育園への電話も、あの人が関わっていたにちがいないんです。あれからまたいやがらせの手紙が来て、子どもに気をつけろと書いてありましたから。祐輔はずっと仕事場に連れて行っています。でも、この子がいると仕事に集中できないし、この子も退屈してストレスが溜まるし、わたし、もうどうしていいのか」

「また手紙が来たんですか」

為頼が聞くと、菜見子はバッグからビニール袋に包んだ二通の封書を取り出した。差出人は前回と同様「為頼英介」になっている。一通には女性器の落書き、カミソリ、害虫駆除の広告ビラが入れてあり、もう一通にはワープロの文字を切り貼りした無気味な手紙が入っていた。

「おまえわ　いまに　きがくるう
おまえわ　にげられない
おまえわ　むごたらしく　しぬ
つぎわ　ゆうすけに　きおつけろ」

「悪質だな。早く警察に言うべきですよ。ストーカー規制法で守ってもらわなきゃ」

「でも、差出人が先生のお名前になっているので、ご迷惑をかけると申し訳なくて」

「そんなことを言ってる場合じゃないでしょう。のんびりしているとほんとうに危害を加えられるかもしれませんよ」

「そうなんです。無言電話が何度もかかってくるし、六甲サナトリウムの駐車場にあの人のらしい吸い殻がばらまいてあったり、わたしを遠くから見張っている気配もあるんです。わ

たし、こんな状態ではとても仕事をつづけられない。わたしがきちんとしていないせいで、施設の子どもにも迷惑をかけるし……」

菜見子は嗚咽を堪えるように口を押さえた。そして深刻な表情で言った。「実は、先週の土曜日から、サトミちゃんが行方不明になっているんです」

為頼はおどろきながら、とっさに早瀬から聞いたスニーカーのことを思い浮かべた。サトミはスニーカーが見つかったことを知り、身の危険を感じて逃げたのだろうか。いや、早瀬はサトミはもちろん、六甲サナトリウムの関係者にはスニーカーのことは内密だと言っていた。しかし、ほかにサトミが逃げる理由があるのだろうか。

「いったいどうしてです」

為頼が訊ねると、菜見子はすでにスニーカーのことを知っていた。

「サトミちゃんがいなくなったあと、わたしたちも必死でさがしましたが、どうしても見つからないので、警察に捜索願いを出したんです。そしたらすぐに以前サナトリウムに来た二人の刑事さんが見えて、サトミちゃんのスニーカーのことを言われました。灘区の事件現場に残っていた靴痕と同じ靴底のものが、西郷川から見つかったって。わたしはおどろいて、そんなはずはないと強く否定しました。すると、早瀬さんという刑事さんが事情を説明してくれたのです。見つかったスニーカーは現場の靴痕と同じものだけれど、底の減り方がちが

うので、犯人のものではないと。現場の靴痕は底がすり減っていて、ゴムの模様がところどころ不鮮明だったのに、見つかったスニーカーは新品同様だったそうです。だれかがサトミちゃんを犯人に仕立てるために、わざと捨てた可能性が高いと言ってました」

「何ですって」

思いがけない事実に混乱しながら、為頼はつぶやいた。「でも、いったいだれが何のために」

「わかりません。その偽装した人物は、サトミちゃんが西郷川に靴を捨てたという話を知っていて、警察の捜査を攪乱（かくらん）している可能性があると、早瀬さんは言ってました。早瀬さんは先生にもその話をしたんでしょう。わたしもずいぶん疑われて、いろいろ聞かれました」

早瀬がスニーカーのことを話したのは、そういう理由だったのかと為頼は納得した。警察はサトミのスニーカーのことを知る人物にゆさぶりをかけようとしたのだ。

「早瀬さんはサトミちゃんに先生から連絡がなかったかと、しつこく聞いていました。先生からスニーカーのことを聞いたんじゃないかって」

「あきれたな。どうやってわたしが連絡できるんです。サトミちゃんはあなたとケータイのメール以外ではしゃべらないんでしょう。わたしはメールなんかできないし」

「ええ。でもサトミちゃんはサナトリウムに来る前は、仲間とは話してましたし、小児保健

センターでもいきなりしゃべりだしたこともあるみたいでしたから」

「それで刑事たちは納得して帰ったんですか」

「スニーカーが偽物だったので、警察もサトミちゃんを本気で疑ってはいないようでした。でも念のために調べたいというので、サトミちゃんの部屋を見せました。刑事さんは彼女のノートや小物入れを調べてましたが、最後に枕に着いていた髪の毛を見つけて、持って帰っていいかと聞くので、どうぞと答えました」

「どうして、そんなことを許可したんです」

「だって、サトミちゃんが犯人でないことは確かだし、きちんと調べてもらえば、それだけサトミちゃんの無実が証明されると思って」

そうだろうか。あの早瀬が何の思惑もなしに、髪の毛まで調べるだろうかと、為頼は不吉な予感に襲われた。

黙っていると、菜見子は両方の拳を握って悔しそうに言った。

「サトミちゃんがサナトリウムからいなくなったのは、わたしのせいなんです。わたしが彼女を守ってやらなかったから」

菜見子はサナトリウムでのできごとを話した。サトミの発作に連動して、ほかの子どもも動揺し、サナトリウムが混乱したこと、施設長がサトミとトラブルを起こしたこと、そのと

き相談に乗ってやれなかったこと。すべて自分が祐輔にかかりきりで、きちんとサトミに向き合わなかったことが原因だと、菜見子は自分を責めた。

為頼は取り乱す菜見子をなだめた。

「あまり思い詰めないほうがいいです。それより佐田という男の行為は明らかに犯罪ですから、すぐ警察に届けましょう。この手紙だけでも十分な証拠になりますよ。サトミちゃんのことは捜索願いが出ているのでしょう。まだ子どものことだし、きっと無事に保護されますよ」

為頼は菜見子を励まし、その足で祐輔も連れて灘警察署に行った。応対に出た生活安全課の女性警官は、丁寧に話を聞いてくれた。そして、これは為頼の言う通りストーカー行為だから、規制の対象になると言った。女性警官は被害を受けたときの証拠の残し方や、護身用グッズの使い方を教えてくれ、さらに菜見子の自宅付近のパトロールを強化すると約束してくれた。それで菜見子も少し平静を取りもどしたようだった。

それから一週間近くたつが、警察からは何の連絡もない。為頼は市会議員になっている知人の看護師や、ボランティア活動で顔の広い保健師などに協力を頼んだが、これといった情報は得られなかった。

シャミアナを出たあと、為頼はハンター坂を下り、半地下にあるカレルというバーに入っ

を注文した。

「為頼さん、今日は早いですね」

蝶ネクタイを締めた若いマスターが、つまみに為頼の好きなカシューナッツを出してくれた。ここでは「先生」ではなく、さん付けで呼ばれている。

「仲田(なかた)は来ますか」

「先週、いらっしゃいました。赤阪(あかさか)さんとごいっしょに」

「相変わらずの傍若無人ぶりでしょう」

「ええ、まあ」

この店を教えてくれた旧友の消息を訊ね、為頼は苦笑した。まだ八時前で、ほかに客はいない。ナッツをつまみながら、二杯目には香味の強いアイリッシュウィスキーを頼んだ。

「十二月もあと半分か。どんどん時間のたつのが早くなるよ。年だな」

「そんなことはないでしょう」

マスターは気を利かせて、BGMを為頼の好きなジャズに変えてくれた。為頼はふと思いついて、サトミのことを聞いてみた。

「マスター、もしこの店に未成年の少女が来たら、どうする？　働かせてほしいと言ってき

たら」

「何ですか、やぶからぼうに」

為頼は知り合いの少女が家出をして、さがしあぐねているのだと告げた。

「まだ中学生だけど、夜なんかどんなところにいるんだろう。わたしには見当もつかなくてね」

「そりゃあ同世代の子に聞くのがいちばんですよ。今のチュー坊は、ぼくらにも宇宙人みたいなもんですから」

マスターはカットグラスを磨きながら笑った。

カレルには一時間ほどいて、結局二杯で腰を上げた。

坂道を下り、東門街をぶらつきながら行き交う人々をそれとなく眺めた。大人ばかりで、中学生の姿はない。生田神社を迂回して東急ハンズの前に出ると、若者がたむろする一角に出た。バイクにまたがった者や、路肩に駐車してヘヴィメタルを大音量で流している車などもいる。

「援助交際なら、そういう特殊な場所があるんじゃないですか」

カレルのマスターはそう言っていた。まさかこんな人通りの多いところではないだろうが、そういう場所に詳しい少女ならいそうに思えた。為頼は、雑居ビルにはさまれた自動販売機

の前で段ボールを敷いてケータイのメールを打っている二人連れに目をつけた。一人は黒く染めた髪を頬の両側に垂らし、もう一人は金髪の一部をグリーンに染めている。二人とも靴墨のようなアイシャドーを入れ、服は黒ずくめで、レースやラメの飾りをつけていた。

為頼は自動販売機でコーヒーを買い、缶を取り出すついでに二人の横に中腰になった。

「あの、ちょっと聞きたいことがあるんだけど」

黒髪の少女が険しい目つきで為頼を見上げた。金髪のほうはケータイに夢中で見向きもしない。

「おじさんは警察とかそんなんじゃないよ。ちょっと人をさがしていて、君らに教えてほしいことがあってね」

「今、時間ないねん」

黒髪がぶっきらぼうに言った。為頼は口の中がからからになりながら、優しい声を出した。

「ちょっと話を聞かせてもらうだけでいいんだけど。そうだ、何か温かいものでも飲まない？　こんなとこに座ってたら寒いだろう」

為頼が小銭を出しかけると、金髪がケータイから目を上げずに「ポテトポタージュ」と言った。サンプルを見ると、その缶入りスープがあった。

「君は？」

「うちは汁粉（しるこ）」

為頼は缶入りの飲み物を二本買い、少女たちに与えた。

「実はおじさんの知り合いの中学生の子が、施設からいなくなってね。さがしてるんだけど見つからないんだ。それでどんなところをさがせばいいか、教えてもらえないかなと思って」

「知らんわ、そんなん」

黒髪が指先を温めるように汁粉の缶を両手で持って一口すすった。

「でも、家出したことのある友だちとかいない？　そんな子はどんなとこで夜を過ごすのかな」

「うち、家出したことあるで。友だちの家に泊めてもろた」

「友だちの家じゃないと思う。施設がすぐ調べるから」

「その子、金、持っとん？」

金髪がポタージュをすすりながら、為頼を見ずに聞いた。

「いや。現金は持ってない。だから、どこかで稼ぐか、借りるかすると思うんだけど、どんなところで手に入るだろう。やっぱり援助交際とかブルセラかな」

「ブルセラて何？」

「女の子が下着とかブルマーとかを売る店だけど」

「そんなん聞いたことないわ。金稼ぐんやったら、キャバかな。なぁ」

黒髪が金髪に確かめるように聞いた。

「そやな。キャバは寝るとこ貸してくれる店もあるし」

サトミはキャバクラにいるのだろうか。しかし、身元の保証もなく、しかも自閉症気味のサトミが店で働くとも思いにくい。為頼は中腰のまま、思案するようにコーヒーを一口飲んだ。

「君、さっきお金を持ってるかって聞いてたけど、もしお金があったら、どんなとこへ行くの。一晩中過ごせるところってある？」

「コンビニか、ファミレスとか」

「けど、その子、友だちおらんのやろ」

「そうか。ひとりはつらいな。ほんならマンガ喫茶かネットカフェとか」

金髪と黒髪は互いの顔を見ず、独り言のように言い合った。なるほど、宇宙人的なコミュニケーションだ。

為頼は気を取りなおして、遠まわしのつもりで訊ねた。

「援助交際って、簡単にできるのかな。ただ街中で立ってても、声はかからないだろ。そう

いう相手をさがしてるっていう目印があればいいけど。女の子から声をかけたりもするの？」

「そら逆ナンもあるけど……」

黒髪が警戒心を見せる。金髪は猛烈なスピードでケータイにメールを打ち込む。送信すると、すぐに着信音が鳴り、またすぐ返信。

「でもいきなり声をかけられても、男も困るだろ。そのつもりならいいけど、ふつうはそんなこと考えてないわけだし。どこか、援助交際の相手さがしで有名な場所とかあるのかな。そんなところ、聞いたことはない？」

「ない」

「君は？」

為頼が金髪に聞くと、少女は眉間に皺を寄せて首を振った。黒髪のケータイにも着信音があり、彼女も即返信する。

「だいたい援助交際って、一回どれくらいのお金がもらえるの」

時間をもたせるために質問すると、駅のほうからけたたましい足音が聞こえた。高校生らしい男が三人走ってくる。「来た」と、金髪が黒髪に言って、為頼を険しい目でにらみ上げた。

駆けつけた三人は為頼を取り囲むように立ち、少女たちを背中に隠した。為頼が立ち上がると、黒いスタジャンを着た男が一歩前に出た。

「この子らに、何か用ですか」

「いや、別に」

「いや、やあるかい。おっさん、ふざけんなよ。俺の女に援交させせよと思うてんねやろ」

金髪の太った男が怒鳴った。為頼が援助交際を持ちかけていると誤解した少女が、メールで彼氏を呼んだらしい。

「ちがう。そんなつもりはない」

為頼は慌てて否定したが、高校生たちは怒りを込めた目でにらみ返してきた。ここで一悶着(ひともんちゃく)あるのかと覚悟しかけたが、高校生たちに暴力の徴候は表れていなかった。為頼は油断なく三人のようすを観察しながら、間合いを取った。

「誤解させたのなら謝る。知り合いの中学生をさがしていて、話を聞いてただけなんだ。同世代の女の子なら、行き場所がわかるかと思ってね。参考になったよ。ありがとう」

為頼は軽く右手を上げて、その場を離れた。追ってくる気配はない。為頼は自分が援助交際を求めていると思われたことに苦笑した。少女たちは格好は不良っぽくても、案外真面目なのかもしれない。

道路には車があふれ、ヘッドライトとネオンの光が交錯していた。歩道では居酒屋の呼び込み、黒服のキャッチセールスなどがうろついている。そのあいだを通行人がゆっくり流れていく。

マンガ喫茶とか言ってたな、と為頼は金髪少女の言葉を思い出し、サンセット通りを西へ向かった。たしかこのあたりにそんな看板が出ていたはずだ。トアロードに出る手前にネット&コミックカフェ・ギャラクシーという店があった。雑居ビルの二階で、非常階段のようなところが入口になっている。壁に料金システムが張り出してあった。

「オールナイト　1280円（税別）フリードリンク・シャワー完備」

一泊千三百円ほどなら、援助交際で五万も稼げば一カ月でも楽に泊まれる。店に入って、サトミらしき少女が来なかったか訊ねてみようか。そう思いながら、為頼は入るのを躊躇して、店の前を行ったり来たりした。

意を決して足の向きを変えたとき、トアロードのほうから異様な人物が歩いてきた。群衆の中でも気になる人物。すれちがいざま、為頼は男の眉間にこれまで見たこともないような強烈な犯因症が表れているのを見た。一瞬のことで、すべてが見えたわけではない。しかし、その男の眉間の肉は奇妙に膨れ、うねるような皺が浮き上がっていた。同じ皺が、大阪の拘置所で見た児童大量殺人事件の犯人にもあった。

為頼はすぐに男のあとを追った。男は分厚い毛糸の帽子をかぶり、黒いジャンパーを着ている。どこかアンバランスだと思ったら、極端な撫で肩で、身体のわりに頭が小さい。ほかにも奇妙な印象があった。すれちがいざまに見たところでは、男には眉がなかった。見まちがいではない。眉がなかったから、よけいに犯因症が強調されて見えたのだ。

男は右足をわずかに引きずりながら、ほぼ一直線に歩いていた。あれは骨折をきちんと治療しなかった歩き方だ。男は駅前から北野坂を上がり、さっき為頼がカレーを食べたシャミアナの近くを通り過ぎた。坂が急になる手前で信号が変わり、男が立ち止まった。

為頼の背後から風が吹きつけた。その風が交差点に達したころ、男が後ろを気にするように、二度ほど空気を嗅ぐ仕草をした。為頼は十メートルほど離れていたが、ふいに胸騒ぎがした。気づかれたか。しかし、男は信号で止まっただけで、振り向いてはいない。信号が変わると男が歩きだしたので、為頼はさらに五メートルほど距離を空けて男のあとを追った。

さっきこの坂をのぼったときは、街路樹にクリスマスらしいイルミネーションが灯っていた。午後十時を過ぎた今は明かりが消され、夜空の深さが目立つ。男は坂の頂上まで上がり、風見鶏の館の裏手へ入って行った。気づかれないように追っていくと、みすぼらしいアパートがあった。手前の駐車場から見ていると、一階の手前から五番目の部屋に明かりがついた。

為頼は足音を立てないように男の消えたアパートに入った。名前を確認しようと思ったのだ。部屋番号に四がないため、手前から五番目は一〇六号室だった。表札はなく、郵便受けにも名前は書いていない。為頼はあたりをひとしきり見渡して、そっとアパートを出た。男の犯因症は、かなり差し迫ったものだった。あの徴候なら、今にそうとう激しい凶行に及ぶだろう。あるいはすでに前歴もあるのか。為頼の脳裏に早瀬の言葉が浮かんだ。

――先生は犯罪者を見分けることができるのでしょう。

それは病気の診断と同じだ。誤診もあるが、まちがいないと断言できることもある。今の男がそうだ。男のことを早瀬に告げるべきだろうか。

為頼は思いを決めかねたまま、阪急三宮駅にもどった。午後十時四十五分。ゆっくりはできなかったが、結局いつもの時間になった。為頼は先発の各駅停車の空席に座った。

六甲で急行の通過待ちをして、十五分ほどで岡本に着いた。特急も急行も停まる岡本に、各駅停車で降りる客は少ない。地下道を通って海側の摂津本山方面へ向かう客が七、八人、降りたホームからそのまま山手に向かったのは、為頼を入れて四人だけだ。高い塀に沿って進み、街灯をつけた電柱の横を右に折れると、あとの三人はまっすぐ行った。

どこかの屋敷で番犬が吠えている。怪しい気配でもするのか。石垣のある邸宅を通り過ぎ、その背後にまわり込むような路地を曲がった。その先が為頼の住むわかば荘である。広場の

大きな楠が夜空にシルエットを広げていた。

為頼が広場に足を踏み入れると、突然、東側のブロック塀の暗がりからライトで照らされた。黄色い大型の懐中電灯を胸にぶら下げた男が、為頼に向けて明かりを点滅させている。

「だれだ」

「みちのくはれるや」

男は奇妙な言葉をつぶやき、ブロック塀の陰から出てきた。ジャンパーの前後を逆に着て、頭に赤い鉢巻きを締めている。ズボンのすそは靴下の中に突っ込んである。

「殺すけぇのぉ。わし以外のアホは、みんなぶっ殺すけぇ」

男はニヤニヤ笑いを浮かべ、為頼の顔にライトを当てた。為頼は手で光を遮り、鋭く質した。

「何の用だ」

「くくっ、びびっとるな。怖がっとるな。はははは。わしはノストラダムスの使いのダムスや。あるいは御仏の鬼が地獄の釜を開ける。くふっ」

広場の小さな街灯が男を照らし出した。髪を茶色に染めたずんぐりとした男だ。為頼は目を細めて相手をじっと見た。だらしない口元。偏執的な目。為頼の頭にひらめくものがあった。

「お前は、高島さんの前の夫か」

「はっ、アパラチャノモゲータ」

男はなおもふざけたようすで、為頼の顔に執拗にライトを当て、ゆっくりと横に移動した。ふいに止まり、威嚇のポーズで舌を出す。

「ガアーッ」

為頼はそれに動ぜず、男から目を離さずにいた。相手の全身をスキャンするように見つめ、厳しく言った。

「精神障害者の真似はやめろ」

「何やと」

男は一瞬たじろぎ、困惑の表情を浮かべた。

「それにお前、両目とも網膜剥離が起こりかけている。ときどき視界に光がよぎるだろう」

為頼が指摘すると、男はさらに不安げな顔つきになった。

「視神経から網膜が剝がれかけてるぞ。パソコンの画面を長時間見てるだろう」

男は思い当たることがあるように考え込んだ。為頼はさらに追い討ちをかける。

「早く治療しないと、取り返しがつかないぞ」

「治療て、どないするねん」

「眼科へ行け。レーザーで光凝固すれば治る」

「あほか。病院へは行ってるわ。精神科や。何軒も行ったけど、目のことなんか何も言われへんかったわい。ええ加減なことぬかすな、ヤブ医者」

「精神科では目のことはわからんよ。それにお前、精神科に行ったのは仮病だろう。その妙な格好も、妄想めいた言葉も、頭がおかしいふりをしてるだけだ。なぜそんなことをする」

為頼は念のためにもう一度、男をじっと見た。やはり精神病の徴候はない。男はその場で足踏みをして、斜めに身体をずらせた。

「うるさい。俺は立派な病気じゃ。統合失調症の診断もついてるわい。薬ももろてる。幻聴も幻覚もあるんじゃ。頭から黒いミミズが這い出して、口から牙が生えてるわ」

「全部嘘だな。お前はうぬぼれが強くて自分に甘いから、社会には適応できないが、統合失調症じゃない。単に能力が低くて、性格が悪いだけだ」

「やかましい。俺は統合失調症じゃ。カルテもあるわい。統合失調症やから、何をやっても許されるんじゃ。ここでお前を殺しても、俺は無罪なんやぞ。どうや。参ったか。俺は病気やから罪には問われへん。俺に殺されたら、お前は犬死にじゃ」

そういうことかと、為頼は納得した。早瀬の言っていた通りだ。世の中にはこんな馬鹿がいる。

男はさらに言い募った。

「そやから言うといたる。お前、これ以上菜見子に近づくな。お前と菜見子が何をしてるか、俺は全部知ってるぞ。あいつは俺の女や。妙な手出しをしたら許さへん。菜見子もお前もなぶり殺しにしたる。想像できんくらいの恐怖を味わわせて、じわじわ苦しみながら死なせたる」

男は背中に手をまわし、ベルトにはさんでいた包丁を取り出した。刃渡りが二十センチ以上ある中華包丁のようだ。為頼はとっさに男の眉間を見た。眉間は平らだった。菜見子はこんな情けない男につきまとわれているのか。

「こらぁ、聞いとるんか。お前なんかこの包丁でミンチにしたる。頭カチ割ったろか」

男は大声を出して包丁を振り上げたが、為頼は身動きしなかった。頭上にかざされた包丁に見向きもせず、静かに訊ねる。

「お前、警察は何も言ってこないのか」

「なんで警察が文句言うてくるんじゃ、ボケ。俺は病気やぞ。気の毒な人間なんやぞ。ハンディキャップを背負うて苦しんでるんや。むしろ警察に権利を守ってもろて当然なくらいや。お前らみたいな卑怯で狡いブルジョアとはちがうんじゃ」

自己憐憫（れんびん）と厚かましさ。菜見子への手紙にあったのと同じだ。この男は統合失調症ではな

いが、気の毒なほど性格が悪い。これほどいびつな性格なら、精神病に入れてもいいのではないかと、為頼は漠然と考えた。

それにしても、警察は何もしていないのか。菜見子の訴えで佐田の名前も住所もわかっているはずだろうに。やはり警察は頼りにならないのか。為頼は佐田に厳しい目を向けた。振り上げた包丁はいつの間にか下ろされている。

「お前はそんな脅しをかけても、実際には何もできない口先だけの男だ。虚勢を張っても、いざとなれば手も足も出ない。わたしにはわかる。いくら統合失調症を装っても、現実には何もできない。人を傷つけるだけのエネルギーが、そもそもお前には欠けている」

「俺が口先だけの男やと。何もできん人間やと。黙れっ」

佐田はうろたえ、いっそう逆上した。顔が怒りと悔しさで醜くむくんでいる。為頼はさらに言葉に力を込めた。

「だから、もう高島さんにつきまとうのはやめろ。彼女はお前との結婚を心から悔いているし、もちろん復縁する気も毛頭ない。お前も自分勝手な空想は捨てて、まっとうな生活にもどれ」

「やかましい。お前に説教される筋合いはないわ。俺が手強いから、そうやってお為ごかしを言うて、遠ざけようとしてるんやろ。菜見子を俺に横取りされるのが怖いのやろ」

どこまで自分に都合のいい解釈をすれば気がすむのか。為頼はあきれ果てて首を振った。

佐田はふたたび包丁を斜めに振り上げ、為頼の前に振り下ろした。為頼は一歩後ろに下がった。はずみということもあるし、手が滑って本人の意志と関係なく刃が当たる危険もある。

佐田は為頼が下がった距離だけ間合いを詰め、肘を縮ませたまま何度も包丁を振った。

「俺の恐ろしさを思い知らせたる。俺を怒らせたらどれだけ怖いか、わからせてやる。俺は何をやっても許されるんじゃ。無罪なんじゃ。くそっ。お前みたいなクソ医者なんかに、菜見子を渡してたまるか。くそっ、くそっ」

「いいかげんにしろ」

為頼は佐田を一喝し、ジャケットの胸ポケットからステンレスのケースを取り出した。中にはディスポーザブルの注射器が入っている。シリンジには五ccほどの薄黄色い液が満ちていた。

「な、何や、それ」

「これは肝臓がんで死んだ患者の血清だ。肝臓がんが肝炎ウイルスで発病することは知ってるな」

佐田は不安と戸惑いを浮かべたが、為頼はかまわずつづけた。

「この患者はな、気の毒に感染してから一年で肝硬変になって、黄疸で顔が真っ黄色になっ

た。猛烈な吐き気で何も食べられず、身体はがりがりに痩せて、腹水で腹だけがぱんぱんになってた。二年目に肝臓がんが発病して、それも六個もできて、いちばん大きいのが脊髄を圧迫して、ひどい痛がりようだった。最後は寝たきりで、発狂するような苦しみようで死んだよ。その患者の血清をわたしは保管してるんだ。こうして注射器に入れて、いつでも使えるようにな。この血清に感染した者は、その患者と同じ経過をたどる。どんな治療をしても無駄だ」

為頼は注射針のキャップを取り、佐田に向けてシリンジの空気を押し出した。中の液が飛び、佐田は大げさに後ろに飛び退く。

「心配するな。血清がかかっただけでは感染せんよ。針が刺さらんとな。病院の針刺し事故を知ってるだろう。わたしが大学病院にいたころ、看護師が採血をしたあとの針で指を刺した。やっぱり四年後に肝臓がんで死んだよ。気の毒だった。医者で同じウイルスの針刺し事故をした奴は、一年後に自殺した。いつ発病するかわからなくて、恐怖に耐えられなかったんだな。お前は耐えられるかな。運がよければ四年くらいは生きられるかもしれない。悪ければ一年だ。それも毎日、発病と黄疸と痛みと腹水の恐怖に苛まれながら」

為頼はシリンジのピストンに指をかけた。佐田は包丁をかまえたまま、じりじりあとずさる。完全に腰が引けている。それでもありったけの虚勢を張って言った。

「そんなもん、怖いことあるか。注射なんかさせるか」

「注射する必要はないんだ。針がかするだけでいい。針刺し事故では切っ先がかすっただけで、五万個のウイルスが体内に入るからな。ウイルスは即座に血流に乗って全身に広がる。止めることはできない。まあ、三十秒以内に感染部位を切り落とせば別だが。そうだ、お前はいいものを持ってる。もし注射針がかすったら、その包丁で腕でも脚でも切断すればいいんだ。ほら」

為頼が針先を向けてシリンジを突き出す。

「わ、やめろ」

「しかし、顔は気をつけろよ。いくら包丁を持っていても、首を切るわけにはいかんからな」

「こっちへ来るな」

さらに一歩近づき、針先から液を飛ばすと、佐田はみっともない叫び声を立てて路地を走り去った。為頼は舌を出し、針の先から垂れた液を舐めた。

馬鹿だな。これはただのブドウ糖だ。ビタミン剤で少し色をつけただけさ。しかし意外に効果があったな。為頼は針にキャップをかぶせて、ケースにしまい込んだ。こんな脅しが効くのも、医療情報が氾濫しているおかげだ。

5

佐田はアパートの駐輪場に原付を乱暴に停めると、並べてある自転車を思い切り蹴り倒した。それだけではおさまらず、横にあったミニバンのサイドミラーをねじ曲げた。エレベーターに乗ってもじっとしていられず、壁を殴りつけ、掲示板の清掃案内を引き剝がした。

「くそっ、くそっ、くそっ」

佐田は拳を振りまわし、叫びながら自室へもどった。あのクソ医者にあんな反撃を受けるとは思わなかった。佐田は頭に血がのぼり、極度の興奮状態に陥っていた。だからアパートに帰ったとき、入口の脇で、自分を見つめる人影が潜んでいたことに気がつかなかった。

「クソ医者め、ぶっ殺してやる」

部屋に入っても怒りはおさまらず、悔しさで脳が沸騰しそうだった。佐田は冷蔵庫からプリンを取り出し、フタを引きちぎって指で口へ掻き込んだ。スプーンを使うのももどかしかった。焼酎をラッパ飲みし、二つ目のプリンも一気に呑み込んだ。佐田は焼酎を持ったまま部屋中を歩きまわり、激しく首を振り、ゴミ箱を蹴り飛ばした。

俺が何もできないだと。口先だけの男だと。こんな侮辱を受けたのははじめてだ。あの為

頼という医者は、人を見下したような目で見て、何さまのつもりだ。あんなボロアパートに住んでるくせに、思い上がりも甚だしい。それに注射器なんか持ち出して、卑怯な奴だ。あれは生物兵器も同じだ。医師法違反で訴えてやる。

佐田はさらに焼酎を呷り、飲みながらわめいて、激しくむせた。怒りが体内に充満し、全身の皮膚から噴き出しそうだった。佐田は背中に差していた中華包丁を抜き取り、やみくもに壁に投げつけた。包丁は一回転して見事に柱に突き立った。それを見た佐田は有頂天になって叫んだ。

「はっ、見ろ！」

俺が本気になったらこの通りだ。ははっ。俺が何もできないなどとよくも言えたな。俺は何でもできる。今日はあいつに温情をかけてやっただけだ。あの為頼というクソ医者には、必ず吠え面をかかせてやる。あいつのせいで菜見子が恐ろしい目にあうことを、思い知らせてやる。あのクソ医者が俺の怒りに火をつけたのだ。馬鹿な奴だ。ははは。俺の恐ろしさを思い知るがいい。

柱に突き立った包丁を見ながら、佐田はひとりで吠えた。しかし、その有頂天は長くはつづかなかった。為頼の言葉が増殖し、疑心暗鬼と被害妄想を煽り立てたからだ。

あいつは俺の統合失調症を仮病だとぬかしやがった。なぜわかったのか。いつか熱田が言

っていたあいつの特殊な診断力か。ほかの医者はだませても、あいつが余計なことを言えば、裁判で心神喪失が認められないかもしれない。あいつは疫病神だ。

怒りを鎮めるためには快楽が必要だった。佐田は炬燵の前に座ってパソコンを起動させた。菜見子をまたいたぶってやる。ところがモニターがはっきりと見えない。視界に妙な渦が見える。

網膜剝離か。

佐田は不安に駆られて目をこすった。モニターははっきりしないどころか、いくつか点状の空白が見える。菜見子の顔はいつも通り現れたが、どこか薄っぺらだ。

「アナ　タ　コンバ　ンハ　今夜モ　ヨ　ロシ　クネ」

声もちがう。平板な機械音になっている。佐田は焦ってマウスを操作する。〈セリフ〉〈コスチューム〉〈パフォーマンス〉のフォルダを次々開くが、菜見子は思い通りに動かない。どうしたんだ。佐田は信じられない思いで液晶画面を見つめた。モニターの中の、あの生き生きとした菜見子はどこへ行った。まるで神通力が切れて、ただの紙人形になってしまったようだ。

ふいに佐田の頭の中で、為頼の嘲笑う声が聞こえた。お前はヴァーチャルの世界でしか好きなことができない哀れなオタクだ。現実ではいつも負け犬だ。無能力者だ。コンピュータ

というオモチャがなければ、生きていけない惨めな人間だ。

うるさい！　佐田は自分の妄想に怒鳴り、逆上した。こんなものは手慰みにすぎない。コンピュータなど俺には何の意味もない。

そうかしら、と、モニターの中で菜見子が嗤っていた。あなたはCGの世界でしか生きられない抜け殻みたいな人間よ。菜見子は佐田を軽蔑するように白い目を向け、いきなり唾を吐いた。佐田は信じられない思いでマウスを動かす。ソフトが反応しない。削除とエスケープのキイを叩くが、画像は変わらない。菜見子が鼻で嗤いながら、佐田を憐れむ。あなたはだめな人ね。弱気で狡くて、人間のクズだわ。

やめろ！　それ以上言うな。佐田は強制終了のボタンを強く押す。二秒たてば終了するはずの画面が消えない。電源のコードを引き抜くが、それでも消えない。モニターは佐田に向き合うように三つに増えている。真ん中で菜見子が口だけ動かしている。声は聞こえないが、悪口を言っているにちがいない。右のモニターには母親の幸代が映っている。ほんまに要ちゃんは弱いな。ロクな人間にならんわ。脳腫瘍で死ぬわ。左のモニターでは為頼が薄笑いを浮かべている。お前には何もできまい。仮病を使ってもお見通しだ。モニターの数がさらに増殖し、部屋いっぱいに並んでいる。すべての画面で菜見子が軽蔑の視線を送り、幸代が嘲笑い、為頼が屈辱的な診断をつけている。フィリピンバーの店長、大家、自転車でもめたホ

ステス、突き飛ばした書店の女店員、あらゆる都合の悪い顔がモニターに映り、佐田を非難している。

やめてくれ！　佐田はそう叫び、耳を押さえる。目の前に中華包丁が浮かび、佐田はそれをパソコンに振り下ろす。刃を自分のほうに向け、包丁の峰でモニターを叩き割った。プラスチックが割れ、真っ赤な液晶が飛び散る。小さなバネのついたキイが跳ね、ディスクがブリキの鈴のような音を立てる。佐田は立ち上がり、手当たり次第にモニターを破壊した。しかし、まったく手応えがない。実際に人間を殺すときも同じだろうか。これならやれる。そう思いながら、自分は気が狂いかけているのかと思った。

「ちょっと、佐田さん。うるさいで」

扉の外からだれかが怒鳴った。それまでも扉を叩いていたらしく、強いノックが繰り返される。佐田ははっと我に返って、立ち上がった。チェーンを掛けたまま扉を開けると、隣室の中年女が立っていた。

「あんた、何時やと思うてんの。もう十二時まわってるで」

「すんません。もう寝ます」

となりの女には出前の代金を借りっぱなしにしているので、佐田は殊勝に頭を下げた。

炬燵の上には、パソコンがモニターを開いたままになっていた。菜見子の顔がぶれたまま

フリーズしている。佐田は今度こそ電源ボタンをしっかり押して、画面を強制終了させた。佐田は柱に刺さった中華包丁を抜き取り、洋室へ投げ込んだ。こけおどしはやめだ。俺には俺のやり方がある。あんなクソ医者は放っておけばいい。目的は菜見子だ。菜見子さえ自分のものになればいい。佐田はそう思いながら、パソコンのモニターを閉じた。

やはりCGではだめだ。生身のぬくもりがいる。本物の菜見子を俺の命令に従わせ、俺の愛情に溺れさせてやる。こちらが強く出れば、従うに決まっている。そのための準備は十分なはずだ。佐田はこれまで菜見子に行ったストーカー行為を思いめぐらせた。

無言電話。公衆電話に入って、かけ慣れた番号を押す。ベルの音に敏感に反応し、眉根を寄せる菜見子が思い浮かぶ。無言電話だとわかると、怯えと嫌悪の息づかいで電話を切る。そのときの表情を想像するだけで楽しい。人がいやがることほど楽しいことはない。ベルが鳴るたびに菜見子がどれだけ苦しむかを思うと、じんわりと悦楽が湧き上がる。

遠くから菜見子を監視するのも楽しかった。六甲サナトリウムの運動場にいる菜見子を、物置の陰からじっと見る。あるいは外出する菜見子のあとをつけ、人混みの後ろから視線を送りつづける。見られていることを感じる菜見子は、落ち着かない。人は視線に気配を感じるものだ。佐田の視線は情欲をたっぷり含んで重い。菜見子はあたりを気にして振り返る。不安げにあたりを見まわす菜見子は美しい。俺の美しい知的な奴隷。

六甲サナトリウムや鶴甲団地の駐車場に、わざとタバコの吸い殻を捨てたこともある。佐田の吸い殻には特徴があった。消すときタバコを真上から押しつぶすので、吸い殻がぶざまに圧縮されるのだ。いっしょに暮らしていたころ、菜見子は祐輔のために佐田に何度も禁煙を求めた。そのたびに佐田は菜見子の目の前でタバコをふかし、これ見よがしに粗暴に消した。その消し方を菜見子は覚えているはずだ。

吸い殻は佐田の存在を意識させる小道具だ。精液入りのコンドームも同じだ。そうやって、菜見子の周辺に気配を充満させ、自分の影がつきまとっていることを実感させる。佐田は双眼鏡で菜見子を観察し、そのようすを手紙に書いた。お前は今日、新神戸でガソリンを入れたな。祐輔の迎えのとき、絵本を借りただろう。お前のバッグの中には、使い捨てカメラが入っているが、何を撮るつもりだ。不吉なビラや落書きを送ったり、呪文のような手紙も出した。どれもじわじわ菜見子を追い詰めているにちがいない。

いちばん楽しかったのは、やはり菜見子のそばに近づくことだ。団地の風呂の窓の下に立って入浴の音を聞く。たまたま菜見子がひとりで入っているときは、佐田の想像力がフル回転した。浴槽のフタを取り、湯を汲み、湯を浴びる菜見子。髪を上げ、なまめかしい裸身に湯をかける。身体を洗うときの気配も手に取るようだ。セッケンを泡立て、スポンジで丹念に身体をこする音がかすかに聞こえる。温められ、泡にまみれ、火照った身体がすぐそばに

ある。佐田は我慢しきれずに窓の下で自慰をし、精液をアパートの壁にかけた、壁が菜見子の身体につながっているのを意識しながら。

今、佐田はありったけの知恵を絞って、最後の一歩を踏み出そうとしている。為頼から受けた屈辱を、すべて菜見子にぶつけるつもりだった。菜見子を苦しめ、虐げ、最後は自分のものにする。それが為頼に対する最大の復讐になると、佐田は狡猾に計算した。

菜見子の弱みは何か。それは祐輔だ。祐輔を人質にすれば菜見子は何でも言うことを聞くだろう。それで菜見子を脅し、身体を弄ぶ。いい気味だ。

あの為頼というクソ医者は、俺が現実では何もできないと言いやがった。今に見ていろ。俺の実力を見せてやる。自分のせいで菜見子が地獄の苦しみを味わうことを悔やむがいい。

佐田はふたたび冷蔵庫からプリンと焼酎を取り出した。今度はいつものようにスプーンで混ぜて食べた。しかし、と佐田は思い返す。祐輔を人質にするだけでは菜見子を自由にしつづけることはできない。いつまでも脅すわけにはいかないのだから。

佐田の脳はめまぐるしく回転した。菜見子を絶対服従の女に造り替える方法はないか。佐田の脳は「媚薬」という言葉をはじき出した。以前、インターネットの通販で、媚薬オイルや催淫剤を取り寄せたことがある。これを菜見子に使えば、絶頂の絶頂ともいうべき快感に襲われるはずだ。そうなれば、菜見子は俺から離れられまい。

佐田はふたたびパソコンのモニターを開き、検索ソフトを起動させた。「媚薬　絶頂　奴隷」とキイワードを入力する。ヒット件数は四千六百件。佐田は次々とページを開く。さらに催眠術というキイワードを思いつく。前にインターネットで調べたことがある。催眠中の暗示は、解かなければ長期間持続する。媚薬と催眠術を使えば、きっと菜見子は言いなりになるだろう。

佐田の顔は、焼酎の酔いと新しい計画の興奮で真っ赤に火照っていた。大儀そうに畳に手を突いて立ち上がり、ベランダの窓を開く。冴えた冷気が心地よい。佐田はベランダに上半身を出し、虚空に言葉を投げつけた。

「菜見子、今に見てろよ。お前をめちゃくちゃにしてやる。俺の奴隷にしてやる。明日、六甲サナトリウムへ行って計画を実行しよう。時間はいつがいい？　仕事が終わるころか。よし、それなら待ってろ。明日、必ずお前を屈服させてやる。ははは。覚悟しとけ」

酔ってはいたが、佐田は本気だった。彼の頭にあるのは憎悪と復讐心だけだった。だから、ベランダの真下で、さっきアパートの入口にいた人影が、ずっと佐田の部屋を見上げていたことに気づく余裕はなかった。

人影は佐田の声を聞くとびくっと身体を強張らせ、荒い息を吐いた。激しい怒りが籠もっ

た蒸気のような息だ。しかし、今はまだ準備ができていない。彼は必要な手順を思い浮かべ、なんとか自分を抑えた。

「明日、仕事終わるころ……」

舌足らずにそうつぶやいて、人影はアパートの前を去った。右足をかすかに引きずっている。その後ろ姿は、極端な撫で肩だった。

翌朝、佐田は奇妙なまぶしさを感じて目覚めた。天井がかすんでいる。昨夜は遅くまでネットの検索をつづけたから、目が疲れたのだろうか。窓の外は晴れているようだが、こんな明るさは感じたことがなかった。

目をこすると、右目に鈍い痛みがあった。眼球が膨張している感じだ。佐田は炬燵から這い出し、洗面所で顔を洗った。指で上下のまぶたを押し広げ、鏡に映してみる。白目が充血して、一部が黄色く変色している。佐田は不安になり、タオルを冷水に浸して両眼に当てた。パソコンのやりすぎで、網膜剝離で失明する。そんなことになったらあのクソ医者の思うつぼだ。

佐田は忌々しげにタオルを洗面所に投げつけた。時計を見ると、十時を少しまわったところだった。佐田は買い置きしてあるメロンパンをトースターで焼き、冷蔵庫から缶ビールを

取り出して飲んだ。夜は焼酎だが、朝はビールしか飲まないのが佐田の流儀だ。

朝食を終えた佐田は、黄土色のセーターにジャンパーをはおって外へ出た。駐輪場に下り、原付でＪＲ兵庫駅方面に向かった。駅前の山埜（やまの）アイクリニックに行ってみるつもりだった。ここの院長は美人の女医だという噂である。前から一度、顔を見てみたいと思っていたのだ。アパートからは十分とかからない。佐田はクリニックの駐車場に原付を停め、中へ入った。

山埜アイクリニックの内装は、女性院長らしくブルーのパステルカラーで統一されていた。受付で保険証を出すと、若い女性スタッフが笑顔で問診票を出してくれた。

五分ほどして、名前を呼ばれた。診察の前に、まず看護師が視力や眼圧をチェックするという。看護師はまだ若く、そこそこの美人だった。あのクソ医者のおかげで、思いがけない目の保養ができるわいと、佐田は看護師の胸や腕に好色な視線を這わせた。

「診察の前に、瞳孔を広げる目薬を差しますね」

看護師が佐田に近寄り、手早く点眼を終える。「少しまぶしく感じますが、薬のせいですからご心配いりません。そちらのソファでお待ち下さい」

しばらく待っていると、なるほど視界が明るくなり、佐田は腫れぼったいまぶたを細めた。

「佐田さん。どうぞ」

看護師が手を引くようにして診察室に案内してくれる。そこは暗室で、壁は暗幕に覆われ、

医者の机の上だけが小さなランプで照らされていた。女性院長は黒いセーターの上に白衣を着て、髪を後ろで束ねていた。噂にたがわぬ美人だ。暗い部屋に入って目が楽になった佐田は、思わずだらしない笑顔を浮かべた。

「今日はどうされました」

女性院長は簡潔に訊ねた。佐田が目の症状を説明すると、女性院長は「眼底（がんてい）を見せて下さい」と机の上の器具を取った。医療用の懐中電灯のようなもので、レンズを佐田の目に近づけ、ダイヤルで調整する。女性院長のオーデコロンと女性特有の肌のにおいが、佐田の鼻孔（びこう）を刺激した。

「まっすぐ前を見ていて下さい。まばたきはしてもいいですから」

こんな女とヤッたらどれほど気持いいだろう。佐田はそう考えながら、女性院長の胸元を見たい欲望を苦労して抑えた。

「はい。では次は細隙灯（さいげきとう）顕微鏡で診ますから」

女性院長が机の横にある機械を佐田の前にまわした。ライトやレンズが複雑に組み込まれた顕微鏡で、患者は額を枠に当てて固定する。女性院長はレバーを微調整しながらスリット状のライトを動かし、佐田の眼底をくまなく調べた。暗幕で覆われた部屋での検査は、ふつうの診察とは異なる奇妙な雰囲気だった。秘密クラブの儀式のようだ。

検査が終わると、女性院長は手元の明かりをつけ、カルテに流麗な筆記体で所見を記載した。

「佐田さんはだいぶ目を酷使していますね。両目とも小さな網膜剝離が起きています」

それまでの甘い気分が一瞬にして消し飛んだ。あのクソ医者の見立て通りなのか。

「急性のぶどう膜炎もありますね。最近、長時間、目の疲れることをしたんじゃない？」

「俺、失明するんですか」

佐田は不機嫌そうに訊ねた。

「そこまで悪くはないけど」

「ほな、このままでええんですね。けど目が痛いのは、何とかしてもらいたいねんけど」

「わかっています。ステロイドの注射をしましょう」

女性院長は看護師に聞き慣れない薬を早口に言いつけた。佐田は注射は苦手だったが、痛みを取るためなら仕方がないと観念した。見ていると、看護師が持ってきたのは、ストローのような細い注射器だった。これなら楽勝だ。潔く腕まくりしかけると、看護師が笑って

「そのままでいいです」と言った。

「え、服の上から注射するんですか」

「まさか」

看護師はくすくす笑いを浮かべた。いっしょにニヤついていた佐田は、すぐ冷水を浴びたように顔色を変えた。看護師が消毒綿で目のまわりを拭きはじめたからだ。

「ちょ、ちょっと待ってや。注射てまさか、目にするんやないやろ」

「もちろん、目ですよ」

女性院長は笑いもせずに言った。「痛みはぶどう膜炎によるものですから、抗炎症作用のあるステロイドを注射します」

「冗談やないで」

佐田は思わず立ち上がりかけたが、後ろから看護師に押さえられた。女性とも思えない強い力だ。抵抗する間もなく、さっきの固定用の枠に額を押しつけられる。

「動かないで！」

女性院長の一言で、佐田は金縛りにあったようになった。声も出ない。彼女は薄笑いを浮かべ、太い注射器を用意している。さっきのストローのようなのとはちがう。

「じっとしてればすぐ終わります。動くともっと危険ですよ」

声が冷たい。看護師が素早く開眼器を装着した。ステンレス製の小さなやぐらみたいな器具で、上下のまぶたを開いたまま固定する。佐田は目を無理やり開かれ、まばたきさえできない。注射針のキャップをはずした女性院長が、薬液をピッと飛ばした。鋭い切っ先の注射

針が佐田の目に向けられる。針が避雷針のように太い。

「最初は右ね」

右横から強烈なライトが佐田の目を照らした。女性院長の顔が能面のように光っている。

「うわあーっ」

佐田は大声で叫び、渾身の力を込めて立ち上がった。開眼器をはずして投げ捨てる。

「やめてくれ」

立ってみると看護師の力は決して強くはなく、か弱い女性のそれだった。女性院長が手にしている注射器は、最初に見たストローのように細いものだ。いったいどうしたのか。佐田は自分の感覚を訝ったが、考えている余裕はなかった。暗幕を手探りして、扉を開け、廊下へ出た。突然、まぶしい光に襲われたが、両手で目をかばいながら光の中へ飛び出した。そのまま受付を素通りし、支払いもせずにクリニックを出た。

佐田は外へ出て原付のエンジンをかけた。クリニックの前から国道に出て、東へ走った。十二月の空がこれまで見たこともないような銀青色に輝いている。目薬で瞳孔が開いているため、光が三倍くらいに感じられるのだ。道路もビルも刃物のようにぎらついていた。佐田は目を細めながら、やみくもに原付を走らせた。

道路はすいていた。新開地を通り過ぎ、ＪＲの高架下をくぐって三宮を通り過ぎる。信号

は青ばかりつづき、十個ほど通過してやっと赤信号に引っかかった。

　そこは岩屋の交差点だった。道の反対側に黄色いプラスチックに赤文字で「珍春」と書いた看板がある。ここは交通誘導員のバイトをクビになった夜に、ひとりで立ち寄った店だ。それなら横に大きなホームセンターがあるはずだ。佐田は原付のハンドルを切り、横断歩道を渡った。

　あのとき、ここで中華包丁を万引きしたのだと、佐田は思い出した。駐車場に原付を停め、店の中へ入った。

　目に注射するなんて、なんて恐ろしいことをするのだろう。佐田は身をすくませた。それにしても、目に針を刺すときの恐怖はどうだ。この俺でさえパニックになったのだから、祐輔の目に針を突きつければ、菜見子もとても正気でいられないだろう。人前で裸になるくらいうろたえるかもしれない、くくく。

　佐田は笑いをかみ殺し、広い店内をうろついた。恐怖を掻き立てるためにはやっぱり針系だと、佐田は陳列棚を物色した。錐、クギ、ドライバー。千枚通しもある。注射針はないだろうか。医療用でなくても、動物用のがあるかもしれない。ペット売場に行きかけて、ふと台所用品のコーナーに目が吸いつけられた。太くて鋭い銀色の針。アイスピックだった。佐田はパッケージを手に取り、表示を確かめた。針は鋼で、長さ十二センチ、ゴムの握り柄に

鉄輪がはめられ、柄が徐々に太くなっている。これを祐輔の目に突きつければ、相当迫力があるだろう。目をえぐるだけでなく、骨まで貫通しそうだ。定価六百四十円。佐田はこれに決め、レジに向かった。

途中で人気のない陳列棚のあいだを通ったので、何気なくセーターの下に隠した。そのまゆったりとした足取りでレジを通り過ぎた。だれも咎める者はいない。いいぞ。すべてがうまくいく前兆のように思われた。

それから佐田はアパートに帰り、夕方まで仮眠した。起きると四時半過ぎで、窓の外が暗くなりかけていた。目を押さえると、朝より痛みが軽くなっている。やはり疲れていたのだ。佐田はアイスピックをパッケージから取り出し、先端にティッシュを巻きつけた。媚薬オイルと催淫剤の粉末、それにバイブレーターも用意した。催淫剤はコーヒーか紅茶に溶かせばいい。媚薬オイルの使い方は説明書を熟読してある。バイブレーターとの併用で、信じられない効果が得られると書いてあった。

佐田は用意を調(ととの)えると、それらをポケットに突っ込み、原付でアパートを出た。有馬街道を北へ向かう。曲がりくねった山道で、道幅も狭いが、佐田には通い慣れた道だ。天王谷(てんのうたに)、鈴蘭台と越えて、箕谷まで約四十分。あとは花山台から田舎道を二十分ほど走れば六甲サナトリウムに着く。これまでは菜見子のまわりをうろつくだけだったが、今日はいよいよ突撃

だ。そう思うと、佐田は何とも言えない興奮と、心臓が冷えるような緊張を感じた。

幹線道路から田舎道に入っても、佐田は決して慌てなかった。菜見子の仕事が終わる六時にはまだ時間がある。原付は運動場側の道に停め、駐車場まで歩くつもりだった。そこはすり鉢状の運動場を見渡せる場所で、菜見子のいる管理棟も見える。

三叉路(さんさろ)を左に曲がると、手前にピカピカに磨かれた黒い軽自動車が停まっていた。原付のライトが黄色いナンバープレートを照らす。こんなところにだれが駐車しているのか。佐田は一瞬、心に引っかかるものを感じたが、それを無視して少し先の物置の陰に原付を停めた。

エンジンを切ると、あたりは真っ暗になった。菜見子は今日も祐輔を連れて来ているはずだから、六時きっかりに出てくるだろう。俺の姿を見れば逃げるかもしれないから、菜見子の車の陰に隠れていよう。菜見子は祐輔を助手席のチャイルドシートに乗せ、それから運転席側にまわる。そのあいだはドアロックが開いているはずだ。そのわずかな隙に後部座席に滑り込めばいい。アイスピックを祐輔に突きつけて、車を出させる。あとは六甲北道路沿いのラブホテル街に直行だ。それが佐田の大まかな計画だった。

佐田はジャンパーの右ポケットからアイスピックを取り出し、ティッシュのカバーをはずした。十二センチの鋼の針は、見るからに凶暴だった。それを満足そうに眺め、佐田はゆっくりと駐車場に向かいはじめた。

そのとき、路肩に停まっていた軽自動車の扉が開いた。男が出てきて、佐田の行く手を遮るように両手を広げた。佐田はおどろいて立ち止まった。

「だれや」

返事はない。ただ異様な息づかいが聞こえるだけだ。佐田は闇の中で目を凝らした。

「何か用か。黙っとったらわからんやろ」

佐田は声に凄みを込めて言った。相手はシルエットしか見えないが、貧相な身体つきだった。撫で肩で頭も小さい。これなら負ける心配はないと、佐田は高をくくった。

佐田が一歩近づくと、相手は少年のような甲高い声で言った。

「あーちゃんをいじめるな」

「何やと。お前、施設の障害児か」

たしかに男の声には健常者とは異なる独特の舌足らずさがあった。目が暗さに慣れてくると、ぼんやりと相手の顔が見えた。ビニールの人形を思わせるつるんとした顔。目鼻が中央に寄っている。米軍放出品らしい戦闘ジャケットを着て、だぶだぶの作業ズボンをはいている。佐田はせっかくの計画の前に邪魔が入って、イライラしはじめていた。

「しょうもないこと言うてんと、そこをどけ。足元の明るいうちにさっさと去ね」

佐田は焦れて男に近づいた。近くで見てもひ弱そうな感じだった。これなら大丈夫だろう。

佐田は凶悪な顔を装い、男の肩を突いた。

その瞬間、男の戦闘ジャケットが翻(ひるがえ)り、上半身が一挙に膨れた。撫で肩の身体が逆三角形になっている。コブラが首を膨らますような威嚇的な行動だった。佐田は思わず後ろに飛び退いた。

「何やねん。お前」

佐田はポケットからアイスピックを取り出して身構えた。佐田は恐怖を感じたが、現実を直視する能力の低い彼は、最初に見たひ弱なイメージにすがった。こんな奴、見かけ倒しに決まってる。それに俺にはこれがあると、佐田はアイスピックを持ち直し、相手の前に突き出した。

「こらぁ、お前、わかってんのか。これ以上邪魔したら、刺すぞ。脅しやないぞ」

しかし、男はまったくひるむようすを見せず、上半身を膨らませたまま近づいてきた。眉間に複雑な皺が浮き上がっている。佐田は何度かアイスピックを突き出したが、腰が引けて力が入らない。男が怖がらないと見ると、今度は逆手に握り直し、斜めに振り下ろした。それでも男は恐れない。佐田はじりじりあとずさったが、二人の距離は縮まる一方だった。こいつはなぜ怖がらない。あのクソ医者みたいに、俺が何もできないと思っているのか。為頼のことを思い出したとたん、佐田の中でやけくその怒りが破裂した。

よし、それならやってやる。佐田は足を踏ん張り、やみくもにアイスピックを振りまわした。男は佐田を見つめたまま、戦闘ジャケットのポケットからビニール袋に入った布きれを取り出した。分厚いガーゼのようだった。

「お前、ふざけるなよ」

佐田は自分の顔の前でXを描くようにアイスピックを振り下ろした。何度目かに鈍い手応えがあった。知らないうちに目を閉じていたようだ。はっとして見ると、男の左の前腕にアイスピックが突き立っている。やった。佐田は息を詰めた。と同時に、生身の人間を刺した何とも言えないおぞましさが口の中にこみ上げた。ところが、男の反応がおかしかった。アイスピックで刺されながら、顔をしかめもしなければ、悲鳴もあげない。反射的に腕を引くことさえしなかった。

佐田が不審げに後ろへ飛び退くと、男は自分の腕からアイスピックを抜き、袖をめくって傷を調べた。色は白いが、筋肉の盛り上がった太い腕だ。刺された傷は、前腕にたしかについている。血は流れているが、血管には当たらなかったのか、それほどの出血ではない。男は無気味な目で佐田を見返すと、左腕を佐田の前にぐいと突き出した。そして、抜き取ったアイスピックを、もう一度その筋肉の盛り上がった部分に突き立てた。

「……何しよんねん」

信じられないという顔で、佐田が呻いた。こいつは人間じゃない。佐田は激しい恐怖に襲われ、パニックになった。背を向けて逃げだそうとしたとき、後ろでアイスピックが地面に転がる音がした。

次の瞬間、男が後ろから佐田に飛びかかった。屈強な腕が首に巻きつく。

「助けてく……」

そう叫んだが、言葉の最後はくぐもって聞き取れなかった。口と鼻に分厚いガーゼが押し当てられたからだ。ガーゼは濡れていて、プラムケーキみたいな強い揮発臭がした。どこかで嗅いだにおいだ。遠いむかし、そうだ、包茎手術のとき、母親と医者に押さえつけられ、ゴムマスクで嗅がされたにおいだ。佐田の脳裏に幼い日の恐怖がよみがえる。自分の叫びに発狂しそうになったあの日……。

佐田は必死でもがいたが、すぐに意識が遠のいた。頭の中で暗黒の渦巻きがオレンジ色に輝き、やがて色を失い、すべてが暗転した。

6

男が意識を失うと、イバラはぐったりした身体を肩に抱えて車まで運んだ。ダイハツ・ム

ーヴは軽自動車のわりに荷室が広く、天井も高い。後部座席を倒してバックドアを開くと、男を楽に入れることができた。

途中で男が目を覚ますといけないので、口と鼻にガーゼを貼りつけ、ときどき吸入麻酔薬のキースレンを垂らした。こうすれば呼吸のたびに麻酔が深まる。注射で本格的に麻痺させるのは、部屋に帰ってからでいい。

アイスピックの傷は大して出血もせず、運転には支障なかった。イバラは車を方向転換させて幹線道路に出たあと、箕谷から新神戸トンネルに入った。

あーちゃんに一目会いたいと、イバラが伊丹のあすなろ園を訪ねたのは、二週間ほど前だった。たまっていた有給休暇で午後から休みを取り、自宅で洗濯したての服に着替えて行った。施設の前に車を停めて中からじっと見ていたが、菜見子は現れなかった。たまたま休みなのかもしれないと思い、次の日も有休を取って行ってみたが、やはり姿はなかった。イバラは不安になって、思い切って事務室の中まで見に行くことにした。廊下からようすをうかがっていると、すぐ顔見知りの職員に見つかってしまった。

「まあ、イバラくん。久しぶりね」

数人の職員が懐かしげに集まってきた。イバラは近況を聞かれたり、元気そうだなと声をかけられたりしたあと、おずおずと訊ねた。

「あーちゃんは、いないんですか」

あーちゃんがだれのことかわからず、職員たちは互いに顔を見合わせたが、記憶力のいい療育課の主任が思い出した。

「ああ、高島先生のことかな」

「そうやね。イバラくんはあの先生のことが好きやったもんね」

以前からイバラに優しかった庶務の女性職員が、からかうように言った。イバラは顔を真っ赤にしてうつむいた。

「高島先生は去年、転勤したのよ。今は神戸の六甲サナトリウムにいてはるわ」

住所を聞くと、庶務の女性は親切に紙に書いてくれた。

手術予定の少ない金曜日、イバラは早退して、教えられた住所を地図で調べ、六甲サナトリウムに行った。直接会う前に、まず菜見子の姿を確かめるつもりだった。立派になった自分を見てほしい気持もあったが、久しぶりに会う恥ずかしさのほうがまさり、いきなり会う気になれなかったからだ。

駐車場に停めた車の中から見ていると、建物から子どもたちの手を引いた菜見子が出てきた。その瞬間、イバラはあすなろ園でのことを思い出し、胸に熱い蜂蜜が流れ込んだような甘い気持になった。菜見子は白いトレーナーを着て、エンジのタイツをはいていた。運動プ

ログラムで子どもたちを運動場へ連れて行くようだった。

駐車場と建物は四十メートルほど離れていたが、菜見子の顔ははっきりと見えた。風向きがよければ菜見子の懐かしいにおいが流れてくるだろう。レモンとイチジクを混ぜたような甘酸っぱいにおい。イバラは車の窓を開けて、懸命に空気を嗅いだ。ところが流れてきたのは、機械油のしみついた古い毛布みたいなにおいだった。

菜見子がふいに立ち止まり、怯えたようにあたりを見まわす。気づかれたのだろうかと、イバラは首をすくめた。しかし、そうではなかった。

反対側の車の陰に、大柄な男が身を潜めていた。古い毛布のようなにおいはそこから漂っていた。男は菜見子のようすをうかがいながら、肩をゆすって笑っている。菜見子はたぶんその気配を感じたのだ。もう一度よく見ると、菜見子は頬がこけ、目が充血していた。

菜見子が運動場へ行ってしまうと、毛布のにおいのする男は車の陰からのそりと出て来て、あたりを見まわした。イバラはとっさにドアの内側に身を隠した。開いた窓から、男の籠もった声が聞こえた。

「菜見子の車はこれか。ふん」

男は丸っこいベージュの車の前に行き、ポケットからスーパーの袋を取り出して逆さに向けた。中からタバコの吸い殻が二十本ほど出てきて散らばった。何をしているのだろう。男

はさらに新しいタバコを一本吸い、ベージュの車のボディに乱暴に押しつけた。

「へっへっ。この吸い殻に、見覚えがないとは言わさんで」

男は陰険な笑いを残して、引き揚げていった。

あたりに吸い殻のいがらっぽいにおいが広がっていた。男が立ち去ったあと、イバラは外に出て丸っこいベージュの車を見に行った。あーちゃんの車だろうか。イバラはそう思い、運転席のドアの把手（とって）に鼻を近づけた。かすかなセッケンとレモンのにおいを嗅ぎ分けることができた。

イバラは身を低くして男を追いかけた。男は大股で歩きながら、鉄の遮断機を通り抜け、雑木林の道を右に折れた。運動場の外周に沿う土手の道だ。土手には雑草が生えており、途中に錆びたトタン屋根の物置があった。その陰に原付が停めてある。男は前カゴから双眼鏡を取り出し、物置の脇に潜んで運動場をのぞきはじめた。何度もここに来ているのだろう。いかにも慣れたようすだった。

イバラが運動場のほうを見ると、菜見子が子どもたちとボール投げをしていた。輪になった子どもに、菜見子がウレタン製の青いボールを投げている。髪が揺れ、トレーナーの胸が弾む。男はそんな菜見子を双眼鏡で舐めるように見つめていた。イバラは本能的に強い怒りを感じた。

イバラは車にもどり、田舎道を幹線道路に向かい、合流部にあるコンビニの駐車場に車を停めた。さっきの男が出てくるのを待つつもりだった。猫がネズミの穴の前で何時間も待つように、ひたすら六甲サナトリウムにつづく田舎道に目を凝らしていた。あの男は何者なのか。待っているあいだに、イバラは考えた。なぜあーちゃんにつきまとうのか。

夕暮れが迫り、あたりが暗くなりかけたとき、田舎道に原付のライトが現れた。イバラは距離を保ちながらあとをつけた。男は原付なのにかなりのスピードを出して、有馬街道を南へ下った。JR神戸駅の手前を右に折れ、新開地の薄汚れたアパートに入った。

男の住みかを確認したあと、イバラは何度かこの男を監視した。ある夜、男は原付で六甲山のふもとにある鶴甲団地へ向かった。原付を道に停めて、慣れた足取りで団地の中へ入っていく。イバラは少し離れたところに車を置いて、反対側の道から団地に入った。見失ってはいけないと、早足で男の消えた場所へ向かうと、通りがかりの階段口で二階の扉が急に開いた。イバラははっとして壁ぎわに身を隠した。階段口から、懐かしいレモンとイチジクのにおいが流れてきた。

「こんばんは」

まさかと思いながら二階の踊り場を見上げると、菜見子の横顔が見えた。となりの住人に回覧板を渡しているようだった。イバラは思いがけないところで菜見子の姿を見られたこと

で、身体が浮き上がるような幸福を感じた。

しかし、その喜びはすぐどす黒い不安に変わった。あの男は菜見子の住む団地まで来て何をするつもりなのか。菜見子が扉を閉めたあと、イバラはあたりを警戒しながら通路へ出た。建物の反対側にまわり、向かいの棟の脇から見ると、菜見子の部屋の真下にあの男が立っていた。ベランダとベランダのあいだの暗がりで、男の頭上に菜見子の部屋のすりガラスの窓がある。男はじっとその窓を見上げていた。

しばらくすると窓に明かりがついた。窓の横に給湯器がついている。風呂場の窓だなとイバラは思った。男ははじめポケットに両手を突っ込んでいたが、やがて左手で自分の股間をまさぐりはじめた。手の動きが速くなり、規則正しく上下する。男は顎を上げ、不自然に口を尖らせていた。見えない牛の乳でも吸っているような口の動きだ。手の動きが一段と激しくなり、腰が下がったかと思うと、男は素早く壁に向き直り、けいれんするように身体を反らせた。腐ったアスパラガスのような不快なにおいが流れてきた。イバラは気分が悪くなり、思わずその場に吐いた。なんという汚らわしいことをするのか。許せないと思った。

そして、昨日。

イバラは朝から寝不足で頭が重かった。子どものころにいじめられた夢を見たからだ。夜には病院の手術エリアの忘年会があり、イバラはいったん自宅に帰ってから、徒歩でトアロ

ードの中華料理店まで行った。酒を飲まないイバラは二次会へは行かず、十時半ごろアパートに帰った。その帰り道、すれちがいざまに覚えのあるにおいを嗅いだ。丁字(クローブ)のようなくせのある芳香。それが背後からついてきた。北野坂の信号で止まったとき、下手から風が吹きつけ、においの相手を思い出した。いつか院長の白神がMRIの検査室に連れてきた客だ。白神はその客も医者だと言っていた。イバラにそれ以上のことは知らなかったが、直観的に白神と反目するものを感じ、それを敵のにおいだと認識した。

イバラは忘年会のあとでもトレーニングを怠(おこた)らない。いつも通りのメニューをこなしたが、終わったあとも落ち着かなかった。虫の知らせだろうか。イバラはシャワーを浴びたあと、黒いジャンパーに着替えて、菜見子につきまとう男のアパートへ行った。

男ははじめ留守のようだったが、二十分ほどすると帰ってきた。男は荒れており、駐輪場で自転車を蹴り飛ばしたが、入口に潜むイバラにはまるで気づかず、エレベーターで部屋に上がっていった。イバラは男が菜見子のアパートでしたのと同じように、窓の下にまわってじっとようすをうかがっていた。男は窓を開いてベランダに現れ、酔っぱらった声で怒鳴った。

「菜見子、今に見てろよ。お前をめちゃくちゃにしてやる。俺の奴隷にしてやる。……覚悟しとけ」

イバラの胸に激しい怒りがこみ上げた。この男は放っておけない。それで彼は今日ふたたび午後から休みを取り、六甲サナトリウムに先まわりして、男がいつも原付を停める場所で待ち伏せていたのである。

トンネルを抜けたイバラの車は、新神戸駅前から三宮に出て、北野坂を上った。途中で二回、男のガーゼにキースレンを垂らした。麻酔の深さは呼吸を見ればわかる。深くて休み休みの呼吸は、昏睡（こんすい）に近い深い麻酔状態だ。

風見鶏の館の脇を通って、アパートの駐車場に着くと、あたりはすっかり暗くなっていた。時間は午後七時過ぎ。イバラはエンジンを切ってもすぐには外に出なかった。周辺にはまだ人通りがある。男を運び込むところを見られるとまずいので、せめて十時を過ぎるまでは待つつもりだった。集中力の高いイバラには、待つことは苦痛ではない。彼は運転席に座ったまま、インパネに表示されたデジタル時計にじっと目を凝らしていた。

そのうち、ふとあることが思い浮かんだ。子どものころに見た理科の教育テレビで、セミの鳴き声の仕組みを説明する番組だった。教師は鳴くセミはオスだけだと言い、生きたクマゼミを使ってオレンジ色の腹弁を見せた。

「これが発音器官です。では、実際に声を出している部分を見てみましょう」

そう言って教師は実験用のハサミでセミの胴体を輪切りにした。そんなことをすればセミが死んでしまう。そう思ったが、セミは胴体が半分になりながらもジャージャーと鳴きつづけていた。イバラは驚異の目を瞠った。セミは痛みを感じないのだろうか。

ちょうどそのころ、イバラは特殊学級の女性教師から痛みのことを学んでいた。痛みは命を守るための警報だと教えられた。それならセミも痛いはずだ。腹を切断されれば死ぬのだから。しかし、セミはまったく平気だった。イバラは自分でもセミを捕まえて、ハサミで胴体を切ってみた。セミは多少もがくが、さほど暴れるわけではない。やはり痛みを感じていないようだった。イバラは自分以外にも痛みを感じない生物がいることを知り、なぜかほっとした。

それからイバラは蝶を捕まえては羽をちぎってみたり、コオロギの脚を一本ずつもいでみたりした。虫は少しは抵抗するが、やはり痛みを感じないようだった。ゴキブリを叩きつぶしたときも観察してみたが、それほど苦しんでいるようすはない。つぶされたことに呆然となり、触角や脚が動くかどうか自分で調べている感じだった。身体を傷つけられた虫たちは、いずれもそのあと、水が乾くように静かに死んだ。

あすなろ園にいるとき、野良猫を針金で吊したこともあった。猫は激しく暴れ、奇妙な声をあげて苦しがった。あんなに苦しむのはどういうことだろう。イバラは猫の爪で腕に深い

傷を負ったが、何ともなかった。ほかの子どもたちは、猫に引っ掻かれるとすぐに泣く。痛みとはどんな感じなのか。痛みを感じない虫たちは静かに死に、痛みを感じる猫や子どもは大げさに苦しむ。痛みはほんとうに必要なのか。

自問自答に答えが出ないと、イバラの想念はしばらく途切れる。イバラは次に白神のことを思い出した。白神はあるとき、イバラに好きなことをさせてやると言った。研究への協力に対する報酬だ。イバラは手術をさせてほしいと頼んだ。ぼく、先生のようになりたいから。白神はイバラの希望を聞いて笑った。

「お前がやったら手術ではなく、解剖になるな」

イバラは白神の言葉を厳密に理解したわけではなかったが、それは決して否定ではなく、暗黙の了解のように思われた。

後部座席を倒した荷室で、男の呼吸がわずかに乱れた。ガーゼの下で口を動かしている。イバラは助手席に置いたキースレンの瓶を取り、手を伸ばしてふたたび男の口を覆うガーゼに垂らした。揮発性の甘いにおいが車内に広がる。エンジンを切っているため、車内の温度は外気温近くまで下がっていた。窓ガラスがイバラと男の呼吸で曇っている。イバラは三十分に一度くらいの割で、男のガーゼにキースレンを垂らして時間の過ぎるのを待った。

インパネのデジタル時計が、いつの間にか十時二十分を表示していた。イバラはおもむろ

に外へ出た。先に部屋の鍵を開けに行く。手順は頭の中にきっちり整理されていた。

イバラは男を運び入れるのに邪魔なものがないことを確認して、車にもどった。バックドアを開き、音を立てないように男を外へ引きずり出す。イバラの上半身が膨れ、軽々と男を肩にのせて運んだ。そのままアパートの入口へ向かい、自室に入ってから静かに扉を閉めた。

明かりをつけると、部屋はいつもとは見ちがえるようだった。床に青いビニールシートを敷き詰め、端を持ち上げてガムテープで壁に留めてある。中央には和室から運んだパイプベッドが置かれ、天板にビニールシートがかぶせてある。頭側のマルチトレーニングラックには、バーに三つ、支柱に左右一つずつ、計五つの大型ライトが固定してある。さらにベッドの横にはキャスターつきのワゴンが二つ並べてあり、病院から持ち帰ってきたグリーンの滅菌シートがかぶせてあった。これは汚染手術に使うディスポーザブルのものだ。ワゴンの上には、メスやコッヘル鉗子、点滴セット、開胸器と開腹器、クーパーなどが並べてあった。これらは以前から少しずつ持ち帰ったものだが、器材係として信用されているイバラには、器材の借用はさほどむずかしいことではなかった。ビニールシートとライトは、今日、病院からの帰りにホームセンターで買った。そして、午後から二時間かけて、部屋を手術室に改造したのだ。

イバラは男をベッドに寝かせ、靴と靴下を脱がした。衣服もすべて剝ぎ取る。下着は面倒

なのでクーパーで切った。人体以外のものを切るとハサミの刃が傷むので、ほんとうは使いたくないのだが、予備もあるしメスの替え刃もたくさんある。剝ぎ取った衣服や靴は、ゴミ袋に入れて玄関の土間に置いた。

男を全裸にしてから、イバラはマルチトレーニングラックのライトをつけた。強烈な光が青いビニールシートに寝かされた全裸の男を照らし出す。手術エリアでいつも見ている光景だ。ハイタイプのパイプベッドは、病院の手術台と同じ高さである。イバラは男の左腕に駆血帯を巻き、肘の静脈に点滴の針を刺した。見よう見真似だが、男の太い血管に針を入れるのは簡単だった。血液の逆流を確かめてから、点滴を落とす。薬液には強力な筋弛緩剤・マスブロックが混入してある。

点滴の調節がポイントだと、イバラは慎重にクレンメのプラスチックの輪を押し上げ、点滴の速度を速めた。あまり速いと筋肉が完全に弛緩して、呼吸が止まる。遅いと薬の効きが悪くて暴れられる。呼吸は止めずに、動けない状態を作らなければならない。

イバラは男の口からガーゼを取り、麻酔を醒まさせた。痛みを見るためには、意識をもどさなければならない。念のために両手両足を包帯で縛る。男は口をもぐもぐさせ、首を横に向けた。イバラは点滴を速める。男の胸の動きが弱まり、呼吸が止まりそうになる。今度は点滴を遅める。浅く早い呼吸が繰り返される。鮒（ふな）が水面で喘いでいるような呼吸だ。ちょう

どいい。

その状態で、イバラは滅菌シートのパックを開け、男の下半身と両肩から身体の側面を覆った。グリーンのシートのあいだに、首から恥骨の上まで幅五センチほど露出している。シートがずれないように、イバラは持針器に5号の角針をつけ、左右三針ずつ、皮膚にシートを縫いつけた。

「うーん」

まだキースレンの効果が残っているのだろう。男は軽く呻いたが、身体は動かさなかった。筋弛緩剤が効いて動かせないのかもしれない。イバラは点滴の速度を目分量で測った。一秒間に約二滴。イバラは男をそのままにして、手を洗いに行った。

白神がいつもそうするように外科用のブラシで指先を丁寧に洗う。イバラの神経は高ぶり、落ち着かない気分だった。手洗いを終え、指を消毒する前に、サラームのカプセルをのんだ。金曜日は服用の日ではないが、身体がサラームを求めているようだった。一つでは足りず、あと二つ、口に放り込んでカプセルを噛み砕いた。

洗面所でイバラは手術ガウンと帽子、マスク、ゴム手袋をひとつずつ厳かに身につけた。白神専用の透明ゴーグルまで用意してある。身体に熱が籠もり、いやでも力が漲る。上半身は情欲をたぎらせた男性器のように脈打っていた。

完全装備が終わると、イバラは部屋にもどり、鏡の前に立った。アニメのキャラクターのように全身が誇張された外科医の姿が映っている。ゴム手袋の手を前にかざし、透明ゴーグルの奥から鋭い目を向ける。手術エリアで、医者や看護師に気をつかいながら走りまわる器材係からは、想像もつかない姿だ。

いよいよだ、とイバラは思った。いよいよ自分も白神先生と同じになれる。

ベッドの上で、ふいに男がか細い声をあげた。

「おい、ここはどこや……。お前、だれや」

キースレンが完全に切れたのだろう。イバラは緊張したが、男は筋弛緩剤のせいで身体を動かせないようだった。辛うじてしゃべれるが、声は死にかけの老人のように弱々しい。これなら外に聞こえる心配はない。

「おい、俺の身体、どないなったんや。なんで、力が、入らんのや」

また男が囁くように言った。身体がいうことをきかないので、戸惑っているようすだ。

イバラは男の横に立って、ワゴンの器具をチェックした。器械出しの看護師がいればいいが、そこまでは望めない。イバラは無言のままメスのブレード（替え刃）を取り出し、ホルダーにつけた。ケースにはアルミ包装された新品のブレードが百枚入っている。そのケースが二つある。

「おい、お前、さっきの奴か……。お前が、俺を、生け捕りにしたんか。おい、黙ってんと、何とか言え」

男は懸命に首を持ち上げようとして、崩れるように脱力した。ベッドの縁に固定した手も、指先がぴくぴく動くだけで、ほとんど自由は利かない。辛うじて首だけが左右に動かせるようだ。イバラはホームセンターで買ってきたホースを取り出し、洗面所の蛇口につないだ。十メートル分買ったので、端は十分ベッドまで届く。バケツとスポンジやタオルも用意した。あとから足りないものがあって慌てるようでは、一人前の器材係とはいえない。

準備を進めるイバラを見て、男は自分の置かれた状況を理解したようだった。青いビニールシートで覆われた部屋、強烈なライト、横に用意された手術器具、そして手術ガウンを着たイバラ。男の呼吸が浅いまま荒くなる。

「おい、ここは、病院とちがうやろ。何をする気や。まさか、こんなとこで、お医者さんごっこはないやろ。おい、お前、悪い冗談やめろ」

男の額にびっしりと汗が浮かんでいる。イバラはワゴンのコッヘル鉗子を手に取った。フックをはずして、先端の鉤を確認する。閉じたときに嚙み合わせが悪いと、きっちり止血できない。試しにガーゼをつまむと、カチカチと心地よい音を立てて完全に閉じた。

「ちょ、ちょっと、待て。何が欲しいねん。金か。金なら、あるで。来月、俺、金持ちの年

寄りと養子縁組するんや。俺のアパートに、俺を気に入った婆さんがおって、その婆さんは身寄りがのうて、俺に遺産、全部くれるんや。その金をやる。そやからちょっと、話し合おう」

力が入らないくせに、よくしゃべる男だと、イバラは点滴のクレンメを緩めた。薬液の滴下が速まる。それでも男は黙らない。

「それ、何の点滴や。おい、俺は、お前に恨まれる覚えは、ないぞ。いったい、何のつもりや。何かのまちがいやろ。おい、お前、なんで、こんなことするねん」

イバラはうるさくなって、マスク越しに早口で言った。

「あーちゃんをいじめるからだ」

男は苦しげに眉を動かして、喘ぎながら言った。

「お前、さっきもそんなこと、言うてたな。あーちゃんてだれや。俺はだれも、いじめてへんぞ……」

奇妙な沈黙が流れた。イバラは男に背を向け、手術器具の準備を進める。男は部屋の中を見まわし、カラーボックスの写真立てに気づいたようだ。男はそこに菜見子が写っているのを見て目を瞠った。

「お前、菜見子の、はぁ、施設におったんか。はぁ、はぁ……」

男は喘ぎながら、弱々しく歯を食いしばった。深呼吸したいのに空気が吸えず、ただ息が止まるのを防ぐためだけに胸を上下させている感じだ。部屋の中に、切迫した呼吸音が繰り返される。

突然、男はイバラの背中に言った。

「おい、お前、相手をまちごうてるぞ。俺は菜見子を、いじめてない。いじめてるのは、息子の祐輔や。いつも菜見子が連れてるガキがおるやろ。あいつが菜見子を、困らせてるのや」

イバラは男を振り返った。たしかに菜見子はいつも小さな子どもを連れている。あの子どもがあーちゃんを困らせてる？　信じられない。イバラは男のそばへ寄って訊ねた。

「なんであの子があーちゃんを困らせるん」

「あいつが、菜見子を独占して、菜見子の自由を奪ってるんや。はぁ、あのガキが我儘ばっかり言うから、菜見子が困って、はぁ、俺に助けてくれと、はぁはぁ、うー……」

最後には我慢しきれず激しく息を切らせた。イバラは混乱し、どう考えてよいかわからなくなった。上半身がすぼみ、両肩が垂れている。男はそれに勢いづくように言い募った。

「そやから、捕まえるんやったら、あのガキや。俺なんか捕まえても、しゃあないぞ。それより、俺を、助けてくれたら、はぁ、祐輔を捕まえてきたる。あいつは、プリンが、はぁは

ぁ……好物やから」

プリン？　イバラは、男がコンビニで店にあるだけのプリンを買うところを見ていた。そのあと、男は菜見子のアパートの窓の下で自慰をしたのだった。イバラの鼻腔に腐ったアスパラガスのようなにおいがよみがえった。同時にあのときの怒りも。

イバラはゴム手袋の手をライトの下にかざした。白く輝いている。白神の手と同じだ。ふたたびイバラの身体に力が漲り、上半身が膨れた。男は緊張に喘ぎながら、呻くように言った。

「おい、お前、どないしてん。俺なんかに、かまうな。はぁ、悪いのは祐輔や。ちょっと待て。お前、はぁ、はぁ、おかしいぞ」

イバラはワゴンを引き寄せ、男の横に立った。足元でビニールシートが乾いた音を立てる。イバラは消毒液のイソジンを取り、グリーンの滅菌シートから露出している男の腹に塗りつけた。皮膚が焦げ茶色に染まる。

「おい、何すんねん。はぁ、はぁ、俺の話、わかってるんか。お前、頭がおかしいんと、ちがうか、はぁはぁ……うぅ」

荒い呼吸を繰り返し、飛び出しそうな目でイバラを見つめる。額の汗は首筋に流れ、イソジンの上に涙のような筋をつけた。イバラは小ポットに入れたハイポアルコールに綿球を浸

し、コッヘル鉗子でつまんでイソジンの上をなぞる。化学変化でイソジンが瞬時に透明になる。白神が手術室でいつもやっていることだが、男はわけがわからず、身体を震わせた。

「おい、冷たい。はぁ、何すんねん」

やはりキースレンは完全に切れている。冷たさがわかるということは、痛覚もふつうにあるわけだ。イバラは男に目を凝らした。男は必死に逃げようとするが、筋弛緩剤のために肘さえ持ち上がらない。声もますますか細くなる。

「はぁ、やめろ。はぁ、お前、まさか、キチガイのふりして、はぁ、俺を苦しめるつもりか。はぁ、菜見子か。はぁはぁ、あいつが、はぁ。わかった。もう、せん。菜見子には、つきまとわん。それで、ええんやろ。あぐっ……、うぅ……」

急に胸の動きが弱くなり、男が顎を突き出した。唇が青紫になっている。イバラはクレンメを調節して、点滴を遅めた。しばらくすると、徐々に呼吸がもどってきた。男は犬のように舌を垂らし、短い息を繰り返している。

「おい、何とか言え。菜見子には……もう近づかん。はぁはぁ、こいつ、心神喪失のふりして、俺を殺す気か。おい、頼むから、はぁ、やめてくれ」

イバラは壁の時計を見た。あと二分ほどで十二時になる。ワゴンの上からメスを取った。男はそれを見て悲鳴をあげた。

「ううぁ、やめろ。こいつ、もしかして、本物のキチガイか。はぁはぁ、自分が、何やってるか、わからんのか。おい、お前、正気になれ。はぁ、うぅ、俺を殺しても、何にもならんぞ。殺人は死刑やぞ。おい、考えなおせ。ひぃ、あかん、こいつ、完全に狂ってる。はぁはぁ、俺は、キチガイに殺されるんか。はぁはぁはぁ、ううぅ……」

イバラはメスを構えて、男に向き合った。ゴム手袋の影が五つ、うっすらと男の腹に映る。ライトは手術室の無影灯のようにはいかないが、それでも十分明るい。

時計の長針と短針がぴったりと重なった。

「それでは、はじめます」

白神の口調で言った。

「やめろ。はぁ、はぁ、まさか……、お前。やめ、やめ、やめぇ……」

左手の人差し指と親指で皮膚を広げ、右手に持ったメスで鳩尾から恥骨の上までを一気に切り下げた。皮膚が左右に裂け、黄色い皮下脂肪が露出する。その瞬間、音が消え、開いた傷から光が放射されたように感じた。黒っぽい静脈血が、スローモーションのように噴き出す。イバラは時間も音もない真空の世界に踏み込んだ気がした。

男の皮下脂肪は分厚く、粒も大きかった。血は脂肪粒を縁取るように流れ、傷の底に溜まる。イバラはそれをガーゼで拭い、水中でもがくような抵抗を感じながら、コッヘル鉗子で

六カ所ほど出血点をつまんだ。

男の身体はメスを入れられた瞬間、びくんと収縮し、さすがに両脚が持ち上がったが、それも一瞬で落ちた。手は小刻みに震え、指は何かをつかもうともがいているが弱々しい。突然、ベッドの左側から大量の尿が滴り落ちた。男が失禁したようだ。悲鳴はあがらず、音のない急ブレーキがかかったように、開いた口から空気が洩れた。目はいっぱいに開こうとしているが、まぶたの筋肉も弛緩しているのか中途半端な開き方だ。顔中から汗が噴き出し、目頭から涙が盛り上がる。それらの反応を、イバラは注意深く観察した。痛みはこんなふうに表れるのか。

止血を終えると、イバラは第二の切開を入れた。結合組織を切り、腹直筋の腱膜（けんまく）を開く。白神の手さばきを思い出し、素早くメスを動かす。脂肪の層を分けると半透明の腹膜が露出した。鉤のついたピンセットで腹膜をつまみあげ、いつも白神がするようにメスで五ミリほど切開する。すかさず切り口をコッヘル鉗子ではさみ、クーパーで腹膜を一気に切り裂く。

「あぁーっ」

ふたたび男の身体が前後に縮んだ。白神に教わった通り、腹膜も皮膚と同じくらい痛みを感じるようだ。イバラは傷の断面に濡れたガーゼを当て、ステンレスの開腹器を差し込んで、両手でいっぱいに開いた。男の腹筋は抵抗しようとするが、筋弛緩剤が効いているので、傷

は難なく広がった。イバラはライトを調節して、腹部に焦点を絞った。光を浴びた内臓は艶やかに光り、内側からイバラに照り返す。イバラは金鉱を掘り当てた採掘者のように目を輝かせた。この感じだ。白神先生の手術と同じだ。

　いちばん手前には、胃から垂れ下がった大網と呼ばれる脂肪膜があった。その下に小腸と腸間膜が透けて見える。右上にはみ出ているエンジ色の臓器は肝臓だ。その下に真珠色の大腸が横たわっている。鳩尾から顔を出している胃は、表面に血管を浮き立たせ、ベージュの大理石のように輝いている。

　イバラはゆっくりと手を腹腔内に入れた。熱い。体温よりはるかに高い温度だ。新鮮な内臓のにおいが立ち上る。いつも手術室で嗅いでいるはずなのに、自分で開いた内臓のにおいはまた格別だ。さわやかな命の香り。イバラはそのにおいに夢中になり、しばらく目を閉じて嗅覚に全神経を集中した。

　内臓は男の呼吸に合わせて急ピッチに上下し、それとは別に微妙な蠕動をつづけていた。男は激しい痛みを感じているのに、内臓はまったく痛がっていないようだ。イバラはひとつひとつの臓器に触れ、その感触を確かめた。臓器の表面から、霧のような蒸気が立ち上る。うねりながら盛り上がる臓器。活発な蠕動。大動脈の拍動で内臓全体が脈打っている。無数の血管、神経、細胞が、ちらちらと生命の煌めきを放っている。

イバラは腹部をそのままにして、胸を開くことにした。メスのホルダーに新しいブレードをつけ、鎖骨の真ん中を指で押し広げる。切る前に男の顔を見ると、眠気を催したような半眼になっていた。皮膚を切れば、また目が醒めるだろう。イバラはバイオリンの弓のようにメスを持ち、鳩尾に向けて一直線に引いた。男の目がかっと見開き、音のない絶叫が尾を引いた。唇が引きつり、顎がけいれんし、首筋に太い静脈が浮き出る。男は絞首刑の途中で止められたような形相になり、焦点の合わない目で天井を凝視した。

胸の傷から、血が幻想的な洪水のようにあふれ出し、見る間に傷口を覆った。紡錘形の切り口に胸骨が見えている。骨の表面の出血はコッヘル鉗子ではつまみにくいので、イバラはかまわず骨切りバサミで胸骨を縦に割りはじめた。まず鳩尾の剣状突起を切り、板状の胸骨をハサミで三センチほどずつ切っていく。そのたびに、ジャリ、ジャリ、と骨髄を砕く音がする。五回ほどで胸骨は完全に左右に割れた。骨の断面からも、にじみ出るような出血がある。止血のための骨ロウを用意しておくべきだったと、イバラは舌打ちをした。器材係としてはイージーミスだ。

イバラは濡れたガーゼで胸骨の断面を覆い、ステンレスの万力のような開胸器を掛けた。ハンドルでノッチを刻みながら開いていく。歯車のまわる音が小さく響き、そのたびに生木を裂くような肋骨の軋みが聞こえた。

男のようすが先ほどとちがっていた。顔色は妙に青白く、唇も白い。呼吸はつづいているが、横隔膜(おうかくまく)が上下するだけで空気が入っていない。肺が空まわりしているようだ。胸腔(きょうくう)には萎縮(いしゅく)した肺が入っていた。手術室で見る肺は膨れているのに、おかしいと思ったが、イバラはかまわず作業をつづけた。縮んだ肺には真っ黒の斑点が浮かんでいる。墓石によくある御影石のようだ。タバコのせいだろう。表面からヤニのにおいがして、イバラは顔をしかめた。

　胸腔の真ん中には、太い血管にぶら下がるように心臓があった。先端をやや左に向け、表面に血管と脂肪をまとわりつかせている。全体は鮮やかな珊瑚(さんご)色だ。肺が縮んで広くなった空間で、心臓は躍るように拍動している。まるでイバラを誘っているみたいだ。心房と心室がリズミカルに収縮と拡張を繰り返す。イバラの身体が拍動につられて動きだす。膨れた肩が、右、左と波打つ。リズムは背骨から足に伝わり、思わず鼻歌が出る。目を閉じ、ステップを踏み、指を鳴らす。

　しばらく踊ってから、イバラはこの美しい心臓の動きを男にも見せてやりたくなった。

「ちょっと見てみ」

　声をかけたが、男は反応しない。気を失ったのかと思ったが、目は開いている。

「聞こえないの？」

さらに呼びかけると、男のまぶたが微妙に持ち上がった。目は虚ろに揺れている。ゆっくりとイバラを見ると、男の口元にかすかな笑みが浮かんだ。眼球はそのまま動きつづけ、うっとりしたように天井のあたりをさまよう。イバラは男の変化に気づき、筋弛緩剤の点滴を止めた。それでも男の状態は変わらない。横隔膜が盛んに上下しているが、肺がいっこうに膨らまない。

男の顔には見たこともない表情が浮かんでいた。悟りの境地みたいな荘厳（そうごん）な静けさ。いつか白神が言っていた、人間でも動物でも、死ぬ間際には脳内モルヒネが分泌されて、痛みも苦しみも消えるのだと。今、男の脳にはそれが出ているのだろうか。

男はやがて下顎をしゃくるような動きをはじめた。やがて間隔が広がり、一回吸っては休み、大きく吸っては長く休む。その呼吸がしばらくつづいた。男はやがて喘ぐことに疲れ、呼吸に疲れ、生きることにも疲れたように下顎の動きを弱めた。

呼吸が弱まるにつれ、心臓の拍動も不規則になった。心房と心室のリズムが乱れ、やがて脈打つのが面倒なように投げ遣りな動きになった。拍動が徐々に弱まり、最後は細かなけいれんだけが残った。

イバラはじっと心臓を見つめていた。すべてが落ち着くところに収まるような、静かで穏やかな心持だ。

ヒィ――……。

男の喉から、声とはちがう笛のような長い音が洩れた。すべてが終わったことを告げる、哀調を帯びた音色だった。

壁の時計は一時四十五分を指していた。男は静かに生から死へ移っていった。白神に死ぬのは怖くないと言ったのはまちがっていなかった。やはり死ねば何もわからなくなる。

死んでしまった男の身体は、五つのライトに照らされてももう輝かなかった。イバラは男の心臓を見た。全体に白っぽく、くすんでいる。血管が早くも黒く変色しはじめている。イバラはメスの刃を替え、大動脈弓(だいどうみゃくきゅう)、上下の大静脈、左右の肺動脈と肺静脈を切って、心臓を取り出した。止まった心臓からは血は噴き出さない。心臓は握り拳の大きさで、ひどく頼りなげに見えた。イバラはそれを縦に四つに割り、ワゴンに並べた。肉柱の絡みあった心室の断面が露わになる。四つの肉片は鶏肉にそっくりだった。イバラはそれをトイレに持っていって流した。

肺は気管支を切断すると簡単に取れた。右の肺は三つ、左は二つに分かれている。食道を首のつけ根と横隔膜の上で切り、縦隔(じゅうかく)から剝がすと、胸の中には何もなくなった。イバラは肺と食道をトイレに流した。

メスの刃を替え、腸間膜のつけ根を切り、直腸と周囲の結合組織を切断すると、腹部の臓

器がひとかたまりになって腹から出てくる。メスの切れ味は素晴らしく、すっと引くだけで鮮やかに切れる。血管を切っても血は流れず、ただ内側にある血がこぼれるだけだ。取り出した臓器はバケツに入れ、端から持ち上げて洗面器に小分けしていく。ある程度たまると、トイレに流す。脂肪を切るとメスはなまるが、ブレードを替えればまた切れ味はよみがえる。

ブレードを十枚ほど使って内臓の処理を終えると、イバラは男の手を取った。まだ柔らかい。男の人差し指を伸ばし、指先の関節を切る。皮膚を冠(かんむり)状に切開し、靭帯(じんたい)を切り離し、関節包を切る。骨はつながっていないから、軟部組織を切ると、指はぽろりとはずれる。メスの方向さえまちがわなければ、ほとんど撫でるだけで切れる。手術を見慣れているイバラには、さほどむずかしい作業ではなかった。

イバラは同じ作業を繰り返し、右手の指を十四個のサイコロステーキほどの肉片にばらした。手のひらも中手骨(ちゅうしゅこつ)に沿って五つに切り分ける。メスの刃を何度も替えて、前腕、二の腕をばらす。長い骨はノコギリで短くする。軟部組織をメスで切っておけば、肉を巻くこともない。

肩や股の関節も、皮膚、筋肉、靭帯の順に切っていくと、難なくはずれた。顔面も頭蓋骨から剝がす。皮膚に切れ目を入れ、端を持ち上げ、骨とのあいだに直角にメスを当てると、自然に剝がれる感じだ。顔の下から、白い生の骨が現れる。この男に似合わない純白の骨だ。

剝がした顔面は縦横に切り刻み、トイレに流した。

首も頸椎の隙間をまちがわなければ、軟部組織を切るだけで取れる。切断した頭部はノコギリで十文字に割り、二重のビニール袋に入れてハンマーでぐちゃぐちゃになるまで砕いた。イバラはその小さく柔らかくなった破片を、少しずつトイレに流した。

男の身体は端から順に処理されていった。虫が食い尽くすように、あとかたもなく消えていく。切断する場所によって、においもちがう。内臓は藻のにおい、血は鉄のにおい、皮膚は松ヤニのにおい、骨は生木のにおい、膀胱に残っていた尿にはしょうゆの香りがあった。イバラはその断片を流してはばらし、ばらしては流した。その作業は夜明けまでつづいたが、持続力の強いイバラは最後まで休憩せずにやり通した。

部屋には血と脂肪と内臓のにおいが充満した。こぼれた血はスポンジで吸い、バケツに入れて流しに捨てた。

仕事を終え、ゴム手袋をはずして手を洗ったあと、イバラはベランダの窓を開いた。五時十五分、夜明け前の新鮮な冷気が流れ込む。イバラはそれを胸いっぱいに吸い込んだ。

イバラは快感を覚えた。彼が作業に長時間集中できるのは、何も考えないからだ。眠ればいやなことは忘れてしまう。

ただひとつ、忘れてはならないことがあった。男が死ぬ前に言っていた名前。あーちゃん

を困らせる奴の名前。
ゆうすけ、ユースケ……。

第四章　眉間の「M」

1

神戸プレジデンシャルホテルの三十五階から三十七階は、エグゼクティブフロアとして一般客の出入りを制限している。

白神陽児は、六階のフロントで最上階に予約している旨を告げ、三十五階の専用チェックインカウンターに上がった。大理石のフロアに、正月らしく松や南天をあしらった華やかなフラワーアレンジメントが飾ってある。白神はあらかじめプリントアウトされた宿泊表にサインをして、カード型のルームキーを受け取った。ボーイの案内は断り、常連らしい慣れた足取りで三十七階のスーペリアダブルに向かう。気密性の高いドアを開くと、眼下に冬枯れの神戸の街が広がっていた。

一月七日、土曜日、午後四時。白神は年が明けてすでに一カ月ほども働いたような疲労感を背に、このホテルにやってきた。赤いカシミアのタートルネックに、濃紺のジャケット、グレイのズボンという出で立ちである。肩にはルイヴィトン・タイガの黒いショルダーバッ

グを掛けている。駐車場からロビーを通るとき、壁ぎわの椅子にサングラスをかけた貴糸子（きしこ）が座っているのを、白神は目の端で確認した。貴糸子は高級エスコートクラブ・ヴァリに所属しているエスコート嬢である。プレジデンシャルに呼ぶのは二カ月ぶり、これが三度目だった。

昨年の十二月、白神はほとんど手術予定を入れなかった。代わりに院内のフィットネスルームに通い、芦屋のジムから来ているトレーナーがあきれるほどのトレーニングをこなした。それでも七十キロを超える体重は減らない。減らす以上に食べるからだ。年末から年始にかけて、白神の過密スケジュールは限界を超えていた。

十日を過ぎてからは、院内各部署の一年の総括と評定、忘年会、近畿私立病院機構の会合、関西医療評議会とつづき、二十八日の仕事納めのあとも、医療ベンチャー懇話会、サテライトクリニックの院長会議、三十日は白神メディカルセンターの院内医局幹部会があった。

年が明ければ、病院の若手外科医、内科医、看護師グループとの会食で、鯛（たい）しゃぶ、フカヒレ専門店、牡蠣（かき）づくしの店などをまわり、神戸ベイカールトンホテルの高級おせちでカスピ海のキャビアと三キロの特大伊勢エビ、五百グラムの冷凍ドリアンを食べた。

その合間を縫って、松方（まつかた）ホールでの宮嶋（みやじま）せりかピアノリサイタルでシューマン「クライスレリアーナ」を聴き、神戸文化大ホールでビンコウスキ指揮オスロ交響楽団によるベルリオ

ーズ「幻想交響曲」を堪能し、下山手のアジアンパラダイス・マッサージ&スパに三回通った。

仕事始めは、白神が理事長を務める医療法人メディオスの理事会からスタートし、病院の執行役員の査定面談、定例ミーティング、メディア事業部の営業戦略会議、医薬品開発ベンチャー・アンヴェス代表との懇談、神戸市が提案している先端医療特区への参加を巡って、神戸市長、神戸市商工労働部幹部との非公式会談、結婚式一件、関西バイオ産業育成会での講演などをこなした。二件のテレビ取材、経済誌のインタビュー、大学産業科学研究所のシンポジウムと、社団法人サイエンス連盟の設立パーティは、事務長の横井にキャンセルさせた。

白神のスケジュールは、横井が一手に管理している。まるで個人秘書のような忠誠ぶりだが、それが表面的なものであることは白神にもわかっていた。横井は病院経営のプロということで、病院を立ち上げるときに大阪の白鳳会(はくほうかい)病院から引き抜いた。仲介したのは白神のメインバンク、神戸国際銀行の専務である。白神は一見して横井と肌合いのちがいを感じたが、銀行の意向を無視することもできず、スタッフとして雇い入れたのである。

横井はやり手で、業者や役所相手の根まわしに実力を発揮したが、今の白神メディカルセンターの隆盛を自分の手柄と考えすぎているきらいがあった。その証拠に、十二月に白神が

手術を減らしたときも口出ししてきた。白神が手術予定をキャンセルしたので、患者が動揺しているというのだ。

横井は個別の患者にも言及した。

「白神先生、6A病棟の岡部亮二氏の手術は、ぜひとも先生がご執刀されるべきかと」

「岡部？　だれです、それは」

「読日新聞の論説委員でございますよ。十一月に入院しましたが、肝機能障害で手術が延びていたのでございます。先生の手術を心待ちにしておりますし、マスコミの影響力もありますので、ここはやはり先生がご執刀されるのが得策かと」

「どの手術をするかは、わたしが決めます」

白神はあっさり言い捨てたが、横井は明らかに不服そうだった。裏で怪しげなアプローチでもしているのだろう。年長者に対する敬意などさらさらない白神には、そんな横井が増長しているとしか感じられない。この春が潮時だなと、白神は本気で横井のリストラを考えはじめていた。

年末年始の忙しさは毎年のことだが、いつもとちがうことが二つあった。

ひとつは一月二日、緊急手術があったのに、白神が執刀しなかったことである。外科医たちとの会食中に、肝臓破裂の救急患者が運び込まれたと連絡があった。いつもなら何を置い

ても病院へ駆けつけるところだが、この日はその場にいた若手の主任外科医に執刀を指示した。アルコールを嗜まない白神は酔っていたわけではないし、体調が悪かったわけでもない。指名された主任は興奮気味にタクシーで病院へ向かったが、そのあとで白神は自分に弁解するようにつぶやいた。

「そろそろ手術にも飽きたしな」

もうひとつは、手術エリアの器材係イバラの休暇を、白神自身が許可したことだ。通常なら一職員の休暇を院長が自ら決裁したりはしない。イバラもはじめは手術エリアの看護師長に申し出ていたが、十二月前半につづけて休んだとき、白神が看護師長に休暇を認めるよう指示したのである。

白神とイバラの関係は病院内ではタブー扱いで、だれも口出しできなかった。休暇のたびにイバラは院長室に呼ばれ、一時間ほど出てこなかったが、何を話しているのかはだれにもわからない。大晦日(おおみそか)には密かに白神がイバラの自宅アパートを訪ねたが、これも病院内のだれも知らないことだった。

プレジデンシャルホテルのスーペリアダブルは、広さ三十八平米、木目を生かしたキングサイズの高級ベッドと、ミラショーンのアメニティが売り物の豪華な部屋である。白神は二枚あるカードキーを持って、六階のロビーに下りた。プロムナードの奥に、青山花壇という

花屋がある。入口の手前にパンフレットが置いてあり、白神はそのいちばん下にカードキーを滑り込ませた。そして豪華な花束をひとつ買った。

白神が去ったあと、サングラスをかけた貴糸子がやって来て、さりげなくキーをはさんだパンフレットを抜き取った。前と同じやり方だ。このキーがないと、エレベーターのボタンを押してもエグゼクティブフロアには行けない。

貴糸子はそのままロビーにはもどらず、悠然と高級ブランドのウィンドーショッピングをした。髪を前下がりボブにして、黒革のレディスハンチングをかぶり、アンナモリナーリのノースリーブワンピースに、毛皮をあしらったジャケット風カーディガンを合わせている。香水はK・デ・クリッツア。

先に部屋にもどった白神は、花束をベッドに置き、ミニバーからジンジャーエールを出して喉を潤した。建て込んだ街の向こうに神戸の港が見える。鉛色の海にどんよりと雲が垂れ込み、水平線が定かでない。その重苦しい眺めが白神の心を不安定にした。

なぜあんなことが起こったのか。あれは十二月の最初の手術だった。何の変哲もないS字結腸がん。患者は四十二歳の女性だった。がん患者にしては若い。S字結腸を遊離し、リンパ節の郭清（かくせい）（取り除くこと）を進めているときだった。ふいに股間に痺れのような感覚がわだかまり、そこから気力が抜けていくような気がした。

原因はわかっている。左手の小指が、偶然に女性の子宮に強く押しつけられたからだ。それは繊細な肉の詰まった実質で、比喩のしようがない濃厚な柔らかさに満ちていた。真珠色の膜に包まれ、骨盤の中にひっそりと身を潜めている。白神は、その子宮を取り出したい衝動に駆られた。そして触るだけでなく、握りしめ、愛撫し、口に含みたいとさえ思った。もちろん、関係のない臓器を摘出することはできない。白神は手術に集中しようとしたが、手のすぐそばにある子宮がたまらなく官能的に見え、どうしても目が離せなかった。尿意を我慢するように足踏みをしていると、徐々に興奮が高まり、突如、白神は手術衣の中に大量に射精してしまったのだ。これまでに経験したことのない快感で、白神は何秒か目を開いたまま失神した。

そこで集中力は途切れ、白神はあとを第一助手に任せて手術台から離れた。イバラが手術ガウンを脱がせに来たが、不機嫌に追い払った。嗅覚の鋭いイバラは、きっと精液のにおいに気づいたにちがいない。

どうしてそんな反応が起きたのか。もちろんこれまでにも女性患者の手術はしているし、子宮を間近に見るのも初めてではない。四十二歳という年齢はたしかに若いが、それでも白神よりは年長だ。そもそも内臓には顔ほど年齢は表れない。しかし、このときはシャウカステンに掛けたレントゲン写真にも、妙に気を取られていた。女性の胸部写真には、肺の両側

にうっすらと乳房の影が写る。そのラインは実物の乳房ではあり得ない柔らかな曲線で、ギリシャ彫刻のような永遠の美を思わせる。白黒の無機質な画像なのに、実物の乳房では考えられないような官能を感じるのはなぜだろう。白神は乳がんの手術もするし、乳房の触診もするが、官能的な気分になったことはない。しかし、これまでもレントゲン写真の乳房の影には見惚（みと）れたことがあった。

この異変は白神を狼狽（ろうばい）させた。白神は明らかに女性の臓器に興奮してしまったのだ。このままエスカレートしたらどうなるのか。それで白神は十二月は手術の予定をキャンセルしたのだ。

部屋のチャイムが鳴り、分厚いマホガニーのドアが静かに開いた。

「こんにちは」

貴糸子が入ってきて、後ろ手にドアを閉める。サングラスはフロアに上がる途中ではずしたようだ。白い小さな顔、耳元でカールした髪、濃く引いた眉とルージュがコケティッシュな雰囲気を漂わせている。白神は貴糸子の全身を見た。唇、頬、爪。昨夜、彼女は深酒もセックスもせずに、よく眠ったようだ。

「今日もこれ、持ってきたから」

白神はショルダーバッグを引き寄せ、細長い紙箱を取り出す。白十字社製の伸縮包帯十二

巻。幅六・五センチ、長さ四メートルのＬサイズ。貴糸子はカーディガンをクローゼットに掛け、黙って箱を受け取った。光沢のあるワンピースの胸元から、ベルガモットとヒアシンス系の香りが漂う。貴糸子は時計とペンダントをはずし、ハイヒールを脱いでバスルームに入った。

やがてシャワーを使う音が聞こえた。白神はミニバーからペリエを出してグラスに注いだ。炭酸が舌を刺す。手術中の射精は、たまらない官能に満ちていたが、同時に畏れも伴っていた。白神は自らの股間に手をやり、無意識に確認する。ズボンの上からでもわかる。白神の陰嚢には、睾丸が一つしかなかった。

白神はいわゆる停留睾丸で生まれた。出生時に本来は陰嚢まで下りている睾丸が、腹腔内に残っている先天異常である。幼少時に手術しなければ、性機能に障害が残る。白神のソケイ部には両側に手術の痕があるが、陰嚢にあるのは左の睾丸だけだ。右の睾丸はあまりに未発達だったので、引き下ろすことができなかったのだ。

手術を受けたのは三歳のときだった。だから白神の最初の記憶は、ストレッチャーで手術室に運ばれていく一瞬の残像である。病室のすりガラスの窓が半分だけ開き、白い長襦袢のようなものを着た母親が自分を見ていた。事実とは異なるかもしれないが、それが白神のもっとも古い記憶だ。

もちろん、手術のことを聞いたのはあとになってからだ。睾丸が一つであることを意識したのは、小学校に上がったころで、いつどうやって知ったのかは覚えていない。しかし、そのコンプレックスは強烈だった。みんなは睾丸が二つあり、自分には一つしかないことは、だれにも知られてはならない秘密だった。

性器に対する興味が強かった白神は、早くに自慰を覚えた。九歳のとき、寝る前に無性に性器をいじりたくなり、刺激しているうちに快感に襲われた。予期せぬことで、白神はうろたえたが、それはすぐに悪癖となった。このときはまだ射精はなく、たまらない快感があるだけだった。精通があったのは、それから一年半ほどあとである。精液とも呼べない薄い液が洩れるように出た。白神は狼狽し、身体に異変が起こったのではないかと怯えた。百科事典や父親の医学書を盗み読み、なんとか事実を理解したが、自慰の罪悪感、ホルモンのバランスなど、幼い頭では抱えきれない問題に悩んだ。

手術で引き下ろした左側の睾丸も、結局は十分には成長せず、大きさはサクランボほどで硬さだけが増した。中学校の後半から、白神は性的な興奮を感じても勃起しにくくなり、自慰でも射精に至らなくなった。しかし夢精はあり、女性に対する興味も強かった。性欲は感じるのに、身体が反応しない。その状況は白神を欲求不満に陥らせ、そのエネルギーは勉強と読書に向けられた。愛読したのは『奇形全書』『拷問の社会史』『悪魔の辞典』など、反社

会性の強いものばかりである。

シャワーの音が止まり、バスルームから何も聞こえなくなった。白神は耳を澄ます。そこに女がいて、自分のために身づくろいをしている。貴糸子はうまくできるだろうか。

十分ほどして、ドアノブがゆっくりと回転し、裸足(はだし)の貴糸子が出てきた。両足首から太股のつけ根まで、真っ白な包帯が巻かれている。両腕も同じだ。さらに首も鎖骨のつけ根まできっちりと包帯に覆われている。胴体だけが全裸のままで、白い壁ぎわに立った貴糸子は、まるで宙に浮いた生けるトルソのようだった。

白神は包帯を仔細に観察し、貴糸子の巻き方が上達していることを喜んだ。太股や腕の太くなっている部分は規則正しく折り返し、ゲートルのように美しい巻き目を作っている。

「前より上手になったね」

「同僚の子に巻き方を教えてもらったから」

「ほかにも包帯プレイをする客がいるの」

「その子、元看護師だから」

目を細めると、貴糸子の手足は白い壁に溶け込み、身体だけが浮き上がった。鎖骨の陰影、小ぶりな乳房と先端の紅、なだらかな肋骨弓(ろっこつきゅう)と腰部の広がり、陰毛の翳(かげ)り。首で切り離された顔は、天井から生命維持チューブで吊り下げられてしゃべっているようだ。

「じゃあ、この前みたいに、こっちへ」

白神は金色のカバーを掛けたままのベッドに貴糸子を寝かせる。手前に革張りの丸いテーブルを置き、仰向けのまま、尻をテーブルにのせさせる。包帯を巻いた脚はテーブルの両側に垂らす。貴糸子の恥丘が、ちょうどテーブルの真ん中にのせられる格好だ。

白神はテーブルの前に一人掛けのカウチソファを持ってきて、貴糸子の股間と向き合った。前屈みになり、貴糸子の女性器を観察する。

「隠そうとするんじゃない」

貴糸子がわずかに股を閉じようとすると、白神の怒声が飛んだ。貴糸子はびくっと身をすくめ、恥ずかしそうに膝を緩める。包帯を巻いた脚にはさまれたその部分は、世界遺産の谷間のようだ。白神はベッドから花束を取り、ユリ、ラン、アンスリウムなどの花をちぎって、テーブルにまく。花の香りがあたりを包む。

「自分で広げろ。指でだ」

貴糸子は言われた通りにする。紫のマニキュアをした白い指が股間に伸びる。ハイスピード映像の花が開くように、貴糸子の女性器が露わになる。

「きれいだ。明るいところで見ても、きれいなヴァギナだ」

白神は酸味のある香りを胸いっぱいに吸い込む。貴糸子の小陰唇は薄くて小さい。外側の

皮膚化した部分がほとんどなく、内側の粘膜が盛り上がっている。膣前庭は豊潤な血行で赤みが濃く、クリトリスは鋭く充血している。貴糸子の尿道口はV字型で、両側の粘膜が膨らんでできる切れ込みが極端に短い。まるでエクボだ。だから尿道口が微笑んでいるように見える。それよりもっと気に入っているのは、フリルのように全周が残っている貴糸子の処女膜だ。もちろん破瓜だが、内側からめくれ上がるように膣口を縁取っている。華やかで、蠱惑的。見ようによっては、小陰唇の内側にさらに小さな小陰唇をしまい込んだ入れ子細工の趣だ。なんという複雑な意匠。

貴糸子の指がわずかに上に動く。薄い大陰唇が下にずれる。クリトリスとの位置関係を見て、白神は女性器が発生学的には男性器と同じ構造であることを実感する。クリトリスはペニスで、大陰唇が陰嚢だ。

弟・怜児の陰嚢には、まともな睾丸が二つあった。白神がそれを知ったのは、自分の身体の異常を意識して間もない七歳のころだった。怜児は五歳。白神は怜児を裸にして、陰嚢内に睾丸が二つあることを指で確認し、言いようのない悔しさを感じた。しかし、早熟な白神は、そのことで弟をいじめれば、大人たちが怒ることを本能的に察知していた。それより兄として立派なふりをしたほうが、大人に称讃される。白神はそういう計算が無意識にできる子どもだった。

怜児は性質が温順で、常に兄の優位を認めて逆らうことがなかった。勉強もゲームもできた白神は、弟に対して常に優越感を持つことができた。

白神は素直な弟をかわいがったが、ときに言いようのない憎悪を感じ、残酷な仕打ちをした。だれも住んでいない家の庭に忍び込んで、弟を裸にし、ペニスの包皮を剝いて、尿道口にアリを入れたりした。そんなときでも怜児は逆らわず、されるがままになっていた。怜児は本能的に兄の恐ろしさを察知していたのかもしれない。

その怜児が二十八歳で死んだとき、白神は取り返しのつかない欠落感に苛まれた。死の真相を調べ、その事情を無理やり呑み込んだ。それから六年、呑み込んだものは結局は消化しきれず、酷たらしく排泄された。

貴糸子の谷間から流れ出る香りが、いつの間にか濃くなっている。

「じゃあ、シャワー浴びてくるから」

白神はそう言ってバスルームに入った。シャワーブースに入り、熱い湯を全身に浴びる。ボディソープのジャスミンの香りが広がる。下腹部に手をやり、局部を清潔にしながら白神は自嘲した。俺は生まれながらの宦官(かんがん)だ。手術も何の役にも立っていない。代々医者の家に生まれながら、このざまだ。

身体を拭き、部屋にもどる。窓の外は暗くなり、沈鬱だった街は虚飾の夜景に変わってい

る。

白神はベッドカバーを剝ぎ、シーツの上に仰向けになった。

「前のように」

愛撫の仕方は教えてある。貴糸子はベッドに四つ這いになって、手は使わずに口と舌だけで奉仕する。四肢を包帯で巻かれた小柄な貴糸子は、大怪我を負った猫のようだ。いつか、アスファルトの上で車に轢(ひ)かれた猫を見た。瀕死の重傷だったが、白神が近づくと複雑骨折した身体で逃げようとした。治療してやろうと思ったのに。何もわからない愚かな猫。目だけは野生だった。

情愛の籠もった貴糸子の唇が、白神の胸を這う。かすかな吸引。貴糸子の唇は柔らかい。中心は熱く、ときに吸い上げた皮膚を小さな歯が嚙む。貴糸子の唇が這った跡は唾液で濡れ、気化熱でじきに冷たくなる。貴糸子の指はシーツに食い込み、乳房は外向きに垂れ、足指はしなやかに反っている。

やがて貴糸子の舌が白神の局部に近づく。大きく口を開け、歯が当たらないように慎重に白神のペニスを口腔に納める。ほのかな温もり。奥から貴糸子の舌が出てきて、裏側を持ち上げる。手を使えれば、もっと自由に愛撫できるのだろう。それを禁じられて、貴糸子は苦労している。それが奉仕だと白神は思う。献身的な貴糸子。

——退院ですね。おめでとう。

ふと、祖父の声が、白神の脳裏によみがえった。退院する患者が院長である祖父に深々と礼をしている。幼い日の何気ない一瞬の記憶だ。

——ありがとうございます。先生のおかげで命拾いをしました。何とお礼申し上げていいやら。

——いやいや、患者さんがよくなることが、医者にはいちばんの喜びですから。

糊のきいた白衣を着てにこやかに患者を見送る祖父を見て、白神は誇らしい気持でいっぱいになった。患者が帰ったあと、白神は祖父に言った。

——おじいちゃん、すごいね。あの人の命、おじいちゃんが救ったんでしょ。

——いいや。あの人は助からへん。あと三カ月ほどで死ぬ。

——病気は治ってないの？　治ってないのにどうして退院するの。

——死ぬ前に、いっぺん家に帰らせてあげるのや。

そのとき祖父の胸は壁のようにそびえ、白神を見下ろす目は仏像のように冷たかった。

白神が育った家は白神病院と同じ敷地にあり、母屋は病院と棟つづきだった。病院を開設したのは曾祖父で、白神が物心ついたときには、医師十三名、ベッド数百四十七床の中堅病院になっていた。白神は病院が好きで、よく待合室で本を読んだり、病院の玄関で鳩と遊ん

だりした。かくれんぼのつもりで、看護師詰め所の仮眠室に忍び込んだこともある。そこで白神は看護師たちの声を聞いた。

——手術、長引いてるわね。いいかげんにあきらめればいいのに。

——どうせ寝たきりでしょ。

——あの人、死んだほうが楽になるわ。

待合室では患者同士の話が聞こえた。

——三階の婦長は鬼や。患者を人間と思うてない。

——医者の言うことなんか聞いたらあきません。殺されるで。

——ここの薬より肝油のほうがよう効きまっせ。そんな薬、捨ててしまいなはれ。

実際、病院を出たところで、道ばたのゴミ箱に薬を袋ごと捨てる患者を見た。病院の看板に唾を吐きかけている者もいた。

よろしくお願いします。頑張りましょうね。先生が頼りなんです。丁寧な言葉、優しい口振り、その裏でいがみ合う患者と医者。向き合えば豹変する顔つき、声、物腰。もちろん心からの親切も、献身も、感謝もあった。しかし、それは光の部分だ。光には影がつきものだ。影というより闇、暗黒。どちらに目を向けるかは、その人間の資質だろう。

貴糸子の舌は、凍死しかけた人を救おうとするかのように懸命に動く。しかし、白神の身

体は反応しない。死んだ魚は生き返らない。芯のないローソクは燃えない。そういえば、生きた魚を少女の膣に入れる漫画を見て、眠れなくなったことがある。まだ十歳になる前だった。

白神は起き上がり、ショルダーバッグから別の包帯を取り出す。幅四センチの手首用。貴糸子を座らせ、両腕を背中で組ませて一本に巻き上げる。胸が反り、貴糸子の細い肩が突き出る。さらに乳房を戒めるように包帯を巻き、下腹部にも食い込ませる。両膝、両足首にも包帯を巻きつけ、身動きが取れないようにしてベッドに転がす。ステンレス製の小外科セットを取り出し、メスを貴糸子の首に当てる。

「白神メディカルグループは、新しい医療コングロマリットだ」

メスの刃が翻る。貴糸子が思わず息を呑む。

「今、白神メディカルセンターの総資産額は千八百三十億。去年の医業収益は二百十六億、利益剰余金額は十二億三千万。自己資本比率は六十三パーセント、固定長期適合率は四十七パーセント。医療法人メディオスにグループ登録している専門病院は二十三、サテライトクリニックは六十六。病院のM&Aは近畿で六件、九州と東京で三件。しかし、それがいったい何だ」

貴糸子は何も答えない。首のガーゼに当てられたメスを気にしながら、大きく目を見開い

て白神を見上げている。

「わたしは理想の医療を目指した。今の医療を破壊して、あり得べき未来医療を先取りしようとした。ところがどうだ。医療に未来などない。欺瞞とまやかしが蔓延するだけだ」

白神のメスが貴糸子の首のガーゼを切り裂く。

「ひっ」

思わず短い悲鳴があがる。きつく巻かれた伸縮包帯は、弾けるように床に落ちる。貴糸子は脱力してベッドに顔を伏せる。

「弟は六年前、二十八歳で死んだ。母はわたしが十三歳のときに四十歳で死んだ。どちらも短い一生だ。みんな悲しんだ。しかし、悲しんだ連中はいったいいくつまで生きるつもりだ。八十歳か？　九十歳か？　だれでも六十を過ぎれば、能力も落ち、快楽も減り、老いの苦痛が増えるだけだ。長生きが素晴らしいなんて、絵空事もいいところだ。人生など、あっという間なのに何をそんなに命にこだわる」

後ろ手に縛られた貴糸子は、瀕死の白鳥のように細長い首を垂れている。

「生に執着する患者には反吐が出る。死を恐れ、病気を忌避し、わずかの異常にもうろたえる。往生際が悪く、未練がましい。そのくせ欲が深くて、身勝手だ。そんな患者に医者が同情するとでも思っているのか。医者はみんな病人を見下し、優越感に浸っているんだ。命な

命も等しくそのひとつに過ぎないのに、何を後生大事にする必要がある？　どこに守るべき価値がある？」

貴糸子が首をもたげ、哀しげに白神を見る。

「命が大切みたいに思えるのは、錯覚だ。医者のようにまわりに死があふれている仕事をしていれば、命が実はそれほど大切でないことがわかる。自分の命が大切でないとわかったとき、どうやって他人の命を大事にできる。時間がたてばすべてが終わる。自己欺瞞はやめろ。努力するふりはやめろ」

白神はカウチソファに座り、しばらく窓の外を眺めていた。サイドランプに照らされた貴糸子がガラスに映っている。真珠のイヤリング、伏し目を縁取る長い睫毛、乳房に浮き出た静脈。気怠いまばたきで白神はそれを眺める。

「そろそろ時間だな」

予約したプレイは三時間だった。白神は貴糸子の包帯を切り、貴糸子を解放した。先にバスルームでシャワーを浴び、バスローブをはおって出てきた。

「何か飲む？　それともシャワー？」

貴糸子は放心したようにベッドから動かない。ふいにケータイの呼び出し音が部屋に響い

た。

「電話だ。仕事じゃないの」

貴糸子は身を起こし、応接テーブルに置いたバッグを取った。

「もしもし」

予想外の相手ではないらしい。貴糸子は低く受け答えをする。「はい。ええ、終わりました。いえ……。はい？　そうなんですか。わかりました」

貴糸子は通話のまま白神にケータイを差し出す。怪訝な表情の白神に言った。

「会長です。先生に代わってほしいって」

白神は面倒そうにケータイを受け取り、貴糸子に背を向けた。

「もしもし、白神です……。いえ、こちらこそ。貴糸子？　悪くないですよ。一生懸命やってくれます。ええ、大丈夫です。会長のほうこそ」

会長というのはヴァリのオーナーの小村虎夫である。ヴァリ以外にも複数のクラブやソープを所有する神戸の風俗王だ。小村を白神に紹介したのは、ヤマト工業薬品の社長で、白神メディカルセンターと共同で新薬開発プロジェクトを進める中で白神に引き合わせた。

「いやいや、これ以上のことは……。はぁ、そりゃまあ、気に入ったら別ですが。身寄りのない子？……そうなんですか。それはおもしろいかも。ええ。……今？　いいですよ。じゃ

あ貴糸子を行かせればいいんですね」

貴糸子を見ると話は通っているらしく、黙ってうなずく。貴糸子はケータイを切り、バスルームで着替えと化粧をすませて出てきた。カードキーとバッグを持って出て行く。白神は二本目のペリエをグラスに注ぎ、テーブルに散らばった花を見ていた。

五分ほどして貴糸子がもどってきた。髪を染めた少女を後ろに連れている。少女は黒いリブ編みのセーターに、カラフルなストライプのミニスカートをはき、下に黒のニットタイツをはいていた。

白神は座ったまま少女を眺めた。身体は成熟しているが、まだ十代前半だろう。アンバランスで、屈折した感じだ。

「こっちへ来て」

少女は白神に強い視線を当て、ゆっくりとベッドの前に来た。どこかで見た目だ。そんな思いが白神の脳裏をよぎったが、どこで見たのかは思い出せなかった。

「君は、入れ墨してる？」

少女は首を振る。

「自殺未遂は？」

また首を振る。

「でも自傷行為がひどかったみたいだね。手で鏡を割るとか、額を壁にぶつけるとか」

白神が言うと、少女はおどろいたように顔を上げ、緊張した目で白神を見つめた。

「それに、とても強い怒りを溜め込んでいる。おもしろそうな子だ」

貴糸子に言うと、彼女は唇をすぼめて笑った。

「身体、ご覧になりますか」

「ああ」

「じゃあ、あなた、シャワー浴びてきて」

少女は貴糸子に促されてバスルームに入った。小村がプレイのあとで少女を送りつけてきた意図が、なんとなくわかった。いちばん醒めているときに、次の欲望を刺激できなければ、商品価値が高いといえない。

シャワーの音が止まってからも、少女はしばらく出てこなかった。貴糸子がドアをノックした。

「わかってると思うけど、服は着なくてもいいのよ。下着も」

貴糸子がバスルームのドアを開けると、少女は全裸で目の前に立っていた。思わず息を詰める。ひとりで出てこられない理由がわかった。貴糸子は少女の手を引いてやる。白神の前に現れた少女は、顔を包帯でぐるぐる巻きにしていた。

「さっき貴糸子が使った残りだな」

白神は押し殺したように笑い、さらに声を立てて笑った。少女は上手に包帯を巻いていた。隙間から口だけ出してある。白神が唇と舌の愛撫を好んでいるのを知っているかのように。

「いい子だ。気に入った。わたしが面倒を見よう。貴糸子、小村さんにそう伝えてくれ。それで君、名前は何ていうの？」

少女は答えない。代わりに貴糸子が横から言った。

「この子、ケータイのメールでしか会話ができないんです、自閉症らしくって。名前は、サトミです」

2

「へえ、御影にこんな店があったんですか」

入口の苔むした石段を上りながら、為頼英介が言った。両側には低く組んだ石垣の上に、カイヅカイブキの生け垣が大きく張り出している。

菜見子が車のキーをバッグにしまいながら、あとからつづく。

「ここは古い民家を改造したお店で、食べ歩きの本なんかにも宣伝しないので、けっこう穴

場なんですよ」

阪急御影駅から北東に約十分ほど走ったところにある折鶴亭(おりづるてい)は、こぢんまりとした和風創作料理の店である。玄関には格子戸が立ててあり、白壁にランプ風の傘をかけた明かりが灯っている。それを見上げている為頼を、そっと追い越すように菜見子が先に入って、帳場に声をかけた。

「こんばんは。七時からお願いしてる高島ですが」

着物姿の仲居(なかい)が予約表を確認し、二人をにこやかに迎えた。黒い石張りの玄関で靴を脱ぎ、畳の廊下を奥へ進む。上品な雰囲気に、いつも通りのラフなセーター姿の為頼は落ち着かない気分だった。菜見子は髪をきれいに梳(と)かし、花をあしらった紺色のワンピースにベージュのボレロを合わせている。

店は白木のカウンターと、衝立(ついたて)で仕切った座卓席が八つほどあり、左手には小ぶりの松と石灯籠(いしどうろう)をしつらえた中庭が見えた。為頼たちはその中庭に面した奥の席に案内された。

「今日はお忙しいところをすみません。先生には去年からお世話になりっぱなしなので、一度きちんとお礼をしたかったんです」

二人が会うのは、佐田のストーカー行為を灘警察署に相談に行って以来だった。為頼はテーブル越しに上半身を菜見子に近づけ、声を低めた。

「礼なんていいんですよ。それよりここは高いんじゃないですか」

「大丈夫。メニューはお任せコースだけだから割安なんです。どうぞご心配なく」

医者のくせに値段を気にする為頼を、菜見子はおかしそうに見た。この夜、彼女は祐輔を知人に預け、為頼と二人だけで食事に来たのである。

座卓の席には、ほかに四人連れの女性客と、それほど若くないカップルの二組がいた。女将らしい着物姿の女性がやってきて、テーブルの脇に膝をつき、丁寧に頭を下げる。

「本日はようこそ、いらっしゃいませ」

飲み物の注文を聞かれ、為頼はビール、菜見子はウーロン茶を頼んだ。

飲み物が来て乾杯してから、菜見子は改めて頭を下げた。

「十二月は何度も診療所におじゃまして、ほんとうに申し訳ありませんでした。先生のおかげでわたしはずいぶん救われました。ほんとうにありがとうございます」

「いいんですよ。大したことをしたわけじゃないから。それより最近はどうです。いやがらせはありませんか」

「それが……」と菜見子はおしぼりで指先を拭い、複雑な表情を浮かべた。「十二月の後半からぴたりと止んだんです。毎晩のようにかかっていた無言電話も、迷惑メールも、いやがらせの手紙も来なくなって」

「へえ。それはよかったじゃないですか。警察が動いてくれたのかな。いや、ちがうか。本人は何もないと言ってたから」

為頼の言葉を聞きとがめて、菜見子が訊ねた。

「先生、あの人に会ったんですか」

「会ったというか、襲われたというか。いや、ご心配なく。診療所の近くでわたしを待ち伏せしていたんですが、何もせずに逃げていきました。わたしがちょっと脅かしたもので」

為頼は偽の肝炎ウイルス血清で佐田をだました顛末を菜見子に話した。

「それはいつのことですか」

「ちょうど四週間前の木曜日。午後十一時ごろ」

几帳面な為頼は正確に答えた。

「じゃあ、十二月の半ばですね」と、菜見子は思い当たるように顎に手をやった。「無言電話がなくなったのも、ちょうどそのころでした」

「まさか偽の血清がそれほど効いたとも思えませんがね」

為頼が持ち前の皮肉な表情で笑った。

畳に衣擦れの音がして、仲居が先付けを運んできた。冬瓜とフォアグラの市松で、品のよい藍九谷に盛られている。

「きれいですね」

そう言いながらも、食の細い為頼はなかなか箸をつけない。菜見子のほうが先に器を取り、器用に冬瓜とフォアグラを重ねて口に運んだ。

「あの人がつきまとうのをあきらめたのなら、祐輔をまた保育園に預けようかと思っているのですが、どうでしょう。まだ早いでしょうか」

「さあ。いやがらせがなくなったのなら、いいんじゃないですか」

「でも、だれかに見られているような気配はまだあるんです。気のせいかもしれませんが」

「神経質になるのも無理ないでしょうね」

為頼はようやく料理に手を伸ばし、気乗りしないようすで訊ねた。「警察は何か言ってきましたか」

「いいえ。この前応対してくれた灘署の婦警さんにも相談に行ったんですが、警察はあの人の住所さえ調べていないみたいで。手紙くらいでは動いてくれないようです」

菜見子が沈鬱な声で言うと、為頼は予想通りというようにため息をついた。

「あの男は堪え性がないから、四週間も辛抱してはいられないでしょう。無言電話もないなら、もうあきらめたんじゃないですか。心配していてもきりがないし、坊ちゃんは保育園に預けてもいいように思いますが。そのほうが高島さんも仕事がやりやすいのでしょう」

「そうなんです。祐輔を保育園に預けられれば、わたしもサナトリウムの子どもたちに集中できますし……」

サナトリウムの子どもたちという言葉に、二人は同じことを連想した。菜見子が口をつぐんだので、為頼が代わりに言った。

「サトミという女の子のことですが、高島さんからお話がないということは、まだ見つかっていないのですね」

「ええ」

ふたたび菜見子の声が沈む。「そちらのほうも警察から音沙汰がなくて」

「実家にもどった形跡はないのですか」

「何度もお母さんには問い合わせているんですが、帰っていないらしいです。小学校のときから一カ月ほど連絡が取れなかったことは何度かあったそうです。小学生なら補導に引っかかりますが、今は大人びて見えるから、むずかしいかもしれません」

「でも、警察から連絡がないということは、逆に考えれば、法律は犯してはいないということじゃないですか」

慰めのつもりで言ったが、よけいな心配をさせるといけないので、為頼は食べることに専念した。料理は美味で、配色や盛り方にも細やかな配慮が感じられる。

為頼は地鶏のみぞれ和えに、筆生姜とギンナンを添えてあるのを見て言った。

「日本料理はやはり目でも楽しむものですね」

「お気に召しました？　うれしい」

菜見子が胸の前で手を合わせる。為頼も笑みを浮かべたが、こういう予定調和的な雰囲気は苦手である。黙って鶏肉を口に運んでいると、菜見子が訊ねた。

「先生、毎日のお食事はどうされているんですか。ご自分でお料理されるんですか」

「たまにね。でも、たいていはカツさんが用意してくれます。診療所にいるおばさん。覚えているでしょう」

「ええ。看護師さんですね」

「資格はあるけど、実際はわたしの食事の世話がメインだな。カツさんは料理が上手でね。家庭の味というのか」

菜見子は箸を止めて、遠慮がちに訊ねた。

「前にカツさんから聞いたんですが、先生はご結婚されていたのでしょう。どんな奥さまだったのですか」

「どんなって、うーん」と為頼は唸り、記憶を呼びもどすように妻の倫子を思い浮かべた。

「芯の強い女性だったな。頑固だったのかもしれないけれど」

「どんなところが？」

「そうだな。たとえば、妻はお年寄りの話し相手になるボランティアをやってたんですが、メンバーのだれもが音を上げた頑固爺さんの家に、彼女だけがずっと通っていましたね。最後は気に入られて、遺産を譲るとまで言われて困ってましたが。もちろん断りましたけど」

「おもしろーい」

菜見子はわざと子どもっぽく笑い、興味津々といったようすで聞いた。「それで、先生とはどうやってお知り合いになったんですか」

「彼女の父親が、わたしの患者だったんですよ」

為頼はむかしを懐かしむように言った。

倫子の父・泉谷俊治は、為頼が大学病院で受け持った総胆管がんの患者だった。がんは後腹膜に広がっており、手術は胃にバイパスをつけただけで、がんを摘出することはできなかった。

「今から十八年前のことです。手術のときは、この人が未来の義父になるなんて思ってもいませんでしたが」

当時はまだがんの告知はタブーに近かったが、為頼は事実をありのままに伝えた。俊治にはそれを受け止めるだけの精神力があると思ったからだ。

——がんで死ぬときは、だいぶ痛むんでしょうな。

俊治は冷静さを保ちながらも不安げに訊ねた。為頼はモルヒネがあるから大丈夫だと説明した。幸い、俊治はそれほど痛みも出ず、最後の日々を穏やかに過ごした。何度か外泊し、馴染みの寿司屋に行ったりもした。そして四カ月後、ほとんど苦痛なしに臨終を迎えた。

先に母親をなくしていた倫子は、兄弟姉妹もなく、天涯孤独となった。信州の田舎に父親がいるだけの為頼も状況は似たようなものだった。俊治の死から一年後、為頼と倫子は、神戸市東灘区の区役所に婚姻届を出した。結婚式も披露宴もしなかった。互いに手持ちのいちばんいい服を着て、高麗橋の小川月舟という写真館で記念写真を撮り、茅野から出てきた為頼の父親と三人でロイヤルホテルで食事をしたのが、二人の結婚生活のスタートだった。

「慎ましやかで、なんだか感じいいですね」と菜見子が微笑んだ。為頼も「ふふ」と自分たちの貧しさを懐かしむように笑った。

料理は後半に入り、焼き物の皿が運ばれてきた。イワナの笹包み塩釜焼で、一匹が丸ごと粗塩に固められている。箸で剝がすと、笹にくるまれた身から湯気と香りが立った。

「これはうまそうだな」

為頼が珍しくいそいそと身をほぐした。菜見子は上品に少しずつ背から食べはじめる。

「先生も奥さまとこういうお店によくいらっしゃったんですか」

「ときどきはね。我々夫婦には子どもがいなかったから」

「たしかにお二人だけだと自由な時間が多いですよね。お子さまはわざとお作りにならなかったんですか」

聞いてからデリケートな話題だと気づき、菜見子は顔を赤らめた。しかし為頼は頓着せずに答えた。

「別に意図したわけじゃないです。そういうことはどちらも自然に任せるほうでしたから」

「わたしもそうです。うちは案外早くできちゃって、慌てましたけど。でもお二人だと、海外とかも行きやすかったんじゃないですか」

「そんなに行ってませんよ。でも、ウィーンには二カ月半ほど行ったな」

「えー、ウィーンに二カ月半も？　いいなぁ」

菜見子は思わず羨望の声を洩らした。為頼は表情を変えずに、イワナをつついている。

「でも、よく二カ月半もお休みが取れましたね」

「仕事をやめたんですよ。妻ががんになったから……。手遅れの卵巣がんでした」

思いがけない言葉に菜見子は箸を止めた。そのまま目を伏せたが、自分から話しだしたことなのでおずおずと顔を上げた。

「手術はされたんですか」

「いいえ。病院にも行ってません」

「どうしてですか。病院にも行かないで、どうして手遅れとわかるんです」

「徴候が出てましたから。わたしが気づいたときには、もう骨に転移していたんです」

「そんな……」

菜見子は止めた箸をそのまま置いた。為頼の話に割り切れないものを感じ、戸惑っているようすだ。それを見て、為頼はゆっくりと説明した。

「徴候は病気の初期に表れる場合もありますが、病気の進行のほうが早いこともあります。妻が病院に行かなかったのは、残った時間を無駄にしたくなかったからです。病院に行けば、やれ検査だ、治療だと時間を取られるでしょう」

「だって、検査や治療をするのは当たり前じゃないですか」

「それは治療が有効な場合ですよ。妻のがんに、検査や治療は意味がありませんでしたから」

「奥さまは病気のことをご存じだったのですか」

「わたしが言いました」

「それで、治療しないことを納得されていたのですか」

「もちろん」

「妻はわたしの診断力を信じていましたからね。わたしが常に患者のことを第一に考えていることも。そんなわたしが、いちばん大切にしている妻に、いいかげんなことを言うはずがないじゃありませんか」

当然だろうという目で、為頼は菜見子を見た。

「奥さまは何とおっしゃってました」

「あなたがそう見立てたのなら、仕方ないわねと」

「平静に？」

「そんなわけないでしょう」

思わず言葉尻が上がった。手遅れのがんを宣告されて、平静でいられるわけがない。為頼は苛立ったが、菜見子も混乱しているのだろうと思い直し、穏やかな声で言った。

「もちろん妻もショックを受けていました。それは関係ありません。泣きましたよ。どうして自分がとね。父親からの遺伝かとも聞きました。答えなど出ないのに、延々と悩むんです。何が原因なのか、何が悪かったのかとずっと考えていました。わたしにできることは、納得がいくまでいっしょに考えることだけでした。それはつらかった」

菜見子は相づちさえ打てずに聞いている。為頼はビールの代わりに焼酎のロックを注文し、静かにつづけた。

「でも、あるときから妻は立ち直ったんです。たぶんわたしに余命を訊ねてからだと思います。あとどれくらい生きられるのかと聞かれて、わたしは、わからないと答えました。そのとき、彼女の中から何かがすっと抜けたようでした。だれの命も有限であることを悟ったのかもしれません。がん家系でも、認知症の家系でも、心臓病の家系でも、あるいは健康長寿の家系でも、結局は限りある人生を、どう生きるかの問題だと気づいたのかもしれない。それから彼女の気持は前を向きました」

「ウィーンに行かれたのは、奥さまの希望なんですね」

「そう。元気なあいだに楽しみたいと言いだして、準備をはじめたのです。ウィーンは子どものころからの憧れだったらしく、いろんなことを知ってました。歴史や文化だけでなく、半年以内の滞在ならビザもいらないとか、手続き的なことも含めてね」

「でも、先生がお仕事をやめてまで行くのって、たいへんじゃなかったですか」

「プライオリティの問題ですよ。妻の人生が残り少なくなっているときに、迷っているひまはありませんでした。ある程度の蓄えもあったし、ウィーンに行きたい、じゃあ、いっしょに行こう、即決ですよ」

菜見子はようやく微笑みを取りもどした。

為頼たち夫婦がウィーンに向かったのは、今から四年半前の七月。緯度の高いウィーンでは、夏時間もあって夜の十時近くまで外は明るかった。日本では考えられない冷涼な気候に、豊かな自然と香り高い文化。二人ははじめ旧市街の中心、シュテファン大聖堂の横にあるホテルロイヤルに滞在し、三週間目にウィーンの森にほど近いキッチンつきのホテル、カイザー・フランツ・ヨーゼフに移動した。

ウィーンでは楽しい日々の連続だった。レストラン巡りにカフェ探訪、野外のワイン酒場で遅い夕暮れを満喫し、王宮、美術館、コンサート、市民公園やウィーンの森の散策など、スケジュールは途切れることがなかった。オペラはシーズンオフだったが、八月にはザルツブルク音楽祭に行き、ザルツカンマーグートの湖沼(こしょう)地帯をのんびりと旅行した。九月に入ってオペラがはじまると、倫子は国立オペラ座よりもオペレッタのかかるフォルクスオーパーを好み、「メリーウィドウ」「こうもり」などに笑い興じた。倫子は体調を崩すこともなく、精神的にも安定していた。

——病院で白い壁に囲まれて、暗い気持で治療を受けているより、よっぽどいいわ。

倫子は晴れ晴れとした表情で言い、為頼もその通りだと同意した。がんの徴候は消えなかったが、進行する気配はなく、倫子は食欲旺盛で少し太った。

九月半ば、二人はふたたびホテルロイヤルにもどり、何もしない一週間を過ごした。体力的にも時間的にもまだ余裕はあったが、倫子が急に日本へ帰ろうと言いだした。

——もう十分。欲を出せばきりがないもの。でも、ほんとうに楽しかった。これだけ楽しい思いをしたら、下手に長生きするよりずっと幸せよ。

倫子は為頼に仕事を再開してほしいと望み、為頼はもともと住んでいた神戸にもどって、今の為頼診療所を開いた。倫子はそこで二年二カ月、診療所を手伝った。井上カツはそのころ為頼が診た患者の妻で、夫の死後、手助けしてくれるようになったのである。

やがて倫子は腹水が溜まりはじめ、骨盤への転移で歩けなくなった。徴候はやはり正しかったのだ。しかし、発病から二年余りもふつうの生活ができたのは、何も治療しなかったおかげだと、為頼は確信している。抗がん剤や放射線で身体を弱らせていれば、おそらく半年ももたなかっただろう。

下半身の麻痺で寝たきりになった倫子は、為頼に訊ねた。

——わたし、苦しむの？

いや、何があっても苦痛だけは感じさせない。安楽死は認められなくても、決して倫子を苦しませはしない。それが為頼の医師としての意地だった。

「カツさんにも助けられて、妻は安らかに逝きました。がんでも自然に任せると、そんなに

苦しくないんです。とても静かな最期でした」

そう言って、為頼は目の前の碗を取った。いつの間にか料理は終盤にさしかかっており、牡蠣の炊き込みご飯が出ていた。菜見子は茶を注ぎに来た仲居に揚げ物の皿を下げてもらい、考え込むように両手で湯飲みを持ち上げた。

「先生、ひとつうかがってもいいですか。お気を悪くなさると困るんですが」

菜見子は考えながら、慎重に言葉を選んで言った。「どうして奥さまに、がんの治療をしなかったんですか。意味がないとおっしゃったけれど、可能性に賭けようとは思わなかったんですか」

為頼は落ち着いた声で答えた。

「可能性はゼロではないが、限りなくそれに近かった。それに賭けるにはリスクが大きすぎたんですよ」

「でも、ゼロじゃないんなら、やってみるべきじゃありませんか。患者さんならだれしもそう思うでしょう」

「可能性に賭けるのは自由です。残された時間を無駄で苦しい治療に費やすのも、自分の好きなことに費やすのも。もし、わたしが診断力のない医者だったら、妻に治療を受けさせたかもしれない。あり得ない希望にすがってね。しかし、妻はウィーンへ行きたがった。一生

の思い出にしたいと言ったんです。だから行った。治療などしていたら、最後まで行けなかったでしょう」

「それなら、帰国されてから治療すればよかったんじゃないですか」

「無駄ですよ。副作用で弱るだけですから」

「やってみなければわからないじゃないですか。どうして決めつけるんです」

「わたしには見えるからです。虚しい希望にすがって、手術や抗がん剤の治療に賭けた患者の最期がね。それは悲惨なものです。嘔吐と食欲不振に苦しめられ、耐え難いだるさに苛まれ、白血球が減ってあちこち化膿し、血小板が減って歯茎や乳首や肛門から出血し、胸水が溜まって呼吸困難になり、痛みと不安と絶望にのたうちまわる。わかっているのに、みすみすつらい思いをさせろと言うんですか」

　知らず知らずのうちに声が大きくなっていた。菜見子も緊張したようだったが、ひるまず為頼の言葉を受け止めた。そして、一呼吸置いてから冷静に訊ねた。

「じゃあ、どうしてふつうのお医者さんは治療を勧めるんですか」

「それは病気が見えないか、あるいは自己欺瞞からでしょう。治らないとわかっていても、患者の要求に押されて治療をするのです。治療が無意味だと認めるのは、医者の沽券に関わりますからね。その一方で、放っておいても治るがんに手術や抗がん剤治療をして、自分た

ちが治したつもりになっている。しかし、がんの死亡率は増える一方ですよ。わたしが大学を卒業した二十二年前に比べて、倍近くになっているんですから。それでどうやってがんが治るなんて言えますか。がんだけじゃない。ほかの病気だってそうだ。むかしから治るものは治るし、治らないものは治らない」

「そんなことありません」と菜見子はきっぱり言った。「わたしの父は糖尿病が悪化して、一時は危なかったんです。でも今はインシュリンの注射で元気にしています。医療のおかげで命拾いしたと感謝しています」

「たしかに医療で治る病気もあるでしょう。結核などもそうですね。でも、ごくわずかです」

「わずかでも多くの研究者が努力したから治るようになったのでしょう。専門家が努力を放棄したらおしまいです。そんなの怠慢です」

菜見子の真摯な眼差しに辟易して、為頼は低く言った。

「努力がよい結果をもたらすとはかぎりませんよ。それに、生きていることが必ずしもいいとはかぎらない」

「どうしてです」

菜見子は身を乗り出したが、為頼は口を開かなかった。

手前の座卓にいた女性客のグループが席を立った。残ったカップルもそろそろ食事を終えかけている。為頼たちのテーブルにもデザートが運ばれてきた。

為頼がスプーンで白桃のコンポートをすくいながら言った。

「話は変わりますが、あれから灘署の早瀬という刑事は、サトミちゃんのことで何か言ってきましたか」

菜見子は釈然としない面持ちのまま、小さく首を振った。

「いいえ。何も」

「六甲サナトリウムに来たとき、サトミちゃんの枕についていた髪の毛を持って帰ったのでしょう。その鑑定結果の連絡もないのですか」

通常のDNA鑑定なら遅くても一週間で結果は出るはずだ。連絡がないということは、犯人の髪の毛とは一致しなかったのか。いや、結果がどうあれ、わざわざ報せてはこないだろう。

為頼は焼酎の酔いがまわった頭で、早瀬の風貌を思い浮かべた。優秀そうだが、どこか危うさを感じさせる、後頭部の張り出た鳥のような男。

「あの早瀬という刑事は、刑法三十九条というのに強くこだわっていましてね。心神喪失者の犯罪は無罪にするという法律です。彼は灘区の教師一家殺害事件の犯人が、この法律で無

罪になることを恐れているようでした。高島さんにはそのことを話しませんでしたか」

「いいえ」

「心神喪失者が無罪になるのは、病気だからですよ。しかし、犯罪者の多くはもともと病気ですからね。盗みたい、殺したい、火をつけたい、そういう衝動が抑えがたい強さで起こる。そういう衝動が、身体的な徴候として表れるのです。犯罪精神医学の分野では、古くから注目されていることです。高島さんはイタリアの犯罪学者ロンブローゾの説をご存じですか」

「生来犯罪者説ですね」

「そう。さすがは臨床心理士。もちろん、ロンブローゾの説は今では否定されています。でもいつ復活するかわかりませんよ。最近では犯罪が病気であることを思わせる事件が多いでしょう。女児誘拐殺害、自殺サイト殺人、幼児投げ落とし、同級生の頸動脈切断など。これらの殺人は、通常人にはとても理解できません。ある種の強大なエネルギーの結果であって、それが徴候として表れるのです。いわゆる犯因症ですね」

為頼はナプキンで口を拭ってから、思いついたように言った。「そういえば、この前、三宮で強烈な犯因症の男を見かけましたよ。去年、元町で通り魔事件を起こした男よりはるかに強い徴候の男をね。あの男などはまちがいなく生来犯罪者です」

「生まれついての犯罪者だというんですか」

「そう。しかも極めて凶悪な」

「もしそれが確かなら、警察に報せるべきでしょう。早瀬さんにはおっしゃったんですか」

「いいえ」

「それよりも、もし犯罪が病気だとおっしゃるんなら、まず治療を考えるべきじゃありませんか。それがお医者さまの務めでしょう」

菜見子の強く澄んだ声に、為頼はある種の痛ましさを感じた。青い鳥の話を信じて、真面目に幸福をさがそうとしている少女のような。

「あなたはほんとうに治療というものに、希望を持っていらっしゃるんですねぇ」

「お医者さまに治療を求めるのは、当然じゃないですか」

「いいえ。医者の治療など、大した意味はないですよ。それに生まれついての犯罪者は、簡単に治療などできません。あなたは医療を過大に評価しすぎています」

その言葉に菜見子は膝の上で拳を握り、毅然（きぜん）と為頼を見据えて言った。

「先生はいつか、心理学的な療法には意味がないとおっしゃいましたね。わたしはそれがずっと心に引っかかっているのです」

たしかにそんなことを言ったなと、為頼は思い当たった。サトミを診察に行って、菜見子に送ってもらった車の中でのことだ。

菜見子は意を決したようにつづけた。

「でも、意味って、自分であると思えばあるし、ないと思えばないものじゃないですか」

「それはそうですね」

「じゃあ、どうして意味がないって断定されたんですか」

「あなたがカウンセリングや心理療法で、障害児たちがよくなると信じているようだったから」

「実際、よくなりますよ」

「でも、それはほんとうに治療のおかげなんですか」

為頼は不意打ちをくらわすように、強い口調で確認した。菜見子は一瞬、心臓をつかまれたように硬直した。為頼はかまわずつづけた。

「自然に症状がよくなる時期に、たまたま治療が重なっただけじゃないですか。その治療はすべての子どもに有効ですか。再現性はありますか。医者もそうですが、放っておいてよくなるものを、自分が治したつもりになっている者が多いんです。患者も同じです。自分の力で治っているのに、医者に治してもらったと思っている人がどれほど多いか。そのほうが安心なんです。次に病気になっても、また医者が治してくれると思えるから。そうやって現実から目を逸らして、みんな安心したがっているんです」

「そんなこと、ないでしょう。でも、どうして、そんなふうにお考えになるんですか」

「これまで見てきた医者の欺瞞、高慢さ、それに患者の弱さといじましさ。それを舞台に演出される医療幻想。そんなものに虫酸が走るんでね」

為頼は吐き捨てるように言った。菜見子は困惑と悲しみの混じった目で為頼を見た。その瞳の奥に深い憐れみがあるのを感じ、為頼はうんざりした。

「こんなところで話してもはじまらない。なにしろ相手は病気という自然現象ですから。それよりもっと現実的な話をしましょう。わたしが出会った犯因症の男、あなたも気をつけたほうがいい。どこで出会わないともかぎらないから」

菜見子が怯えた表情を浮かべた。祐輔のことが頭をかすめたのだろう。

「先生は三宮のどこで見かけたんですか」

「北野坂です。風見鶏の館の近く」

「でも、気をつけると言っても、わたしには先生のように徴候が見えません」

「いや、そんなことはないと思う」

そう言ってから、為頼はその見分け方をどう説明したものかと考えた。「とにかく顔全体の印象がふつうじゃなくて、妙なエネルギーの凝縮があるんです。本人の意思とは別に、どうしようもなく表れるんだけど」

これではわからないだろうなと、為頼は言いよどんだ。もう少し具体的に言わなければ。

「両眼のあいだから額にかけて、皮膚の下で筋肉がアコーディオンのように圧迫されて、盛り上がる感じですかね。外から見ると、皮膚の下にミミズが這い込んで、うねったような皺になる。ローマ字のMみたいな」

「眉間のMですか」

「そう」

「うまく見分けられるかしら」

「その気になれば見えますよ。3Dの画像とか、落ち葉に隠れているコノハムシとか、そこにあると思って見ないと見えないでしょう。人間の脳は、網膜に映っている画像の十パーセントほどしか認識していないんですよ。だから、見ているのに見えないということが起こる。病気の徴候も同じです。意識しない者には、目の前にあっても見えないんです」

今夜はどうもしゃべりすぎる。自分は酔っているのかと、為頼は軽く頭を振った。テーブルの湯飲みに手を伸ばすと、茶はすっかり冷えていた。座敷に残っているのが自分たちだけだと気づき、為頼はきまり悪げに立ち上がった。

「先生、外でお待ちいただけますか」

支払いを見せたくないのか、菜見子は先に為頼を送り出した。外は月明かりで、生け垣の

影が濃く見える。頭上で小さく輝く月を見上げて、為頼は奇妙な胸騒ぎを感じた。

　自分はどうしてあの男のことを、菜見子に話したのだろう。

3

　灘警察署は、坂道に建っているせいか、正面入口が二階になっている。外づけの階段をのぼり、ガラスの自動ドアを通って入ると、右に生活安全課、左に交通課と総合受付がある。

　菜見子と食事をした翌日の午後、為頼は落ち着かない気分でここを訪ねた。

「刑事課の早瀬さんはいらっしゃいますか」

　受付で告げると、女性警官は為頼の名前をメモして奥へ下がった。しばらくすると、気のよさそうな制服の男性が出てきて、副署長だと名乗り、遠慮がちに用件を訊ねた。

「ちょっと個人的なことで、早瀬さんにお伝えしたいことがあって」

　相手は戸惑った表情を見せ、「少々お待ち下さい」と奥へ引き返した。女性警官に促されて、ロッカーの手前にあるベンチに座ると、十分ほども待って、ふたたび副署長が現れた。

「早瀬は今、外出してるんですが、まもなくもどってきます。どうぞ、こちらでお待ち下さい」

副署長は為頼を受付の中へ入れ、衝立で仕切った応接用のソファに案内した。黒いビニール張りの粗末なソファで、ところどころ中のスポンジが見えている。机の上も散らかっており、身内用の席のようだ。

昨日、菜見子に犯因症の男の話をしてから、為頼は胸騒ぎがおさまらず、取り敢えず早瀬の耳にも入れておこうと考えたのだ。菜見子の前夫が急にいやがらせをやめたのもおかしい。サトミのことも気にかかる。何かが腑に落ちないまま、不吉な方向に動いているような気がした。

早瀬を待つあいだ、為頼はそれとなく警察署の中を見た。タバコの吸いすぎで肺気腫になっている警官、コレステロール値が四〇〇はありそうな女性警官、耳硬化症で難聴になりかけている老警部などさまざまだ。一月とは思えないのどかな陽がソファの背を緩めている。

「あ、お疲れです」

「ご苦労」

短い挨拶が聞こえ、振り向くと、開き戸から長身の早瀬が入ってきた。

「ああ、為頼先生。わざわざお越しいただいて……」

あらかじめ連絡を受けていたのだろう。早瀬は為頼を見てもおどろかず、かすかに倦怠の表情を浮かべた。後ろに早瀬より若そうな刑事が立っている。どちらも黒っぽいスーツを着

て、早瀬はダスターコート、もう一人はジャンパーを手にしていた。

「市原、先に上がっててくれ」

早瀬が言うと、相方の刑事は軽く一礼してエレベーターホールに消えた。早瀬は左奥の席にいる副署長に問題ありませんというようにうなずいてから、為頼の前に座った。

「いつぞやは診療所に押しかけて、失礼しました。その後、お変わりありませんか」

早瀬は睡眠不足で、そうとう疲れているようすだった。頰に皮脂が浮かび、こめかみの皮膚が突っ張っている。脳に疲労物質のプロスタグランジンが蓄積している証拠だ。

為頼はなんとなく気詰まりを感じながら言った。

「六甲サナトリウムの高島さんという臨床心理士、覚えてらっしゃいますか。彼女が昨年末からこちらの生活安全課にお世話になっていまして」

世話になったのは最初だけで、あとは何もしてもらっていない。そう思うと、早瀬に問いただしたいことが次々と浮かび、為頼は気持を乱した。サトミの捜索はどうなっているのか、偽物とわかっていながらサトミのスニーカーが見つかったと言ったのはなぜか、髪の毛のDNA鑑定はどうだったのか。しかし、今日は彼を詰問(きつもん)しに来たのではないと自制すると、今度は早瀬が自分の話をどれくらい真に受けてくれるか心許(こころもと)なくなり、口が重くなった。

為頼が話しにくそうにしていると、早瀬が顔を近づけ、「出ましょうか」と囁いた。「ここ

の仕事、じゃましちゃ悪いから」

見ると、副署長をはじめ、署員たち全員が聞き耳を立てていた。さっきエレベーターで上がった市原という刑事も、いつの間にかまた降りてきている。

「ちょっとこの人と出てくる」

早瀬は市原に声をかけて、コートをはおった。為頼も黒いセーターの上にブルゾンを着て、あとに従う。エレベーターで一階に降り、署内の駐車場に停めたインテグラのドアを開けてから、早瀬は気怠そうに聞いた。

「喫茶店かどこかに？」

「いや、車の中でいいですよ。北野坂のほうに行ってもらえますか」

黒のインテグラは水道筋に出て、山手幹線を西へ向かった。傾きかけた太陽に目を細めながら、早瀬が独り言のようにつぶやく。

「一月も十三日になると、日が長くなったのを実感しますね」

為頼は何から話そうかと考え、まずは早瀬がもっとも関心を持ちそうな話題を出した。

「この前、早瀬さんが言っていた刑法三十九条ですが、身近な問題として考えると、怖いものがありますね」

早瀬はハンドルを握ったまま、ぼんやりと為頼を見た。為頼は佐田に襲われたときのこと

を念頭に置きながらつづけた。「犯罪のときに心神喪失を装う人間は、ほんとうにいるようですね。前もって精神科にかかり、幻覚や発作の演技で医者をだまして投薬を受けたりしている。診断力のある医者が診ればわかるのですが、今はいいかげんな心療内科医や、未熟な精神科医が開業していますからね」

「医者はそんなに簡単にだまされるんですか」

「精神科の病気は、血液検査やレントゲンでは確認できませんからね。だまされる医者が悪いのか、だます患者が賢いのか」

早瀬の表情が硬くなっている。やはりこの話題は無視できないようだ。為頼はつづけた。

「このごろは異常な犯罪が多いでしょう。新聞もすぐ精神障害の疑いありとか書くし。幻覚や妄想は本人の言葉を信じるしかありませんしね。記憶喪失や二重人格もなかなか本物と見分けがつかない。困ったもんです」

早瀬は憮然として聞いていたが、信号で停まると面倒そうに言った。

「医者が心神喪失をきちっと見極められないのなら、そのことを法務省あたりに明言してもらいたいですね。刑法三十九条は、医者の診断が妥当であるということを前提にしているんですから。診断さえ正確であれば、三十九条、大いにけっこうですよ。悩むことなどありません」

「でもね、境界例というのもあるから」

為頼は相手を挑発するようにわざと軽い口調で言った。しかし、早瀬は冷静に返した。

「わかっています。精神科はもともと白黒をつけにくい分野でしょうから。法務省は司法精神医学の研究部を設置しようとしていますが、実際にはむずかしいでしょう。鑑定医の先生方も、自分たちは超能力者ではないとおっしゃっているし。それに精神科の専門家も、正確な診断をつけられないとは公表しにくいんじゃないですか」

相変わらず気怠そうだが、声に皮肉な調子が混じっている。少しは目が醒めてきたのか。信号が変わると、早瀬は投げ遣りに発進してつづけた。

「刑法三十九条の問題は、奥が深いんです。先生は覚えていませんか。一昨年の暮れに長田区のラブホテルで風俗嬢が殺された事件。犯人はすぐ捕まって、去年の暮れに懲役十六年の判決が出ました。新聞には出ませんでしたが、被害者の女性は、鋭い刃物で腹を裂かれて、肝臓と乳房の一部が欠けていた。犯人が食ったんです。これがまともな人間の犯行に思えますか。ところがこの男には簡易鑑定さえ行われなかった。弁護士がやる気のない国選で、仕事をはしょったんです。検事も裁判官もみんなグルです。男の知能が低くて、文句を言わないのをいいことに、さっさと片づけてしまったんです。こういう犯人にこそ、刑法三十九条は適応されるべきなのに」

早瀬は左車線を法定速度で走りながらつづけた。「かと思えば、明らかにまともな犯人を心神喪失に仕立てて、自分の手柄のように誇る弁護士もいる。どうしようもないですね。刑法三十九条は飲酒や覚醒剤で正気を失った者にも適応されるんです。腹立ちまぎれに酩酊して相手を刺しても、覚醒剤で錯乱して人を殺しても、無罪なんです。そんな法律を作った奴らに聞いてみたいですね。自分の妻や子が、覚醒剤中毒者に殺されても無罪で納得できるのかどうか」

「たしかに、それはおかしい」

為頼は共感を込めてうなずいた。そして早瀬の意を汲むようにつけ加えた。「この法律を悪用させないためにも、鑑定医はよほど慎重でなければならないですね」

早瀬はうなずく代わりに、不機嫌そうに言い返した。

「先生、刑法三十九条の問題は、悪用だけじゃないんですよ。仮に、犯人がほんとうに心神喪失でも、被害者からすれば、無罪なんてとんでもないことなんです。心神喪失者に殺されたら、黙ってあきらめろということですからね。本人に責任能力がないなら、だれかが代わりに責任を取るべきでしょう。だれの責任も問わないから、危険な心神喪失者が野放しにされる。そりゃ、心神喪失者の人権も守られるべきですよ。しかしね、自由には責任が、権利には義務がつきものでしょう。責任も義務もほったらかしにして、自由や権利ばかり主張す

るから、こんな危険な法律ができあがるんです」

早瀬の口調には安易な同意を拒む厳しさがあった。彼はこの問題に心底悩み、考え、勉強しているのだろう。為頼はそれを認め、無言でうなずいた。

「まあ、そこらが人間の作る法律の限界です。逮捕の前に犯人が心神喪失かどうかなんて考えていたら、捜査に身が入りませんからね。我々の任務は、あくまで犯人逮捕です。そのあとは専門家に委ねる以外ないんですよ。へっ」

早瀬は自嘲するように嗤った。

インテグラは生田川を越え、新神戸駅の前を左折して加納町に出た。夕方のラッシュがはじまりかけている。

早瀬の胸ポケットでケータイが鳴り、気怠い曲が車内に響いた。「ラプソディ・イン・ブルー」。いかにも早瀬らしい着メロだ。彼は律儀にハザードランプをつけて車を停め、電話に出た。

「はい……、それはたしかに未確認情報ですがね。気になるんですよ。……ええ、シルエットだけでも……はい、わかってます。……わかってますよ」

早瀬は苛立たしげに電話を切り、強引に車を発進させた。

「もうすぐ北野坂ですよ」

「突き当たりまで上がっていただけますか」

為頼は坂の突き当たりから、さらに観光案内所脇の細い坂道を上がるよう頼んだ。のぼりきると風見鶏の館の横の広場に出た。広場は敷石で覆われ、右にアスファルトの駐車場がある。後ろは六甲山につづく雑木林だ。

「ここに何かあるんですか」

早瀬は風見鶏の館の脇に車を停め、サイドブレーキを引いた。為頼はフロントガラスからあたりをうかがい、異人館の裏にある黒塗りの古びたアパートを見た。

「早瀬さん、あなたが信じるかどうか、わたしにはわからない。自分の見立てが正しいのかどうかも。ただ」と、為頼は短く言葉を切り、深く息を吸い込んだ。「わたしはあとで悔いが残らないようにしたいんです。だから、情報としてお話しします」

「情報ならどんなことでも歓迎ですよ」

「去年の暮れ、わたしは三宮である男とすれちがいました。まだ若い男です。年末の雑踏の中で、たった一瞬だったけれど、すれちがいざま、わたしはその男にこれまで見たこともないような強い犯因症を見たのです。前にお話ししましたね。犯罪者に表れる身体的な徴候」

早瀬は表情を動かさない。

「その男はまちがいなく凶悪な犯罪に親和性がある。ふだんのわたしなら、そんな男を見て

も近寄らないようにするだけです。しかし、あのとき、ふとあなたのことを思い出した。それで念のためにあとをつけたんです。そうしたらここまで上がってきて、あそこの黒いアパートに入って行った」

早瀬は為頼の指さすほうをちらと見て、すぐ為頼に視線をもどした。

「どうしてわたしのことを？」

「あなたが犯罪に対して真剣だからですよ。刑事の任務は犯人の逮捕だとおっしゃったが、ほんとうは犯罪を未然に防げればいちばんいいのでしょう」

「それはもちろんそうですが」

早瀬はシートにもたれたまま、左手にはめた指輪をくるくるまわした。為頼は早瀬の反応の鈍いことに焦れた。

「わたしが見た男は、いずれ残酷な犯罪をやります。日常生活ではわかりにくいけれど、性格にもいびつなところがあるはずです。妙に潔癖だとか、異様にきれい好きだとか。それが犯行時には爆発的な暴力になるんです。このまま野放しにしておくと、きっと大きな犠牲が出ますよ」

「しかしね、いくら犯罪を防ぐためでも、罪を犯していない者を逮捕するわけにはいきませんよ」

「でも、犠牲者が出てからでは遅いでしょう」

二人の視線は一瞬ぶつかったが、早瀬が先に逸らした。わかっている。そこが警察の限界だ。被害者が出てからでないと警察は動けない。それでも為頼は食い下がった。

「危険な精神障害者を隔離するための措置があったはずですよ」

「二十四条・通報ですか。精神保健福祉法」

たしかそれだ。重大な自傷他害の危険のある精神障害者を発見したら、警察官は知事に通報し、強制的に入院させることができる。しかし、早瀬は露骨に不快さを見せて言った。

「あんなもの、役に立ちませんよ。二十四条・通報の措置入院は、世間の風当たりが強いんです。人権問題としてね。警察官の通報で措置入院されかねないとなれば、だれだって怖いでしょう。心神喪失者の自由を保障すれば、犯罪の危険は残る。隔離して安全性を高めれば、心神喪失者の人権が侵害される。どちらかですよ。人権も保障し、安全も保障するなんて無理なんです」

「それじゃ、監視をつけるのはどうです。捜査でよくやるでしょう」

「行確（こうかく）ですか。それもむずかしいですね。根拠がないから」

「監視をつづけていればきっと何か見つかりますよ。あるいは過去に事件を起こしているかもしれない。奴はそれをうまくすり抜けているんです」

為頼の熱意に根負けしたようにため息をつき、早瀬は疲労の濃い顔をしかめた。

「じゃあ取り敢えず、その男の特徴をもう少し説明してもらえますか」

「年齢は二十代前半。帽子をかぶっていたので、顔ははっきり思い出せないが、眉毛が薄かったように思います。それからどちらか片方の足を引きずっていました。子どものころに複雑骨折をして、きちんと治さなかったのでしょう。全体的には小柄ではないけれど、なんとなくいびつな……」

為頼は目を閉じて男の姿を思い出した。それほど小柄ではなかったのに、なぜか貧弱に見えた。どうしてだろう。「そう、男は極端な撫で肩でした。それで下半身は大きいのに、上半身が小さく見えて。そういえば頭も小さかったような」

「極端な撫で肩？」

早瀬がふいにシートから身を起こした。反射的に内ポケットに手を入れる。

「もう一度、今の特徴を聞かせて下さい。その男は撫で肩で、下半身が大きかったんですね」

「ええ」

早瀬は手帳を取り出し、乱雑にメモを書く。

「それで、先生の見立てでは凶悪な犯罪の徴候が出ていたと」

「そうですが、どうしたんです。急に」

為頼は早瀬の変化に面食らい、相手の顔を見た。こめかみから慢性疲労の徴候が消えている。アドレナリンが出て、循環系が賦活化されたのだろう。

「あの男が何かの事件に関わっているんですか」

早瀬は答えずに、質問をつづけた。

「男が入って行ったのは、あのアパートですね。部屋はわかりますか」

「一階の手前から五番目です。四号室がないから、部屋番号は一〇六」

「なるほど」とつぶやき、早瀬は頭の中で情報を組み合わせるように眉根を寄せた。

「ちょっと見てきます」

「あ、待って」

止める間もなく早瀬は運転席から出て行った。左右に気を配りながら、アパートに近づいていく。もしあの男が部屋にいたら危ないのではないか。今、犯因症の徴候が破裂寸前だったら。いや、そんな偶然はないだろう。そう思いながら、為頼はケータイを取り出して時間を確かめた。四時四十一分。男が仕事に行っているならまだ帰っていない時間だ。

早瀬は庇のついた薄暗い入口から中へ入り、しばらく出てこなかった。やがて足早に出てきて、そのまま前のベランダ側にまわった。車の位置から見えるのは右端の二軒分だけだ。

早瀬は塀の陰からこちらを振り返り、だれもいないことを確認して車にもどってきた。

「何かわかりましたか」

「いや。一〇六号室は留守のようでした。ちょっと場所を移動しましょう」

早瀬はエンジンをかけ、シートベルトをしめないまま車を出した。観光案内所脇の天神坂を下り、山麓線を新神戸のほうに向かう。

「先生、あとはお宅までお送りしますから、もう少しいいですか」

早瀬は返事も聞かずにオリエンタルホテルの駐車場に車を入れた。夕方の診察まで時間がないので車の中でと為頼が言うと、早瀬もそのほうがいいと言った。

「先生があのアパートへ行ったのは、いつだったか覚えていますか」

「十二月十五日です」

あれは佐田に襲われたのと同じ晩だ。昨日、菜見子に話したところなので日付はすぐ出た。

「そのとき、先生はベランダを見ましたか」

「ええ。ちらっとですが」

「何か変わったものがありませんでしたか」

「変わったもの？」

「青いビニールシートとか」

為頼はあの夜の光景を思い浮かべた。男の部屋に明かりがついたとき、ベランダはがらんとしていた。空き部屋かと思うほど何もないところに明かりがついたので、為頼は妙な印象を持ったのを思い出した。

「ベランダは使っていないようでしたよ。さっきはビニールシートがあったんですか」

「大判のが五枚。きちんと畳んでありましたが、新品じゃない。プラスチックのバケツもあった。洗ってあったが、かすかににおいがしてた」

「何の」

「血です」

そう言って早瀬は手帳を閉じた。

「先生、男のことはだれかに話しましたか」

「昨日、六甲サナトリウムの高島さんに」

「わかりました。あとはこちらで然るべくやりますから」

はじめの対応とまるでちがうことに、為頼は釈然としないものを感じた。遠まわしに口止めしているようでもある。

「さっきは監視をつけるのも無理ということでしたが、捜査してもらえるのですか」

「だから、然るべくやります」

木で鼻をくくったような物言いだった。必要な情報を得たらとたんに冷淡になるのが警察のやり方だ。為頼は気分を害したが、とにかく今は早瀬が興味を持ったことでよしとすべきだった。

「ではよろしくお願いします。それと、さっきも言いましたが、高島さんは離婚した夫にストーカー行為を受けているんです。そちらのほうもお願いします」

「ああ、聞いています。生活安全課ですね。心配ないですよ」

ふたたびあっさり言い捨てられて、今度は為頼も引き下がらなかった。

「簡単に言いますが、警察はきちんと対応してくれてるんですか。相手の住所も調べていないそうじゃありませんか」

「いやがらせの手紙や無言電話は止まったんでしょう。ならいいじゃないですか」

報告は受けているらしい。しかし、真剣に取り組んでいるようすはまったく感じられない。

「高島さんはまだつきまとわれている気配があると言ってます。相手が電話や手紙以上の過激な行為を企んでいたらどうするんです」

「あのね、先生」と、早瀬は口元を歪めてこちらに向き直った。「ご存じだと思いますが、警察は民事不介入なんですよ。高島さんは被害届を出したんですか。出してないでしょう。そんな状況で、一方の言い分だけ聞いて警察が動いたら、すぐ権力の介入だと言われるんで

す。苦情が出て新聞に洩れれば、ここぞとばかり叩かれる。そうなれば県警の幹部は減点です。中央から来るキャリアがいちばんいやがることです。だから、現場はおいそれと動けないんですよ」

そして為頼を皮肉るようにつけ加えた。「警察は市民を守る立場にありますが、同時に市民から厳しく縛られてもいるんです。お医者さんだって同じでしょう。今は患者が怖い時代だそうだから」

医療のことを軽々しく言われ、為頼は思わず気色ばんだ。

「じゃあ、南サトミの捜索はどうなってるんです。いなくなってから、もうひと月以上になるじゃないですか。彼女は灘区の事件の重要参考人なんでしょう」

「南サトミの行方は、我々も懸命にさがしています。しかし、見つからない」

早瀬は急に疲れたようにため息をついた。「一時は先生がかくまっているのではという可能性もゼロではなかった。が、どうやらそれはないらしい」

「当たり前でしょう。警察は何を考えてるんです」

為頼は語気を荒らげたが、早瀬はそうとう消耗しているようだった。目が充血し、こめかみにまた疲労が浮き出ている。しかし、為頼は容赦せずに早瀬を責めた。

「西郷川でスニーカーが見つかったという話、はじめから別物だとわかっていたそうじゃな

いですか。あれはわたしに揺さぶりをかけるためだったんでしょう。そんなことをして何になります。わたしは高島さんから相談を受けただけで、サトミという少女とは何の関係もない。それとも、わたしを試したんですか」

「別に……」

「それから、サトミの髪の毛を持って帰ったそうですが、DNA鑑定の結果はどうだったんです。高島さんから聞きましたよ。現場に子ども用の帽子が落ちていて、髪の毛がついていたと。一致したんですか。するわけがないでしょう」

早瀬は答えず、動揺したように目を逸らした。唇が小刻みに震えている。為頼はさらに言い募った。「サトミの告白は、自己処罰衝動から出た作り話です。彼女の精神状態はまともじゃない。自分で何をやっているのかわかっていないんです。それこそ心神喪失ですよ。精神鑑定をすればわかることだ」

「心神喪失……」

早瀬が顔をしかめ、苦しげに後頭部を押さえた。「またそれか。何でもかんでも心神喪失でご破算にしようとする」

早瀬は激しい頭痛に襲われているようだった。明らかに身体と頭の使いすぎだ。

「早瀬さん、大丈夫ですか」

「すみません。ちょっと頭が」

「無理はよくない。私はタクシーで帰りますから、あなたは帰って休んで下さい。いや、ここでしばらく横になったほうがいい。シートを倒しましょうか」

為頼が手を差し伸べようとすると、早瀬は顔を上げて朦朧とした声で言った。

「けっこうです。ちょっとね、混乱してるだけです。どう考えればいいのか。ぜったいにおかしい。いや……」

「おかしいって、何が」

「たしかに、スニーカーの件は、先生には悪いことをしました。謝ります。あれはだれかが仕組んだことだ。でも、髪の毛は、どう考えればいいのか」

「髪の毛って？」

「いや……、いいです」

「早瀬さん、まさか」

為頼は早瀬の言動に衝撃を受けた。信じられない。

「サトミの髪の毛が、現場のものと一致したんですか。まさか……、そんなはずは」

早瀬は両手で頭をきつく押さえ、ハンドルに突っ伏しそうになっている。

「早瀬さん！」

きつく肩をつかむと、早瀬は真っ赤に充血した左目で為頼を見た。

「一致したんです、鑑定」

早瀬は低い唸り声を立て、そのまま動かなくなった。為頼も助手席に深くもたれ込んだまま、全身が虚脱した。

4

一月二十二日、日曜日。

冬の午後の低い太陽が、和室の敷居まで射し込んでいる。居間のカーペットに横座りしていた菜見子が、自分の膝をぽんと叩いた。

「いいお天気だね。久しぶりに公園に行こうか」

「公園、行くぅ」

昼寝から起きて三時のおやつを食べていた祐輔は、喜んでスプーンを振りまわした。

「あ、ヨーグルトがこぼれちゃう。先に食べなさい」

注意されても祐輔はスプーンを振るのをやめず、足をばたつかせている。屋外にゆっくり遊びに出るのは、ほぼ一カ月半ぶりだ。

菜見子は先週から、祐輔をふたたび高羽町のマーガレット保育園に預けはじめた。最初は不安だったが、何ごともなく一週間が過ぎたので、ようやく気持に余裕が出てきた。要造からのいやがらせはなく、保育園にも怪しい気配はない。もしかしたらほんとうに自分のことをあきらめたのだろうか。用心深い菜見子もわずかに警戒を緩めはじめた。

団地内の鶴甲公園に行くには、区画のあいだを抜けて行かなければならない。この日は気温が十度まで上がり、六甲山のふもとにある鶴甲地区にしてはうららかな陽気だった。菜見子は祐輔が動きやすいように、ジャージのズボンにセーターを着せ、寒くなったときの備えにジャンパーを持って出かけた。

「わーい、公園、公園」

祐輔はスキップとも千鳥足ともつかない足取りで、アスファルトを歩いて行く。鶴甲公園は団地三棟分の広さがあり、周囲にはポプラや桜の木が植えられている。もともと斜面を造成した台地なので、公園の南側からは摩耶埠頭や六甲アイランドが見渡せる。

この陽気につられたのか、公園には何人かの先客がいた。入口の階段を下ると、祐輔はユニットジャングルめがけて走っていった。ジャングルジムにアーチ状の梯子（はしご）を組み合わせた遊具で、ぶら下がりラダーとしても遊べる。祐輔はそれを逆さに上るのが好きだった。

「久しぶりだから、気をつけるのよ」

母親の心配をよそに、祐輔はさっそく手足を掛けてぶら下がった。菜見子は近くのベンチに座り、太陽の光を身体いっぱいに浴びた。

この静かな日常はほんものだろうか。一月に入ってすぐ、看護助手の熱田に妙なことを聞かれた。前の夫とよりをもどしたのかとか、彼が市役所に勤めていたことはあるのかとか、意味不明のことばかりだ。要造の居場所を知りたがっているそぶりもあった。彼女はいったい何を考えているのか。

それにしても、去年の十一月からはじまったあのいやがらせはほんとうに苦しかった。職場にも迷惑をかけたし、祐輔にもつらい思いをさせた。何よりも悔やまれるのは、サトミの失踪を止められなかったことだ。

あとで熱田に聞いた施設長・山井の行状。それはほとんど犯罪だが、追及してものらりくらりと言い逃れをするだけだろう。それよりもサトミがいちばん助けを必要としているときに、力になれなかったことが悔やまれる。サトミは今どこで何をしているのか。

菜見子はサトミの失踪後も、ケータイにずっとメールを送りつづけた。もちろん、返事はない。ケータイからサトミの居場所がわからないかと思いつき、電話会社に問い合わせると、プライバシーの問題があるからとしながらも、サトミの通信記録を調べてくれた。結果、サトミは一月八日に契約を解除していることがわかった。片時もケータイなしにはいられない

サトミがどういうことか。考えられることはひとつ。だれかに新しいケータイを買ってもらったということだ。

さらに一昨日、市役所にいる友人からおどろくべき情報がもたらされた。だれかがサトミの戸籍謄本を取っていったというのだ。友人が市民相談室のコンピュータで見つけてくれたのだが、十九日の午前に中央区の三宮サービスコーナーに申請が出ていて、即日発行されたのだそうだ。おそらく本人が取りに来たのだろうということだった。

「彼女は捜索願が出てるのよ。どうして警察に連絡が行かないの」

菜見子が感情的になって聞くと、電話で報せてくれた友人はため息まじりに言った。

「警察から特別な要請があれば別だけど、ふつうは連絡しないのよ。戸籍謄本を取りに来たこともプライバシーになるからね。個人情報保護法で通報できないの」

「そんな……」

菜見子は歯がゆい思いでいっぱいになったが、とにかくサトミが無事でいることがわかりほっとした。それにしても戸籍謄本など何に使うのか。結婚？　いや、それは年齢的に不可能だ。ならば養子縁組だろうか。しかし、いったいだれが。

サトミのことを考えると気持が沈んだが、菜見子はサトミを信じることにした。サトミは精神的には不安定だが、決して頭は悪くない。だから、もし彼女が自分なりの人生を歩みだ

したのなら、そっとしておくべきかもしれない。じっと待つことが、彼女への信頼になるのだ。

そう思うと、菜見子の心はわずかに安らいだ。

右手の黄色い支柱のブランコで、四人の子どもが遊んでいる。鎖の軋む音が微妙にずれ、ばらばらになってはまたそろう。となりのベンチでは、茶色いカーディガンを着た老人が鳩に餌をやっていた。十羽ほどの鳩が集まり、パン屑をついばんでいる。灰色の鳩、茶色がかった鳩。今まで気にも留めなかったが、脚も赤いのと黒いのがいる。菜見子は為頼の言葉を思い出した。

――人間の脳は、網膜に映っている画像の十パーセントほどしか認識していないんですよ。

たしかにその気にならなければ見えないものがある。自分にも為頼のように、病気や犯罪の徴候が見えるだろうか。

菜見子は好奇心を膨らませて、となりの老人を見た。年齢は七十五歳くらい。ごま塩頭で痩せていて、膝掛けをのせている。男性で膝掛けをするのは珍しいのでは？　ということは、老人は膝が悪いのだ。ほかに徴候らしいものはないか。

もう一度、何気ないふりで老人を見た。老人は鳩に餌をやることに専念していて、菜見子に気づかない。チャンスとばかり、菜見子は相手を凝視した。頬に深い皺があり、喉の皮膚

は垂れ下がっている。指が節くれ立って、四本とも小指側に曲がっている。あんな手をどこかで見たことがある。そうだ、小さいころ近所の友だちの家に指の曲がったお婆さんがいて、リウマチだと言っていた。

老人が菜見子の視線に気づいて、こちらを見た。菜見子は慌てて目を逸らす。

「祐輔、高いところにあがったらだめよ」

祐輔に目を配るふりをしながら、菜見子は老人の徴候を頭の中で検証した。頬の皺はいつも膝の痛みを堪えているためにできたのにちがいない。顔が妙に生白いのも、子どものときに見たリウマチのお婆さんと同じだ。膝の痛い人は足を引きずって歩くはずだが、足元はどうだったろう。もう一度ちらと見ると、老人の靴は砂埃で真っ白だった。やっぱり。さらにはベンチの向こう側に、アルミの杖が立てかけてあるのも見えた。まちがいない。このお爺さんは慢性関節リウマチで膝が悪く、歩くのにかなりの痛みがあるのだ。

菜見子はシャーロック・ホームズばりの推理にひとり納得した。リウマチの痛みというのはそうとうつらいはずだ。友だちのお婆さんも、痛みのために険しい顔をしていた。このお爺さんはきちんと治療を受けているのだろうか。

心配していると、老人は鳩に餌をやり終えて、ひょいと立ち上がった。膝掛けをたたんでスーパーの袋に入れ、それを杖に引っかけ、さっさと歩いて行ってしまった。膝が悪いよう

なそぶりはまったくない。靴が汚れていたのは、単につま先で砂を蹴る歩き方のせいだった。

菜見子は呆気に取られて老人を見送った。顔を伏せ、思わず噴き出す。勝手にリウマチだなんて決めつけて、痛みの心配までするとは、自分はなんとお人好しなのだろう。

「ママ、喉渇いた」

祐輔がユニットジャングルから走ってきた。服も手も砂で真っ白になっている。

「ミルクティー持ってきたよ」

魔法びんを取り出し、ふたのコップに注いでやる。濡れティッシュで手を拭う。紅茶はぬるめだが、猫舌の祐輔にはちょうどいいだろう。

「次は何で遊ぶ？」

「タイヤー」と祐輔が勢いよく右手を上げた。

「ちょっと、お口拭いて」

菜見子がタオルで口を拭こうとするのももどかしげに、祐輔は半分地面に埋めて並べてあるタイヤのほうへ走って行った。菜見子もベンチからタイヤに近い休憩所に移動する。面倒だが、万一のことを考えると祐輔のそばを離れるわけにはいかない。

西の入口から、髪を七三に分けた小太りの男がスーパーの袋を提げて入ってきた。右手に鉄の棒のようなものを持っている。腫れぼったい目は怒りを含み、わき目もふらずに公園を

横切って行く。その先にしゃがんで砂遊びをしている子どもが二人いた。

（あ……）

菜見子は男の眉間に奇妙な皺を見た。「M」のような「W」のような盛り上がり。為頼の言っていた凶悪犯罪の徴候だろうか。思わず鳥肌が立った。男は子どもの横に立ち止まると、鉄棒を振り上げ、地面を叩くそぶりを見せた。

「すぐそこにゴミ箱があるのに、なんで捨てんのや！」

振り上げたのは火ばさみで、男は落ちていたポテトチップスの袋を拾ったのだった。公園管理会のボランティアの人らしかった。

その目で見ると、だれもが通り魔に見える。子どもたちは声をあげて逃げていった。

見えないものもある代わり、見ようと思いすぎて、ないものまで見えてしまうこともあるのではないか。為頼が言うように、見ようと思わなければ
「次、ブランコ行くねー」

祐輔がタイヤに飽きたのか、ブランコ目がけて駆けだした。菜見子も場所を移動する。ブランコのそばに赤いキノコを模したシェルターがあり、セメントの椅子が並んでいる。そこに座って、菜見子はあたりを見まわした。

ここ何年か、小学校や公園で子どもを襲う通り魔事件が続発している。ハンマーで殴りか

かったり、カッターで斬りつけたり。犯人は心神喪失で、判断力を欠いているのだろうか。いや、通り魔はたいてい人気のないところで行われる。子どもを狙うのも反撃されにくいからだろう。判断力はしっかり働いている。ならばどうして関係のない他人を巻き込み、自分自身も破滅するようなことをするのか。

その気持は臨床心理士として分析することはできる。しかし共感はあり得ない。要造もそうだった。何もかもが思い通りにならず、不平と不満が連続して、自分以外のすべてに腹が立って仕方のない状態。そんなとき、人は世界もろとも自分を滅ぼして、すべてを終わりにしたいと思うのか。その一線を越えるとき、為頼の言う眉間の「M」の徴候が表れるのかもしれない。

動物の遊具の横に、浮浪者風の男が立っていた。脂じみた髪をのばし、しかめ面で何やら独り言をしゃべっている。腰にひどく汚れたタオルをぶら下げ、この寒いのに素足にサンダルばきだ。この人は大丈夫だろうか。

その前を、犬の散歩に来た中年女性が通り過ぎた。赤く染めた髪は乱れ、肌は黒く、眉は抜いて半分しかない。マニキュアの剝げた指にタバコをはさみ、ケータイでしゃべっている。

「何やて、話がちがうやろ。和歌山へ言えや。アホか、オバハン」

女は小便をしかけていた犬の紐を思い切り引っ張った。犬の悲鳴に、菜見子は身をすくめ

る。なぜみんなあんなにすさんでいるのか。

いつの間にか雲が出て、空の大半を覆ってしまった。まだ日没には早いはずだが、太陽はすっかり隠れている。

「祐輔。そろそろ帰ろうか」

菜見子はなんとなく不安になって祐輔を呼んだ。祐輔はブランコに飽きて、滑り台にのぼりはじめたばかりだ。

「祐輔。今日はもう終わりにしよう」

「いやだ」

祐輔が見向きもせずに叫ぶ。

「また、今度来ようよ。今日はもうずいぶん遊んだよ」

「まだ、遊んでないもん」

菜見子はシェルターを出て、滑り台に近づいた。そのとき、砂場の横に若い男が立っているのに気づいた。男はさっきからこちらを見ていたようだ。人を観察することばかりに気を取られ、自分が見られていることに気づかなかった。

菜見子が男を見ると、相手は戸惑ったように目線を下げた。毛糸の帽子に黒いジャンパー。帽子から不自然な髪の毛がはみ出ている。どこか奇妙な未来人のような顔だった。菜見子は

とっさに男の眉間を確認した。眉間は平らで、奇妙な皺はない。それなら安心だ。男の眉は太く、描いたように鮮明だった。

それだけを観察して、菜見子は祐輔に向き直った。

「ほら、もう夕方だよ。寒くなってきたから、これ着て帰ろ。ね」

滑り台の上にいる祐輔に、ジャンパーを差し出す。祐輔はそれを無視して、勢いよく滑り下り、前の砂場に突進した。

「まだ砂場遊びしてないもん」

「それはまた今度にしようよ」

「やだ」

祐輔は片脚を広げてしゃがみ、せっせと穴を掘りはじめる。菜見子が近づくと、背を向ける。冬の夕暮れは早く、知らないうちに公園にいた人はほとんどいなくなっていた。

「祐輔、どうしても帰らないの」

「帰らない」

こうなったら奥の手を使うより仕方がない。菜見子はしゃがみ込んで泣き真似をはじめた。

「えーん、えーん。祐輔がわたしを泣かすぅ」

これをすると、優しいところのある祐輔はたいてい菜見子の言うことを聞くのだ。ところ

が、今日はわざと聞こえないふりをしている。よほど公園遊びに飢えていたのか。

「いいかげんにしなさい」

声を荒らげると、祐輔が砂をつかんで投げつけた。子どもなりに配慮してか、わざと的をはずしている。それでも菜見子は祐輔をにらみつけ、いっそう大げさに泣き真似をした。

「うえーん、祐輔がわたしをいじめるよう。祐輔は悪い子だよう。わたしに砂をかけたぁ」

指の隙間から祐輔を見ると、さすがに観念したのか、砂場から立ち上がっていた。

同じ指の隙間から、菜見子は奇怪なものを見た。砂場の横にいる男のようすが変わっている。撫で肩だったはずなのに、肩に分厚いパッドを入れたみたいに上半身が膨らんでいるのだ。男はひどく怒っているようだった。こちらに背中を向けたまま、顔だけ斜め下に向けて祐輔をにらんでいる。その目に無気味な凶暴さが浮かんでいた。

「さ、祐輔、おいで」

菜見子は手早くジャンパーを着せ、祐輔の手を引いた。祐輔は素直についてくる。

「ほうら、もうみんな帰っちゃったよ。暗くなると危ないから、交番の前を通って帰ろうね」

菜見子はわざと聞こえよがしに言い、出口に向かった。男のついてくる気配はない。

アスファルトの道に出たとき、菜見子は黒い軽自動車が歩道に乗り上げて停まっているの

を見た。その黄色いナンバープレートが、薄暗がりの中で注意警報のように見えた。

だれもいなくなった公園で、男は荒い息を繰り返していた。男の肩甲骨は外側に向いたままで、広い肩幅は小さな頭と異様なバランスを造り出している。

男はむず痒そうにこめかみに爪を立て、肌色のテープのような膜を剝がした。それはシリコンの人工皮膚で、左右の眉が植えつけられていた。テープを剝がした男の額には、眉毛が一本もなかった。

公園にひとつだけある背の高い水銀灯が灯る。その光に照らされて、人工皮膚を剝がしたあとの眉間が露わになる。

そこには肉を押しつぶしたような「M」字型の皺が、隆々と盛り上がっていた。

5

阪急六甲駅の山側にあるマーガレット保育園は、園長を含めて保育士が七人、認可定員四十二人の中規模施設である。長らく閉まっていた医院を改装して五年前に開いたもので、前に駐車場があるのが送迎の保護者には評判がいい。

菜見子はそこにベージュのニッサン・マーチを停め、祐輔をチャイルドシートから降ろした。入口で園長が出迎えている。

「おはようございます。ほら、祐輔、ご挨拶は」

「おはーっ」

髪にバンダナを巻いた若々しい園長にハイタッチをして、祐輔は中に駆け込んでいく。

保育園に復帰して早三週間余り。トラブルらしいものは何もない。このごろでは菜見子も落ち着き、さほど神経質にならずに祐輔を預けられるようになった。

「祐輔くん、このごろ元気ね。カムバックの直後はちょっと不安定やったけど」

園長の言葉に、菜見子の胸は疼く。きっと幼いながらに不安と緊張を感じていたのだろう。しかしもう大丈夫だ。祐輔は一刻も早くみんなのところへ行こうと、上履きに替えるのももどかしげに、幼児ルームに消えていった。

「じゃ、よろしくお願いします。迎えはいつもの時間にわたしが来ますから」

備えつけのノートに迎えの予定時間を書いて、菜見子は車のほうへもどっていった。

幼児ルームでは、すでに十人ほどの子どもがそれぞれ好きなおもちゃで遊んでいた。祐輔も引き出しから恐竜のビニール人形を取り出す。お気に入りはトリケラトプスだ。敵役のティラノサウルスを左手に持ち、鳴き声を真似しながら二匹を闘わせる。

子どもたちがそろうまでは自由遊びだが、十時からは設定保育になる。園庭のないマーガレット保育園では、週に四日、散歩のプログラムを入れていた。行き先は曜日によってちがうが、木曜日は六甲駅南側の八幡神社である。

「はい、つばめ組さんとペンギン組さんはお散歩に行きまーす。準備して下さーい」

保育士の号令で、幼児組の子どもたちが自分のボックスに群がる。帽子を取り出し、水筒を肩から掛ける。

二十数人の一行は三人の保育士に誘導されて、車の少ない住宅街の道を選んで歩いた。

「先生、今日、雨や降らない？」

祐輔が列の真ん中にいる保育士に聞く。保育士は空を見上げ、曖昧に微笑む。

「降らんかったらいいね」

空はどんより曇り、二月にしては生暖かい風が吹いていた。

子どもたちはよそ見をしたり必要以上に大きく手を振ったりしながら、阪急六甲駅の広い踏切を渡った。すぐ目の前に神社の森が広がる。八幡神社には四カ所の出入口があり、北の通用口のほかに、南に正面参道、東西に駐車場専用の出入口がある。もう一カ所、迂回路のような第五の通路もあるが、これはふだんは使われていない。マーガレット保育園の散歩は、北の通用口から本殿の裏手を通って境内に入るルートである。

厄神宮の横を抜けて拝殿の前に出ると、明日の初午祭に備えて紅白の幕が張られていた。

「はい、みんな、止まって。水筒はベンチに置いてね。トイレの子はいる？」

保育士が手分けして、子どもの世話をする。最年長の男の子が生意気な口振りで、保育士のリーダーに聞いた。

「先生、今日は、何するん？」

「今日の遊びは、なわとびです」

子どもたちから歓声とブーイングがあがる。なわとびが得意な祐輔は歓声のほうだ。いち早く保育士からなわをもらい、ひとりで跳びはじめる。跳べない子どもは保育士がまとめて、ヘビ遊びや引っ張りっこで遊ばせる。

拝殿前の広場はテニスコートくらいの広さで、短い石柱の柵で囲まれ、右奥に楠の老樹が生えている。左側には手水舎があり、その横に石の枠を組んだ井戸がある。

「なわがほかの子に当たらんように、気ぃつけてよ」

「ショウちゃん、鳩はほっときなさい」

「犬のウンコあったら言うてね」

保育士たちがひっきりなしに声をかける。子どもたちの声が広場に弾ける。

境内にはマーガレット保育園の子どもたちのほかにも、何人かの人がいた。

拝殿の前で一心に手を合わせている中年女性は、よほど大事な願いごとがあるのか、何度も鈴を鳴らして熱心に拝んでいる。

石灯籠の段にはスキンヘッドの青年が座り、イヤホンの音楽を聴きながら、マンガ雑誌を読んでいた。サングラスにピアス、革ジャンを着て、夢中で顎を振りリズムを取っている。

乳母車（うばぐるま）を押している髪の長い女は、口の中で子守歌を歌いながら、ゆっくり境内を歩いていた。乳母車には赤ちゃんはおらず、ベビー服とおしゃぶりしか入っていない。

井戸の石枠には、黒いジャンパーを着た男が、両手をポケットに入れて座っていた。野球帽を目深にかぶり、背中を丸めて、子どもたちのようすをうかがっている。男はジャンパーの下に何か入れているのかと思うほど両肩が盛り上がっていた。

「はーい、集合。今度は長なわとびするからねー」

保育士のリーダーが広場に散らばった子どもたちに号令をかけた。ほかの二人がリュックから長いロープを取り出す。なかなか集まらない子どもに、リーダーは手拍子で呼びかける。

「だーれが早いかな、だーれが早いかな」

子どもたちがリーダーのまわりに集まり、押し合いながら順番に並ぶ。

「はい。じゃあ、大波小波をやりましょう」

「えー」

今度は祐輔がブーイングをした。なわをまわさない大波小波は退屈だからだ。逆に年少児は歓声をあげて、はじまるのを待っている。

「順番に行くよ。みんなで数えようね」

年長の子どもたちは興味を示さず、石を拾ったり低い枝から葉っぱをむしったりしている。祐輔も列から離れ、地面に絵を描きだした。トリケラトプスを描いてみるが、ちっともうまく描けない。あたりを見まわして、ふと立ち上がった。

「先生。手、汚れた。洗ってくる」

リーダーがあきれ顔で、袖をめくってくれた。毎度のことなので、魂胆(こんたん)はばれている。手水舎に据えつけられた青銅の龍を見に行きたいのだ。龍は長さ一・五メートルほどの彫像で、石桶(いしおけ)の縁に乗り、口から水を流す仕掛けになっている。祐輔はこの神社に来るたびに、一度は手を洗うという口実で龍を見るのが習慣だった。

「服、濡らしたらあかんよ」

リーダーの声を背中で聞き流して、祐輔は広場の左端へ走って行った。

苔むした石桶の上で、青銅の龍は勢いよく水を吐き出していた。手水舎の後ろには古びた木の開き戸があり、神社らしく注連縄が張られている。いつもは閉まっているのに、今日はわずかに開いていていた。

手水舎に来た祐輔はいつものように龍に見入り、牙や髭を観察した。口から流れる水に手を触れると、痛いくらいに冷たかった。それでも祐輔は両手を差し出し、龍に水を跳ね返す。龍の身体全体に水をかけると、祐輔は石桶の後ろにまわり、龍の背中の棘を一本ずつ指でなぞった。

「ちょっと、手、洗わしてね」

手水舎の前で、子どもみたいな甲高い声がした。顔を上げると、さっき井戸の石枠に座っていた男が立っていた。男はジャンパーの袖をめくり、両手を龍の口の下に差し出した。まるで冷たさを感じていないように、ゆっくりと手の甲を水に打たせる。

祐輔は石桶の後ろから男を観察した。なんとなく気味が悪いなと思ったとき、男が言った。

「この龍、本物みたいだね」

龍のことを言われ、祐輔はちょっとうれしくなった。この男も龍が好きなのか。

「坊や、龍の鳴き声、知ってる？」

「知やない」

「じゃ、聞かせてあげる」

男は喉の奥で「うるるぅ」と舌を震わせた。聞いたこともない音だった。本物の龍の声みたいに聞こえた。

「もう一回やって」

「いいよ。……うるるぅ」

祐輔が喜ぶと、男は手を拭いて石桶の後ろにまわってきた。

「坊や。本物の龍のウロコ、見たことある？」

男は両手の親指と人差し指を合わせて、ウロコの形を作った。

「見たことない」

「じゃ、見せてあげる」

ポケットからビニール袋を取り出す。中にガーゼが入っている。そこにウロコが包んであるのだろうか。

のぞき込むと、男はいきなりガーゼを祐輔の口に押し当てた。叫ぼうとしたが、声が出ない。鼻に甘い刺激臭が突き抜け、頭が痺れた。それまで帽子のつばに隠れていた男の目が、じっと祐輔を見下ろしている。その目には睫毛も眉毛もなかった。

祐輔は闇に吸い込まれるように意識を失った。

手水舎から、後ろの開き戸までは三歩の距離だった。

イバラはぐったりした祐輔を抱き、体勢を低くしたまま半開きの扉の中へ消えた。場所は

前に下見してある。中の雑木林は神社会館の裏手で、表にまわれば道路に出られる。イバラは祐輔を抱いたまま、神社会館の前に出た。これが八幡神社の第五の出入口である。

道路には、歩道に乗り上げる形で黒のダイハツ・ムーヴが停めてあった。イバラは祐輔を後部座席に乗せ、自分は運転席に座ってすばやく発進した。踏切を避けて右折し、阪急の高架下をくぐるところまでもどって、市道山麓線に入った。

念のためにもう一度祐輔にガーゼの麻酔薬を吸わせた。子どもには効果が出やすい。祐輔は完全に脱力して、首もぐらぐらだった。これなら筋弛緩剤も要らないなと、イバラは思った。

6

同じ日の正午過ぎ、為頼の診療所に白神から電話がかかった。

「為頼先生、急なことで申し訳ないのですが、お伝えしたいことがありますので、至急、こちらの病院まで、ご足労願えませんでしょうか」

どんな用件なのかと聞いても、白神ははっきり言わなかった。午前中の診察は終わっていたが、呼びつけられてすぐ行けるほどひまではない。「用件も聞かずに、うかがうわけには」

と為頼が難色を示すと、白神は疲れた声で途切れがちに言った。

「あまり時間が、ないんです。実は、南サトミのことで……」

「何っ」

思いがけない名前に、為頼は混乱した。白神がどうしてサトミのことを知っているのか。彼はサトミの居場所を知っているのか。受話器に向かって聞いたが、白神はとにかくこちらに来てほしいと言うだけだった。

為頼はいつものセーターにブルゾンをはおって、診療所を飛び出した。駅前でタクシーを拾い、芦屋の白神メディカルセンターに急ぐよう運転手に頼んだ。

車の中で、為頼は白神の言葉を思い返した。白神はサトミをフルネームで呼び捨てにしていた。もしかして、彼はサトミを治療しているのか。医者同士が患者をフルネームで呼び捨てにするのはよくあることだ。

さらに白神は電話の終わりに奇妙なことを言った。今日は秘書がいないから、直接、院長室に上がってきてもらっていいと。去年の十一月にはじめて訪ねたときは、受付で来意を告げ、看護師に九階まで付き添われ、そこで秘書に引き継がれて院長室に案内された。丁重だがもったいぶった感じだった。ところが今日の白神の口振りには、とてもそんな余裕はなかった。電話の終わりには苦しげな弁解口調で、今日は病院が取り込んでいるのでとつけ加え

た。

タクシーは十分ほどで芦屋市山手町の白神メディカルセンターに着いた。病院の正面玄関には、前に来たときの優雅さはどこにもなかった。自動扉は開け放され、明らかに患者ではない人間が出入りしている。為頼のあとからタクシーを降りた男が、肩にぶつかるように慌ただしく中へ駆け込んで行った。

ロビーはもっと騒然としていた。正面に移動式の衝立が置かれ、「本日、全科休診」の貼り紙が出ている。待合室のソファは乱れ、灰皿が横倒しになり、床には紙コップや週刊誌が散らばっていた。受付には人だかりができ、初診、再診の窓口にも人があふれている。前に白神が誇らしげに説明した整然たる外来予約システムはどうなってしまったのか。

事務部の前では、マスコミ関係らしい人間が声を荒らげていた。

「未承認薬を患者に使った人体実験は事実なのか」

「横井事務長の所在はまだわからないのか」

「院長を出せ。記者会見をさせろ」

これに対し、事務部の職員らしい男性が両手を前に出して必死になだめている。

「白神院長は本日は病院におりません。連絡が取れ次第、みなさまのご要望をお伝えしますので、今しばらくお待ち下さい」

「ふざけるな。病院の社会的責任をどう考えているんだ」

「お前じゃ話にならん。上役を呼べ、上役を」

怒号はさらに高まり、詰め寄られた職員は惨めに絶句するばかりだった。

これでは受付に声をかけるどころではない。為頼は人だかりを避けて、奥のエレベーターホールに向かった。三つ並んだエレベーターには「運転中止」の貼り紙があり、ガードマンが警棒で見舞客らしい人々を押し返している。どうしたものかと立ち止まると、横からすっと若い医師が近づいてきた。

「為頼先生ですか」

うなずくと、こちらへと目で促す。階段の奥に把手のない扉があり、医師がベルトにつけた鍵で開くと、非常用のエレベーターがあった。

「白神院長がお待ちです」

医師は中へ入って9のボタンを押すと、自分はエレベーターの外へ出て、扉が閉まるまで恭(うやうや)しく頭を下げた。

九階に着くと、フロアには人気がなく、前に秘書がいた部屋は扉が開けっ放しだった。部屋にはシュレッダーで断裁した紙屑があふれ、廊下にも靴痕のついた書類が散らばっている。白衣が脱ぎ捨ててあり、その横に踵(かかと)の折れたハイヒールが転がっていた。

院長室の前に立ち、扉をノックすると低くかすれた声が聞こえた。

「どうぞ」

部屋に入ると、思わず身震いするような冷気が澱んでいた。窓は閉まっているのに外より寒い。白神は執務机の前に座り、両手を机の上に伸ばしていた。左手の肘の内側から点滴のチューブが延びている。机の横に置いた支柱には、プラスチックバッグ入りの輸液剤が吊されていた。

「急に、お呼びだてして、申し訳ありません」

白神の目は虚ろで、顔の筋肉が強い重力で引き下げられたようだった。白衣は着ておらずワイシャツだけの寒々しい格好だ。

為頼はすぐに白神の異常を診て取った。自律神経の機能が低下して、体温調節、発汗、内分泌のコントロールができなくなっている。これでは寒さも感じないだろう。

白神は自嘲的な笑みを浮かべて言った。

「先生には隠しても無駄ですね。お察しの通り、わたしの神経系は麻痺しています。点滴など何の意味もないかもしれない。しかし、最後に自分なりに試したい療法がありましてね」

点滴チューブには二連の三方活栓（さんぽうかっせん）がつけられ、それぞれから延長チューブが延びていた。机の上に十ccと二十ccの注射器をセットした輸液ポンプが並べてある。

「実は、病院でちょっとした不祥事がありましてね」

「下の騒ぎですか」

「マスコミの奴ら、最低ですね。こちらが調子のいいときは、ちやほやするくせに、不祥事が発覚するとハイエナのように群がる。でも、世の中は弱肉強食ですからね。弱れば食われる。それだけのことです」

「何があったんです」

「事務長の横井ですよ。先生もご存じでしょう。サテライトクリニックの件で、先生の診療所に失礼な訪問をした男です。あいつが、病院の金を七千万、横領して逃げたんです」

白神はふたたび自嘲的に嗤った。「馬鹿な奴ですよ。それくらいのはした金で、人生を棒に振るなんて。生涯収入を考えろって、言ってやりたいですね。でも、馬鹿を怒らすと、怖いですよ。馬鹿は、自分のやったことの意味が、わかりませんから」

一瞬だけ、白神はあからさまな憎悪の色を浮かべた。

「横領だけじゃないんですか」

「そう。わたしが開発した新薬の治験を、マスコミにばらした。患者に読日新聞の論説委員がいましてね。そいつに人体実験だと」

そういえば、さっき新聞記者らしい男たちが事務職員に詰め寄っていた。

「横井はまったく下劣な奴です。下司なマスコミと結託して、患者にとって計り知れない利益をもたらす薬を、だめにしてしまった。頭の悪い官僚や、無能な委員を納得させる時間が無駄だから、こちらで治験を進めていたのに」

「どんな薬です」

「抗不安薬、痛覚遮断剤、多幸感誘導剤。先生には前にお話ししましたね。治療に不安のある患者や痛みを恐れる患者に、対症療法として使うのです」

治療には根本治療と対症療法がある。痛みを取り、不安を除いて、患者の心を癒す薬があれば、どんな病気にも有効な万能の対症療法として使える。為頼は白神の意図を理解し、低く唸った。

「そんな素晴らしい薬なら、厚労省に申請して、正規の治験をやり直せばいいじゃないですか」

「もういいです。非効率なルールは、だれかが破らなければ改善しないんです。物事の見えない連中に説明するのは、疲れますから」

白神は右手で輸液ポンプの注入速度を調節した。白神の額に赤みがさし、穏やかな笑みが浮かぶ。

為頼は執務机越しに白神に詰め寄った。

「白神先生、南サトミのことを話して下さい。先生は彼女の居場所を知っているのですか」

「お話ししますよ。でも、そんなに慌てないで。そちらの、ソファにお掛け下さい」

疲労と酩酊の混じったような表情で、白神はゆっくり笑った。為頼を座らせると、右手で顎を撫で、何から話そうか考えるように目線を遊ばせた。

「南サトミとは、あるところで知り合いました。彼女はケータイのメールでしかコミュニケーションできないとのことでしたが、わたしには打ち解けてくれましてね。ふつうの会話ができました。それで彼女に新しいケータイを与えて、古いケータイの履歴を見た。するとたいへん興味深いメールが出てきた」

何を言い出すのかと、為頼は身を硬くした。

「去年の二月に起こった、灘区の教師一家殺害事件。南サトミは、あれは自分がやったと告白していた。告白の相手はチャーミィ。彼女がいた施設の臨床心理士らしいですね。そうそう、先生のこともメールのやり取りに出てきました。サトミは『灰色頭』って呼んでますが」

白髪まじりの自分のことだなと為頼は思った。白神は六甲サナトリウムや菜見子のことも調べたのか。

「サトミは先生には悪い印象は持ってなかったようですよ。先生はサトミを診察して、灘区

の事件の犯人ではないとおっしゃったそうですね。それでチャーミィは喜んだのに、刑事が来た。だからサトミは施設を出たんです」

「彼女はどこにいるんです」

「今は、安全なところ、とだけ申し上げておきましょう。ある意味、極めて危険な状況ですから」

「自殺の危険ですか」

「いえ、殺される危険です」

白神はゆっくりまばたきをし、為頼を焦らすのを楽しむように目を逸らせた。「灘区の事件のほんとうの犯人が、サトミの告白を知って、怒っているのですよ」

「ほんとうの犯人？」

「そう。あれだけの事件ですからね、他人が犯人面をするのが許せないのでしょう。あるいは、もっと単純に、嘘が許せないだけかもしれない。極端に潔癖な人間は、そう感じるでしょうから」

「その犯人というのはだれです」

「先生もご存じの人物ですよ。少なくとも二回は会ってる」

「わたしが会ってる？」

為頼は混乱した。白神は平然とつづけた。「一度目はわたしの病院で。二度目は三宮の町中で出会ったそうですね。本人が言ってました。すれちがったあと、後ろをつけてきて、北野町のアパートのすぐそばまで来たと。去年の暮れですよ」

まさか。為頼の脳裏に、ある男の像が急速に焦点を結んだ。風見鶏の館の裏のアパートに住む男。極端な撫で肩のあの男が、灘区の事件の犯人なのか。

「彼はたいへん嗅覚が鋭敏で、人をにおいで嗅ぎ分けることができるのです。先生を病院に案内したとき、検査エリアで先天性無痛症の男のＭＲＩを見ましたね。あのとき彼は先生のにおいを覚えたのです。同時にわたしと敵対する人間だということも悟った。だからよけいに強く記憶したんです」

為頼ははじめてこの病院を訪れたときのことを思い出した。検査を受けていた先天性無痛症の男は、尖頭症で脳幹にスポンジ状の変化があった。しかし、顔が思い浮かばない。ＭＲＩのドーナツ型の検査台に隠れていたからだ。

たしかにあのとき、自分は白神に反感を抱いていた。しかし、そんなことが嗅覚でわかるのか。いや、ある種の先天性異常の人間は、動物的な直観力を持っている。相づちひとつで力関係や敵味方の別まで見抜くのかもしれない。

「思い出していただけましたか。彼はうちの手術エリアの器材係で、イバラといいます。三

宮ですれちがったとき、たぶん先生は彼の犯罪者の素因を見抜いたのでしょう」

「犯因症のことですか」

「ああ、そんな言葉があるんですか。よく知りませんが、イバラは先生がお考えの通り、人を殺さずにいられない人間です。それは彼の不幸な生い立ちとか、いじめにあった経験などによるものでは、もちろんありません。生まれついての性向ですね」

「先天的な病質です」

「言葉はちがっても、同じことを指しているのだと思いますよ」

「彼が灘区の事件の犯人だというのですか。証拠はあるのですか」

「証拠をどうされるつもりです。警察へ通報するのですか。無駄ですよ。イバラは捕まったとしても、罪には問われませんから」

「なぜです。四人も惨殺したのに」

「責任能力がないからですよ。犯行当時、イバラは心神喪失でしたから」

為頼の頭に、早瀬の顔がフラッシュバックのようによぎった。刑法三十九条。イバラというその男も、あの法律で無罪になるというのか。

白神は左肘を伸ばしたまま、点滴の滴下数を目で確認した。

「わたしはイバラにある薬剤をのませていましてね。サラームという向精神薬です。もとも

とは患者の不安や恐怖を抑えるための薬ですが、量を増やすと多幸感と万能感をもたらします。てんかん発作の前に起こる忘我の境地と同じですね。だから、この薬が効いているあいだにやったことは、本人の記憶には残りません。当然、善悪の判断も及ばない。犯行の当日、わたしはイバラに通常の三倍のサラームを与えました。そのことはカルテにも記録しています」

「しかし、そんな薬で心神喪失は認められないでしょう」

「いいえ」

白神は自信ありげに笑った。「睡眠導入剤のトレシオン。二年前、これを飲酒後に多量に服用した男が、同居の女性を刺殺した事件があったのをご存じですか。トレシオンはアルコールと併用すると、健忘症状が現れます。この事件でも、犯人は刺殺の事実をまったく覚えておらず、トレシオンの服用と飲酒が証明されて、無罪になりました。だからカルテの記録とサラームの治験資料があれば、イバラの心神喪失は証明されます」

「しかし、なぜ通常の三倍ものませたんです。まさか意図的に……」

為頼は白神に底知れない無気味さを感じて、慄然とした。白神は自嘲の極みという表情で、唇を歪めた。

「そういう法律があるから、やったのです。人間の作った法律に、完璧なものはありません。

心神喪失は、法律で認められているのだから、利用価値を模索すべきです。法律は縛られるばかりではなく、逆手にとって利用できれば、さらに有益性が増すでしょう」

「あらかじめ心神喪失を準備して、罪を逃れようというのですか」

今度は佐田のことが思い浮かんだ。佐田がいくら知恵を絞っても、たかだか仮病を使うくらいだ。しかし、白神では話がちがう。医療の専門家がそれを企めば、裁判官や鑑定医の上を行くことが可能だ。

しかし、待てよ、と為頼はあることを思いついて顔を上げた。

「白神先生、あなたはサトミを犯人だとは思わないのですか」

「サトミ？」

「そうです。彼女はあの殺された教師の教え子で、教師に恨みを抱いていたんですよ。動機もあるし、自分で告白もしている」

何を今さらという顔で、白神は首を振った。為頼はそれを無視して覆い被せるように言った。

「殺害現場にサトミの髪の毛のついた帽子が残されていたんです。ＤＮＡ鑑定も一致しました。ご存じでしたか」

白神はおどろきの表情を浮かべ、右手で顔を覆った。首を振り、こみ上げる笑いに肩を震

わせる。

「そうだったのか。そういえばあの目、どこかで見たと思ったんだ」

「何です」

「いや、為頼先生、サトミはたしかにあの現場の近くにいました。でも、事件の当日じゃない。二日前です。わたしが下見に行ったとき、近くで数人の中学生が騒いでいたのです。教師の家に罵声を浴びせ、庭に物を投げ入れていた。わたしが何だろうと思って車で近づくと、中学生たちはいっせいに逃げました。覆面パトカーと勘ちがいしたのでしょう。そのとき、ひとりが帽子を落としていったのです。髪を金色に染めた鋭い目の少女でした。わたしはそれを拾って、イバラに渡しました。小さめのサイズでしたが、尖頭症のイバラにはぴったりでした。髪の毛もついていましたが、無毛症のイバラにはそれも格好のカムフラージュです。いくら心神喪失を準備していても、捕まらないに越したことはありませんからね。二日後、わたしはイバラを現場に連れて行き、手術用の手袋を二重にはめさせ、凶器を持たせたのです。帽子は現場に捨ててくるように指示して」

それがサトミの帽子が現場にあった理由か。為頼は信じられない思いで白神を見つめた。

「しかし、それにしてもいったいなぜ、そのイバラという男は、あんな残酷な殺人を」

「イバラに理由はありません。わたしが命じたのです。わざとサラームを三倍与えて」

「何のために」

白神は右手で硬い髪を撫で、左腕を伸ばしたまま椅子に深くもたれた。

「あの石川という教師とその妻が、許せなかったからですよ」

そう言って、白神は引き出しから一枚の紙切れを取り出した。古びた新聞の切り抜きだ。

「石川の妻が書いた文章です。去年の一月に新聞に載った」

その記事は為頼も早瀬から見せられたことがあった。心当たりはないかと、執拗に聞かれたので覚えている。白神は右手を伸ばし、机の端に置いた写真立てを取った。それはたしか、白神の弟が遭難した鹿島槍の石で作ったというものだ。

「石川の妻・彰子は、もともと弟・怜児の交際相手でした。二人は鹿島槍の山小屋で出会い、それからあちこちの山に登って、結婚を考えるまでになった。弟はそのことをわたしにうれしそうに話していました。彰子は知り合ったときは学生でしたが、翌年に卒業して小学校の教師になりました。そこへ転勤してきたのが石川です。石川は教師としてはやり手だったが、強引で自己中心的な男でした。転勤してくるなり新卒の彰子に目をつけ、卑劣な手段で弟から彼女を奪ったんです」

白神は怒りと苦痛を堪えるように、震えるため息をついた。「石川はわたしに関する噂を彰子に吹き込みました。弟によれば、わたしを同性愛者だと中傷したそうです。もちろん根

も葉もないでたらめです。しかし、わたしの性的嗜好には、必ずしもノーマルではない部分があり、先生ならおわかりいただけると思いますが、停留睾丸で生まれたために、性的なコンプレックスが強かったのです。それで女性関係で誤解を受けることもあった。石川はその噂をどこかで聞きつけ、歪曲して彰子に我々を変態医者の兄弟だと思い込ませたんです」

「じゃあ、弟さんにもノーマルでないところが？」

「いいえ。弟はふつうでした。ただ、ひじょうに内向的で、気の弱い性格でした。わたしの個性が強すぎるせいで、萎縮してしまったのかもしれない。子どものころ、わたしは暴君でしたからね。大人になってから反省し、できるだけ弟には優しく接しようと思ったのですが」

たしかに前に写真を見たとき、怜児にはひ弱な印象があった。しかし、白神は弟のほうが優れた診断力を持っていたと言っていたのではないか。

白神は苦しげにつづけた。

「石川はしつこく彰子につきまとい、強引に口説きました。内気な弟に勝ち目はありません。彰子はついに石川に心を移し、彼と結婚したのです。その事実が明らかになったとき、弟はひとりで山に向かいました。ちょうど今ごろ、二月七日。そう、イバラが石川一家を襲ったのと同じ日です。弟の遺体は、それから十一日後に、鹿島槍の尾根で捜索隊に発見されまし

た。無謀な計画による遭難死とされましたが、明らかに覚悟の自殺です。弟が着ていた服は、彰子とペアで買った夏用の登山服でしたから」

沈痛な面持ちの白神に、為頼は言った。

「しかし、それはずいぶん前のことでしょう。どうして今ごろ急に」

「それが、この新聞記事ですよ」

白神は激しい憎悪を込めて、新聞の切り抜きを指で弾いた。「弟が死んだあと、わたしは現実を無理やり呑み込もうとしました。弟が失恋したのは、弟にも力がなかったのだと。石川ら夫婦への憎悪を押し殺し、彼らがどんな家庭を築こうと、それは彼らの自由だと、そこまで自分の気持を抑えつけました。ただ、その前提には弟の死があることだけは忘れてほしくなかった。弟は死をもって身を引いたのですから。ところが、この新聞記事はどうです。あけすけに家庭の幸福を謳歌し、見せびらかさんばかりの態度です。密やかに家庭を営むのならまだいい。しかし、臆面もなく新聞で自分たちの幸福を世間に公表する無神経さは、わたしには許せなかった。弟がどんな思いで死んでいったか、わずかでもそれを思えば、新聞に文章など出せますか。彼らには罪の意識はまったくないのです。一人の人間を死に追いやったこと、それを完全に忘れている。だから罰を与えたのです。その非道に見合うだけのね」

「それがあの惨殺ですか」

「そう。わたしはイバラにサラームをのませたあと、新聞記事を見せてこの家族の罪深さを教えました。わたしの憎悪がイバラに転移し、彼の身体に強いエネルギーが満ちました。あとはその怒りに任せるだけでよかったのです。犯行後、イバラは興奮状態でした。家まで送り届けると、深い眠りに落ち、翌朝には何も覚えていませんでした」

「イバラという男は、石川夫妻に先生の気持を伝えたのですか」

「いいえ。わたしはイバラに、何も言わずにやれと指示しました。彼らは理不尽に殺されたほうがいいのです。いきなり通り魔が入ってきて、一家を皆殺しにされる。そのほうが恐怖と、恨めしさが深まるでしょう」

なんという陰惨な考えだろうと、為頼は眉をひそめた。

新聞記事がきっかけと言いながら、結局、白神は弟を死に追いやった石川夫妻が許せなかったのだろう。幼いころ抑えつけた弟には、特別な想いもあったにちがいない。同じ医師として、その能力を頼りにしていたのならなおさらだ。

「弟さんが自殺された無念はお察しします。医師としても優れた診断力をお持ちだったとおっしゃっていたし……」

「ああ、あれは」と、白神は苦笑した。「弟へのせめてもの弔いです。弟にはそれほどの診

断力はありませんでした。わたしが病気の徴候を教えても、なかなか見えないようでしたから。ただ、わたしの診断力を人に説明するとき、死んだ弟のほうが優れていたと言うほうが、受け入れられやすいのですよ」

為頼は啞然とした。そんなことまでして、白神はいったい何をしようとしたのか。

白神は無表情につづけた。

「イバラがあんな残酷な殺し方をしたのには、もうひとつ理由があります。彼は前にもお話ししたように、先天性の無痛症でね。痛みを経験したことがないのです。だから、痛みに対してある種の憧れがあるのです。いやな感覚なのはわかっているが、同時に身を護る警告であることも理解している。だから、頭の中でアンビバレントな感情が増幅して、それであんな激しい攻撃になってしまったのでしょう」

痛みを感じない人間なら、ハンマーで頭を叩き割っても、痛みに共感することはないだろう。ゲームのキャラクターに凄まじい攻撃を加えるのと同じだ。

「イバラは手術にも興味を持ってましてね。麻酔なしで手術をすれば、どれくらい痛いのかとも考えたようです。実際には、生体解剖になってしまったようですが」

「まさか、そんなことをやったんですか」

「彼は手術エリアのスタッフですからね。見よう見真似で開腹くらいはできた。しかし、素

人の哀しさで、人工呼吸器をつけずに開胸までやってしまった。だからとたんに呼吸不全になって、死んでしまったそうです」

人間の胸腔は閉鎖腔で、陰圧だから空気が吸える。胸腔に穴が開くとそこから空気が入り、肺がしぼんでしまう。手術中は人工呼吸器をつけているので空気を送り込めるのだ。

「あとで報告を受けたのですが、麻酔なしで解剖すると、エンドルフィンやエンケファリンが大量に出るようですよ。いわゆる脳内モルヒネですね。だから、最後はとても安らかな無表情だったとイバラは言ってました」

「どこでやったんです」

「イバラのアパートですよ。為頼先生もご存じの」

「それで死体は……」

「メスでばらしたそうです。ディスポーザブルの替え刃を二百枚使って」

早瀬がベランダで見た血のにおいのするビニールシートは、そのとき使われたものなのだろうか。不吉な思いに為頼が眉をひそめると、白神は囁くように言った。

「高島菜見子さん、というそうですね。チャーミィの本名」

為頼は弾かれたように身を起こした。脇の下に冷たい汗が走る。

「どうして、それを」

「イバラから聞きました。彼はこの病院で働く前に、伊丹の施設にいましてね。高島さんも六甲サナトリウムに移る前、そこにいたらしい。イバラは高島さんを心の母のように慕っていて、立派になった自分を見てほしいと思ったそうです。それで十二月に入ってすぐ、こっそり会いに行った。ところが彼女につきまとい、いやがらせをする男がいた」

「彼女の前の夫ですか」

「そう」

「生体解剖したというのは、佐田なのですか」

為頼は気分が悪くなって、口を両手で押さえた。白神は冷ややかに言う。

「それは高島さんにとっても、好都合だったのじゃありませんか」

「そんな……」

白神は右手でまた輸液ポンプを調節した。額の赤みが増し、まばたきが異様に緩慢になっている。房室ブロックの徴候だ。このままでは失神しかねない。

「白神先生、大丈夫ですか。徐脈（じょみゃく）になってるんじゃないですか」

「ふふふ。さすがは、為頼先生」

白神は虚ろに笑いながら、左手首で十秒ほど自分の脈を取った。「三十四から三十六ですね。自覚症状は、ありませんよ。快適です」

表情がおかしい。薬の影響だ。

「そのシリンジに入っているのは何ですか。まさかバルビタールや筋弛緩剤では」

「ちがいますよ。点滴用のサラームです。効果は絶大ですよ」

しかし、心臓に負担がかかりすぎている。致死量に近づいているのではないか。為頼は医者としてこのまま見ているわけにはいかなかった。立ち上がりかけたとき、白神はすっと小さいほうの輸液ポンプに右手を伸ばした。

「為頼先生、この十ccのシリンジは塩化カリウムです。おわかりでしょう。それ以上近寄ると、ワンショットのボタンを押しますよ」

塩化カリウムをワンショットで注入すると瞬時に心臓が止まる。白神は死を覚悟で自分の療法を試しているのか。為頼は戸惑いながらも、どうしようもなくソファに腰をおろした。

「わたしは自分の療法に、自信を持っています。もう少し医学が進めば、わかるでしょう。必ずわたしの時代が来る。へっへっへ」

白神は確信犯的に笑った。為頼は言葉に窮した。

そのとき、病院の下のほうの階で何かがぶつかる音が響いた。男の怒鳴り声、若い女の叫び声もかすかに聞こえる。為頼が耳をそばだてると、白神は不快そうに言った。

「騒がしいな。馬鹿馬鹿しい。先生、弁護士の話では、わたしは未承認薬の治験で、まず薬

事法違反で検挙されるそうです。治験で死亡例が確認されれば致死傷害、灘区の事件への関与がわかれば殺人教唆にも問われるでしょう。もういいです。おつき合いする気はありませんから。わたしは自分の人生に十分満足しましたから」

狂ってる。こんなに笑いながら死を迎えるなんて……。白神が創ったのは、生の本能を麻痺させる魔の医療だ。しかし、と為頼は戸惑う。まともな医療がどれほどの力を持っているのか。これまで自分が診てきた患者が、どれだけ苦しみ、悶えながら死んでいったか。人間の生への執着には際限がない。それならいっそ、笑って死ねる医療のほうが、望ましいのではないか。

為頼には判断がつかなかった。わかっているのは、白神に病気が見えているということだけだ。そんな彼にとって、〝よりよき医療〟などという言葉は、寝言に等しいだろう。

「為頼先生、わたしは、先生を、尊敬しています」

白神はゆったりと椅子にもたれ、ソファの為頼を斜めに見下ろした。「だから、最後に、お願いしましょう。どうかイバラを、治療してやってくれませんか。犯因症でしたっけ。症とつくくらいなら、やはり病気でしょう。彼は、その病んだ頭で考えていました。もうひとり邪魔者がいると。高島さんの前の夫以上に、彼女を独占し、困らせる者。イバラは、その邪魔者が高島さんを泣かすのを見たと言ってましたね。何とかいいましたね。彼女の息子」

「まさか、祐輔を……」

「イバラは保育園も監視して、いい場所を見つけたと言ってました。邪魔者を捕まえるのにね。彼は、わたしには報告を欠かしません。イバラは、数日前からようすがおかしい。先生も、ご覧になれば、わかるでしょう。眉間に、凶暴な皺が、妙な形に盛り上がっていました」

「彼が祐輔を誘拐するというのですか」

「さあ。それは、ご自分の目で、確かめて下さい。彼が邪魔者を捕まえると言っていたのは、今週の木曜日……。そう、今日だな」

為頼は立ち上がった。白神に激しい怒りの一瞥を投げ、無言のまま院長室を飛び出した。

為頼が出て行ったあと、白神は慎重に輸液ポンプを止めた。そして、開いたままの扉に向かって、夢見るようにつぶやいた。

「先生、イバラが待っていますよ」

7

為頼が病院のロビーを飛び出すと、ちょうどタクシーが入ってきた。取材機材を抱えた二

人の男が慌ただしく駆け込んでいく。為頼は男たちと入れちがいに、開いたままの扉から乗り込んだ。

「北野町の風見鶏の館まで、急いで頼む」

今日は急ぎの客ばかりだなという表情で、運転手は手早く賃走ボタンを押した。病院前のロータリーをまわり、芦屋川沿いの道を下る。JR芦屋駅を越える手前で渋滞し、為頼は思わず舌打ちをした。

「お客さん、そんなに急ぐんなら高速にしますか、距離は近いけど」

「ああ、そうしてくれ」

タクシーは四十三号線まで下りて右折し、深江の出入口から阪神高速に乗った。摩耶まではあっという間だったが、生田川出口の手前で流れが遅くなった。

「このへんは一般道でも混みますよってねぇ」

運転手の弁解に舌打ちを堪え、為頼は考えた。白神の言ったことは事実だろうか。イバラという男はほんとうに祐輔を拉致したのか。もしそうだとしたら危ない。あの男には強烈な犯因症が表れていた。相手が子どもでもためらうことはないだろう。

そう考えて、為頼はふと背筋の寒くなる思いに襲われた。このままイバラのアパートに駆けつけて大丈夫か。もし自分が襲われたら、身を護れるだろうか。イバラはまったく痛みを

感じない無痛人間だ。仮にこちらが武器を持っていても恐れないだろう。

渋滞で車の速度が落ちたのを機に、為頼はブルゾンのポケットからケータイを取り出した。電話帳から呼び出したのは、早瀬のケータイだった。早瀬ならイバラの犯因症のことも話してあるし、アパートも知っている。何かあれば連絡してくれと、番号を教えてくれたのは早瀬のほうだ。ところが、出ない。コールが十回鳴ったところで、転送のメッセージが流れ、為頼は苛立たしくケータイを切った。早瀬はどこで何をしているのか。

タクシーは京橋の出口で高速を降り、Uターンしてフラワーロードを北上した。いつも混雑するJRと阪急の高架下をうまく通過し、加納町から北野坂に入った。二月のこの寒空では観光客もほとんどいない。突き当たりをクランク状に曲がり、狭い天神坂を抜けると、えび茶色に塗られた風見鶏の館の前に出た。

タクシーを降りてから、為頼はもう一度、早瀬のケータイにリダイヤルした。このままイバラのアパートに近づくのは不安だった。

(頼む。出てくれ)

祈るような気持で待ったが、コールは空しく繰り返されるばかりだった。フリップを閉じる前に時間を見ると、午後二時五分。空はどんより曇り、今にも氷雨(ひさめ)が降りだしそうだった。風見鶏の館の前にも、広場にも人影はない。為頼はえび茶色の板塀に身を寄せながら、館の

右手にまわった。

葉を落とした木立の向こうに、黒塗りのアパートがひっそりと建っていた。壁はひび割れ、全体に陰惨な雰囲気が漂っている。為頼は恐怖を感じながら、板塀沿いに進んだ。もし祐輔が中にいるなら、急がなければならない。しかし、このまま近づいて大丈夫か。できれば警察の応援を頼みたいが、証拠もないのに警察は動いてくれないだろう。状況を説明している時間もない。為頼は何か武器になるものはないかとあたりを見まわしたが、棒切れひとつ落ちてなかった。

風見鶏の館の裏手まで来て、もう身を隠すものは何もなくなった。為頼はまずベランダからようすをうかがおうと、身を屈めながらアパートの前に近づいた。八部屋あるうちの奥から四つ目がイバラの部屋だ。ほかのベランダは乱雑に散らかっているが、イバラのところは空き部屋かと思うほど何もない。すりガラスの向こうに、異様に明るい光が見える。イバラがいるにちがいない。為頼はベランダの下に身を潜め、耳をすました。悲鳴は聞こえない。イバラが祐輔を傷つけているのではないのだろう。しかし、もし麻酔をかけているとしたら。

為頼は何もないベランダを見て、ふいに戦慄を覚えた。この前、早瀬が見たときは、青いビニールシートがあったと言っていた。おそらく佐田の生体解剖のときに使ったものだ。そ

れがないということは、また部屋に取り入れたのか。祐輔の死体を処理するために。

為頼は焦った。アパートの入口へ急ぎかけて、二つ手前のベランダに、壊れた掃除機が放り出してあるのに気づいた。為頼は柵の隙間から手を伸ばし、掃除機のプラスチックパイプを取った。伸縮式の二重構造で、縮めるとけっこう頑丈だ。これで殴ってもダメージはないだろうが、突いたらどうか。顔面を突けば鼻血くらいでるだろう。うまく喉にヒットすれば、いくら痛みを感じなくても、一瞬、呼吸ができなくなるのではないか。

アパートの入口は昼間は明かりがなく、暗い洞窟のようだった。かび臭い空気が澱み、郵便受けにはチラシや古新聞があふれている。

イバラの部屋に近づきながら、為頼は自分に言い聞かせた。もし祐輔の気配があれば、不意打ちを食らわせよう。いや、気配など確かめるより、まず攻撃したほうがいい。祐輔を確認するのは、一撃を与えてからだ。とにかく主導権を握らなければ。

為頼は一〇六号室の前に立った。合板の扉に覗き穴はない。耳を当てる。もの音も声も聞こえない。ゆっくりとドアノブをまわしてみた。鍵がかかっている。為頼は息を殺して、扉の横のドアホンを押した。掃除機のパイプは背中に隠し持っている。わずかでも開けば、押し入ってイバラの喉をめがけて突く。

しばらく待ったが、ドアホンに応える気配はなかった。為頼はもう一度、ドアホンを押し

た。今度は長く。ボタンに汗の指紋がつく。声をかけてみるべきだろうか。

そのとき、中でだれかが動く気配がした。為頼は息を殺して扉に身を寄せた。気配が近づく。為頼は全神経を集中して身構えた。何かがおかしい。気配は扉の向こうではない。後ろだ。そう気づいて振り向こうとしたとき、口元に濡れたガーゼを押し当てられた。刺激臭が鼻に突き抜ける。目の端を男の顔がかすめた。眉毛も睫毛もない目が、無表情にこちらを見ていた。

それは凶暴というより、自分で自分を抑えられないもの悲しげな表情だった。


まぶたの裏に光の帯が流れる。

わずかに目を開くと、強烈なライトに目が眩んだ。もう一度、最小限にまぶたを開く。最初に見えたのは、蛍光灯の紐だった。それがぶれた写真のように三重写しになっている。視界がもやに包まれ、全体が青っぽい。為頼は首を持ち上げようとして、自分の頭が信じられないほど重いことに狼狽した。

自分はソファのようなものに座らされている。背中の感触は冷たくがさつき、ふつうの布ではない。それはすぐ青いビニールシートだとわかった。部屋中にビニールシートが敷き詰められ、ソファにもかぶせられているのだ。

ブルゾンとセーターは脱がされ、両手を後ろに縛られていた。ズボンはそのままで、足は縛られていない。しかし、全身が虚脱して、まったく力が入らない。右腕の肘から透明なチューブが延びている。先をたどると、針金のハンガーを曲げて壁に点滴が吊してあった。透明の液が毎秒約一滴の速さで落ちている。筋弛緩剤だなと為頼は悟った。

「気がついた？」

少年のように艶のある声が聞こえた。強烈なライトを背に、緑の手術ガウンを着て、ゴム手袋をはめたイバラが立っていた。ガウンに縫いつけられたマスクは胸に垂らしている。これが前に見た犯因症の男か。怒り肩になって上半身が膨らみ、まったく体型がちがう。

為頼はイバラの背後の台を見た。パイプベッドにビニールシートをかぶせ、頭側にトレーニング用のラックを立て、大型ランプがつけてある。窓から見えた光はこれだ。手前に手術用のワゴンがあり、緑の滅菌布が掛けてある。ベッドの上には、裸の祐輔が横たえられていた。

「祐輔！」

叫んだつもりが、囁くような声しか出なかった。筋弛緩剤のせいで力が入らないのだ。祐輔は口をガーゼで覆われ、喘ぐように胸を上下させている。浅いが呼吸はしているようだ。頬が腫れあがり、耳から血が流れている。殴られたのか。前髪が汗で額に貼りつき、泣き疲

れて眠ったようなあどけない表情でまぶたを閉じている。

「その子を、どうするつもりだ」

イバラに言ったが、やはり大きな声は出なかった。顎の筋肉が動かず、下手な腹話術みたいな発音になってしまう。イバラは聞き取れなかったのか、きょとんとしている。為頼はもう一度、懸命に身体を動かそうとした。動かない。まるで自分のまわりだけ重力が壊れて、十倍くらいの引力を受けているようだ。このまま筋弛緩剤が点滴されると、いつ呼吸が止まるかわからない。

「おい、こっちへ来い」

為頼は必死にイバラを呼んだ。なんとか筋弛緩剤を止めさせなければならない。

「お前に、大事な伝言がある」

「伝言？」

「話したいが、息が、苦しくて、言えない……。空気が、吸えない」

実際以上に弱く呼吸し、喘ぐそぶりを見せた。それで筋弛緩剤を遅くさせ、動けない演技をつづければ、反撃のチャンスがつかめる。

「だれからの伝言」

「白神、からだ。メディカル、センターの、白神」

イバラは子犬のように首を傾げた。

「おかしいな。白神先生がお前に何か言うかな。白神先生はさっき、お前が来るのをぼくに教えてくれたよ。言うことがあるなら、そのとき言うでしょ」

白神が自分の来るのを教えただと。だからこいつは部屋の外で待ち伏せしていたのか。為頼は歯噛みしたが、それにも力が入らなかった。

イバラが無邪気な笑いを洩らす。何かほかにこいつを説得するものをさがさなければ。為頼は部屋の中を見まわした。装飾も娯楽品もない部屋。柱に毛糸の帽子が掛かっている。針金のハンガーにタオル。ほかに何かないか。食器を並べたカラーボックスの上に、写真立てがあった。イバラと四人の女性が写っている。右端にいるのは菜見子だった。

為頼は懸命に顎で写真を指して言った。

「お前、高島さんを、知っているのか。その写真」

「だれ。あーちゃんのこと？」

イバラも食器棚の写真を見る。

「そうだ。お前は、彼女を、母親のように、慕ってるんだな」

「うん」

「高島さんも、お前のことを、ほんとうの、子どものように思ってるぞ」

為頼はとっさに出任せを言った。イバラの顔つきが変わる。為頼はさらにつづけた。

「施設の子どもたちのなかで、お前がいちばん、好きだと、言ってた」

「いつ言ってたの」

「わたしが、はじめて会ったとき。伊丹の施設に、髪の毛のない、かわいい子がいたと」

「ほんとう？」

「ああ。頭は小さいけれど、賢い、と言ってた」

イバラは照れるように自分の頭を掻いた。何とかこの話を引き延ばさなければ。

「わたしは、高島さんから、いろいろ相談を受けてる。施設の子どもも、診察した。南、サトミも、診た」

「それ、だれ」

「灘区の事件を、やったと、告白していた、少女だ。高島さんに、メールで告白したんだ。お前は、それで、怒っている、んだろう」

「どうして」

「サトミが、嘘の、告白をしたからだ。プライドが、傷つけられた、んだろう」

「何の話？　ぜんぜんわからない」

「サトミだ、白神から、聞いただろう」

「ぼく、そんな子、知らない」

「何だと」

そこで為頼はようやく白神の罠に気がついた。イバラはサラームという薬のせいで、灘区の事件をまったく記憶していないと言っていた。当然、犯人としての自覚もない。それなら、サトミが偽りの告白をしても、怒るはずがないではないか。白神はサトミを利用して自分を呼び寄せ、今度は祐輔を口実に自分をイバラのところに行かせたのだ。すべては白神が仕組んだことだった。なぜ、そんなことをするのか。

――イバラを治療してやってくれませんか。

白神は自分を危機的な状況に追い込んで、イバラの犯因症を治療させようというのか。治すことなど無理だとわかっているくせに。それとも、どこかに治療の余地があるのか。

為頼は藁にもすがる思いで、もう一度イバラを診た。筋弛緩剤のせいで、目に力を込めるのも苦しい。それでも力を振り絞り、ありったけの視線を注いだ。イバラの前頭部が白いのは、残酷さに無頓着な情性欠如の徴候だ。首の両側の胸鎖乳突筋が太いのは、赤筋より白筋の多い体質を表す。白筋は持久性はないが、瞬時に破壊力を出す筋肉だ。目尻の皮膚が平坦なのは、痛みに顔をしかめたことがないせいだろう。つまり、イバラは頑強で俊敏で、残酷なことが平気でできるということだ。そんな絶望的なことしかわからないくらいなら、徴候

など見えないほうがよっぽどましではないか。

イバラは手術ワゴンに向かい、器具を整えはじめた。ケースからアルミ包装したメスのブレードを取り出して並べる。百枚入りのケースが三つ用意されている。切れ味が悪くなれば次々に替えるつもりだろう。

「お前は、高島さんの、前の夫を、解剖したのか」

「だれ」

「白神から、聞いたぞ。生きたまま、解剖した、と」

「ああ、あいつ？　あーちゃんと結婚してたの。知らなかった。でも、それならどうしてあーちゃんをいじめたの」

「佐田は、いやがられてるのに、無理に、よりをもどそうと、した、からだ」

「よりって？」

「佐田は、ストーカー、だったんだ」

「そうだよ。あいつ、悪い奴だよ。だから、あーちゃんを護るために、捕まえたんだ」

「でも、その子はちがうぞ。あーちゃんの、大事な息子だ」

為頼は必死に身体を持ち上げ、祐輔を顎で指した。イバラは台の上の祐輔を見て、首を振った。

「ちがうよ。こいつも、あーちゃんをいじめてた。あーちゃんを泣かしてたよ」

「そんなはず、ない」

「ぼく、見たもん」

「どこで」

「公園で」

子どもが見たままをしゃべるように、イバラは即答した。その表情には何の疑いもない。

「その子を、どうするつもりだ」

「殺すよ。こいつ、悪い子だもん」

「待て。それは、だめだ」

為頼は肩を揺すり、なんとか両手を自由にしようとした。手首を縛っているのは洗濯ロープか何かで、それほどきついわけではない。なのに筋肉が弛緩して、もどかしいほど抜けない。

「あーちゃんは、お前を、自分の子ども、同然に、思ってるんだ」

少しでも時間を稼ごうと、為頼はふたたび出任せを言った。「その子を殺すと、兄弟殺しに、なるぞ。あーちゃんは、ぜったい、許さない」

「兄弟殺し？」

「そうだ。お前は、その子の、兄さんだ」

「ちがうよ。ぜんぜんちがう」

「その子が帰らないと、あーちゃんは、はぁ、はぁ、泣くぞ」

為頼の呼吸が荒くなってきた。筋弛緩剤が蓄積しはじめたのだろう。しかし、あーちゃんが泣くと言ったのは、イバラを動揺させたようだ。イバラは手術器具をそろえる手を止め、うつむいた。為頼は追い討ちをかけるように言った。

「あーちゃんを、悲しませるな」

「こいつが死んだら、あーちゃんは悲しむの」

「そうだ、悲しむ。はぁ、気が狂うほど、泣く」

「でも、こいつは悪い子だ」

イバラは困ったように首を振りつづけ、やがて尖った頭を上げた。

「そうだ。こいつが迷子になったことにすればいい」

「無駄だ。警察が、さがし出す」

「さがせないよ。ばらばらにして捨てるもん。ふふっ」

イバラは愉快そうに笑い、ふたたびワゴンに器具を並べはじめた。持針器に縫合針を固定し、憎々しげに言った。

「こいつは、あーちゃんを独り占めにしてる。あーちゃんも、こいつがいちばん大事なんだ」

「そうだ、はぁ、その、いちばん大事な子を、殺したら、はぁはぁ、あーちゃんは、ぜったいに、お前を、許さないぞ」

「あーちゃんは、ぼくが殺すのを知らないもん」

「わたしが、言う」

「お前はあーちゃんに言えない。もうすぐ死ぬから」

水銀の沼に沈んだような恐怖が全身を覆った。イバラは祐輔も自分も殺すつもりで、メスのブレードを三百枚用意したのか。

イバラはコッヘル鉗子をワゴンに並べ、メスのホルダーにブレードを取りつけている。為頼は点滴を見上げた。透明な液が確実に血管に送り込まれる。いつ呼吸が止まるのか。為頼は絶望しかけた。しかし、まだあきらめるのは早い。指を動かしてみた。動く。力は入らないが、軽いものなら握れそうだ。落ち着け。すべてが手遅れということはないはずだ。

為頼はソファの横にブルゾンとセーターがあるのを見た。ブルゾンのポケットにはケータイが入っている。喘ぐそぶりで身体をずらし、そのままブルゾンの上に仰向けに倒れた。

「はぁ、はぁ、ううっ」

わざと悶える。イバラは為頼をちらと見たが、警戒するようすはない。為頼は苦しむそぶりで、ブルゾンのポケットを手探りした。うまく右手にケータイが触れた。ケータイをポケットから取り出し、フリップを開く。親指で文字盤を確認し、リダイヤルのボタンを押した。いちばん最後にかけた番号、それは早瀬のケータイだ。あれから時間がたっている。今度こそ早瀬が気づいてくれることに、為頼はすべてを賭けた。

（出てくれ。頼む）

ツ、ツ、ツ、という接続音。まさか圏外にいるのでは。不安がよぎりかけたとき、呼び出し音に替わった。

ところが次の瞬間、信じられないことが起こった。早瀬のケータイの着メロが、イバラの部屋の押入で鳴りだしたのだ。「ラプソディ・イン・ブルー」。車の中で聞いたのと同じだからまちがいはない。しかし、どうしてここに。

イバラが動きを止め、押入を振り返った。

「まただ。さっきからうるさいな」

「どこで、鳴ってるんだ、この、ケータイ」

為頼が聞くと、イバラは小さな頭を為頼に向けた。

「お前、知ってるの？　このケータイの男」

押入を開け、中からスーパーの袋を取り出した。ケータイはその中で鳴っている。イバラは袋を逆さに向けて、ビニールシートの上に中身を出した。ケータイのほかに手帳や財布、ハンカチ、手錠などが転がり出た。そして、最後に透明なビニール袋に入った奇妙なものが出てきた。為頼は思わず目をそむけた。ビニール袋に入っていたのは、灰色に変色した人間の手首だった。

「これ」と言って、イバラは口を結んだビニール袋を為頼の前にぶら下げた。「そいつの手」

部屋に響いていたケータイの着メロがふいに切れた。十回のコールが終わったのだ。為頼は吐き気を堪えながら、袋の中身を見た。薬指にフクロウの指輪がはまっている。いつか早瀬が、忘れ物予防にはめ替えると言っていた指輪だ。

「お前、どうして、早瀬を」

「こいつ、ぼくを連れて行こうとしたんだ。一昨日の夜、ぼくの部屋に来て。いやだと言ったら急に手錠をかけた。自分の手とぼくの手をつないで、逃げられないようにしたんだ。だから、こいつを眠らせて、手首を切ったの。手錠を取ろうと思って。簡単だったよ」

為頼はビニール越しに手首の切断面を見た。関節面に白い骨の滑膜（かつまく）が見え、軟部組織だけが切断されている。骨を傷つけずに、メスだけで切り落としたのだ。白神が言う通り、イバラは身体のばらし方に習熟しているようだ。

「でも、あとで見たら、上着のポケットに鍵があったの。それがわかってたら、切らなくてもよかったのにね」

「早瀬は、どうした。まさか……」

「捨てたよ」

イバラは早瀬もメスでバラバラにしたのか。為頼はきつく目を閉じて、おぞましい考えを振り払った。

早瀬の手首を見た衝撃で、無意識に力を消耗したのか、急激な脱力感が襲ってきた。呼吸が乱れる。空気中にいるのに、水中で溺れかけているようだ。

イバラはワゴンからグリーンの滅菌シートを取り、それを祐輔の身体に掛けた。二つ折りにして、右半分を覆い、もう一枚で左半分を覆う。腹の真ん中にメスを入れる幅だけ皮膚が露出している。

「やめろ。はぁはぁ。殺すな。その子は、あーちゃんの、はぁ、大事な子だぞ。はぁはぁ。だから、殺すな」

為頼は精いっぱいの声で叫んだ。しかし、イバラは作業を止めない。

「早瀬は刑事だ。け、け、警察が、来るぞ」

最後の思いつきで、ふたたび出任せを言った。「警察は、はぁはぁ、早瀬を、見張ってる

んだ。はぁ、はぁ。行方不明なら、すぐ、捜索、するぞ。風見鶏の館の、お前のアパートは、警察に、はぁ、マーク、はぁ、さ、されてるんだ……」

だめだ。イバラはまったく気にしない。手術帽をかぶり、マスクの紐を後ろで結ぶ。いよいよはじめる気だ。ライトの向きを変え、光が祐輔の腹に集まるように調整する。ワゴンを足元に移動させ、自分はベッドの向こう側にまわった。執刀医の立つ位置だ。

「それでは、はじめます」

イバラは壁の時計をちらと見た。三時三分前。顔がライトの反射で異様に輝いている。

(や、やめろ)

為頼は叫ぼうとするが、浅い呼吸に紛れて発声できない。

「メス」

イバラは厳かに言い、一人芝居のようにワゴンからメスを取った。祐輔の腹に左手を添え、右手でメスを構える。為頼は耐えきれずに目を閉じた。ここまで来ていながら、菜見子に申し訳ない。祐輔が深い麻酔で、痛みを感じず死ぬのがせめてもの救いか。為頼は目を閉じたまま、深い徒労感に包まれた。祐輔は死に、自分も死ぬ。はじめから運命は決まっていたのだ。四十七年の人生も、悠久の時の流れからすればほんの一瞬だ。それでいい。このまま無になろう。

そう思うと、為頼の気持はやわらいだ。奇妙な静寂。為頼は目を開けた。イバラは時計を見つめたままじっとしている。三時二分前。三時ちょうどにはじめるつもりなのか。それならまだ時間はある。落ち着け。何か方法があるはずだ。祐輔を失えば、菜見子も生きていけない。最後まであきらめるわけにはいかない。

為頼は命がけで考えた。イバラはなぜこんなことをするのか。彼は痛みがわからなくて、生体解剖をするのだ。痛みとは何か。刺激だ。刺激は電気的に脳に伝えられる。痛みはわからなくても、イバラは目は見えるし、音も聞こえる。つまり、痛み以外の刺激は伝わっているのだ。

ある考えが為頼の頭に閃いた。為頼は苦しい息の下から、力を振り絞ってイバラに叫んだ。

「おい！」

その迫力に、イバラが振り向く。

「お前は痛みを、知らないのだろう。はぁ、はぁ。その子を解剖しても、痛みは、わからないぞ。わたしが、教えてやろう。方法は、ある、ぞ」

イバラは疑わしげな表情で為頼を見た。

「教えて、ほしいなら、ちょっと、点滴を、遅くしろ。は、息が、はっ、止まりそうだ。うっ」

苦しげに喘ぐと、イバラはソファの横へ来て、点滴ルートについているクレンメを少し閉じた。点滴の落ち方が半分ほどになる。

「遅くしたよ。どうすれば、痛みがわかるの」

「そこに、コンセントがあるだろう。は、それを、こっちに、持ってこい。はぁ」

ラックの下に、延長コードのついたコンセントがある。イバラは大型ランプのプラグを抜いて、ワゴンの上に置いた。

「手袋を脱げ。そう。マスクも、はずして。メスの替え刃を、はぁはぁ、二枚、出せ」

点滴が遅くなったので、呼吸はなんとかつづけられる。イバラは言われた通りにゴム手袋とマスクをはずし、ステンレス製のブレードを二枚、アルミ包装から取り出した。

「両手を、濡らしてこい。替え刃も、だ。はぁ、そのほうが、痛みが、わかる」

イバラは洗面所に行って、手とブレードを濡らしてきた。産毛のない皮膚に水滴がついている。

「よし。その替え刃を、コンセントに突っ込むんだ。手を、放すな。できるだけ、長く、持ってろ。はぁ、そのほうが、よくわかる。ふぅ」

イバラは両手の親指と人差し指でメスのブレードを持った。

「これでいいの」

「そうだ。同時に、入れろ。手を、放すなよ」

「怖くない？」

「大丈夫だ。お前は、痛みを、はぁ、知りたい、んだろう」

イバラは恐る恐るブレードをコンセントに近づける。肩甲骨がすぼまり、前に見た撫で肩にもどっている。睫毛のない目で、不安げに為頼を見る。

「どうした。お前には、怖いものは、ない、はずだ」

為頼の呼吸が乱れる。我慢の限界だ。冷えきった部屋に、浅い喘ぎだけがつづく。大粒の汗が顔を流れる。

「心配ない。は、は、早く」

イバラはふたたびブレードを見ながら、ゆっくりとコンセントに近づけた。指先とブレードの隙間に、水の透明な膜が見える。為頼の目が、その歪んだ反射に吸い寄せられた。最後は思い切るように、イバラは二枚のブレードを差し込み口に入れた。

その瞬間、衝撃音が響き、イバラの手元で火花が弾けた。

「アキャッ」

鋭い悲鳴と同時に、部屋が光に包まれた。イバラは唇を歪め、ガラスに封入されたように全身を硬直させた。指はブレードから離れない。顔の輪郭が細かくけいれんし、カッと見開

かれた眼球がゆっくり動いて為頼を見た。瞳孔が針先のように縮まっている。初めて体験する感覚への驚愕と、ある種の納得。歪んだ口から、電気を帯びた空気のかたまりが飛び出し、流れ星のように消え去った。

イバラが感電していたのは、ほんの数秒だった。すぐにブレードを放し、ビニールシートの上にバウンドするように昏倒した。背中が反り返り、硬直したかと思うと、その反動で全身の関節が屈曲した。左手の指先が白く変色している。電流は左手から下半身に抜けたようだ。

イバラは肩をすくめ、胎児のような姿勢のままぴくりとも動かなかった。死んだのか。いや、かすかに呼吸はしている。

為頼は足でイバラを蹴ろうとしたが、力が入らなかった。まず筋弛緩剤を止めなければ。点滴のチューブを顎で引き寄せ、クレンメを顎と肩のあいだにはさんだ。プラスチックの輪を顎で下げようとするが、思うように下がらない。

為頼の呼吸が徐々に浅くなり、全身に冷たい汗が流れた。このまま筋弛緩剤が飽和すれば、息が止まってしまう。為頼は全身の力を込めて首を動かし、点滴のチューブを口にくわえた。そして、頭の重みに任せて下に引っ張った。チューブがプラスチックバッグの口からはずれた。やっと抜けた。これでもう筋弛緩剤が注入されることはない。

垂れ下がったチューブ内に黒っぽい血が逆流したが、静脈だから出血多量になることはないだろう。あとは効力の切れるのを待つだけだ。

時間の流れがふだんの十倍くらいに思えた。祐輔は台の上で眠りつづけている。祐輔の麻酔が醒めれば、助けを呼びに行かせることもできる。呼びかけようとして、為頼は口をつぐんだ。声でイバラを起こしてしまうかもしれない。焦れながら待ち、ゆっくり指を動かしてみた。握れる。呼吸も少し楽になった。深呼吸ができる。膝もわずかに持ち上がる。慌てるな。動かすとそれだけ筋力を浪費する。待てば自然に回復するはずだ。

「う、うーん」

イバラが唸った。為頼の背中に氷水のような汗が流れた。もう意識がもどりかけているのか。為頼は急いで手首をロープから抜こうとした。拳の関節が邪魔でどうしても抜けない。もう一度、イバラを見ると、身体の向きがずれている。肩の筋肉も盛り上がっている。急げ。為頼は上体を前に倒し、肘を曲げて必死に手首の関節をまわした。歯を食いしばり、唸り声をあげ、全身の力を込めて手首をずらした。徐々に力がもどりつつある。もう少しだ。皮膚がこすれ、灼けるように痛む。為頼は身体を二つ折りにして、力のかぎりロープから手首を引き抜こうとした。

ふと前を見ると、床に倒れていたイバラの身体がない。代わりに裸足の足が横に立ってい

る。頭をあげると、イバラの顔がすぐそこにあった。

「何してるの」

「いや……、何も」

「痛みって、こんな感じなの。すごいね。わかった。ありがとう。でも、もういい」

イバラは舌足らずに言い、コンセントに大型ライトのプラグを差し直した。

「あれ」

ビニールシートの上の液溜まりを見て、イバラは首を傾げた。抜けた点滴チューブの先を持って、それが為頼の肘につながっていることを見ると、自分の失態のように頭を掻いた。

「点滴、抜けちゃったんだね。血が逆流してるけど、大丈夫かな。血管、詰まってないかな」

チューブの先端の針を、もう一度点滴バッグに差し込み、クレンメを全開にした。

「やめろ！」

為頼は身体をよじったが、イバラに両肩を押さえつけられた。ものすごい力だ。筋弛緩剤入りの点滴がまた血管に送り込まれる。もどりかけていた力が急速に抜けていく。身体全体がどんどん重くなり、ソファを突き抜けて地の底まで沈んでいきそうだ。ふたたび酸素の足りない金魚みたいになって喘ぐ。

絶望だ。

死という言葉が為頼の頭に浮かんだ。顔から酸っぱい汗が大量に噴き出て、目や口に流れ込んだ。イバラはワゴンの引き出しから新しいゴム手袋を出し、両手にはめている。

遠くでパトカーのサイレンが聞こえる気がした。一台ではない。サイレンは複数だ。早瀬が来てくれたのか。いや、そんなはずはない。空耳か。為頼は必死に耳を澄ました。サイレンは幻のようにかき消えた。

もう救いはないのか。イバラはラックにつけたライトの向きをもう一度調整し、光が祐輔の腹に集まるようにした。ワゴンを移動させ、自分はベッドの向こう側にまわる。メスを構え、ひとつ咳払いをして、何ごともなかったかのように繰り返した。

「それでは、はじめます」

為頼は今度こそ観念してうなだれた。

何秒かが流れた。部屋の空気が止まっている。おかしい。また時間調整でもしているのか。為頼は首を傾け、右目だけを辛うじて開いた。イバラがメスを持ったまま、時計ではなくベランダのほうを見つめている。

「だれ？」

イバラが警戒心を全開にして声をかけた。沈黙。

「だれか、そこにいるの」

ベランダの窓に一歩近づいたとき、入口の扉が激しく叩かれた。イバラが振り返る。ベランダの外を人影が走る。何人かがベランダに飛び乗る気配。幻覚を見ているのか。

為頼は窒息寸前の苦しみの中で、喘ぎながら状況を理解しようとした。しかし、延髄(えんずい)に針金をきつく巻きつけられるような苦痛で、意識を保てなかった。その苦痛がふいに遠のく。全身に暖かみが広がる。身体が宙に浮くようなやわらかさに包まれた。

皮膚が溶け出すような快感。これが脳内モルヒネか。

激しく喘いでいた為頼の胸が、徐々に力尽き、静かに最後の動きを止めた。

終章

四カ月後——。

関西国際空港ターミナルビル四階、国際線専用出発ロビー。

天井にオープンエアダクトと呼ばれる通風路が張り巡らされ、その下に青と黄色の三角の帆をつないだモビールが吊り下げられている。エアダクトからの風を受けてゆったりと動くモビールは、空を泳ぐ幻想的な魚のようだ。

「あのモビールの動きは、いつか高島さんにもらった動く彫刻に似てますね」

ロビーの椅子に浅く腰かけた為頼が言った。菜見子がはじめて訪ねてきたときに持ってきた「流線のプリズム」というオブジェのことだ。

となりに座っていた菜見子がゆっくり天井を見上げる。

「そうですね。あの作品は、このモビールの作者に傾倒している若手造形作家が作ったものなんです」

「あれは不思議な動きですね。見てると頭が空っぽになる。だからウィーンに持って行きますよ。また机の上に置いて眺めます、高島さんを思い出しながら」

「そうですか。うれしい」

菜見子は淋しげに微笑んだ。

大きなトランクをカートにのせた人が、為頼の前を通った。為頼は足元に置いた手荷物を引き寄せる。そのとき、癖のように左手を何度か握りなおした。

「まだ後遺症があるんですか」

目ざとく気づいた菜見子が、心配そうに訊ねた。

為頼はイバラのアパートで呼吸が止まった直後に、警察によって救出された。最初に踏み込んできたのは、早瀬の相方・市原だった。彼が事件に気づいたのは、為頼のケータイからだった。

為頼が手を縛られたままリダイヤルしたとき、イバラの部屋で早瀬の着メロが鳴って、為頼は絶望した。しかし、通話を切らなかったので、早瀬のケータイから転送されたのだ。早瀬は転送先を市原のケータイに設定していた。フリップの加減で市原の声は聞こえなかったが、為頼の声は市原のケータイにキャッチされた。「殺すな」「早瀬」「風見鶏の館」などの言葉を市原は聞き取り、早瀬から聞いていたイバラのアパートを割り出したのである。

警察は、前々日から連絡の取れなくなっていた早瀬の捜索態勢に入っていたこともあり、市原の連絡に素早く対応した。イバラはその場で取り押さえられ、祐輔と為頼の監禁および殺人未遂の現行犯で逮捕された。

為頼は神戸大学付属病院で蘇生処置が行われたが、意識がもどらなかったので、バルビタールによる昏睡療法が選択された。脳の傷害を最小限に抑えるための療法である。五日後、バルビタールを中止すると、為頼は意識を取りもどした。大きな麻痺は残らなかったが、今でも左半身に違和感があり、左の小指と薬指はしびれている。

イバラの取り調べは、為頼の回復を待って本格的に行われた。灘区の教師一家殺害事件は、為頼の証言をもとに再捜査され、イバラの犯行であることが立証された。決め手となったのは、イバラのスニーカーである。事件の直後、イバラは白神からスニーカーを捨てるよう命じられ、言われるままに新聞紙に包んで、アパート近くの北野天満宮の裏に捨てた。スニーカーはイバラの証言通りの場所から見つかり、その靴底は灘区の事件現場にあった靴痕跡と一致した。さらにわずかながらルミノール反応も検出された。

白神に対する捜査も行われたが、彼は為頼がイバラに監禁された二月九日以後、行方不明になっていた。白神メディカルセンターの院長室には、白神が自分にしたと思われる点滴の器具が残されていたが、当人の姿はなかった。

白神の告白は、その後、事実関係が調査された。彼の弟・怜児が六年前に鹿島槍で遭難死したこと、殺された石川彰子は昭次と結婚する前に、怜児らしい医者の恋人がいたこと、さらには怜児の遭難が二人の結婚式の当日だったことなどが確認された。

灘区の教師一家殺害事件の犯人逮捕のニュースは、マスコミに大きく取り上げられた。しかし、当のイバラに犯行の記憶がまったくないことから、世間の注目は白神が与えた向精神薬サラームに集まった。兵庫県弁護士会では、四人の人権派弁護士がボランティアでイバラの弁護団を結成した。彼らの主張は、イバラは犯行当時サラームによる心神喪失状態だったので、刑法三十九条により無罪にすべきだというものだった。

佐田の殺害と早瀬の手首切断については、ビニールシートに残された血痕から犯行が立証された。この二件については、イバラは記憶もあり、詳しい供述もしたが、弁護団はやはり刑法三十九条の適応を主張した。記憶は保たれているが、サラームにより判断力の低下があったのだから、心神耗弱と見なすべきだというのである。

「なるほど、刑法三十九条はオールマイティだな……」

為頼は今さらながらに早瀬のこだわりを納得した。

その早瀬は、為頼と祐輔が救出された翌日、諏訪山の展望台につづく道路脇の崖下（がけした）から、自力で生還した。ＤＮＡ鑑定で、石川宅に残された帽子の髪の毛と南サトミの髪の毛が一致

したあと、捜査方針はサトミを重要参考人にする方向に大きく傾いた。しかし、早瀬は未確認情報として、事件当夜、撫で肩の男を見たという話を聞き込んでおり、為頼の言葉にこだわっていた。確実な情報を得るため単独でイバラをマークしていた早瀬は、イバラがアパートに手術器具らしいものを運び込むのを見た。おそらく二日後に予定していた祐輔の殺害の準備だったのだろう。早瀬はイバラのアパートに踏み込んだが、逆に捕らえられて左手首を切断された。

イバラが早瀬を解剖しなかったのは、供述によれば「手術器具に余分がなかった」ためである。イバラは早瀬を毛布にくるみ、電気コードで縛って諏訪山まで運び、道路から三メートル下の崖下に捨てた。崖下が分厚い落ち葉に覆われていたこと、出血は多かったが、腕を縛られていたことが不完全ながら止血の役目を果たしたことなどが幸いして、早瀬は一命を取り留めた。その後、早瀬は中央市民病院で輸血と左手首の断端（だんたん）形成手術を受け、二週間後に須磨の県立リハビリテーション病院に移された。

為頼が見舞いに行くと、早瀬は意外に元気で、早く職場に復帰したいと言った。

「でも刑事にはもうもどれんでしょうね。いいです。県警の元上司が、警察学校の教官になったらどうかと言ってくれてますから」

早瀬は白いサポーターをつけた左手首を見ながら言った。

為頼は早瀬に敬意を込めて言った。

「巷では、イバラの事件で刑法三十九条が大きな話題になっていますよ。テレビや新聞では、専門家や識者が毎日のように侃々諤々の議論をしています。早瀬さんの問題意識はやはり鋭かったのですね」

早瀬は別にうれしそうな顔もせず、静かに応えた。

「事件の報道は見ています。わたし自身は、イバラに刑法三十九条を適応すべきだと思いますね」

「自分が被害者なのに？」

「被害者だからこそ、言えるのですよ」

その意味がわかりますかというように、早瀬は短い間を置いてつづけた。「素人のわたしが言うのも変ですが、あの男は明らかに病気に見えました。だから手錠をかけてでも、保護しようと思ったのです。わたしは左手首を切られましたが、なぜかあの男に対する怒りや恨みがそれほど湧いてこない。償いをさせるより、先に病気を治してやってくれという気持です。被害者感情がそうであれば、刑法三十九条の適用にだれが異議を唱えられます？　むろん、ほかの被害者の遺族もいるでしょうから、一概には言えませんがね。それよりも、憎むべきはあの白神という医者ですよ」

早瀬は厳しい表情で為頼を見た。為頼はやや困惑した表情で事実関係を確認した。

「灘区の事件はそうでしょうが、早瀬さんや佐田の事件は、白神がそそのかしたわけではないでしょう」

「いや、白神という医者は、イバラが危険な病気であることを知りながら放置していた。一連の事件の背景にはそれがあります。だから責任を問われるべきなのです」

「つまり、精神障害者の社会復帰には、医者が責任を負うべきだと」

「危険がある場合はね。結果責任として」

しかし、そこまで医者に求められるだろうか。そうなれば、医者は保身のためにいつまでも精神障害者の社会復帰を認めないだろう。

そう思いながら、為頼はそれ以上の議論を控えた。無理に結論を出しても現実は変わらない。それにイバラには犯因症の問題もある。もともと彼の人格が犯罪に親和性を持っていたのだ。それは為頼には明らかだが、早瀬や一般の人にわかるように説明するのはむずかしい。

早瀬は二カ月後に退院し、今は警察学校へ移るまでの身体ならしとして、県警の総務課に勤務している。

空港国際線のロビーには、ビジネスマンや年輩の女性客らが行き来していた。六月の時季はずれのせいか、学生や団体旅行客は少ない。為頼たちの前を、幼い子ども連れの夫婦が通

った。

「今日、祐輔くんは？」

「保育所に行ってます。いやがらずに元気に。わたしは当分散歩には出てほしくないんですが、本人はまるで気にしないみたいで」

事件のあと、祐輔は無事に保護され、菜見子のもとへ帰った。擦過傷（さっかしょう）や打撲はあったが、幸い大きな怪我はなかった。誘拐中はずっと麻酔薬を嗅がされていたので、イバラの部屋に連れて行かれたことはいっさい覚えていなかった。ＰＴＳＤ（心的外傷後ストレス障害）を心配していた菜見子は、その幸運を喜んだ。

「でも、心理学的には、無意識の領域で影響が出る心配もありますから」

「あまり深く考えないほうがいいですよ。こういうとき、専門家はしなくていい心配までしてしまう」

「わかっています。いくら専門知識があっても、なるようにしかなりませんもの」

為頼は二月の終わりには自宅にもどっていたが、診療所を再開する気になれず、休診の状態がつづいていた。

四月、そんな為頼に思いがけない依頼が舞い込んだ。ウィーンの日本人会が、在留邦人向けに診療所を開くので、所長になってくれないかというのである。依頼をしてきたのは、ウ

ィーンに長く住む日本人会の顧問だった。為頼が妻の倫子とウィーンに滞在したときに知り合い、当人を含めて何回か在留邦人の医療相談に応じたのがきっかけである。

「サトミちゃんも、いつかウィーンに現れるかもしれませんね。そのときはよろしく」

菜見子が淋しげに言った。

三週間前、カナダのモントリオールから六甲サナトリウム宛に一通の航空便が届いた。サトミから菜見子への手紙だった。それによれば、サトミは事件の直後に白神とともにアメリカへ渡り、その後、カナダでフランス語会話の学校に通っているとあった。半年のコースを二カ月で集中的にこなし、次はスペイン語を学ぶためにアルゼンチンへ行くとあった。

サトミは白神と知り合ったあと、彼の治療を受け、見ちがえるように落ち着いたらしい。手紙は以前のケータイメールとは異なり、きちんとした敬語が使われ、菜見子のことも「チャーミィ」ではなく「高島先生」と書かれていた。文面はワープロだが、宛名と署名はバランスの取れた直筆だった。

手紙は菜見子に心配をかけたことを詫び、これまでの対応に感謝の言葉を綴ったあと、こう書かれていた。

「これからしばらく白神先生のお世話になって、海外で勉強をつづけ、できれば国際弁護士の資格を取りたいと思っています。うまくいくかどうかはわかりませんが、首尾よく資格が

取れれば、世界の恵まれない子どもたちの役に立つ仕事をしたいと思っています。わたしのような不良少女が、まっとうな仕事についているところを見れば、希望を持つ子どもも多いと思いますから」

菜見子は手紙のことを為頼に報せ、為頼は早瀬と市原にそれを伝えた。市原が法務省の入国管理局に照会すると、白神とサトミは事件の翌日、すなわち二月十日の朝に成田から出国していた。搭乗したのはユナイテッド航空８９０便で、行き先はロサンゼルスだった。

外務省に問い合わせると、サトミのパスポートは一月三十一日に発給されていた。サトミの戸籍謄本が取られた十二日後だ。戸籍謄本はパスポート発給のために取られたのだった。

為頼は白神の行動が理解できなかった。最後に自分を呼びつけたとき、白神は自殺しようとしているようだった。しかし、あれは演技だったのか。自分に灘区の事件の真相を告げ、祐輔を救いに行かせる一方で、イバラには自分が行くことを教えて待ち伏せをさせた。あのとき、白神が窮地に陥っていたのはまちがいない。事務長が七千万円を横領し、未承認薬の治験がマスコミに暴露されて、白神メディカルセンターはスキャンダルにまみれていた。白神のことだから、すべてを事前に把握した上で、最後のお楽しみのように、自分を巻き込んだのかもしれない。事件翌日にサトミを連れてまんまと国外へ出たところを見ると、そうとしか考えられない。

その後もしばらくマスコミはこの事件を追い、白神を不可解な悪魔の医師として取り沙汰した。週刊誌やテレビのワイドショーは彼の生い立ちを調べ、異常な性癖、過去の女性関係などをセンセーショナルに報じた。しかし、四カ月たった今、次々現れる目新しいニュースに押され、白神の名がマスコミに登場することはほとんどない。

ロビーに国際線の搭乗時刻を報せるアナウンスが流れた。為頼の乗るオーストリア航空56便は、予定通りに出発するようだった。そろそろ出国ゲートに向かわなければならない。

「その後、イバラのようすはどうです」

為頼は、最後まで引き延ばしていた話題をようやく出した。

「落ち着いてますよ。彼は少しずつ自分の過去と向き合いつつあります」

イバラは逮捕後しばらく興奮状態にあったが、次第に落ち着いてきた。弁護団の接見も行われたが、イバラは自分の人権や刑法三十九条の適用にはまったく関心を示さなかった。白神の失踪を報されると、イバラは錯乱状態に陥り、そのあと放心状態に陥った。事実関係の取り調べは比較的早く終わり、争点はイバラの責任能力にシフトした。三人の精神科医による鑑定が行われる中、イバラの症状は徐々に回復の兆しを見せた。

ところが、わずかの隙をついて、イバラは自殺を企てた。壁に机を立てかけ、タオルを脚に掛けて座りながら首を吊ったのだ。幸い十五分ごとに監視のある独房だったため、発見が

早くて未遂に終わったが、専門医は寛解期疲弊症候群と診断した。過剰な緊張状態がつづいていると、症状がよくなったあとに精神の疲れが出て、一時的にうつ病に似た症状を表すのである。イバラの自殺衝動は強く、死にたいと盛んに口走った。拘置所の医師たちは専門的な治療が必要であると判断し、イバラを県立加賀沢病院へ移した。

　イバラの主治医になったのは、以前、早瀬が仁川に連れられて鑑定医の話を聞きに行ったときに応対した多田医師だった。多田はイバラの経歴を調べ、菜見子にカウンセリングを依頼してきた。菜見子は祐輔が誘拐されたことで抵抗はあったが、イバラの心情を考え、その依頼を引き受けた。そして、週に一度のペースで面接をつづけているのである。

「わたしはイバラくんとの関係を変える努力をしています。擬似的な母子ではなく、自立した主体とその支援者というように」

「反応はどうです」

「悪くないです。面接の時間は守りますし、予定外の面接も要求しません。わたしは彼の自立に大いに期待していることを伝え、自信を持つように勧めています。ただ、ひとつだけ気になることが……」

「何です」

「一昨日の面接のとき、イバラくんの眉間に、妙な盛り上がりが出かけていたんです。それ

が例のM字型の徴候かどうか、わたしには見分けがつかないんですが……」

大丈夫ですよと言いかけて、為頼は口をつぐんだ。安易な慰めほど、医療者として不誠実なものはないからだ。

「病院にいるかぎり、危険は少ないと思いますよ。監視さえ十分にしていれば」

「そうですね。また、来週行ったとき、確認しておきます」

為頼の胸をふと不安な思いがかすめた。

「でも、十分に気をつけて下さい」

「わかっています。祐輔のこともありますし。だけど、わたしはどうしても彼を見捨てることができないんです。陳腐な心理学的解釈かもしれませんが、わたしは彼が二度と犯罪を起こさないよう、できるだけのことをやってみるつもりです」

菜見子は決然と顔を上げて言った。その目には強い光が宿っていた。彼女は祐輔をふたたび危険にさらす可能性も承知した上で、決心したのだろう。であれば何を言うことがあろう。

「あなたの熱意があれば、イバラの犯因症も、もしかしたら消えるかもしれない」

為頼は今度は菜見子をまっすぐ見つめて、微笑んだ。

時計を見ると、搭乗時刻の一時間前だった。そろそろ出国ゲートに並ばなければならない。

為頼は右手に手荷物を持って、立ち上がった。

出国ゲートには三十人ほどの人が二列になって並んでいた。列は徐々に進む。いよいよゲートをくぐる直前、菜見子の足が止まった。

「それじゃ、お元気で」

「ウィーンから手紙を書きますよ」

「楽しみにしています」

手を振りかけたとき、菜見子のケータイが鳴った。こんなときに、という顔で菜見子はサブ画面を見た。

「あら、加賀沢病院の多田先生からだ」

菜見子は為頼に遠慮しながら、フリップを開いた。

「もしもし、はい。そうです。今、為頼先生をお見送りに……、ええ、関空です。はい？わたしですか。一昨日、定期の面接で……。いいえ。別に何も。知りません。わたしは一昨日会ったきりで、えっ、まさか……。先生、ほんとうですか。そんな……」

菜見子の顔が不安と恐怖に歪んだ。気配を察した為頼が心配そうに一歩引き返す。

「どうしたんです」

ケータイを切った菜見子に為頼が訊ねた。菜見子は青ざめ、わずかのあいだ視線を宙にさ

まよわせた。

「いえ、何でもありません。先生はどうぞご出発なさって下さい」

「何もないはずないでしょう。おっしゃって下さい。かえって気がかりですよ」

「でも……」

為頼が時計を見た。菜見子は出発の迫っていることに戸惑いを浮かべた。

派手に着飾った女性旅行客が、笑いながら横をすり抜けていく。空港のアナウンスが流れる。

為頼は話を聞くまで動かないつもりだった。

菜見子はそれを見て、半ば放心し、半ば観念したように言った。

「イバラくんが今朝、病院を抜け出して、いなくなったそうです……」

◆参考文献

・『痛みの世界史』横田敏勝・http:// www.shiga-med.ac.jp 1990.10.
・『心の闇に魔物は棲むか』春日武彦・大和書房 1996.3.25.
・『分裂病犯罪研究』中谷陽二・金剛出版 1996.5.20.
・『顔面考』春日武彦・紀伊國屋書店 1998.12.25.
・『精神鑑定実践マニュアル』林幸司・金剛出版 2001.1.15.
・『そして殺人者は野に放たれる』日垣隆・新潮社 2003.12.10.
その他、新聞、雑誌、インターネットなどを多数参考にさせていただきました。

解説

中条省平

神戸の閑静な住宅街で一家四人が殺害される。犯人の残した靴の痕跡は大柄な成人男性のものだが、現場で見つかった犯人の遺留品らしき帽子は、小学生高学年から中学生のサイズだった。この矛盾は何を意味するのか？

それにしても犯罪現場は凄惨だった。夫も、妻も、五歳の娘も、三歳の息子も、頭蓋と顔面をハンマーではげしく殴打され、脳が叩きつぶされていた。その攻撃には、人間的な躊躇がいっさい見られず、犯人には人格障害の疑いが濃厚だった。

となると、犯人を逮捕しても有罪にならない可能性が高くなる。刑法三十九条の規定ゆえだ。

「心神喪失者の行為は、罰しない。心身耗弱者の行為は、その刑を軽減する」

この条文ほど犯罪捜査に当たる現場の警察官の意気を挫くものはない。精神障害による犯罪では加害者の罪を問うことができないからだ。

こうして『無痛』は、刑法三十九条の理不尽さを問うミステリーとして開幕する。

想像を絶するほど悪質な犯罪が多発するいま、犯罪が悪質であればあるほど、かえってそれは「心神喪失者」の犯行にちがいないと判断され、犯人がなんの罰も受けないで済んでしまう事例が出てくるのである。

また、この条項は精神障害者だけでなく、泥酔者や覚醒剤の常習者にも適用される。じっさい、その適用によって、幼児を含む一家五人を包丁でめった刺しにした男が不起訴になったり、女性の首の骨を折ってから強姦した犯人が無罪になったりしているのだ。

いつなんどき、私たちがそうした犯罪と関わりにならないとは限らない。その意味で、『無痛』はきわめてアクチュアルな問題を提起している。

だが、小説は読者の予想をこえて思わぬ方向へと展開していく。

その要因は、一家四人惨殺事件に巻きこまれる主人公の設定のオリジナリティにある。主人公・為頼英介は、一見うだつの上がらぬ中年の開業医だが、じつは医師として驚くべき能力を隠しもった男である。

為頼は、人間を外側から見て、医学的徴候の診断だけで、その人間の健康状態や病気の進行状況を読みとることができる。天才的な観察眼と経験の蓄積によって、足元を見て膀胱尿管逆流症、耳の白い膨らみで痛風、指先の丸みで肺気腫、目の下のシミで遺伝性の高脂血症を見抜いてしまう。皮膚の色素沈着の具合から癌の初期症状さえ発見することができる。要するに、患者の運命を読むことができるのだ。

『無痛』の為頼英介は、いわば病理徴候学を極限まで究めたシャーロック・ホームズといってよい。作者・久坂部羊の現役医師としての学識を総動員して作りあげた新時代の名探偵なのである。

しかし、この名探偵は不幸であるほかない。なぜなら、患者の医学的運命を読むことができる彼は、どんな治療も患者の運命を変えることができないことを知りつくしているからだ。そして、いたずらに人間の生命だけを長引かせようとする現代医学の行き方に絶望している。この奇跡の医師の物語はおめでたいメルヘンではない。この苦い逆説に、『無痛』の医学小説としての大きな読みどころがある。

為頼は骨の髄までのペシミストである。病気は自然現象なのだ。だから努力しても無駄だ。雨乞いでは雨は降らない。それが彼の冷たく静かな確信である。

この確信は犯罪者にも適用される。病気としか考えられない犯罪者がいるからだ。幼児性

愛者、放火魔、万引き常習者……。病気だから、為頼にはその身体的徴候が見える。とくに殺人者の場合は、通常人にはありえない強大な心的エネルギーにつき動かされるので、そのしるしがはっきりと身体に表れる。つまり為頼には、殺人者の身体的徴候が読める。これを彼は「犯因症」と呼ぶ。

あるとき、為頼は、これから明らかに重大な犯罪を犯すにちがいない男と遭遇する。そして、とっさの判断で、すれ違った若い母親と男の子の二人連れをかくまってやる。男は案の定、通り魔となって無差別殺人に走るが、母子はことなきを得た。

母親は高島菜見子という精神障害児童のためのサナトリウムで働く臨床心理士だった。菜見子は為頼に、自分の看護する児童のなかに、一家四人惨殺事件の犯人を自称する女の子がいることをうち明ける。こうして、為頼は一家四人惨殺事件と関わることになる……。

『無痛』には、もうひとりの医師が登場する。

為頼英介とおなじく、医学的徴候の解読の天才でありながら、その才能をエリート患者のための一大医療センターの形成に注ぐ白神陽児である。白神は外科手術の名人だが、身体的徴候から患者の運命を判断し、助かる患者にしか施術しない。それゆえ、彼の治療の救命率は百パーセントに近い。

白神は、医療は科学ではないと断言する。患者はひたすら安心することを願っている。だ

とするならば、医療は患者に安心という幻想をあたえる装置であるべきだ。かつては、宗教が人間の心のよりどころだったが、科学が宗教の幻想を破壊してしまった。その科学が行きづまったいま、医療が人間の心のよりどころになるべきであり、安楽死や違法すれすれの投薬もふくめて、医療は患者の心を安らかにするべきものなのだと説く。

白神は現在の保険医療制度の矛盾も突く。大した稼ぎもないのに、レジャーや子供の塾代には金を惜しまないくせに、みんな平等の医療を国が保証するべきだという国民のエゴを批判する。医療のためにちゃんと貯金をし、民間の保険に入っている人もいるのだ。今後は最低限の医療を社会保障でカバーし、高価だが快適で安全な医療はオプションにするべきだ。細くて飲みやすい白神の胃カメラと、太くて苦しい旧式の胃カメラが同じ保険点数というのはばかげている。たしかにこの理屈は納得できる。白神の天才とカリスマ性に魅せられて、彼のメディカルセンターは急速な発展をとげていく。

保険診療と非保険診療の「混合診療」が具体的な政治日程にのぼっている現在、非合法すれすれの手段で非保険診療の抜け道を探る白神のやり方は、もはや絵空事とはいえない。それが患者に安楽さを提供するなら、何の問題があろうかというのだ。治療に不安をもつ患者や、痛みを恐れる患者には、抗不安剤、痛覚遮断剤、多幸感誘導剤も積極的にあたえてやればいい。

為頼の運命論的ニヒリズムと、白神のポジティヴな幻想的医学観。人間にとっての医学の位置づけをめぐるこの根源的な対立が、『無痛』のバックボーンにあり、小説に手ごたえと厚みをあたえている。現役医師である作者ならではの、医学的知識を飾りにしただけのミステリーにはとうてい望めぬ、重い問いかけである。

ここまででも、『無痛』の、単なるミステリーをこえた主題の広がりを知っていただくことができるだろう。だが、『廃用身』や『破裂』で読者を驚嘆させたショッキングな想像力においても、『無痛』は凡百の小説から抜きんでている。

そのひとつの要素は、為頼英介の静かな生活に侵入してくるストーカー・佐田要造の人間造形である。

いま、ここにいる自分を正面から認めることができず、現実にはありえない空想の自分を捏造し、その空想が実現しないのはすべて他人のせいだと考える人間。自分は頭もいいし、才能がある。それなのに人生がうまくいかないのは、世の中が間違っているからだ。この不公平はどこかで絶対に埋めあわされなければならないと考えるエゴイスト。

多くの犯罪の原因をなすこうした病理を体現する佐田の人間性は、気味悪いくらいリアルである。この説得力は、犯罪を現実離れした怪物の所業と見なすのではなく、だれもが陥りうる自己中心主義の結果であると考える作者の冷徹な現実認識から生まれている。

さらに、佐田がインターネットを活用しているところに、『無痛』の小説としての鋭い現代性がある。

佐田は、刑法三十九条によって、自分が犯罪を犯しても、心神喪失と見なされれば無罪になることを知る。そうして、炬燵に入りながらパソコンを開き、検索エンジンで「心神喪失殺人　無罪」とキーワードを入力する。ヒットした事例を頭に叩きこみ、統合失調症を装い、医者の診断を仰ぐのだ。医者はだまされ、カルテに残った記録は、犯罪を心神喪失とするためのアリバイになる。

「必要な情報はすべてインターネットにあった」

吐き気がするほどのリアリティである。さらに佐田は、自分がつけ狙う高島菜見子を思いのままにするための手段を求めて、「媚薬　絶頂　奴隷」というキーワード検索で、欲望の実現の手段を見つけだすのだ。つくづく恐ろしい社会に私たちは生きていると思わずにいられない。

本書の最後の重要なファクターは、『無痛』というタイトルと関係する、痛みの感覚をもたない男の設定である。先天性無痛症という障害はまれに実在するものらしいが、この男が『無痛』のミステリーとしての鍵を握っているのだ。かつて江戸川乱歩賞を受けた首藤瓜於の『脳男』で、「サバン（物知り）症候群」という病気が話題になったことがあるが、本書

の「先天性無痛症」もそれに匹敵する衝撃力をもった題材である。しかし、この「無痛」はフィジカルな現象にとどまらない。

自分の痛みを感じることは他者の痛みを想像することであり、痛みとは人間であることの根源的な条件ではないのか、という問題提起が『無痛』にはある。つまり、人間の苦痛を無条件で除去することが人間の救済であると考える白神陽児流の医学観がここでは疑問に付されている。

痛みとは身体的な出来事であることをこえて、精神にとっても重要な意味をもつのではないか？　そんな哲学的な深みさえもった小説なのである。

——フランス文学者

この作品は二〇〇六年四月小社より刊行されたものです。

幻冬舎文庫

●好評既刊
廃用身
久坂部　羊

廃用身とは麻痺して動かず回復しない手足をいう。患者の同意の下、廃用身を次々と切断する医師漆原。告発するマスコミ。はたして漆原は悪魔か？『破裂』の久坂部羊の衝撃的な小説デビュー作。

●好評既刊
破裂(上)(下)
久坂部　羊

医者は、三人殺して初めて、一人前になる――。エリート助教授、内部告発する若き麻酔医、医療の国家統制を目論む官僚らが交錯し事件が！　大学病院を克明に描いたベストセラー医療ミステリ。

●最新刊
トンスラ
都築　浩

ハゲでダメ編集者のヤブが、書けなくなったかつての美少女作家ミカへ執筆を依頼。ミカはヤブを自宅に軟禁、奇妙な共同生活が始まった。不思議な日々を過ごすうちに、ミカに変化が訪れる……。

●最新刊
しあわせのかおり
三原光尋

夢に破れ、故郷・金沢に戻ったＯＬの貴子は、仕事のため訪れた小さな中華料理店に通ううちに、忘れていた笑顔を取り戻していく。だが、店主の王が病に倒れ、平穏な日々は突然終わりを告げる。

●最新刊
自由と繁栄の弧
麻生太郎

卓越した外交論、国家論、経済論、日本人論を展開する一方、シェイクスピアを極めゴルゴ13を愛しオタク文化を熱く語る。日本の未来に命を懸ける政治家、麻生太郎の徹底的にポジティブな全思考。

幻冬舎文庫

●好評既刊
下北サンデーズ
石田衣良

弱小劇団「下北サンデーズ」の門を叩いた里中ゆいか。情熱的かつ変態的な世界に圧倒されつつも、女優としての才能を開花させていく。舞台に夢を懸け奮闘する男女を描く青春グラフィティ！

●好評既刊
合併人事 二十九歳の憂鬱
江上　剛

ミズナミ銀行に勤める日未子は三十歳を前に揺れていた。仕事も恋も中途半端な自分。一方、社内では男たちが泥沼の権力闘争を繰り広げる。そして起きた悲劇とは？　組織の闇を描いた企業小説。

●好評既刊
ララピポ
奥田英朗

みんな、しあわせなのだろうか。「考えるだけ無駄か。どの道人生は続いていくのだ。明日も、あさっても」。格差社会をも笑い飛ばすダメ人間たちの日常を活写する、悲喜交々の傑作群像長篇。

●好評既刊
陰日向に咲く
劇団ひとり

ホームレスを夢見る会社員。売れないアイドルを一途に応援する青年など、陽のあたらない場所を歩く人々の人生をユーモア溢れる筆致で描き、高い評価を獲得した感動の小説デヴュー作。

●好評既刊
私を見つけて
小手鞠るい

不倫関係を続けていた麻子は、自分自身を愛せない。彼女を前向きに変えたのはアフリカ系アメリカ人のマイクだった（「願いごと」）。恋愛や結婚の幸せとは何か、切なく描く五篇。

幻冬舎文庫

●好評既刊
酔いどれ小籐次留書　薫風鯉幟
佐伯泰英

百姓舟を営むうづが、商いに来ないことを案じる小籐次が聞きつけた彼女の縁談。だが一見、良縁の嫁入り話には、思いもよらぬ謀略が潜んでいた——。大人気時代小説シリーズ、圧巻の第十弾！

●好評既刊
GOOD LUCK Mariage
桜井亜美

夫の剣心との恋愛感情が薄れることに大きな不安を感じている泉水。結婚しても恋をして、いつもときめきを感じていたい。そんな泉水の夢は叶うのか？　新しいマリッジライフを描いた恋愛小説。

●好評既刊
永遠の旅行者(上)(下)
橘　玲

「資産を、息子ではなく孫に相続させたい。ただし国に一円も納税せずに」突然、現れた老人の依頼は、二十億円の脱税指南だった。実現可能なスキームを駆使した税務当局驚愕の金融情報小説！

●好評既刊
覇王の夢
津本　陽

明智光秀が謀反を企てた理由。信長が企図した朝廷の権威を決定的に貶める改革の中身。天下統一の先に思い描いた究極の夢——。稀代の権力者をめぐる最大の謎に迫る津本版信長公記、完結編。

●好評既刊
死小説
福澤徹三

入院先のベッドの上で非業の死を遂げた男の「憎悪の転生」、小中学生の男女が離れにこもる暗い遊びのエロスと恐怖を描く「夜伽」など全五篇。真夏の闇を切り裂く、傑作怪談・ホラー小説集。

幻冬舎文庫

●好評既刊
かもめ食堂
群ようこ

ヘルシンキの街角にある「かもめ食堂」の店主は日本人女性のサチエ。いつもガラガラなその店に、訳あり気な二人の日本人女性がやってきて……。普通だけどおかしな人々が織り成す、幸福な物語。

●好評既刊
海に沈む太陽(上)(下)
梁石日(ヤン・ソギル)

イラストレーターになるという夢を抱き渡米した曾我輝雅を待っていたのは、人種差別と苛酷な環境だった。画家・黒田征太郎の青春時代をもとに、自分を信じて生き抜くことの尊さを描いた大長編。

●好評既刊
ひとかげ
よしもとばなな

ミステリアスな気功師のとかげと、児童専門の心のケアをするクリニックで働く私。幸福にすごすべき時代に惨劇に遭い、叫びをあげ続けるふたりの魂が希望をつかむまでを描く感動作！

●好評既刊
御家人風来抄
天は長く
六道　慧

緒方弥十郎が二夜をともにしたおりょうが謎の死を遂げた。別れ際に彼女が発した言葉を手がかりに、弥十郎は調べに乗り出す。捜査はやがて過去に闇へ葬られたある事件へつながっていく——。

●好評既刊
パコと魔法の絵本
関口　尚

「ねえ大貫、昨日もパコのほっぺに触ったよね？」。交通事故の後遺症で、記憶が一日しかもたない女の子パコの心に、〝忘れられない〟思い出を残そうとした大人たちの、心温まる奇跡の物語。

MW01676428

無痛（むつう）

久坂部羊（くさかべよう）

平成20年9月25日　初版発行
平成20年12月15日　6版発行

発行者――見城徹
発行所――株式会社幻冬舎
〒151-0051東京都渋谷区千駄ケ谷4-9-7
電話　03(5411)6222(営業)
　　　03(5411)6211(編集)
　　　振替00120-8-767643
印刷・製本―株式会社　光邦
装丁者――高橋雅之

万一、落丁乱丁のある場合は送料小社負担でお取替致します。小社宛にお送り下さい。
定価はカバーに表示してあります。
Printed in Japan © Yo Kusakabe 2008

幻冬舎文庫

ISBN978-4-344-41198-2　C0193　く-7-4